박경리 朴景利 (1926. 12. 2. ~ 200

본명은 박금이(朴今伊). 1926년 경남 통영에서 태어났다. 1955년 김
동리의 추천을 받아 단편 「계산」으로 등단, 이후 『표류도』(1959), 『김
약국의 딸들』(1962), 『시장과 전장』(1964), 『파시』(1964~1965) 등 사회
와 현실을 꿰뚫어 보는 비판적 시각이 강한 문제작을 잇달아 발표
하면서 문단의 주목을 받았다.

1969년 9월부터 대하소설 『토지』의 집필을 시작했으며 26년 만인
1994년 8월 15일에 완성했다. 『토지』는 한말로부터 식민지 시대
를 꿰뚫으며 민족사의 변전을 그리는 한국 문학의 걸작으로, 이 소
설을 통해 한국 문학사에 뚜렷한 족적을 남긴 거장으로 우뚝 섰다.
2003년 장편소설 『나비야 청산가자』를 《현대문학》에 연재했으나
건강상의 이유로 중단되며 미완으로 남았다.

그 밖에 산문집 『Q씨에게』 『원주통신』 『만리장성의 나라』 『꿈꾸는 자
가 창조한다』 『생명의 아픔』 『일본산고』 등과 시집 『못 떠나는 배』 『도
시의 고양이들』 『우리들의 시간』 『버리고 갈 것만 남아서 참 홀가분
하다』 등이 있다.

1996년 토지문화재단을 설립해 작가들을 위한 창작실을 운영하며
문학과 예술의 발전을 위해 힘썼다. 현대문학신인상, 한국여류문학
상, 월탄문학상, 인촌상, 호암예술상 등을 수상했고 칠레 정부로부
터 가브리엘라 미스트랄 문학 기념 메달을 받았다.
2008년 5월 5일 타계했다. 대한민국 정부는 한국 문학에 기여한 공
로를 기려 금관문화훈장을 추서했다.

토지

박경리
대하소설

토지

5부 2권

17

다산
책방

차례

제1편

혼백(魂魄)의 귀향

6장

6장 해체(解體)

환국이 재판소 앞을 지나가려는데 간수 두 명이 짐승 몰듯 몰고 나온 것은 용수를 쓰고 오랏줄에 엮은 네댓 명의 죄수였다. 언제 보아도 그것은 끔찍스런 풍경이었다. 비교적 한적한 거리였는데 죄수랑 간수가 떠난 곳에 이번에는 삿갓을 쓰고 긴 작대기, 지팡이라 하기에는 지나치게 길어서 작대기로 보였는데 그것을 들고 종을 치면서 나타난 것은 왜중이었다.

"나무묘호렌게쿄[南無妙法蓮華經] 나무묘호렌게쿄, 나무묘호렌게쿄!"

소위 일련종(日蓮宗)의 삼대비법(三大秘法)의 하나를 외면서 왜중은 지나갔다. 그것 역시 기분 좋은 풍경은 아니었다. 환국이 자신은 불교신자가 아니었지만 어릴 적부터 절과는 친숙해져 있었고 이번에는 더군다나 부친의 관음탱화를 보고 머릿속이 씻긴 듯 맑아 있었는데 진주 거리에서, 그것도 재판소 앞에서, 죄수들이 지나간 자리에서 왜중을 만났다는 것이 기이했고 거부반응이 심하게 발동했다. 긴 작대기가 순식간에 나기나타*로 변하여 벤케이[弁慶]처럼 그 중이 난동을 부릴 것만 같았다. 벤케이는 일본에서 숭상되는 사람 중의 하나로서 가마쿠라시대[鎌倉時代], 유명한 미나모토 요시쓰네[源義經]의 부하로서 성질이 거칠고 많은 인명을 살상한 중이다. 중이 사용하는 무기가 주로 나기나타였던 것이다. 중의 모습에서도 위협적인 것을 느꼈지만 일련(日蓮)에 의해 창시된 일련종 자체도 결코 조선인에게는 달가운 것이 아니었다. 『법화경(法華經)』에 의거한 것이지만 타종(他宗)에 대하여 가장 공격적이며 전투적인 일련은 이른바 국난내습(國難來襲)을 외치면서 입정안국론(立正安國論)을 주장했는데 후일 일련은 국수주의의 괴뢰로서 정한론자(征韓論者) 군국주의자들이 곧잘 치켜들고 나오는 역사적 존재가 되었다. 그러나 군국주의가 완벽하게 일본을 장악한 현재에서 본다면 신도에 비하여 허울만 남았다 할 수도 있겠다.

기분이 잡쳐진 환국이 찾아간 곳은 장연학이 경영하는 남강여관이었다. 그가 막 여관으로 들어서려 하는데 안에서 불쑥 나타난 사람은 뜻밖에도 이순철이었다.

"이게 누고! 환국이 아니가!"

잠바 차림의 몸이 비대해진 순철이는 소리 지르듯 말했다.

"이거 참, 원수는 외나무다리에서 만난다 허더니 거 틀린 말 아니네. 너 참 잘 만났다!"

"오래간만이다. 여기는 웬일로 왔어."

환국이도 상당히 반가웠던 모양이다. 순철의 손을 덥석 잡았다. 그야말로 코흘리개 때부터의 친구였으니.

"거래처 손님이 서울서 왔거든. 잠시 인사차 들렀는데 하여간 반갑다. 우리 이대로 갈라설 수 없는 일 아니가."

"그럼."

"무슨 일로 왔는지 모르지만 시간 걸리겠나?"

"아니, 잠시면 된다. 지나가는 길에 장서방 보고 가려고 왔어."

"그러면 나 여기서 기다리고 있을 테니 볼일 보구 나와라."

"그러지."

환국은 급히 안으로 들어갔다. 그러더니 순철이 담배 한 대를 다 태우기 전에 나왔다. 두 사내는 어깨를 가지런히 하고 거리로 나왔다.

"몸이 많이 났군."

환국의 말에,

"늙는 거지 뭐."

"그런 소리 말게. 사업을 하면 노티를 내야 하는 겐가?"

"그런 경향도 없진 않지."

"아버님이 돌아가셨다며?"

"응, 작년에."

"훌륭한 어른이신데."

"훌륭하게 된 거는 다 자네 부친 덕이지. 돈이야 기천 원 잃었으나 하하핫."

"무슨 그런 말을 하나."

"왜? 내가 빈말하는 것 같은가? 강탈당하고서 고마워하는 쪽이나 강탈해가고서 존경하는 쪽이나, 참 기기묘묘한 우리의 현실이지."

"함부로 말하는 거 아니다."

하면서도 환국은 마음속으로 찔끔했다.

"다 농담이고 자네 처가가 굉장하다며?"

"그런 쑥스러운 얘기는 그만두자. 오십 보 백 보지 뭐."

"하기야 시달리기론 더하지. 그놈들 비위 맞추려니 오장육부가 썩는다."

"고문[高等文官試驗]은 왜 그만두었나."

"삼 년을 내리 낙방을 하고 보니, 해봤자지 뭐. 요즘엔 사업도 내겐 벅차다. 아버님이 안 계시니 낸들 어쩌겠나. 고문 패스란 소싯적 꿈이지 패스했다 하더라도 조선놈들 재주 부리자면 피가 마를 게야. 뒷방 구석에 처박혀 있느니보다 못할 경우도 있을 테니. 민족 반역자 되고 얻는 거는 쥐꼬리만 한 것."

그들은 순철이 단골로 다니는 요릿집으로 갔다. 진주서는
유지요 자산가인 순철을 안내한 방은 운치가 있고 차분했으
며 조용했다.

　　요리상이 들어오고 기생도 두 명 들어왔다.

　　"야 너거들 다 나가아. 여기 이 골샌님 켕겨서 술 못 마신다."

　　순철은 사정없이 기생들을 쫓아냈다.

　　환국이 생각을 했다기보다 순철은 조용하게 할 얘기가 많
은 눈치였다.

　　"술 좀 늘었나?"

　　순철은 술을 따르며 물었다.

　　"조금."

　　"자네 술은 내가 가르쳤지 아마?"

　　"그랬지."

　　조용히 술을 마신다.

　　"환국아."

　　"음."

　　"앞으로 어떻게 될 것 같은가."

　　아주 조심스럽게 말을 꺼내었다.

　　"뭘?"

　　"전쟁 말이다."

　　"자네 생각은 어떤가."

　　"내 생각에는 말기에 접어들지 않았나 싶어. 얼마 전에 일

본은 불인(佛印)에 진주했는데 일본의 계산으로는 장개석의 원조 루트를 차단한다 그거지만 의외로 전선은 확대되어 일본이 말라죽게 되는 거 아닌지."

"말라죽는 데는 시간이 걸릴 거고 미국이 나서지 않을까 싶어. 미국만 나서주면 일본의 패망은 눈앞에 있게 되는데."

"일본이 그거 생각지 않고 불인에 진주했을 리는 없고."

"물론이지. 그러나 미국의 참전은 미지수. 참전한다는 확률이 구십 프로라 하더라도 일본은 십 프로에 희망을 걸 수밖에 없는 다급한 사정이거든. 당장 전쟁을 수행하지 않으면 안 되는 사정이지. 장개석 원조의 루트를 차단하는 것도 그렇지만 전쟁물자 고갈이야말로 발등에 불 떨어진 격이니."

"어쨌거나 일본에 승산이 없는 것만은 확실하지?"

"그야 내가 어찌 단언하겠나. 자네 생각이나 내 생각이나 비슷하다는 말밖에."

"정말 요즘 같아서는 백화점이고 뭐고 딱 때리치우고 싶어. 어떻게나 설쳐대던지. 참 자네도 알 거야, 김두만이라고. 왜 그때 우리 집하고 함께 털린 그 작자, 술도가 하는."

"알지."

"그 작자 아들 김기성도 아는지 모르겠네."

"동경서 본 일이 있지."

"명색이 대학이지, 어느 구석에 처박혀 있는지도 모를 학교를 유학이랍시고 다니면서 뽐내기로는 구역나게 뽐내던 놈인데 지금 뭘 하는지 아나? 돈을 처넣었겠지만 경방단(警防團) 단 장이야."

"출세했네."

"알고 보면 경찰서 시녀 노릇이나 하는 별 실속 없는 거지만 이 작자가 진주 거리를 활갯짓하고 다니면서 어리석은 사람들을 꽤 울리는 모양이야. 옛날엔 내 앞에서 쪽도 못 쓰던 놈이 하참, 세상 더럽어서."

"유도의 유단잔데 수틀리면 내리꽂아. 그러면 될 거 아닌가."

"나 농담하는 거 아니야. 옛날의 그 가정부(假政府) 자금 강탈 사건이 있고부터 그놈의 집구석 사사건건 우리하고 대적하려 드니, 하늘 울 적마다 벼락 칠 수 없고 아주 귀찮어."

"같은 피해잔데 그럴 이유가 없잖은가."

"왈 우리는 가정부하고 내통해서 강탈극을 꾸몄다는 거고 저이들은 길 걷다가 기왓장 맞았다는 그런 말을 나불대고 다니는 거야. 사실 그런 풍설이 돌면 지장이 많거든. 하여간에 삼 칸 오두막 다 타도 빈대 죽는 것 시원타는 말처럼, 우리 집 다 타도 좋으니 그놈의 김두만 빈대나 타 죽었으면 속이 시원하겠다."

"실은 그 작자하고 우리 집하고도 앙숙이네. 자네나 우리 골치 아프기는 마찬가지다. 하기는 뭐 그자뿐이겠나. 평사리 작은 마을에도 면서기가 날뛰고 걸핏하면 반국가다 반정부다, 한심스럽기 짝이 없다."

감정이 격해지면 술잔 기울이는 횟수도 잦아진다. 동경에서 일류대학의 법과를 나온 이순철이고 보면 김기성이 같은 날건달에게 압박을 받는다는 것은 견디기 힘든 일일 것이다. 말단 말직, 실속 없는 명예직이라도 하나 얻어 걸치고 보면 세력의 판도는 여지없이 뒤집히는 현실. 가진 자 못 가진 자 할 것 없이, 눈먼 구렁이처럼 얽히어 친일에 열을 올리는 군상들.

"거 광주학생사건 때 여기 중학에서 주모자로 잡혀갔고 형까지 살고 나온 후배가 있었지. 아마 윤국이는 알 거다. 홍수관이라고."

"홍수관이? 알지. 윤국이 일 년 선밴데 아주 친하다."

"그놈아를 우리가 데리고 있거든. 서기로 말이야."

"뭐, 자네가 데리고 있어?"

"음."

"금시초문이구나. 하여간 고맙네. 그 무렵 강탈 사건 땜에 우린 손도 발도 내밀 수 없었는데 자네 좋은 일 했군그래."

"하여간 내가 그놈아아를 끌어다났는데 잊을 만하면 경찰에서 오는 거라. 김기성 그놈도 기웃거리며 협박을 하지 않나. 악종이다."

순철의 말은 어쩐지 토막토막 끊어져 나오는 것 같았다. 뭔지 복잡하고 격해 있는 듯했다. 실제 하고 싶은 얘기는 정리되지 못했고 표현하기가 쉽지 않는 것처럼 느껴졌다. 이들은 독립자금 강탈 사건이 있은 뒤 거의 만나지 못하였다. 만나지 못했다기보다 형편이 서로가 회피할 수밖에 없었다. 순철은 섬세하고 감각적이지는 않지만 부유한 집안에서 거리낄 것 없이 자란 탓으로 비교적 통이 컸고 순조롭게 대학까지 마쳤으며 고문(高文)에 도전도 했던 만큼 머리가 명석했다. 게다가 도복을 꿍쳐 메고 도장을 드나들며 유도로 단련이 된 몸은 날렵하면서도 튼튼했다. 보스 기질이랄까, 협객 타입이랄까 그런 사내였다. 그러나 사명감이 투철한 편은 아니었으며 대학 시절, 사회주의 사상이 일본 전토를 풍미했던 시기, 그도 그 방면의 책들을 탐독한 일은 있었지만 사회의식은 희박했다. 하여간 환국이를 만난 순간부터 순철이는 흥분해 있었다. 그간의 사정을 생각하면 그의 흥분은 물론 우정 때문만은 아니었을 것이다.

독립자금 강탈 사건이 있은 후 환국이 순철이, 이들의 양가를 보는 일반적 시각은 두 갈래였다. 순철의 부친 이도영을 피해자로 보고 길상을 가해자로 추측, 길상의 경우는 물론 가정(假定)이었다. 당국에서 혐의를 두고 한때 수사의 대상이었기 때문인데, 다른 한 갈래는 이도영을 협조자로, 길상을 주모자로 보는 시각이었다. 이 두 번째 추측은 이도영이 매우 훌륭하며 추앙할 사람으로 진주사람들 사이에 부각되었으나 대신 당국에서는 실로 형용키 어려운 시달림을 받아야만 했다. 그리고 함께 돈을 강탈당한 김두만이가 협조자라는 불똥이 자기 발등에 떨어질까 봐서 전전긍긍하면서도 바로 그 두 번째 추측 때문에 그는 양가에 대하여 이를 갈며 깊은 원한을 품게 된 것이다.

"김기성이가 그런다고 뭐 어찌 되는 것도 아니겠고 신경 쓸 것 없다. 지난 일은 다 잊어버리고 술이나 마시자."

환국이 부어준 술잔을 들어 올리며 순철은,

"신경을 안 써야 하는데 그게 그렇게 되질 않아."

한숨짓듯 말했다.

"자네답지 않군. 다 열등감 때문에 그러는 거 아니겠나. 나는 학교가 달라서 소원했지만 자넨 중학교 동문인데 그를 너무 괄시했어. 실은 그의 부친의 경우도 그래. 우리 집에 대해서 강한 증오심을 갖고 있는 것도 따지고 보면 열등감, 그 때문인데, 하기는 뭐 평등의 원칙에서 본다면 우리에게도 문제는 있었어."

환국은 얘기가 깊어지는 것을 원치 않는 듯 웃으며 말했다. 그러나 김두만의 조부 조모가 최참판댁에서 면천되어 나간 종의 신분이었다는 말은 하지 않았다.

"공자 같은 말씀하시네."

"공자는 평등주의자 아니었어."

"그랬나?"

"물론 나도 평등주의를 실천하지 못했구, 우유부단, 그저 콧구멍으로 숨만 쉬고 있는 형편이지만."

"문제는 남들한테 있었던 게 아니고 내 자신에게 있는 거지."

"……?"

"김기성이가 신경에 걸거적거리는 이유도 실은 따로 있네. 그놈이 경방단 단장 아니라 그보다 높이 되었다 하더라도 또 과거 무시당한 분풀이로 지분거린다 하더라도 내가 꿀릴 게 뭐 있어? 어느 면으로 보나 그놈의 상대가 되진 않아. 그까짓 날건달 마음만 먹으면 몰아낼 수도 있어."

그것은 빈말이 아니었다. 진주에서 순철의 위치는 확고했다. 학벌이며 재력, 사업가로서의 기반, 모두 튼튼했다. 게다가 순철에게는 일본인 친구가 많았다. 학연 관계도 있었고 사업관계, 또 유도도장을 드나들 때 사귄 각계의 일인들. 대개가 상부층이며 서로 연관들을 가지고 있어서 김기성을 깔아뭉개는 일쯤 그리 어려운 일은 아니었다. 내성적인 부친 이도영과 달리 순철은 활달했고 대인관계에서도 잘해나가는 편이며 특히 강자숭배 기질인 일본인들은 순철의 보스 기질, 협객 스타일을 매우 좋아했다.

"그놈을 만나면 신경이 곤두서는 이유는 바로 그 사건 때문인데 나는 진실을 모른다."

"그 점은 나도 마찬가지 아닌가."

환국은 다소 굳어지며 말했다. 느낌으로는 강하게 온 것이 있었지만 환국이 역시 진상은 모르고 길상으로부터 일체 들은 말도 없었다.

"뭐 내가 진실을 캐묻자는 것은 아니네. 지난 일을 왈가왈

부할 생각도 없고."

"어폐가 있군. 캐묻다니? 뉘한테?"

환국의 어세는 날카로웠다.

"아아, 이거 참, 실술 했구나. 하도 일이 혼란스럽고 복잡하게 얽혀서 착각에 빠질 때가 있어. 미안하다. 이건 어디까지나 내 자신의 사정을 두고 하는 말일세. 내 나름의 고민인데, 단도직입으로 말을 하자면 돌아가신 내 아버지한테 문제가 있었던 거야."

하고 순철은 담배를 꺼내어 붙여 물었다.

"가족들에게 보인 아버지의 태도, 그게 문제였다. 어째서 아버지는 가족에게 담을 쌓듯 그렇게 홀로 침묵을 지켰는지, 풀리지 않는 수수께끼로 남아 있다. 가족에게는 물론 나에게 조차 일체 함구하신 그 진의를 나는 아직도 모르겠단 말이야. 그것은 도대체 무엇을 의미하는 것이었는지, 무엇을 암시하는 것이었는지, 누구를 위해 침묵하신 것인지, 환국이 너도 생각해보아. 경찰서에서 아니다 하셨으면 가족에게도 마땅히 아니다 하셔야 하지 않았을까? 어째서 아버지는 그토록 완강하게 입을 다물고 계셔야만 했는가."

순철은 당시의 괴로움이 생각났던지 얼굴이 일그러졌다. 피우던 담배를 눌러 끄고 말을 이었다.

"나는 아버지의 의중을 두 가지로 생각해보았다. 하나는 협조, 그들의 말을 빌리자면 연극인데 아버지의 침묵은 가족들에게 연극이었음을 시인한 것이야, 또 하나는 비록 강탈당하기는 했으되 조선 민족으로서 독립자금을 내는 것은 당연한 것이니 왈가왈부할 필요가 없다는 뜻이었는지, 그러나 이상하지 않아? 그 정도의 얘기는 어머니나 나한테 할 수 있는 일 아니겠어? 강탈을 당했지만 그런 식으로라도 돈을 건넸으면 조선사람으로서 면무식은 했다, 그렇게 말씀하실 수도 있는 일 아니겠어?"

"……."

"만일 협조한 것이 진실이라면 그것은 우리 집안을 송두리째 걸고 한 모험이었다 하겠는데 그렇다면 아버지는 대체 어떤 사람이었을까? 그쪽을 차단하기 위한 침묵이었을까? 가족을 보호하기 위한 침묵이었을까? 아버지의 생각을 내게 심어주기 위한 침묵이었을까? 지금도 그 의혹은 마치 유혹하듯 나를 그 언저리로 맴돌게 한다. 아버지는 도대체 어떤 인물이었을까?"

환국이도 차츰 이도영이라는 인물에 대하여 궁금증을 품기 시작한다.

"아버님한테 진상에 대해 물어본 적은 없었나?"

"자네는? 자네 아버님이 혐의를 받았을 때 물어보았나?"

"아니."

"나는 한 번 물어보았다."

"그래서."

"대답을 안 하시더군. 마치 돌로 굳어져버린 것처럼. 그렇게 엄한 얼굴을 본 적은 처음이었다."

두 사람은 다 같이 한숨을 내쉰다.

"그 당시, 협조니 연극이니 그런 말만 나오면 심장이 오그라드는 것만 같았다. 아버지가 잡혀가는 악몽도 수없이 꾸었다. 내가 이런 말을 입 밖에 내는 것도 오늘이 처음이지만 아버지가 생존해 계셨더라면 아마 이런 말 할 수 없었을 거야. 그때의 두려움은 아직 남아 있어. 그런데 두려워하면서도 호기심을 갖는 아이처럼 내 두려움 속에는 늘 흥분이 있고 자부심이 있는 거야. 그런가 하면 움켜쥔 물이 손가락 사이로 다 빠져버린 듯 아무것도 남아 있질 않는 것을 느껴. 불안해지는 거야. 아버지를 모를 때 이상하게 나는 내 자신에 대해서도 알 수 없게 되는데, 막연하다는 것은 불안이야. 이 기분을 자네는 모를 거다."

"알어."

"김기성을 만날 때 내 신경이 곤두서는 것은……. 그들처럼 우리도 피해자냐, 아니면 가해자냐, 혼란스러워. 까닭 없이 당황해지고 설 자리 잃은 사람처럼 막연해지고, 그놈은 번번이 내 불안의 불씨가 되거든. 그럴 때 내 꼴이란 찻간에서 자리를 못 잡아 허둥대는 노파 같단 말이야. 아주 기분이 나빠."

환국은 순철의 술잔에 술을 따랐다.

"들어."

"응."

술잔을 비운 순철은 환국에게 잔을 돌리고 술을 붓는다.

"바보처럼 웃고 살자. 광대가 되지 않으면 살 수가 없어."

"언제까지?"

순철은 환국의 눈을 깊숙이 쳐다보며 말했다.

"글쎄……. 멀지 않았다고 믿어야지. 멀지 않았을 거야."

"마치 허공을 걷고 있는 것만 같다. 어떤 왜놈도 날보고 그러더군. 이것은 삶이 아니라구. 꽤 괜찮은 녀석인데 소집을 받고 전선으로 나갔지. 바짝바짝 죄어들기론 그네들이라고 다르게 없다. 언제 소집장이 날아올지 모르는 강박에 쫓기고 있거든. 겉으로야 천황폐하를 위하여 우리는 죽겠다 하지만 자신의 삶이 동강나는 절망이야 감출 수 없는 거지. 어깨띠를 두르고 일장기 물결 속에 서 있는 가면 같은 얼굴, 그들 아내나 모친이 거리에 서서 행인들에게 센닌바리[千人針]를 부탁하는 모습에서도 우수수 낙엽이 떨어지는 것을 느껴. 수월찮이 전사(戰死)도 했을 거고."

센닌바리란 흰 천에 천 사람이 붉은 실로 한 땀씩 매듭을 짓는 것인데 그것을 배에 감고 있으면 총알이 비켜 가고 무운장구(武運長久)한다고 믿는 일본인들의 풍습으로 소집받은 사람의 가족이 거리에 나서서 행인들에게 한 바늘씩 부탁하여 만드는 것이다. 진주 거리에서도 흔히 보는 풍경이었다.

"몇 마리의 군국주의 악령(惡靈) 때문에 수많은 사람들이 죽

어가고, 자칫하면 국가 존립조차 어렵게 되어갈 판인데 왜 그
따위 미친 지랄을 하는지, 하여간 일본도(日本刀)가 문제라."

"자업자득이지. 반전사상(反戰思想)이 지나갈 바늘구멍만 한
통로도 없는 게 일본 아닌가."

환국이 말에 순철은,

"전쟁이 나면 어느 나라든 사정이야 비슷한 거지 뭐."

"전쟁이 나기 이전의 얘기를 한 거다. 반전사상을 성토하고
말라 죽게 한 것은 군부보다 한술 더 뜨는 국민, 그들 스스로
가 앞장선 일 아닌가."

"그거야 정부가 유도하니까, 일등국민이라느니, 세계의 강
국이라느니, 섬나라에서 세상 넓은 줄 모르고 살아온 백성들
을 솜사탕같이 부풀려서 간에 바람 잔뜩 집어넣고 신국이라
는 환상 속에 대갈통 적셔가며 몰아붙이니, 자고로 대중이란,
아주 허약한 것이거든."

"자네 말마따나 몇 마리 군국주의 악령을 따라 일사불란하
게 죽음의 길도 마다 않으며 가는 그 소리에 귀 기울여봐. 무
섭지? 일사불란이 천치들의 행진이라는 것을 까맣게 모르는
그들은 더욱더 무섭다. 아프리카에서 개미의 대군이 지나간
자리에는 남은 것이 없다 하는데 마치 그 개미 떼처럼 일본인
들은 일치단결 대열에서 이탈하지 않고, 우리들 식자 중에서
도 그들 단결을 일본인의 장점으로 꼽는 사람이 더러 있는데
그 일치단결이 파괴로 돌진할 때 가공할 결과를 가져온다는

것은 생각하지 않는 것 같더군. 파괴란 새 질서를 세우는 과
정이기도 하지만 휴머니즘을 결여한 새 질서란 허구이며 허구
에서 시작되는 파괴란, 남뿐만 아니라 자신도 무너지고 마는
결과를 초래하지. 오늘의 일본을 보면 명백해. 그리고 일본이
패망하는 날 그것은 증명될 것이다. 일본에서는 여하한 경우
에도 혁명은 없을 거야. 자멸할지언정. 그들은 허구를 존재케
하기 위하여 끊임없는 잡동사니로 호도해왔다. 그것은 무엇
을 의미하는가. 새로움이 없다는 얘기고 새로움이 없다는 것
은 생명이 없다는 것, 창조하지 못한다는 것, 그들은 뻔뻔하
게도 전쟁은 창조의 아버지요 문화의 어머니라 했다."

평소 환국이답지 않게 그의 어투는 매우 신랄했다.

"나는 그 의견에 반대다. 민족성에다가 못 박는 것은 반대
다. 체제에 따라 변질될 수밖에 없는 것이 인간의 보편성 아
닌가."

"민족성에 못을 박은 것은 아니다. 나는 그들의 역사를 말
한 거야. 인간의 보편성에는 변하는 것과 변하지 않는 것이
있는데 일본의 역사는 변해야 할 것이 변하지 않고 변하지 말
아야 할 것이 변해왔다. 그렇게 본다. 나는 민족성에다 근거
를 두고 말한 것은 아니다. 길들여진 상태를 말했을 뿐, 그러
니까 그들 스스로도 피해자인 셈이지."

"변해야 할 것이 변하지 않고 변해서는 안 될 것이 변했다.
그게 뭔데?"

"우라시마 타로의 다마테바코처럼 속이 텅텅 비어 있는 신도(神道), 혹은 신국사상과 현인신이라 부제가 붙은 만세일계(萬世一系)는 변해야 하는데 변하지 않고 변해서는 안 되는 진리와 진실, 또는 사실은 그들 형편 따라 변화무상이지. 결국 그것들은 일맥(一脈)으로써 변하건 변치 않는 것이건 허구다 그 얘기야."

"음……."

"그들은 우라시마 타로의 다마테바코를 열어야 해. 그리고 진실과 직면해야 해. 설령 백발이 될지라도, 그래야만 다시 태어나고 새로워지는데 일본은 결코 빈 상자 뚜껑은 열려 하지 않을 걸세."

우라시마 타로[浦島太郎]의 다마테바코는 어부였던 우라시마가 용궁으로 가서 환대를 받고 다마테바코를 선물로 받아 육지로 돌아와 보니 모든 것은 변해 있고 아는 얼굴 하나 없고, 우라시마는 바닷가로 나가서 열어보지 말라는 다마테바코를 열었다. 그 순간 우라시마는 백발노인이 되었다는 대강 그런 얘기의 일본 전설이다.

"글쎄 알긴 알겠는데, 그러나 일본은 있어왔고 현재도 존재하고 있어. 현실이란 어차피 현실을 위해 꿰어맞추어지는 거 아닐까? 국가통치의 형태는 각양각색, 현실은 이상과 너무 멀어."

순철은 다시 막연해지는지 자신 없이 말했다. 환국의 이상론에 반박할 적당한 말도 없었고 다만 환국의 논리가 현실적으로 얼마만큼의 효용성이 있는지 의문이었다.

"현실은 정지된 시간이 아니다. 또 추상적인 것 현상적인 것에 비하여 물질이 가시적이며 확실한 것도 사실이다. 그러나 가시 밖을 생각하면, 확실하지 않는 것을 생각하면 눈앞에 있는 것은 하나의 점(點)에 불과해. 시간 역시 정체해 있는 것도 아니지만 현실의 시간들은 한순간에 불과한 거고, 한 점에다가 한순간을 붙잡아서 아무리 견고한 성을 쌓아도 그게 뭐겠어? 가시 밖을, 불확실한 것을 탐구하고 과거와 미래가 이어지는 현실 속에서만이 창조는 가능해. 창조는 생명이야. 창조 없는 곳에선 파괴뿐이고 사람이 짐승으로 전락하지."

"예술가인 자네가 지향하는 길과 다른 대부분 사람들이 지향하는 길이 반드시 일치하는 건 아니야. 다른 대부분의 사람들은 특히 현실적 동물이며 잘산다는 것의 기준을 물질의 다과(多寡)에 두고 있지. 그건 생존본능으로 당연한 거고, 올바르게 소신껏, 큰 가치를 위해 헌신하는 것, 그러한 삶을 잘사는 것으로 인식하는 사람은 지극히 소수라 할 수 있다. 그건 엄연한 현실이구, 정치란 예외 없이 그런 대다수를 상대로 하는 체제 아니겠어? 얼마나 그 대다수를 말아먹느냐, 얼마나 그 대다수의 허리를 펴게 하느냐의 차이가 있을 뿐, 현인신을 신봉하건 공자를 떠받들건 또 예수 불타를 섬기든 간에 어차피 정치란 신이든 성인이든 도구화하는 게 그 속성 아니겠는가 그 말인데, 자아 술 들어."

술을 단숨에 마신 환국은 자신의 무릎을 내려다본다. 외로움, 해거름과 같은 외로움과 어떤 분노 같은 것이 그의 양어깨에 실리어 있었다.

"법과를 나온 나하고, 예술의 길로 간 자네와의 견해 차이 겠지만 또 자네는 당연히 그래야 하고, 나같이 사업을 한답시고 떠벌리고 다녀야 하는 처지로서는 싫든 좋든 현실에 밀착할 수밖에 없는데 우리의 일치점이라면, 어디 우리뿐이겠나? 조선인 모두, 뭐니 해도 우리의 설 땅이 없다는 것, 당면한 우리의 공통된 현실은."

순철은 하다 만다. 환국의 표정은 전에 없이 우울했다.

"기운 내! 환국아."

"……."

"그런저런 얘기 다 그만두고 요즘 자네 그림 그리고 있나?"

"지금 표류하고 있다."

"표류하다니?"

"갈 곳을 몰라하고 있다 그 말이야. 사람들을 만날 때마다 나는 왜 그림을 그리는가 반문하게 된다."

"지금도 반문하고 있어?"

"음. 무의미한 것 같아서, 무용지물인 것 같아서."

"그런 생각 말어. 소수란 선택받은 존재야. 다수와의 갈등, 이해부족, 있게 마련이다. 내 말이 널 실망시킨 모양인데 미안하다."

"아, 아닐세."

"내가 자네 처지라면 학교 관두고 그림에 전념하겠다. 자넨 이제 틀이 잡혔지 않아? 이 소리 저 소리 듣지 말고 그림이나 그려."

"학교를 관둔다고 해서 자유로워지는 것도 아니고 그냥 주 저앉고 싶어질 때가 있어. 부잣집 아들이 주색잡기, 방탕하는 모습이 훨씬 정직하게 느껴지기도 하구."

"흠, 그런 생각할 때도 됐다."

"그림 자신 없다. 길을 잘못 든 게 아닌가 싶어."

"그런 소리 말어!"

순철은 소리를 버럭 질렀다.

"자네가 다른 길을 택했다면 지금보다 훨씬 더 큰 후회 했을 거다."

"재능도 모자라고 불꽃 튀는 삶과의 정직한 대결도 없고 그림이란 화실 안에서 반복되는 수련의 과정만으로 이루어지는 것이 아닌 것을 새삼스럽게 절실히 깨달았다."

환국은 부친의 탱화에서 받은 충격에서 아직 깨어나지 못하고 있었다. 관음상으로부터 받은 감동, 자신의 그림 세계에 대한 회의 절망감, 원목을 도끼로 찍어서 세운 건물처럼, 수없는 인생의 영(嶺)을 넘어 그곳에 우뚝우뚝 선 듯한 김강쇠 지감 해도사 모습에서 자신의 왜소함을 느끼게 된 일, 또 서울서의 다른 일, 그것에 대한 갈등도 아직 정리가 되지 못하고 있었다.

"도망갈 길이 딱 하나 있긴 있는데."

환국의 얼굴이 다소 풀리면서 씁쓸하게 웃었다.

"그게 뭔데?"

"자연 속으로 파묻히는 것."

"머리 깎겠다 그 말이야? 설마."

"그런 뜻은 아니고 순수한 생명으로 살아보고 싶어. 또 그려보고 싶어."

"못할 것 없지. 산포수가 되건 나무꾼이 되건 그림을 그릴 수만 있다면."

"그게 쉬운 일이라면 실행에 옮기지 자네보고 얘길 하겠나? 윤국이 같으면 그랬을 거야……. 이래 봬도 나를 필요로 하는 사람이 많거든. 칡넝쿨 같은 그 인연들에 칼질하기가."

"하긴…… 자넨 예술가이기보다 성직자가 더 맞았는지 모르지."

"화가 되기보다 그쪽이 더 험난했을 거야. 불가능했지."

"생각해본 적은 있었나?"

"공상으로, 있었지."

"하여간 힘들다 힘들어. 그래 윤국인 잘 있나?"

"학교 다니고 있지 뭐."

"생각나는 일 없어?"

"아 참, 매씨는 잘 사나?"

"이럭저럭, 그 애도 그 사건 땜에 단념은 했으나, 하기야 뭐 윤국이는 심에 차지 않았겠지만."

순철의 누이동생이 윤국이를 짝사랑한 것은 양가에서도 아는 일이었다. 그 사정을 두고 하는 말이었다.

이들이 요릿집을 나섰을 때 밖은 어스름 달밤이었다. 초저녁이었다. 환국이와 순철은 굳게 악수를 하고 헤어졌다.

환국은 내일 아침, 일찍이 서울로 떠날 생각을 하며 걷고 있었다. 취기가 올랐다. 요릿집에서 술을 마신 간에서는 정신이 맑고 아무렇지도 않았는데 걸어갈수록 발끝에서 힘이 빠져나가는 것을 느낀다. 곧장 집으로 들어가고 싶은 생각이 없었다. 초저녁의 거리는 상점에서 새나온 불빛의 소용돌이 속에 사람도 주변 풍경도 아름답게 보였다. 약간은 들뜨고 행복한 것같이 보이기도 했다. 환국은 집으로 가는 도중 남강 쪽으로 발길을 돌렸다. 신사(神祠)로 가는 돌계단을 피하여 옆길로 빠져서 강변으로 내려갔다. 강가에 앉아 머리를 좀 식힌 뒤 집에 들어갈 참이었다. 달빛 받은 강물이 일렁이고 있었다. 실제 소리는 들려오지 않았지만 강 건너 대숲에서 싸아! 하며 댓잎을 흔들고 지나가는 바람 소리가 들려오는 것 같았다. 촉석루 굵은 기둥이 그늘져 꺼무꺼무했고 그 뒤켠 신사를 에워싼 나무숲도 꺼무꺼무해 보였다. 산과 밤하늘의 경계선이 선명하게 드러나 있었다.

환국은 담배를 붙여 문다. 학교 교사로 들어가면서 조금씩 피우기 시작한 담배다. 생각해보면 강혜숙을 처음 만난 것은 어수선한 병원에서였다. 간다에 있는 개인병원, 외과 전문이었다. 안경 너머 눈을 치뜨고 쳐다보던 의사의 눈, 깐깐하게 생긴 얼굴이었다. 수봉이가,

"혜, 혜숙 씨."

하던 여자, 그는 화닥닥 비켜섰다. 여자이기보다 소녀, 아이처럼 겁에 질려 있었고 그는 연신 떨고 있었다.

"내 친구고 또 영광이 친군데 최환국, 그리고 여기는 강혜숙 씨."

수봉이 소개를 했을 때 혜숙은 고개를 숙이고 말이 없었다. 영광이 일본 노가다 패거리한테 두들겨 맞고 사선을 헤맬 때 일이었다. 환국은 그때 일을 생각하는 것이다.

"연민의 정도 애정입니까?"

이부사댁에 가던 날, 나룻배에서 환국이 부친에게 물어본 말이었다. 길상은 빙긋이 웃었다.

"내 생각에는 그렇다."

"……."

"아마 너는 연민과 동정을 혼동하여 물어보는 것 같구나."

"역시 애정이군요."

"대자대비를 한번 생각해보아라."

"대승불교, 아니 종교적인 입장에서 여쭈어본 것은 아닙니다."

"인간적인 애정 말이구나."

"……."

"연민은 순수한 애정의 출발일 게다. 젖을 물리는 어머니의 마음도 연민일 것이다. 사별의 슬픔도 다시 만날 수 없는 슬픔보다 연민에서 오는 슬픔이 한층 더 진할 것 같구나."

"아버님은 어머님에 대하여 연민을 느끼셨습니까? 어머님은 대단히 강하신 분인데."

공격하듯 말했을 때,

"사고무친한 남의 땅에, 타민족이 오고 가고, 이십이 못 된 천애고아인 처녀가 강했으면 얼마나 강했겠느냐."

일렁이는 남강 물을 바라보며 환국은 한숨을 내쉰다. 부친에게 연민도 애정이냐고 물었을 때 애정 없는 영광을 필사적으로 바라보던 강혜숙의 애처로운 모습을 떠올렸던 것이다. 연민이든 애정이든 환국은 강혜숙을 멀리서 가까이서 지켜보며 오늘까지 왔다. 부모를 버리고 모든 것을 버리고 영광을 찾아왔던 여자, 영광이를 놓아주기 위하여 결국 떠났던 여자, 환국은 잔잔하고 조심스런 연민으로 혜숙을 보아왔다. 영광에게, 아내 덕희에게 죄책감을 느끼며 부끄러워할 그런 것이 아니었다고 환국은 믿어왔다. 그는 친구로서 영광을 무한히 사랑했고 아내 덕희도 그 나름의 애정을 가지고 있다 하며 믿었다. 그랬는데, 얼마 전의 일이었다. 동료교사 한 사람이 뜻밖에도 강혜숙과의 중매를 부탁해왔던 것이다. 언젠가 한번 그와 함께 양장점 앞을 지나치다가 강혜숙을 만났고 인사를 한 적이 있었는데 그 동료교사는 눈여겨보았고 그 후에도 그 앞을 지나치며 혜숙을 보곤 했던 모양이다. 젊은 나이에 그는 상처를 했고 독신이었던 것이다. 마다할 이유도 없었기에 환국은 그들을 만나게 했다. 그때부터 환국은 마음에 이상한 동요가 일기 시작했다. 그런지 얼마 되지 않아 강혜숙을 만났을 때 혜숙은 매우 명확한 어조로 구혼을 받아들이겠다는 의사를 표시했다. 그 순간 환국은 저도 모르게 망연자실했다. 그것은 충격이었다.

"영광 씨는 제가 이러고 있는 이상 죄책감 때문에 자유로워질 수가 없을 거예요."

"그럼 영광이를 위해 내키지 않는 결혼을 하겠다 그 말씀입니까?"

"체념하고 살아왔는데 그게 무슨 대수겠어요?"

"그건 자학입니다."

"아닙니다. 좋은 분 같았고 혼자 이러고 있으니까 여러 사람한테 폐를 끼치는 것 같아서요."

순간 그의 눈에 눈물이 글썽 돌았다. 폐를 끼친다는 것은 덕희의 의심을 염두에 두고 하는 말인 것 같았다. 덕희가 강혜숙의 존재를 불쾌하게 생각하고 있는 것은 환국이도 아는 일이었다.

'얼빠진 놈, 평생 결혼도 하지 않고 그 길모퉁이에서 미싱을 밟으며 혼자 살아가길 바랬던 건가? 비정하고 잔인한 그따위 생각을 내가 하고 있었단 말이야? 연민이 그렇게 이기적일 수는 없다. 도덕적인 문제를 떠나서, 인간으로서, 사내자식이, 그건 용서받을 수 없는 일이다.'

환국은 여러 사람한테 폐를 끼친다는 혜숙의 말이 몹시 아팠다. 상처받은 새 같아서 꼭 껴안아주고 싶었다.

'그래야지. 그래야 해. 결혼해야지. 바람 부는 거리에 언제까지 홀로 서 있겠는가. 원선생 그 사람 꽤 괜찮은 사내야. 불행하게 하진 않을 거다. 축복을 해주어야지. 행복해지기를 빌면서 누이같이 떠나보내야지. 사실이 그렇다. 그 길모퉁이에서 미싱을 밟으며 홀로 있는 한 영광은 결코 자유로워질 수는 없을 거다.'
하면서도 허전해지고 쓸쓸해지는 것을 환국이 자신도 어쩌지 못한다.

'이렇게 모든 일이 엇갈리는 것이 사람 사는 세상인가. 아니다. 그건 네 자신을 위한 변명이요, 합리화하려는 심사다. 너는 용기가 없다. 늘 두려워하고 있다. 너는 소림의 경우도 그러했다. 끝없이 넌 너에게 변명만 했었지.'

환국은 일어섰다. 걸직하고 탁한 목소리로 육자배기라도 불러보고 싶은 기분, 환국은 강가에서 올라왔다. 걸직하지도 못하고 탁하지도 않은 생래의 목소리로 육자배기를 부를 수 있었겠는가. 육자배기 가락도 모르면서. 엇갈리기만 하는 여인들과의 인연은 엇갈리기 때문이 아니며 생래적인 그의 기질

탓인 것은 말할 나위가 없다. 사랑을 이루지도 못했으면서 멀리서 맴돌다 말았으면서, 아니 의식도 깊이 하지 않았으면서 환국은 외로운 구름같이 번민하는 것이다.

집 앞에까지 갔을 때 대문간에서 환국은 성환이와 마주쳤다.

"선생님 이제 오십니까."

성환은 꾸벅 절을 했다.

"음, 어디 가나?"

"예. 남강여관에 갑니다. 귀남이가 아프다 캐서요."

"어머님 계시지?"

"예. 손님 오셨습니다."

"손님? 어디서."

"서울서 오신 모양입니다. 양교리댁 친척이라 하더마요. 지금 막 오셨습니다."

"알았다. 어서 가보아라."

"다녀오겠습니다."

환국은 사랑으로 들어갔다. 아무도 없는 넓은 방에 막 드러누우려 하는데 안자가 왔다.

"저녁을 어쩔까요?"

"먹었어요."

"술 많이 했나 봐요?"

"친굴 만나서 했지요."

용정촌에 있을 때, 어린 그 시절, 안자! 서! 안자! 서! 하고

놀려먹은 안자, 안자도 그랬지만 환국이 역시 서로 흉허물이
없었다.

"이상한 여자가 왔어요."

안자는 눈살을 찌푸리며 말했다.

"양교리댁 친척이 왔다던데요? 홍성숙이란 그분 아닌가요?"

"예. 노래하는 가수, 그 사람은 구면이지만 따라온 여자가
좀."

"누가 함께 왔소?"

"치렁치렁한 검정 양복을 입고, 눈은 올빼미처럼 큰데 얼굴
은 씨꺼멓고 턱이 짧은, 어쩐지 인상이 고약한 여자더구먼요.
귀신 같고 심술궂게 뵈고."

"어지간히 맘에 안 들었던 모양이군. 올만 한 일이 있어서
왔겠지요."

"마님께서는 분명히 만나지 않으셨을 텐데 마침 마루에 나
와 계시는데 그 사람들이 마당에 들어서는 바람에, 혹 양현아
가씨 혼담 가지고 온 사람들 아닐까요?"

환국은 혼자 있고 싶었는데 안자는 전에 없이 말이 많았다.

"그렇지는 않을 거요."

안자가 나가자 환국은 윗도리만 벗어 던지고 방바닥에 나
자빠지듯 눕는다. 천장을 쳐다보는데 천장이 올라갔다 내려
왔다 했다.

'술이 과했구나. 무슨 놈의 말은 또 그렇게 지껄였을까?'

누우면 이내 잠이 들 것 같았는데 이상하게 잠은 오지 않았다. 돌아누워본다. 홍성숙에 대해서는 좋지 않은 기억이 있었다. 서울서 어머니와 함께 형무소에서 아버지와 면회를 하고 돌아오는 길, 열차 안에서 그를 만났고 부산서 여관에 들었을 때 조용하와 함께 여관으로 들어오는 그를 보았다. 그 기억은 조용하의 자살에 이어졌고 임명희를 생각하게 했다. 이웃에서 자주 만나게 되는 임명희, 조용하의 자살에 이어져서 얼마 전에 자살한 박의사의 모습이 별안간 떠올랐다. 부산서 어머니가 맹장수술을 받았을 때 부산까지 달려왔던 박의사. 그때 환국은 그가 어머니를 사랑한다는 것을 깨달았다. 그러나 적개심이나 반감은 일지 않았다. 아버지한테는 미안한 일이었지만 환국은 박의사의 순수한 애정을 아름답게 보았고 그의 고뇌에 동정했다. 아주 어릴 적에 아버지와 헤어졌고 십여 년 동안의 공백기를 어쩌면 박의사는 이들 형제를 위하여 부성적인 것으로 메워주었다 할 수도 있었다. 그는 최씨네 식구들을 위하여 헌신적인 사람이었다. 환국은 가볍게 한숨을 내쉬며 반대편으로 돌아눕는다.

안방에는 서희와 두 여자가 막 들여온 홍차를 마시고 있었다.

"낮에 올까 했습니다만 안 계시면 어쩌나 싶어서 저녁을 먹고 왔습니다. 실례가 되지 않았는지요."

홍성숙의 말이었다.

"괜찮소."

서희의 대답은 썩 내키지 않는 것이었다. 습격이라도 당한 것 같은 느낌이 없지 않았기 때문이다.

"뭐, 화급하게 만나뵐 일은 없습니다만 여쭈어볼 말이 있고 인사도 드릴 겸 해서."

여쭈어볼 말이 있다 했으나 서희는 그게 뭐냐고 묻지 않았다. 물끄러미 바라본다. 임명희의 후배라는 말을 서희는 기억하고 있었다. 그렇다면 분명 홍성숙은 자기보다 대여섯 살 나이 아래일 것이다. 마흔에서 한두 살 넘겼으면 여자치고는 사양길이겠지만 한편 무르익을 나이라 할 수도 있다. 그러나 십여 년 전 서울서 내려오는 열차 안에서 홍성숙이 자청하여 자기소개를 하며 인사를 했을 때, 또 그의 언니 되는 양교리댁 부인과 함께 독창회 초대권을 가지고 찾아왔을 때, 그 무렵의 모습, 도저히 상상할 수가 없었다. 홍성숙은 엄청나게 달라져 있었다. 비대해진 것도 그렇고 늙기도 많이 늙은 편이었지만 몸 전체가 망가져버린 것 같은 인상이었다. 눈빛은 초점이 확실치 않았고 시선은 끊임없이 움직였으며 마치 조울증 환자처럼 행동거지가 불안해 보였다. 미인은 아니었지만 워낙 가꾸었고 여왕같이 화려하게 치장을 하고 다니던 여자가, 지금이라고 화려하게 치장을 안 한 것은 아니었지만 화려한 그 치장이 오히려 육체의 초라함을 강조하는 것이었고 낡고 때 묻은 곳에 페인트칠을 한 것만 같이 생동력을 잃은 얼굴에는 칠이 벗겨진 것처럼 분이 먹지 않아서 군데군데 얼룩이 져 있었다. 아무리 가는 세월이 무섭기로, 저렇게 사람이 변할 수 있는 건지 서희는 마음속으로 심히 놀라고 있었다. 홍성숙의 옆에 앉아 있는 여자, 방금 무용가라고만 소개한 배설자라는 여자의 경우도, 젊기야 훨씬 젊었으나 맑고 잘생겼다 할 수 없는 그 얼굴이며 빼어나게 균형 잡힌 몸매며 안자의 말대로 치렁치렁, 주름이 많이 잡히고 긴 검정 새틴 치마에 역시 검정빛 블라우스의 차림이며, 지방 도시에서는 볼 수 없는 모습이라 제아무리 세련되었다 하더라도 이화감(異化感)이 드는 것은 사실이다. 어쨌거나 나란히 불빛 아래 앉은 두 여자는 몹시 희극적으로 보이기도 했지만 비극적으로 볼 수도 있었다.

"정말 부인께서는 아직도 아름다우십니다. 아름다움이 유지되는 무슨 비결이라도 있으신지요?"

용건은 내버려둔 채 홍성숙은 아주 친숙해진 사이처럼 말했다. 서희는 쓴웃음을 머금었다.

"불로초라도 잡수셨습니까?"

"……."

"하도 늙지 않으셔서 그러는 것입니다. 설자 씨 안 그래요?"

서희가 말이 없으니까 홍성숙은 배설자에게 동의를 구하듯 말을 걸었다. 배설자는 크게 고개를 끄덕이며,

"네. 말씀으로는 많이 들었습니다만 뵈오니까 신비스럽습니다."

말의 품격을 한층 올려서 경건하게 말했다. 그야말로 쌍나발이다.

"그렇지? 심미적인 우리 예술가 눈에 저토록 완벽하신데 하물며 일반인들의 선망이야말로 말해 뭣 하겠습니까. 조물주의 편애가 야속할 지경입니다."

"과공(過恭)도 비례(非禮)라 했습니다. 그만들 하시지요."

"아닙니다. 과공이라니요? 오히려 모자랐으면 모자랐지."

'아무래도 한물간 사람 같구먼. 전에는 저렇게까지는 안 했는데?'

"변하지 않는 것은 이 방 안도 마찬가지군요. 십여 년 전 그대로예요, 설자 씨."

"예, 홍여사."

하자, 홍성숙은 다소 움찔한다. 대체로 홍성숙에 대한 배설자의 호칭은 세 가지가 있었는데 상황에 따라서 그것은 적절하게 사용되었다. 동석한 사람들이 홍성숙을 대수로 여기지 않을 때 배설자는 마치 동료처럼 홍여사 하고 부르며 홍성숙의 콧대를 꺾고 자신을 돋보이게 했다. 그러나 홍성숙의 가족이나 친지들 앞에서는 언니라 부르며 매우 친밀한 사이라는 것을 과시했고 홍성숙의 입지가 좋거나 자신의 이해가 걸렸을 때는 홍선생, 그 이상으로 홍선생님이라 칭할 경우도 있었다. 언젠가 불쾌해진 홍성숙이 따진 일이 있었다.

"그거야 뭐 누구나 경우 따라서 호칭은 변하는 거 아니겠어요?"

배설자는 떠밀어내듯 냉정하게 말했다. 그리고 검고 암울한 눈동자는 홍성숙을 응시했다.

"설자 넌 너무나 타산적이고 비정하다."

"언니는요? 언니는 안 그런가요."

"나는 널 위해 수고를 아끼지 않았어."

"그건 언니 자신을 위한 일 아니던가요?"

"나쁜 년!"

번번이 당하고 치사스럽게 싸우기도 하면서, 그야말로 배설자가 가지고 노는데 홍성숙은 그와 헤어지지 못했다. 상종하지 않으리라 굳게 결심을 하면서도 사흘이 못 가서 중독이라도 된 것처럼 배설자를 만나곤 했다. 홍성숙의 외로움 때문이었다. 사회적 발판을 다 잃은 때문이었다. 그에게서 모든 것은 쇠퇴해가고 있었다. 초창기의 성악가 홍성숙은 그 희귀가치 때문에 존재했고 화려한 황금기를 누렸다. 그러나 자질이 뛰어나고 정통적으로 공부한 후배들에게 밀리면서 급속하게 그는 퇴조의 길을 걷게 되었다. 게다가 허영과 사치와 경박한 성품에 불미스런 사생활은 결과적으로 음악계에서 추방당한 것 같은 꼴이 되고 말았던 것이다.

울분과 초조, 오뇌와 권태, 사그라지지 않는 야망을 안고 뒹구는 가정생활은 황폐 그것이었고 살림에 무관심한 나태한 생활은 그를 겉늙게 했다. 무골호인이지만 무미건조한 남편에, 슬하에는 자식도 없었다. 욕구불만에서 정신없이 먹어대는 음식, 소화불량은 반복이 되고 비대해질밖에 없었다. 몸이 망가지기 시작한 것이다. 이 무렵 배설자를 만났고 어울리면서 홍성숙은 별수 없이 유한마담으로 전락해갔다. 배설자는 그런 홍성숙을 앞세워 그 방면의 사회, 부유하면서 부패의 냄새가 감도는 소위 상류층에 교묘히 잠입해갔다. 그리고 그들 앞에서 배설자는 애국지사, 독립운동가의 딸이라는 탈을 더이상 쓸 필요가 없었다. 그의 부친이 다롄에 살았던 것은 거짓이 아니었다. 상해에 있었던 것도. 그러나 독립운동가는 아니었다. 일본의 밀정이었던 것이다. 어쨌든 배설자는 조선을 통치하는 당국과 맥이 통하는 여자, 권력을 배경으로 한 무용가 배설자로서 그는 자신의 영역을 넓혀갔다. 그가 경찰의 끄나풀인 것은 사실이었다. 경찰의 간부이자 죽은 부친과도 지면이던 곤도 게이지[近藤啓次]의 정부(情婦)인 것도 사실이었고. 언젠가 배설자는 무심한 듯 꾸미면서 홍성숙에게 흘린 말이 있었다. 조선의 예술가들을 통합하는 단체를, 관(官)의 주도하에 결성할 것을 추진 중이라는 말이었다. 홍성숙을 사로잡는 데 그 이상의 달콤한 미끼는 없었다. 관의 산하단체, 그 후원으로 재기하고 싶은 욕망, 헛된 꿈을 꾸게 되었으며 통합예술단체에서 감투라도 하나 얻었으면, 홍성숙은 멋지게 자신을 추방하고 소외한 무리에게 일격을 가하고 싶었다. 아니 최소한 예술가로서 낙오되지 않고 그 명맥이라도 잇고 싶었다. 이

리하여 배설자와 홍성숙의 공생관계는 굳어졌던 것이다. 공
생관계라기보다 실은 배설자라는 매 발톱에 홍성숙은 꼼짝없
이 채인 것이다. 부당한 욕망이 없었다면 어째 함정에 빠졌을
것인가. 소모를 재촉하는 함정에.

"서울서도 이렇게 격조 높은 가구로 꾸며진 댁은 그리 흔치
않지? 안 그래요? 설자 씨."

"그렇지요. 가구라기보다 제 눈에는 예술품으로 보입니다.
일본인들도 조선의 가구, 목기를 보면 사족을 못 쓰던데요?
상당히 오래된 것 같기도 하구."

"그럼, 유서 깊은 집안이니까."

"저 이층장 삼층장의 나뭇결 빛깔이 정말 기막히군요. 백동
장식의 디자인도 기발합니다."

"솜씨 좋은 장인이 여러 해를 두고 만들었을 거야."

"아까부터 보고 있었지만 정말 황홀하네요."

기발이니 디자인이니, 유서 깊은 집안이니, 황홀하다느니,
서로 질세라 주고받는 말을 들으며 서희는 희미한 미소를 머
금는다. 홍성숙은 서희에게 시선을 돌렸다.

"서울에는 자주 올라오신다는 얘긴 들었습니다만."

"가끔 가지요."

"저희들도 저희들 나름으로 사회활동을 하고 있는 처지라
서 좀체 찾아뵐 기회가 없었습니다. 이번에는 설자 씨랑 바
람도 쏘이고 유람하는 기분으로 왔더니 마침 계신다 하기에,

네, 그렇지요. 저어 그리고 어떤 분의 부탁도 있고 해서."

여쭈어볼 말이 있다는 데서 어떤 분의 부탁이라는 말까지 진전이 되었는데 아까처럼 그 말은 이어지지 않았다.

"평소 설자 씨가 부인 뵈옵기를 소원하기도 했었지요."

시작부터 서툴렀다. 따지고 보면 가정의 주부에 지나지 않는 서희를 어떻게 내력을 알고 만나보고 싶어 했는가. 그것에서부터 마각은 드러났는데 홍성숙은 알지 못했고 배설자는 눈치가 빨라서 눈살을 찌푸린다. 이 사람이 이렇게 주책이 없어요, 하듯이.

"설자 씨를 말할 것 같으면 제 동생이나 다를 바 없고 예술가라는 공통점도 있고 해서 여러 가지 동병상련하는 처지입니다. 조선과 같이 아직 미개한 나라에서는 성악가다 무용가다 하면은 제대로 인식이 안 돼 있는 것 같더군요. 이런 풍토에서는 예술가가 걸어야 하는 길이 그야말로 가시밭길입니다. 보호는 못할망정 중상모략을 일삼으며 어떻게든 꺾어버리려는 악습이 있습니다."

불미한 소문을 의식하며 그것을 지우려는 듯 홍성숙은 말했다.

홍성숙은 말을 계속한다.

"외국에서는 일류 성악가나 무용가라 하게 되면 국가의 보배요 국민들이 아끼고 사랑하며 보호를 받게 되는데 이곳에서는 박해를 당하기 일쑤지요. 하필이면 왜 예술가로 태어났을까 한탄할 때도 있답니다. 사람들의 의식이 깨어야, 그래야 비록 약소민족일지라도 그나마 대접을 받지 않겠습니까? 부인에게 이런 말씀드리는 것이 좀 뭣합니다만 저도 그간에 겪은 고초가 이만저만이 아니었습니다. 숱한 낭설에 시달리기도 했구요. 접시 바닥 같은 계집들 입방아."

배설자가 옆구리를 쿡 찔렀다.

"홍여사 그런 얘기는 좀,"

하다가 서희를 보고 어중간하게 웃으며,

"뭔가 억울해서 그러는가 봐요. 사람만 만나면 저렇게."

위하는 척하면서 주책을 용서하라는 뜻을 깔면서 말했다.

"내가 언제 사람만 보면 그랬어?"

이야기의 내용은 균형 잃은 것이며 상대를 고려에 넣지 않는 것이었지만 어조는 평이했는데 갑자기 고음이 퉁겨 오르듯 홍성숙의 어세는 날카로웠다.

"말하는 홍여사는 모르겠지만 좀 그러는 편이에요. 신경과민 아닌가요?"

"설자 씨! 너무 덤비는 거 아니야?"

이성을 잃고 발끈했다. 비웃장을 확 긁는 말도 그랬고 말을 막은 것도 그랬고 특히 여사라는 호칭이 괘씸했던 것이다. 사실 유치할 지경으로 예술가를 연발하며 장광설을 늘어놓는 것은 근래에 와서 생긴 홍성숙의 새로운 버릇이었다. 그러나 배설자는 홍성숙의 비웃장을 긁기 위해 한 말이기보다 어쩌면 주로 침묵하고 있는 서희의 반응을 보기 위한 시도였는지 모른다.

"한 귀로 듣고 한 귀로 흘리세요. 누구나 다 겪는 일인데 뭘 그리 꼬장꼬장 생각을 해요."

"하긴 뭐…… 그렇기는 하지만 남의 일이니까 말로는 그러지만."

슬그머니 가라앉는다. 한동안 시무룩해 있던 홍성숙은 자신을 달래고 타이르는 것 같았다.

"가끔 제가 이렇게 흥분한답니다. 용서하십시오. 나이 탓이지요."

"그럴 때도 있지요. 개의치 마시오."

서희 마음에 일말의 동정이 일었다. 사람의 형상이 저토록 변했는데 성품인들 어찌 변하지 않겠는가 싶었던 것이다. 홍성숙은 누가 쫓아오기라도 하는가 다급하게 다시 말을 이었다.

"설자 씨가 곁에서 늘 도와주어서, 동생 같으니까 성질도 부리곤 한답니다. 제 성질을 다 받아주고 무던하지요. 아끼는 설자 씨를 무용가라고만 했습니다만 아무쪼록 부인께서 유념해주시기 바랍니다. 여러 가지 재능이 있는 사람이니까요. 서울서 공연도 한번 한 일이 있었고 뜻있는 분의 후원으로 지금은 무용교습소를 운영하고 있습니다. 본인을 앞에 두고 말하는 것이 좀 뭣하지만 체격을 보아도 그렇고 타고난 무용가예요. 최승희의 수제자이기도 했구요. 하기야 뭐 제이의 최승희가 나오지 말라는 법이 있습니까?"

"비꼬시는 건가요?"

배설자 말은 들은 척도 않고 말을 계속한다.

"게다가 설자 씨는 일본인 실력자 중에 친분 있는 사람이 많아서 발전하기도 쉽지요. 또 여러 가지 어려운 중개 역할도 맡아서 하고 있는 형편이며 사교의 범위가 아주 넓습니다. 우리의 형편이, 부인께서도 아시다시피 희망이 없는 거 아니겠어요? 실현되지 못할 일이면 진작 버리는 게 좋고, 조선이 독립하리라는 것은 버얼써 물 건너간 일 아닙니까? 기왕지사 이렇게 된 바에야 일본과 서로 손잡고 상부상조하는 길밖에 더 있겠습니까? 조선 민족이 다 죽을 수는 없지요. 제가 듣기로는 부인께서 일본에 대하여 매우 우호적이며 일본에 대한 이해도 깊다 하더군요. 다만 바깥분이 그래서 심려가 큰 줄 압니다만 그것도 부인께서 하시기 나름 아닐까요?"

"그렇다면 그런 일에 대한 복안이라도 있어서 찾아왔단 말입니까?"

서희는 짐짓 관심이 있다는 듯 물었다.

"네?"

어리둥절하다가 당황한다. 어디서 얘기가 그리로 빠졌을까 생각하듯 그러나 강하게 부정하는 몸짓으로,

"아, 아닙니다. 이번에 찾아뵌 것은 그런 일이 아니며."

미처 말이 끝나기도 전에,

"필요하다면 복안이야 왜 없겠습니까."

재빨리 배설자가 받았다. 그의 말에는 왠지 모르지만 소름 끼치는 것이 있었다.

"네……."

애매하게 대답하고 서희는 배설자를 한동안 쳐다본다. 백 해무익의 인물이라는 것은 초장부터 간파하고 있었지만 배설 자의 마지막 말에서 서희는 결코 소홀히 넘겨서는 안 될 여자 라는 것을 깨닫는다. 횡설수설, 정신이 나갔다 들어왔다 하는 홍성숙에게 들러붙은 찰거머리 같았고 검정 옷에 핏빛이 스 쳐가는 것을 느낀다.

'섣불리 상대했다가는 큰일 날 여자다. 이런 종류의 여자는 흔치 않아.'

"앞으로 정세가 나빠지면 염려되는 일이 생길지 모르나 아 직은 우리 집안에 별일이 없으니."

"네, 앞으로도 별일이야 있겠습니까."

너무 노골적이었다고 생각되었는지 배설자는 일단 후퇴를 했고 대신 홍성숙이 드디어 본론을 꺼내는 것이었다.

"실은 따님을 한 번 본 일이 있었습니다."

"우리 아이를?"

"네, 어떤 분이 함께 가자고 해서 따라갔습니다만, 학교 앞 에서 기다리다가 본인 모르게 보았지요. 참 눈부시게 아름답 더군요."

"어째 그러셨지요?"

"물어보나 마나, 선보러 갔지 뭣 하러 갔겠습니까. 혼담이 많은 줄 알지만 제가 말하는 혼처는 나무랄 데 없을 만큼 거의 완벽하지요. 총각은 현재 동경에서 유학 중인데 경응대학 법과에 다니는 수재구요. 인물도 잘생겼습니다. 까놓고 얘기하자면 우리 시댁과는 집안 간인데, 해서 어릴 적부터 그 애를 보아왔습니다. 성품도 자상하고, 마침 규수를 찾던 중이었는데 연비연비로 알게 된 따님이 마음에 들어서 찍은 모양입니다."

"그 아이 내력은 아시오?"

"물론 알지요. 그러한 약점을 물리칠 수 있는 조건을 갖춘 처녀 아닙니까? 눈부신 아름다움에 장차는 여의사가 될 것이며 친정이 든든하질 않습니까? 그쪽에도 약점은 있지요. 먹고 사는 데는 지장이 없지만 시어머니 될 사람이 홀로 되어 아들딸을 기르다 보니 살림이 넉넉지는 못합니다."

벌써 감을 잡은 서희의 표정은 우울해 보였다.

"부인께서는 규수를 친자식 이상으로 사랑하신다고 들었습니다. 아닌 게 아니라 사랑받을 만한 처녀였습니다. 옛날 생각 나시지 않습니까?"

"……?"

"형부하고 저의 언니가 댁의 아드님을 두고 몹시 탐을 냈지요."

"아아."

"성사가 되지 못해서 얼마나 서운하게 생각했던지요. 우리 소림이도 손등의 그 흠집만 없었다면 원하는 만큼 사윗감을 고를 수도 있었는데, 하기는 지금 잘 사니까 다행이지만 생각 해보면 어찌 그렇게 파란만장을 겪으면서 혼사가 이루어졌는 지 신기합니다. 가난뱅이 의전 학생, 의관의 집 자식이라고는 하나, 게다가 짝사랑하던 간호부가 학비를 보태어주었으니, 장래를 믿고 한 일이고 보니 그 분란이 오죽했겠습니까? 용모 로 보나 학력으로 보나 어느 모로 보아도 도저히 짝이 될 수 없는 여잔데 참말 분수 모르고 날뛰었지요. 조카사위는 말하 더군요. 공부는 해야겠고 가난이 죄다, 금전을 내미는데 물리 칠 수 없었더라는 거예요. 약속한 바도 없고 손목 한번 잡아 본 일도 없었다는 거예요. 그때 형부가 현명하게 단안을 내렸 지요. 그 간호부에게 적잖은 돈을 주고 해결을 보았는데 그렇 게 하자니 의견이 분분하고 말도 많았고 양교리댁 체면도 많 이 깎였습니다. 친척들은 딸을 늙혔음 늙혔지 그런 데 시집을 보내느냐고 노골적으로 말하곤 했지요. 사위의 학비 일체를 대고 병원까지 차려주었으니, 우리 언닌 억울해서 많이 울곤 했습니다. 부인께서 보셨는지 모르겠습니다만 우리 소림이도 이 댁 따님에 못지않게 아름다운 처녀였습니다. 집안 좋고 재 물 있고 여학교도 서울서 명문을 나왔고 삼박자가 다 맞았는 데, 운명이겠지요. 손등의 흠집은 치명적인 것이었으니까요."

듣기 좋게 흠집이라 하지만 그것은 그야말로 치명적인 혹이었던 것이다. 양현의 경우도 그 혹 못지않게 그의 내력은 거의 치명적인 것이다.

"솔직히 얘길 하자면 규수의 출생을 상쇄하는 방법이 없는 것도 아니지 않습니까."

서희는 대꾸없이 묵묵히 앉아 있었다.

"노골적으로 얘기하자면 지참금 문제 아닌가요?"

배설자의 말이었다.

"말하자면 그렇지."

"혼담 가져간다는 얘기는 들었지만 내용은 잘 몰랐는데 아주 약고 계산이 빠른 사람들이군요."

"설자 씨! 혼담이란 본시 그런 거 아니겠어? 피차 손해 안 보려는, 그래서 고르는 거구."

"여의전을 나오면 장차 의사 아니에요? 거기다 지참금까지, 너무했다."

"그러나 현실은 그렇지가 않아. 시댁 집안이라 해서 그쪽 편을 드는 것도 아니구. 그만한 혼처도 쉽지 않겠다 싶어서 권하는 건데. 시집도 안 간 설자 씨가 뭘 안다구 그래."

"홍선생이 맘을 써주어서 고마우나 글쎄 섭섭하게 생각지 않았으면 좋겠소. 우리 아이는 이미 정혼한 데가 있어서."

"네? 정혼을 했습니까?"

"했어요."

"이거 참 헛수고를 했군요."

홍성숙은 약이 올라 말했다. 서희는 드물게 소리 내어 웃으며,

"용서하시오. 사람의 욕심이란 원래 미련한 것이어서 더 좋은 자리일까? 하고 듣고 있었지요."

"그러면 정혼한 곳이 월등하다 그 말씀입니까?"

"그런 셈이지요. 지참금은 필요 없으니까."

"……."

맥을 놓고 홍성숙은 서희를 바라본다.

하직을 하고 문밖에 나온 성숙은,

"우롱을 당한 것 같다."

하며 길바닥에 침을 뱉었다.

"정혼한 곳이 있다는 것은 빈말일 거예요. 완곡하게 거절하기 위해 그랬지 않나 싶은데."

"흥! 기생 딸을 지참금 없이 누가 데리구 가누."

"지참금보다 장래 의사가 실속은 더 있는 거 아니유?"

"그래도 여기 조선에서는 아직 안 그래. 우리 소림이는 손등뿐이지만 그 아이는 몸뚱어리 전체가 치명적이야. 지참금 주고도 그런 혼처 구하나 두고 보면 알어."

"유부녀가 외도를 하면서 꽤 구식 이론이네."

둘이 되면서부터 이들 사이에 오가는 말은 거칠었고 직설적이다. 부패되어가는 감성을 거리낄 것 없이 토한다.

"모르겠다 모르겠어. 내 코가 석 자나 빠졌는데 남의 일, 실

은 처음부터 관심 없었어. 끝없이 권태롭고 죽고 싶을 만큼 권태로워. 서울을 떠나와도 속 씨원한 그런 일이 있어야지."

"밤거리를 좀 걸어봅시다."

"그러자꾸나."

하다 말고 성숙은 걸음을 딱 멈춘다.

"설자 씨, 아까 왜 그랬지? 그렇게 날 망신주어도 되는 거야?"

"다 언닐 위해서 한 말인데 뭘 그러우?"

"말은 꽃같이 아름답고 비단같이 매끄럽지만 냄새가 나. 창자까지 훤히 들여다보여. 우리가 하루 이틀 보는 사이냐?"

"또 시작하네."

혀를 차면서 설자는 홍성숙을 내버려두고 간다. 홍성숙은 또 부지런히 그를 따라간다.

"나 솔직히 말해서 홍여사 할 땐 싫어! 설자 너 나이 몇인데 날 보고 여사라 하니?"

"밥 짓고 빨래하고 애 낳아 기르는 아낙이 아니잖아요. 사회활동을 하는데 그럼 여사라 하지 뭐라 하지요? 그 말이 어때서? 진주까지 와서 또 쌈할래요? 그렇담 나 내일 갈 거예요. 바쁜 사람 끌고 와서는."

이들은 어두운 길에서 불빛이 환한 신작로로 나왔다.

"생각해보니, 생각해보나 마나지 뭐. 희망이 없어. 집이 지옥 같애. 나이 젊다면 연애하다가 동반자살하고 싶어."

"침이나 바르고 하는 소리예요? 나이 젊다면 명성을 위하여 동분서주, 혈안이 되어 서울 거리를 쏘다닐걸요? 연애는 무슨 놈의 연애, 계산된 정사지 뭐."

"너나 나나 피장파장이다."

"바늘로 찔러도 피 한 방울 안 나오겠던데요?"

"누가?"

"방금 만난 여자."

"최서희? 그거 대단한 여자야. 철옹성이란 말이 있지. 그 여자 철옹성이야. 함락 안 될 거야. 손가락 빨지 말구, 한데 어찌 그리 늙지도 않았지? 불로초 삶아 먹었나? 그런데 말이지, 설자는 바늘로 찌르면 피가 나올까? 검은 피가 나올지도 모르지."

"왜 이래요? 고약하군. 술도 안 마시고 주정하나?"

"알어. 되로 주고 말로 받는다는 것, 넌 항상 그랬잖았어?"

"하면은 손해볼 시비는 왜 거는 거유?"

"심심해서 그런다. 설자 너는 복수심이 강해. 무섭단 말이야."

"홍여사는 안 그렇고?"

"까불지 마. 쥐꼬리만큼 있었던 것도 옛날 옛 시절이고 이젠 맹물이다. 너는 질기고 무자비하고 사악해. 독사같이."

"맞아요. 홍여사는 착해서 버림받은 거예요."

"뉘한테?"

"조용하, 나 같음 놓아주질 않지. 아주 쉬운 상댄데, 바보라구요."

"내가 바보라 그 말이지? 흥, 빚 받을 것 없었어. 계산은 다 끝났던 거야."

밤바람이 제법 썰렁했다. 지상에는 불빛이 있고 하늘에는 별이 많았다. 오가는 사람들이 치렁치렁, 검정 옷 입은, 밤에 보니 흡사 마귀 같은 배설자를 힐끔힐끔 쳐다보며 지나간다.

"언니 요즘 형부하고 각방 쓰나요?"

"그건 왜 물어."

"증세가 날로 심해지니 물어보는 거지요. 정서불안 욕구불만, 형부가 안아주지 않는 모양이죠?"

설자는 킬킬거리며 웃었다. 음탕한 웃음이었다.

"옛날 옛적에 졸업했다. 누가 너 같은 줄 아니? 한 남자 가지고는 모자라는 여자, 참 살맛 나겠다."

"어디루 가는 거요?"

"몰라."

"언니 댁에선 홍여사 환영 안 하는 눈치던데 밤늦게 들어갔다가 구박받으면 어쩌나?"

"형제도 유세(有勢)해야 대접하는 거야."

"유세보다 평판 때문이겠지요."

"그럴지도 모르지. 언니는 요조숙녀니까."

"언니."

"무슨 청이 있어? 겁난다아."

"조카딸 집으로 가요. 방도 많은데."

배설자 목소리에 탄력이 실린다.

"그럴까?"

"술 사가지고 가요."

"그러려무나."

하다가,

"그만두지. 술 있을 거야. 내놓으라 호통치면 돼. 조카사위
가 날 괄시하지는 않아. 저이들이 인연 맺은 것 그게 다 뉘 때
문인데? 가자."

홍성숙의 목소리에도 활기가 돌아왔다.

그들은 허정윤과 양소림이 사는 병원 뒤편에 있는 살림집
문을 두드리고 들어갔다. 밤은 제법 저물었는데 응접실에 내
외가 앉아 있었다. 아이들은 잠이 든 모양이다.

"밤늦게 웬일이에요?"

소림이 놀라서 일어섰다.

"이모님이 웬일이십니까."

정윤이도 신문을 놓고 일어섰다.

"우리 또 왔어요."

배설자가 명랑하게 말했다.

"네. 오셨어요."

소림이 배설자에게 인사를 했다.

"점심을 얻어먹었는데 또 왔지 뭐냐. 잠자리 빌리려고. 허
서방 자네도 알지? 자네 장모님께서 나를 박대하는 것."

"그럴 리가 있겠습니까."

"하룻밤만 잠자리 빌리자꾸나."

"빌리다니요? 모셔야지요."

"됐다. 소림아."

소림은 연민 어린 눈으로 홍성숙을 바라본다. 망가질 대로 망가진 것 같은 홍성숙, 옛날 조용하게 편지 심부름을 시켰을 때 불쾌하고 불결해 보였던 홍성숙, 그러나 그는 소림을 매우 사랑했다.

"우리 술 한잔씩만 하지. 우리 넷이서 괜찮지 허서방."

"그럼요."

"설자 씨 우리 조카사위 호남이지?"

"이모 왜 이래요? 술 마신 사람같이."

소림이 언짢아하며 말했다.

"잔말 말고 술이나 가져와. 너 내 주량 알지 않니? 주정꾼도 알콜중독자도 되긴 글렀어. 자아 설자 씨 앉아. 사실은 우리 허서방을 내가 병원에서 발견했지. 박효영 그 사람 병원에서, 참 박의사가 죽었다며?"

"네."

정윤이 대답했다. 소림은 주안상을 차리러 갔는지 보이지 않았다.

"자살했다며?"

"네."

"잘 죽었다."

"무슨 말씀을 그렇게."

"순정파는 죽어야 해. 그런데 설자 씨 병원에서 허서방을 발견했을 때 초라하기 그지없었다. 지금이야 미꾸라지 용 됐고 기생들이 목을 맨다 하지만 그땐 초라했어. 하나 한 가지 귀한 것은 청순했지. 처가 덕에 돈도 벌고 의사로서 성공은 했으나 또 화목한 가정도 꾸몄지만 그때 그 청순함은 간 곳이 없어. 나같이 명성을 좇아다니는 여자가 어찌 허서방을 발견했을까? 그리고 적극적으로 내가 밀었거든."

"알고 있습니다."

"우리 소림이같이 착한 아이. 허서방 명심하게, 처가에서 얻은 재물보다 자네를 복되게 한 건 우리 소림이야."

"이모의 입장에서는 당연히 할 수 있는 말이겠지요."

배설자가 한마디 했다. 배설자는 백만 불짜리 다리를 과시하듯 소파에 깊이 몸을 묻고 다리를 포개어놓고 있었다.

"이모라서 하는 얘긴 아니야. 모두가 다 별신통이지만 이모로서 소림에게 만점 받게 돼 있었는데 다만 한 가지 그 애한테 부끄러운 일이 있었지."

"이모 관두세요!"

술과 안주를 준비해온 소림이 날카롭게 말했다.

"알았다. 소림아씨."

소림은 낙오자같이 돼가는 홍성숙에게서 때때로 솔직한 면을 보는 것이 괴로웠고 가엾게 여겨졌다. 그리고 지난날의 불쾌감, 홍성숙에 대한 불결하다는 느낌이 이제 남아 있지 않았다.

탁자에 놓인 술잔에 술을 붓는데 아이 우는 소리가 들려왔다.

"가봐. 내가 할게."

홍성숙은 소림에게서 술병을 받아든다.

방으로 들어온 소림은 우는 아이를 안고 다독거리며,

'가엾은 이모, 어찌 사람이 저 모양으로 변해가는 걸까? 아무도 도울 수가 없어. 명성이란 마약 같은 것일까? 마약이 떨어진 아편쟁이……. 이모는 아편쟁이처럼 변했다. 왜 그래야만 했을까? 명성은 나비 같은 걸까? 너무나 이르게 서리가 내렸어. 가엾은 이모. 어머니 아버지는 왜 좀 따뜻하게 대해주질 않는 걸까?'

소림은 아이를 자리에 누인다. 아이는 얼굴을 찌푸리며 또 울음을 잡힐 모양이다. 소림은 아이 옆에 누워서 다독거리며 눈을 감는다. 화려했을 시절의 홍성숙을 떠올려보려 했으나 그 모습 대신 응접실에 앉아 있는 비대한 홍성숙의 모습만 떠오르는 것이었다.

잠은 깨었으나 허정윤은 눈을 뜨지 않고 누워 있었다. 간밤의 일이 게저분하게 떠올랐다. 술을 많이 마신 것도 아니었는데 머리가 무거웠다. 가슴도 답답했다. 돌아눕는다.

이상한 밤이었다. 악몽 같기도 했다. 붉은빛과 검은빛이 여울같이 휘말리어 눈부시게 돌고 있는가 하면 선명하게 두 가지 빛깔이 윤곽을 드러내며 갈라지기도 했다. 강렬하게 다가 오는가 하면 몽롱하게 멀어져가기도 했다. 정윤은 가끔 흰색 과 붉은색의 대비에서 공포를 느낄 때가 있었다. 그것은 수술 실 안의 환자 피와 의사의 흰 수술복에서 연유된 것인데 그가 공포를 느끼는 것은 생명이 겪게 되는 고통 때문이 아니었다. 생명의 존재여부를 기다리는 안타까움 때문도 아니었다. 생 명 자체의 부재(不在)를 절감하기 때문이다. 여자의 눈은 집요 하게 타고 있었다. 때론 그 눈빛이 도깨비불처럼 날아와서 이 마빡에 꽂히곤 했던 어젯밤의 느낌들이 되살아난다. 어젯밤 처럼 피가 싸아! 하고 가시는 것 같다. 오렌지빛 전등과 여자 의 검은 옷, 창밖의 검은 하늘, 핏빛 불길이 굴러오는 것 같은 환각과 여자의 검은 옷, 그가 눈을 내리깔 때는 세필(細筆)로 그린 것 같은 눈매의 선(線)과 입술 턱의 선, 양어깨에 흐르는 선이 선율같이 잔물결같이 흔들렸다. 바라보며 웃을 때 정윤 은 여자의 하얀 이빨이 볼에 와서 닿는 것 같았다. 한 마리의 검은 표범이었다. 꼬고 앉은 긴 다리와 긴 팔은 뱀같이 전신 을 휘감아오는 것만 같이 꿈틀거렸다. 섬찟섬찟한 느낌과 함 께 이상한 흥분에 몸이 떨렸다. 그것은 저주 같았고 압박 같 았고 여자는 저주의 화신같이 어두웠다. 죄의 심연같이 어두 웠다.

"닥터 허."

배설자가 불렀다.

"네."

"젊은 여자의 가슴을 열어놓고 청진기를 댈 때 느낌이 어때요? 의사도 남자잖아요?"

홍성숙은 몇 잔 술에 정신이 오락가락하는 모양이었고 우는 아이를 달래러 들어간 소림은 아이와 함께 잠이 들었는지 나타나지 않았다.

"어떻게 그리 정확하게 발음을 하십니까?"

정윤이 되물었다.

"뭘?"

"닥터 허라 하셨지요?"

선생님, 의사 선생님, 허선생, 원장님, 귀에 익은 말은 그런 것이었다. 일본식 발음의 도쿠토루라는 호칭도 거의 들어본 적이 없었다. 닥터라니.

"몰랐어요?"

"……?"

"나 다롄서 살았고 한때는 상해에도 있었어요. 그곳 영어는 영국인 혹은 미국인의 혼바시코미*의 영어예요."

"영어는 잘하십니까?"

"좀 배우다 말았어요. 한데 닥터 허, 당신 내 묻는 말엔 대꾸 안 했어요."

"그런 대답을 왜 당신한테 해야 하지요?"

"현명하구먼. 아무런 느낌이 없다는 거짓말보다는 훨씬 정직해. 호호홋 호호홋…… 자아 내 술 한잔 받아요. 이 술은 천국으로 가는 술이야요."

"죽기는 싫은데요?"

"능청을 떠는 거요? 아니면 아직 애숭인가?"

"글쎄올시다."

"우리들의 천국은 바로 눈앞에, 손이 닿는 곳에 있고 예수 쟁이들 천국은 알지 못할 먼 미래, 있는지 없는지도 모르는 게 천국 아니겠어요? 인생은 짧지만 예술은 길다, 예술 긴 거야 뭐 우리가 죽은 뒤 일이니까 상관할 바 없고, 인생은 짧아요. 다만 짧을 뿐, 욕망을 위해 사는 것만도 너무나 모자라. 안 그래요? 닥터 허."

"그렇군요."

"극기하고 인생의 가치를 찾고 도덕을 준수하고 사명감을 가지고, 그따윈 모두 바보들이나 하는 짓이지. 안 그래요? 닥터 허."

"허무주의군요."

"천만에, 나는 어느 누구 못지않게 인생을 사랑하는 쾌락주의예요. 술 몇 잔에 정신이 오락가락하는 내 옆의 이 여인은 쾌락주의도 도덕주의도 아닌 오락가락, 명성만 잡으려고 기를 쓰다가 이 지경으로 무너진 거 아니겠어요?"

"너무 심한 말씀 아닙니까?"

"심한 말? 언제나 사실을 말하면 심하다고들 하지. 인간이란 뭣이든 걸치고 가리기를 좋아하는 동물인가 봐요."

"배선생께서는 그럼 발가벗고 사십니까?"

배설자는 깔깔대고 웃었다.

"그러고 싶지만 호호호, 호호. 나 육체에는 자신이 있거든
요. 하지만 옷을 입는 것은 생리적 문제고 내가 가리면서 사
는 것은 욕망을 이루기 위한 수단에 지나지 않아요. 삶은 선
택하는 게 아니야요. 욕망을 위해 가는 거지. 욕망은 선택하
는 게 아니며 가지는 거. 모든 것은 가지기 위한 수단 아니겠
어요? 안 그래요? 닥터 허."

배설자는 눈을 치뜨고 허정윤을 쳐다보았다.

그러더니 몸을 앞으로 기울였다. 탁자 위에 팔꿈치를 짚었
다. 커다란 눈이 다가왔다. 반사적으로 정윤은 몸을 젖히며,

"발상이 일본식이군요."

거의 무의식적으로 한 말이었다.

"뭐라 했어요?"

"남의 나라를 먹어치우는 데 수단과 방법을 가리지 않는 것
말입니다."

"애국자시군요. 뜻밖인데요?"

정윤은 멋쩍게 웃었다. 이때 소림이 잠이 깨었던지 거실로
나왔다.

"안 주무실 거예요?"

정윤은 저도 모르게 화다닥 일어섰다. 배설자에게는 시선

을 주지 않고 소림은,

"이모! 여기서 주무시면 어떻게 해요? 일어나세요. 방에 들어가서 주무셔야지요."

소파에 기댄 채 잠든 홍성숙을 흔든다.

"부인께서는 청초하시고 정결하시고 사바에 계시기에는 너무 아까운 것 같아요. 수녀원에나 가실 걸 그랬습니다."

성숙을 깨우다 말고 소림은 배설자를 똑바로 쳐다본다. 얼굴이 빨갛게 상기돼 있었다.

"제가 실례된 말씀을 드렸습니까? 술잔 들어간 탓이라 생각하세요."

하고는 경멸하듯 배설자는 웃었다.

정윤은 다시 몸을 뒤척이다가 베개를 가슴에 받치고 담배를 찾아 붙여 문다.

"일어나셨어요?"

소림이 방에 들어오며 말했다.

"음."

몸을 일으킨 정윤은 재떨이를 끌어당겨 담뱃재를 턴다.

"그 사람들 일어났소?"

"아니요."

소림은 올곧잖게 대답했다.

"어젯밤 기분이 상했던 모양이군."

"이모도 참, 저런 여자하고 왜 어울리는지 모르겠어요."

"이름난 무용가라는데 뭐가 어때서."

하고 정윤이 소림의 눈치를 살핀다.

"이름난 무용가라구요?"

눈살을 찌푸리며 소림은 남편을 쳐다본다.

"예술가라서 그렇게 자유분방한 모양이지?"

"자유분방하기보다 예절을 모르는 거예요."

수녀원에 갈 걸 그랬다는 말은 소림에게 상당한 상처를 준 것 같았다.

세수를 하고 들어오면서 정윤은,

"그 사람들 깨우지 말아요. 밥상도 안방으로 가져오구."

그러는데 장모 홍씨가 들이닥쳤다. 홍씨의 안색이 나빴다. 항상 조촐하던 옷차림이 오늘 따라 초라해 보였다.

"아직 병원에 안 나갔군."

"네. 늦잠을 잤습니다."

정윤이 앉음새를 고치며 말했다.

"아이들은 학교에 갔나?"

"갔어요."

소림이 대답했다.

"윤이는?"

"미자가 업고 나갔어요."

한동안 말이 없다가,

"이모 여기 있지?"

하고 홍씨는 물었다.

"네."

"그럴 줄 알았다."

"……."

"그래서 내가 왔지. 젊은 사람들한테 이 무슨 망신인지, 허서방도 그래서 어젯밤 잠을 설쳤겠구나."

정윤은 저도 모르게 당황한다. 장모가 자기 심중을 뚫어보는 것만 같았던 것이다.

"그, 그랬다기보다."

"말 안 해도 알 만하다. 어째 그 꼴이 되어가는지…… 한심스럽다. 그나마 혼자 왔으면 나 말도 않겠어. 그따위로 논다니 같은 계집을 달고 와서 이웃 사람들 볼까 두렵구나."

"예술하는 사람이라 그렇겠지요."

사위 말에 발끈해진 홍씨는,

"춤추는 것도 예술인가? 그럼 기생들 모두가 예술가겠구나."

언성을 좀 높였다. 소림이 받아서,

"어머니, 그분은 현대무용하는 사람이에요."

"현대무용이고 뭐고 창피스러워서."

"남인데 뭐…… 그보다 조반은 하셨어요?"

"이 애가? 지금이 몇 신데?"

"이모 땜에 속상해하지 말아요."

"속 안 상하게 됐니? 허서방 보기도 민망하다. 조카딸 생각을 한다면 그런 걸 끌고 여기 와서 처자빠져 자겠니?"

"어머니가 이해하세요. 이모도 여러 가지 괴로우니까 내려왔을 거예요. 저는 왠지 가슴이 아파요."

"성숙이는 그렇다 치지. 따라온 그 계집 꼬라지가 그게 뭐냐. 젊은것이 집안에 어른 계시는 것도 아랑곳없이 잠옷 바람으로 칫솔 입에 물고서 마당 여기저기를 기웃거리고 다니질 않나. 너 오라비가 마주치고서 기겁을 했다는구나. 너의 아버님도 민망하여 마당에 나오시질 못했다. 아무리 내외가 없어진 세상이기로 그리 막돼먹고 망측스런 계집은 처음 봤다."

"오늘 내일 서울로 갈 거예요. 이모 체면도 있으니까 참으세요."

"너의 이모 체면 버린 지가 언젠데 그런 말을 하니?"

찬모가 조반상을 들여다놨다. 소림이 밥그릇의 뚜껑을 벗겼다.

"저 혼자 먹겠습니다."

정윤은 수저를 들며 홍씨보고 말했다.

"어서 들게. 환자들이 기다리고 있을 걸세. 시간이 수을찮이 지났구나."

정윤은 국에 밥을 말아 몇 술 먹다가 상을 물리고 장모를 피하여 병원으로 나왔다. 왠지 장모는 자기 속을 환하게 들여다보고 있는 것만 같아서 불안하고 두려웠던 것이다. 홍씨도 사위가 비켜주기를 고대하고 있었던지, 왜 밥을 그렇게 들고 마느냐는 말을 하지 않았다. 그는 동생에게 따지려고 단단히 작심하고 온 것 같았다.

병원에는 서너 명의 환자가 기다리고 있었다. 우울한 얼굴로 대충대충 환자를 보고 난 정윤은 담배를 붙여 물고 창가에 가서 거리를 내다본다. 단조롭고 권태스런 언제나의 그 거리였다. 오가는 사람이 별로 없는, 하얀 길 위에 가을 햇빛이 튀고 있었다. 번화가에서 비켜선 거리의 사진관, 약국, 양복점 그리고 담벼락, 담벼락에는 시들시들한 나팔꽃 줄기가 걸려 있었다. 평범했지만 아이를 셋이나 낳은 결혼 생활은 십 년이 넘었다. 처음 이삼 년은 돈에 팔려온 것처럼 위축되어 소림에 대한 애정조차 확인할 수 없었다. 그의 손등에 난 혹을 볼 때마다 정윤은 혐오감을 느끼기보다 자기 자신에 대한 열등감에 시달려야만 했다. 그러나 큰애가 자라고 아우를 보고, 병원을 개업하여 성공한 의사로서 지위가 확립되고부터 그런 심적 갈등은 극복이 되었고 소림을 사랑했으며 처가에 대한 부담감도 엷어져가고 있었다.

'그런데 왜 나는 불우했던 시절의 꿈을 꾸는지 모르겠다.'

그의 꿈은 항상 우중충했다. 가난했던 청소년 시절의 풍경이 꿈속에서 재현되곤 했다. 박효영 의원의 그 좁은 방에서 새우잠을 자면서 꾸었던 꿈, 시골의 다 쓰러져가는 집에서 문짝이 없어진 자기 방에 서 있다든지 문짝을 찾아 헤맨다든지, 산에 가서 칡뿌리를 캐는데 무지무지하게 큰 칡뿌리가 어느

덧 무 꼬랑지처럼 작아져 안타까워했다든가, 그런 중에서도 정윤은 일 년에 두세 번은 숙희의 꿈을 꾼다.

'나는 너에게 결혼을 약속한 일이 없다! 사랑을 고백한 일도 없다! 동정은 했으나 사랑한 일은 없었다! 학비를 보내달라고 부탁한 일도 없다!'

그렇게 아우성을 치다가 깨곤 했다. 그 꿈은 숙희가 내미는 돈, 숙희의 심정을 빤히 알면서 거절 못하고 받은 돈, 그 사실을 강하게 일깨워주는 것이었다. 마음속 깊이 물려든 치욕의 가시였다. 숙희도 이제는 남의 후실댁으로 시집을 갔고 아이도 하나 낳았다는 소문인데 정윤의 마음속에 박힌 가시는 빠지지 않았다. 그 가시는 숙희의 행복과 불행과는 상관이 없는 것이었다. 어쩌다가 거리에서 숙희를 만나는 일이 있었다. 숙희는 도전적으로 정윤이를 쏘아보곤 했다. 입술을 실룩거리며 어디 얼마나 잘 사는가 두고 보겠다는 저주의 눈길을 퍼붓기도 했다. 그때마다 정윤은 피가 역류하는 것을 느낀다. 이성을 잃고 덤벼들고 싶은 충동을 느낀 것도 한두 번이 아니었다.

'빚진 것 없다! 너에게 빚진 것 없다! 나는 너에게 학비 보태달라 부탁한 일이 없다! 책임질 일을 저지르지도 않았다! 결혼하겠다는 약속도 한 바 없고! 넌 그 몇 배의 돈을 받아내지 않았는가! 너에게 빚진 것 없다! 가난하고 불우하여 호의를 받은 죄밖에 없다! 언제까지 날 괴롭혀야 하는가! 나는 너무나 많은 것을 지불했다! 그래도 아직 남아 있단 말이야?'

숙희 눈빛에 대하여 정윤은 마음속으로 아우성을 쳤지만 여전히 치욕으로, 세월이 흘러가도 치유되지 않았다. 치유되지 않는 것이 정윤은 억울했다. 숙희의 꿈을 꾸지 않고 숙희를 만나지 않는다면 잊어질 수 있는 일이었는지 모른다. 정윤은 다른 지방으로 옮겨갈 생각도 해보았다. 그러나 처가와의 유대는 그것을 불가능하게 했다.

그런데 정윤은 창밖을 바라보며 어떤 계기도 없이 지난 일을 왜 생각하고 있었는지, 분명히 그는 어떤 망상에서 도망치고 있었던 것이다. 간밤의 일 때문이다. 십여 년 결혼 생활에서 아내 이외의 여자와 전혀 접촉이 없었다 할 수는 없다. 그는 몇 번인가 외도한 기억을 가지고 있었다. 술자리에서 알게 된 기생, 취중을 핑계 삼아 여자와 동침한 일이 있었다. 그것을 소림이도 눈치채고 있었지만 모른 척했다. 그런데 어젯밤에 무슨 일이 있었는가. 아무 일도 없었다. 술 마시고 얘기한 것밖에는. 그러나 실제 이상으로 배설자와 간음하고 치정의 극을 넘나드는 것 같은 느낌이 머릿속에 눌어붙어 있는 것은 무슨 까닭일까. 그리고 또 그것에서 오는 죄책감이 강렬한 것은 무슨 이유에서일까?

'무서운 여자다! 난 일찍이 그 같은 여자를 본 적이 없다! 악마같이 나를 끌어당겼다.'

"선생님."

부르는 소리가 희미하게 들려왔다.

돌아보았을 때 간호원의 난처해하는 얼굴이 있었다. 그새 환자가 밀린 눈치였다. 열두 시까지 환자가 붐비는 시간이다. 정윤은 다 잊고 의사로서 환자에 전념했다.

 환자들이 거의 빠져나가고 열두 시 반쯤 됐을 때 환자의 발길은 뚝 끊겼고 병원 안은 이상한 침묵 속에 가라앉았다. 정윤은 의자에 등을 기대고 목을 젖혀 천장을 올려다본다. 몹시 피곤했던 것이다.

 '점심을 먹으러 가야 하는데 집안 사정이 어찌 되었을까? 장모님은 가셨을까? 처이모는? 그 여자는 갔을까?'

 어쩐지 냉큼 일어서지질 않았다. 만일 그들이 아직 집에 있다면 자신의 처지가 난처해질 것 같았다.

 '이러고 좀 있어보는 거다.'

 정윤은 책상을 밀어내고 두 다리를 쭉 뻗었다.

 "선생님 전환데요?"

 진찰실 문을 열고 들여다보며 간호원이 말했다.

 "어딘데?"

 "여자분인데요?"

 전화는 조제실 옆 벽면에 있었다.

 "여보세요?"

 "아! 닥터 허, 나 배설자예요."

 "웬일이십니까?"

 "지금 여관에 있어요. 말하자면 쫓겨난 셈이지요."

하고는 깔깔 웃었다.

"농담이겠지요."

"농담이긴? 장모님께서 홍여사를 족대기는데 내가 아무리 강심장이기로 뭉개고 앉아 있을 수 있겠어요?"

"이모님도 함께 계신가요?"

"홍여사는 장모님께서 데리고 갔어요. 아무렴 동생을 여관 신세 지게야 하겠어요? 정말 서러워서 어쩌지?"

"장모님께서, 그러실 분이 아닌데 이모님 땜에 화가 나셨겠지요."

"나 기분 좋아요. 해방된 것 같아서 기분이 좋아. 그런데 닥터 허, 날 위로해줄 사람은 당신뿐인데 어쩌실래요?"

"농담이 지나치시군요. 진담으로 받으면 어쩔려구요."
하고 나서 정윤은 아차! 했다.

"낯선 고장에 와서 외톨이가 된 내 심정 알겠지요? 지금 당장에라도 만나서 위로받고 싶지만 그럴 수는 없고 저녁에 만나고 싶어요."

"그럴 수는 없습니다."

"그래야 해요!"

"안 됩니다."

"부담 가질 거 뭐 있어? 여행이란 사람 마음을 굉장히 로맨틱하게 하는가 봐요. 하여간 저녁 여덟 시에서 아홉 시까지 촉석루에서 기다릴게요."

"그러지 마십시오."

"지금은 그러지만 마음이 변할 거예요. 하여간 난 기다린다 니까."

하고는 전화가 뚝 끊겼다. 정윤의 얼굴에서는 땀이 흐르고 있었다. 아이 보는 미자가 조르르 달려왔다.

"선생님, 점심 드시러 오시라 캅니다."

"알았다."

정윤은 집으로 들어갔다.

"당신 얼굴이 왜 그래요?"

소림이 물었다.

"어떤데?"

눈을 피하며 중얼거렸다.

"창백해요."

"간밤에 잠을 못 잤고, 환자들도 많아서."

방으로 들어온 정윤은 팔베개를 하고 누웠다. 심장이 멎은 것 같았는데 눕는 순간 가슴이 두근두근 뛰었다. 뿌리칠 수 없는 유혹이었고 한편 그것은 무서운 심연이라는, 상반된 강렬한 감정과 이성이 팽배하여 사투를 벌이고 있는 것 같은 느낌이었다. 소림이 밥상을 들고 왔다.

"그 사람들 갔어요."

"음."

"배설자 씨가 여관으로 가겠다며 먼저 나갔어요. 이모는 나중에 어머니 따라갔구요. 어머니가 굉장히 화를 내셨어요. 그리고 당신한테 미안하다구."

"나한테 미안할 것 없구."

"역시 기분이 안 좋았던 모양이지요? 당신."

정윤은 밥상을 끌어당기며 소림을 힐끗 쳐다본다.

"하긴 되잖은 계집이더군. 삼류의 창부 같았어. 예술가는 무슨 놈의 예술가? 생긴 꼬라지를 보아도 입맛 떨어지게 돼 있지. 아닌 게 아니라 이모님도 그 여자하고 어울리면 좋은 평판은 못 듣겠더군. 한마디로 재수 없는 갈보라."

"당신? 어찌 그리 입이 험해요? 전에 없는 말을 서슴없이 하네요?"

소림이 질색을 한다.

"내가 어쨌기에?"

정윤은 자신도 모르게 내뱉은 말에 아연한다.

"상스럽게 어디서 그런 말툴 배웠어요?"

"불쾌해서 그러오."

"남 들을까 무서워요."

그러고는 묵묵히 밥을 먹던 정윤은 밥상을 밀어냈다.

"나 굉장히 피곤해요, 한숨 잘 테니까 깨우지 말아요."

정윤은 소림이 깔아준 요 위에 쓰러지듯 눕는다.

세 시가 넘어서 정윤은 가슴을 짓누르듯 답답하고 무거운 잠에서 깨어났다. 계속하여 꿈을 꾼 것 같았는데 뚜렷이 기억에 남은 것은 없었고 마치 쓰레기통처럼 머릿속이 복잡하고 지저분했다.

병원으로 나왔다. 오전에 한꺼번에 몰렸던지 기다리는 환자는 별로 없었고 대합실에서 귀남이와 함께 기다리고 있던 장연학이 일어섰다.

"오셨습니까."

친밀한 어투로 정윤이 말을 걸었다. 박효영 의원에서 잔뼈가 굵어진 정윤이는 자연 최참판댁 식구들과 모두 잘 아는 사이였으며 따라서 그 집 일을 도맡아 해온 장연학도 오랫동안 정윤과는 친숙한 사이였다.

"오래 기다렸습니까?"

"좀 기다리기는 했는데."

박의원에서 정윤이 조수로 일했을 때 말을 놓고 지낸 사이였기에 장연학의 말씨는 다소 어정쩡했다.

"들어오십시오."

귀남을 앞세운 장연학은 정윤을 따라 진찰실로 들어간다.

"좀 어떻습니까?"

정윤이 물었다.

"부기는 빠진 것 같기도 하고."

"좀 빠졌군요. 그런데 약은 아직 남아 있을 텐데요?"

그러니까 병원 올 날이 아니라는 뜻이다. 정윤은 습관적으로 진찰을 했다.

"실은 의논을 좀 할라고 오긴 왔는데."

입맛을 한번 다시고 나서,

"여관에 있으니까 아무래도, 챙기노라 챙기지마는 음식도 때맞추고 간 맞추고 일이 충실찮은 것 같고 저거 집만큼이야 하겠는가. 아이가 또 염치 발라서 누워 있기도 안 편한 모양이라. 그래서 집에 보내어 정양을 하믄 우떨까 싶어서, 약은 여기서 타다가 보내주믄 될 기고."

정윤의 표정이 신중해졌다.

"귀찮아서 그러는 거는 절대 아닌께 가서 안 된다믄 물론 내가 데리고 있을 기고."

"집에서 지시한 대로 음식 조절만 잘한다면 별 지장은 없을 것 같습니다. 그리고 많이 좋아졌어요. 명심할 것은 절대로 짜게 먹여서는 안 되는 일입니다."

정윤은 귀남의 부기가 남은 얼굴을 유심히 쳐다본다. 병은 신장염이었다. 처방을 써서 조제실에 넘긴 정윤은 모처럼 환자도 없고 한가하여 그랬는지,

"여관은 어떻습니까? 잘돼갑니까?"

하고 물었다.

"여관 해가지고 무신 떼돈을 벌었나? 식구들 입치레나 하고 빚 안 지믄 되는 기지. 요새는 제법 짭짤한 편이구마는. 여관업이란 철을 타니께."

"다른 사업도 하실 수 있을 텐데 하필이면 여관업입니까?"

"이런 시국에 멀 해도 다 마찬가지지 머. 시국 안 타는 일이라 카믄 병원밖에 더 있을라고? 어쨌거나 이렇기 성공을 했으니 고생한 보람이 있고 참 고마운 일이제. 아아들은 잘 크는지 모리겠네."

"잘 있습니다. 환국이 윤국이도 잘 있겠지요?"

"그 아이들이야 별일이 있을까마는…… 편안하게 사는 사람이 어디 그리 흔하겠는가."

"참 양현이 그 아이가 여의전에 다닌다면서요? 참 세월이 빠릅니다."

장연학은 드물게 환하게 웃었다.

"여의사 하나 생길 기구마는."

만족스럽게 말했다.

정윤이와 작별하고 약을 탄 뒤 두 사람은 병원 밖으로 나왔다.

"귀남아."

"야."

"니 집에 가고 접지 않으믄 가지 말고 여기 있거라. 니가 귀찮아서 보내는 기이 아인께."

"아입니다. 집에 가서 병 나으믄 오겄십니다."

"염치 채리노라 그러는 거는 아니겄제?"

열여섯의 어린 나이였다. 우락부락, 미련퉁이 아비와는 다르게 귀남은 수굿했다. 개구쟁이였던 어린 시절과도 사뭇 달랐다. 그리고 그 모습에서 어딘지 모르게 서러움이 감돌고 있었다. 아비가 집 나간 후, 자라면서 그는 인생의 슬픔과 외로움을 체득한 것 같았고 어미와 살아야 한다는 책임감을 다진 듯했고 세상은 혼자 헤쳐나갈 수밖에 없다는 냉엄한 이치도 깨달은 것 같았다. 그러나 어미와 헤어져서 객지살이는 쉽지 않았고 병까지 겹쳤으니 어린 마음이 비관이 되는 것 같았다.

"아무 염려할 것 없다. 의사 선생님도 괜찮을 기라고 장담을 했고 돈 드는 일이라 카믄 조맨치도 걱정할 것 없다. 사람이란 살다 보면 병도 나고 험한 꼴도 보고, 그기이 사는 거 아니겠나. 내일 아침에 나랑 같이 평사리로 가자."

"야."

"자아 그라믄 나는 어디 들를 곳이 있는데 니는 여관으로 먼지 가 있어라. 저녁답에는 아마 성환이가 올 성싶다. 그라믄 가봐라."

전에는 장연학이 이같이 자상하지는 않았다. 자상함은 모조리 마음속에다 집어넣고 오로지 행동만이 있었을 뿐이었다.

세월 때문에 장연학이 변하였는가 관수의 죽음 때문에 심약해졌는가.

귀남을 보낸 뒤 장연학이 찾아간 곳은 영팔노인의 집이었다. 영팔 내외는 마당가에 앉아서 가을볕을 쬐고 있다가 연학이 들어오는 것을 보자,

"장서방 아니가. 웬일고? 참 오래간만이네."

영팔노인이 반색을 했고,

"안 죽으이 또 보네."

하며 판술네도 반가워했다. 두 늙은이는 모두 이가 빠졌고 머리는 백수였다. 주름 사이사이에 간 세월의 흔적이 구겨져 있었다.

"거동하실 만합니까?"

연학이 물었다.

"다 틀렸다. 집 도랑은 사알사알 댕기지마는 문밖 출입이사 어디 하겠더나. 지팽이를 짚어도 어줍어서…… 정신도 오락가락하고, 진종일 늙은데 둘이 마주 보고 있일라 카이 참말이제, 해도 질고 밤도 질어서."

"그래도 아직은 짱짱하십니다."

"짱짱하기는. 노망기가 있는데?"

하고 판술네는 영팔노인에게 눈을 흘겼다.

"자게 얘기구마는. 저 할망구 노망들어서 시적 똥 싸게 생깄이니 큰 걱정이라."

"얼씨구? 내 말 사돈이 하네."

"평사리의 봉기도 문밖 출입은 못한다 카제?"

"그런 모양이더마요."

"나이 들믄 죽어야 해. 오래 사는 것도 죄다."

"그런 말씀 마시이소. 판술이가 들으믄 서분타 할 깁니다. 자기가 잘못해서 그러나 하고. 실은 내일 평사리에 가는데 함께 가실 수 있을까, 행여나 싶어서 와봤십니다."

"평사리는 뭐 하러 가는고?"

"귀남이가 아파서…… 아무래도 어미한테 가서 조리하는 기이 좋을 성싶고 나이 어린께 생각이 안 나겄십니까."

"무신 벵인데?"

"뭐 큰 병은 아닌 것 같고 신장염이라 카는데 얼굴이 붓고 오줌을 잘 못 누고, 그런 병인데 지금은 많이 좋아졌십니다."

"그 벵이라 카믄 좋은 약이 있제."

"그게 멉니까?"

장연학이 바싹 다가앉았다.

"아주 쉬운 기라. 큰 배를 하나 사다가, 가에 진흙을 발라서 숯불에 뭉긋이 구워가지고 먹이믄 단박이라."

"하모. 생각이 나네. 그거 해 먹이믄 탈벵할 기다. 우리 판술이도 어릴 적에 그 병을 앓았니라. 그래서 누가 가리쳐주길래 해 믹있더마는 코피를 쏟더니 씻은 듯 나았다."

판술네도 생각이 났던지 맞장구를 쳤다. 이들은 아직 관수의 죽음을 모르고 있었다. 연학이 말하지 않았기 때문이다. 관수 얘기만 나오면 흥분하고, 고함치면서 역성을 들던 영팔 노인, 연학은 자기 자신이 받은 충격을 생각하여 관수의 죽음을 말하지 않았던 것이다.

"조금만 힘이 있어도 따라가겄는데 늙는 거를 이길 장사는 없는 기라."

영팔노인은 한탄하듯 말했다.

"석이네도 보고 싶고 야무네도 보고 싶고 아부이 어무이 무덤에도 가보고 싶은데 몸이 말을 들어야제. 이자는 살아생전 그곳에는 못 갈 것 같다."

판술네도 한탄하듯 말했다.

"웬간하믄 독골에는 한분 가볼까 했는데 할망구가 아야 자야 함서 갈라 캐야제. 그래도 두만어매는 정정하더마. 일전에 찰떡을 해가지고 한분 왔다가 갔다. 그 직일 놈이 기여 기성에미하고 민적을 팠다 안 카나."

"저러이 노망들었다 할밖에. 그거이 언제 일인데 그러요? 그 말도 벌써 수십 차례나 했일 기요."

판술네 타박에 영팔노인은 눈을 부릅뜨고,

"내가 언제 그랬노? 허허어, 날이 갈수록 행사(행실)가 저 모양이라. 갬히 남정네 하는 말을 가로막고 무신 놈의 못된 버르장머리고."

영팔노인은 축담*에다 대고 곰방대를 두드렸다.

"정신이 오락가락, 하던 말 또 하고 또 하고 사람이 얼씬했다 카믄 저승에서 할애비 만난 것맨치로 거머잡고는 실이 노이 되게 말을 안 하나. 그런께 손주들도 절을 하기가 바쁘게 달아나는 기지."

"임자는 안 그렇고? 그나저나 그 직일 놈이 조강지처의 민적을 파부리고 서울네 그 제집하고 민적을 했다 카는데."

"저 보라고 장서방, 하던 말 또 하제?"

장연학은 웃음을 참는다.

"내가 그 말 할라 한 기이 앙이니 자식 놈 기성이 그놈 얘기를 할라는 기라. 그놈도 직일 놈이라. 어매 앞으로 돼 있는 전답을 말짱 팔아서 기생 년 밑구멍에 처넣었다 안 카나. 그 때문에 영만이하고, 그런께 삼촌 조카 사이에 대판 쌈이 나서 이혈이 낭자하고, 저승 간 이평이가 그 일을 알았다믄 무덤 속에서 벌떡 일어났일 기다."

"그걸 장서방이 모릴 기라 생각하고 말하요? 사돈지간인데 이녁보다 더 소상히 알 기고 싸움을 말린 사람이 누군데? 저러이 노망들었다 할밖에."

판술네는 또 눈을 흘기고 혀를 두들겼다.

"어허엇! 보자 보자 하니 말말이 토를 달고 나서네. 어디서 배워묵은 버르장머리고!"

영팔노인은 호통을 쳤다. 그러나 판술네는 끄떡없다.

"살 만큼 살았는데 와 내가 할 말 못할 기요! 같이 늙어감서."

맞대거리를 한다.

"그래도오! 이 빠지고 머리빡 허연 나를 우짜리, 싶어서 간 큰 소리를 텅텅 하는 모앵이다마는, 허허어 참 제집이란 늙으믄 여수(여우)가 되는 긴가, 내가 그거를 모리고 데꼬 살았이니 말짱 허세비다 그 말이제?"

"얼씨구, 지금도 늦잖소. 길 좁아서 못 가겄소? 하지마는

내가 없어지믄 눈물을 쫄쫄을 흘릴 사램이 누군데 그러요? 입
에 침이나 바르고 말하소."

"눈이 불쌍해서 놔둔께 점점 한다는 기이, 이자는 어른 상
투 끝에 올라앉을라 카네."

하다 말고 영팔노인은 슬그머니 연학에게 시선을 돌리고 말
머리도 돌린다.

"하야간에 두만이 그놈도 멀잖을 기다. 그놈이 지 근본도
모리고 돈푼 있다 해서 들까불고 욜랑거리고 뿐가, 하늘이 시
퍼런 줄 모리고 왜놈한테 붙어서 내 백성한테 해코지를 하는
천하에 무도한 놈, 연학이 니도 알제? 그놈이 관수를 못 잡아
묵어서 미친 개맨키로 지랄하던 거를. 지 앞만 가린다고 숭을
본 이펭이도 아들놈한테 비하믄 성인군자라. 관수는 한동네
서 자란 배꼽 친구 아이가. 그놈은 애비뻘이나 되는 나한테도
의병질을 했느니 한통속이니 함서 행패를 부리고, 썩은 새끼
줄 내 목에 걸어서 관가에 끌고 가라 하며 내가 그놈한테 다
잡고 하던 일, 그게 이펭이 초상 때 일이었을 기다!"

늙으면 옛일은 새로워지고 방금 있었던 일은 잊기가 일쑤
다. 영팔노인도 예외는 아니었고 지나간 일일수록 어제같이
똑똑히 생각이 나는 모양이다.

"삼대 구 년 묵은 얘기 또 하누마."

못 참고 판술네 또 핀잔이다.

"어허엇!"

"야아 알았소. 알았구마요. 입이 닳도록 말하소. 듣는 사람이사 제옵든지(지겹든지) 말든지."

판술네는 일어서서 부엌 쪽으로 간다.

"집의 식구들은 다 어디 갔습니까?"

연학이 뒤늦게 물었다.

"손주며느리는 해산하러 친정에 갔고 자부는 고치 뽑으러 간다 카던지, 아이들은 핵교에 갔제."

하다가 큰기침을 한 영팔노인은,

"하야간에 두만이 그놈 멀잖을 기구마. 자식 놈이 그 꼬라진데 무신 장로(장례)가 있을 기고. 말짱 헛공부 시킨 기라. 그 불쌍한 어미를 떠다밀고 논문서를 강탈해가질 않나 삼촌을 들고 패질 않나 하는 짓이란 주색잡기, 살림이 빠질라 카믄 하루아침이다. 세상이 아무리 변했다 캐도 물이 높은 곳으로 흐르는 법은 없인께. 지은 죄가 어디로 가노? 조준구 그놈을 봐라. 최참판댁에서 뺏은 그 많은 재산, 동전 한 푼 건사하지 못하고 알거지가 돼서 버린 자식 집에 기어들어왔다 안 카나? 하기야 그놈이 벌을 받을라 카믄, 어림없제. 멀었다, 멀었고 말고. 개과천선을 해도 그 죄를 못다 갚을 긴데 머라? 자식한테 호통을 치믄서 수발을 받는다고? 불로초를 구해오라 하믄서 지랄발광을 한다고?"

담뱃대로 축담을 탕탕 친다.

"설마 불로초를 구해오라고 하기야 했겠십니까."

"내가 들은 말이 있어서 하는 얘기라. 그놈은 그러고도 남을 놈이제."

"갈 날이 얼매 안 남았는데 그래 봤자 무신 소용이 있겠십니까. 똥오줌 받아내는 처지, 그만하믄 벌받는 기지요."

"이 사람아 장서방, 무신 말을 그리하노? 갈 길이야 나도 바쁜 사람이다. 노인네가 중풍 들어서 똥오줌 받아내는 거는 흔히 있는 일이고, 그것으로 죄갚음이 되겠나?"

"잊아뿌리이소."

"잊아뿌리라니? 우째 잊노? 나한테 조맨치라도 심이 남아 있다믄 가서 그놈 모가지를 비틀어서 직일 긴데 잊아뿌리라고? 만주 벌판의 설한풍, 그 무섭은 세월을 우찌 잊을 기고. 부모 산소에 풀이 우묵장성했을 생각을 하믄서 울었던 일, 너거들은 모린다. 그 설움을 모린다. 석이 그놈아이를 생각해도 눈물이 난다. 아비 직인 원수 놈 밑에서 일하믄서 우떻기 전뎠겠노. 하로에도 수십 분 맘속으로는 칼을 들었을 기다."

"다 그렇게 전뎠이니께 조준구가 망했지요."

"성환이를 보믄 석이 생각이 난다. 잽히가는 한조를 따라 신짝 들고 뛰어갔다는 석이 생각을 하믄, 석이어매한테 맺힌 한은 우찌고."

옆집에서 거위가 꽤액꽤액 하고 울었다. 영팔노인은 담배 쌈지를 열고 손바닥에 담배를 덜고 침을 뱉고 담뱃가루를 문지른다. 사실 영팔노인은 그가 말하는 만큼 증오심이 시퍼렇게 살아 있었던 것은 아니었다. 그것은 하나둘 곁을 떠나버린 사람들에 대한 그리움 때문인지 모른다. 지난날들을 새김질하노라 그랬는지 모른다. 그에게는 이제 기쁨이든 슬픔이든 남아 있는 것은 추억밖에 없었다.

영팔노인은 문지른 담뱃가루를 곰방대에 채우고 나서, 수염에 묻힌 입에 물고 불을 댕기며 깊숙이 담배를 빨아들인다. 유달리 커 보이는 손이 떨리는 것 같았고 담배 연기 가는 곳에 시선을 보내고 있는 모습은 외로웠다.

판술네가 풋콩을 담은 바가지를 들고 와서 연학이 옆에 앉아 까기 시작했다. 참새들이 모여들었다가는 한꺼번에 날아서 달아나고 해는 서산에 걸려 있었다.

"장서방."

판술네가 불렀다.

"야."

"저녁 묵고 갈 기제?"

"저녁 해주실랍니까."

"하모, 해주고말고. 안 묵고 가믄 내가 얼매나 섭운컸노. 풋콩 넣고 고슬고슬하게 밥해줄 기니묵고 가거라. 저 늙은이, 요새 들어서 부쩍 지난 얘기를 끄내쌓아서 내 귀가 따갑다. 듣기 좋은 꽃노래도 한두 번이제. 저러다가 짚불 잦아지듯 안 가겄나."

그러나 영팔노인은 멍하니 담배 연기 가는 곳을 바라만 보고 있었다.

　해가 지면서 식구들이 모여들었고 정성껏 지어낸 저녁을 연학
은 맛있게 먹었다. 그리고 판술이와 함께 저녁 거리로 나왔다.

　"요새 장사는 우뚫노?"

　연학이 물었다.

　"별로, 실속이 없다. 몸만 고단하지."

　판술은 시장에서 청과물 장사를 하는데 주로 대구(大邱)에
가서 사과를 사다가 팔고 있었다.

　"어디 가서 술 한잔하까?"

　판술이 말했다.

　"방금 밥 묵었는데, 그보다 자네 여관 맡아 할 생각 없나?"

　"머라 캤노?"

　판술이 걸음을 멈추었다.

　"여관 맡아서 해볼 생각 없는가 했다."

　"내가 우찌? 경험도 없지마는 여관 맡아 할 만한 돈도 없고."

　"그냥 와서 하믄 된다. 필근이가 있어서 일머리는 환한께."

　"그라믄 자네는 머할 기고."

　"평사리에 가 있일까 싶다. 세상일 좀 잊어뿌리고."

　"하믄 좋기야 하겠지마는 겁난다."

　"겁날 기이 머 있노. 안 돼도 여관 건물은 남을 기고."

　"생각 좀 해보고."

　판술과 헤어진 연학은 이튿날 아침 첫차로 귀남과 함께 하

동으로 떠났다. 하동에서는 본가에 잠시 들렀다가 장터에서
배 한 광주리를 사 들고 평사리에 왔다. 사립짝 밖에 우두커
니 서 있던 성환할매가,

"장서방 이기이 우애 된 일고!"

귀남이와 함께 오는 것을 보고 놀라서 소리쳤다.

"귀남이가 와 오노!"

귀남이 이름을 듣고 귀남네는 부엌에서 달려나왔다. 연학
을 따라 마당으로 들어서는 귀남이,

"귀남아!"

"옴마!"

모자는 부르며 서로 껴안았다. 연학은 마루에 걸터앉았고
성환할매는 불안하고 근심 띤 얼굴로 마당가에 서버린다.

"귀남이가 좀 아파서 데꼬 왔소."

연학이 말에.

"어, 어디가요!"

귀남네의 얼굴이 새파랗게 변했다.

"우리 귀남이가 아프다 캤나?"

성환할매도 어쩔 줄 몰라한다.

"걱정 마소. 큰 병 아닌께."

"아아 얼굴이 부었구마, 귀남아 어디가 아프노? 큰 벵 아니
믄 우찌 데리고 왔십니까?"

"볼일도 좀 있고 해서, 오는 길에 데꼬 왔지요."

"아아 얼굴이 와 이리 부었십니까?"

귀남네는 날카롭게 연학을 쳐다본다. 연학은 그간의 일이며 의사의 말을 자세히 설명한다.

"그래도 그렇지 데꼬 온 거를 보이."

귀남네는 의심이 풀리지 않는 눈빛이었다. 아들이 와서 반갑기보다 무슨 병일까 하는 두려움이 앞서는 것 같았다.

"신장염이라 하는데."

연학이는 배를 꺼내놓고 영팔노인이 하는 말을 또 상세하게 설명을 한다.

"와서 반갑기는 하지마는 우떻기 했길래 벵이 났이꼬? 믿고 어린거를 맽깄는데 성해서 나간 아이가 병이 들어서 돌아오니."

귀남네는 울기 시작했다.

"옴마, 걱정 마이소. 아저씨 말씸한 대로요. 며칠 있다가 여관에 도로 갈 기요."

"그래 걱정 마라, 아플 때도 있지. 사람이 우찌 무병으로 사노."

성환할매는 딸을 달랜다. 귀남네가 잠자코 있는 것을 본 성환할매는,

"귀남아."

"야."

"성을 만나보고 왔나?"

"야."

"장서방 우리 성환이는 잘하고 있다 카더나?"

"잘하겠지요. 그 아아가 우떤 아인데 못하겠소."

귀남네가 빨끈해서 말했다.

순간 성환할매는 당황한다. 귀남네 심사가 왜 틀어졌는가 깨달았고 연학이 앞에서 일 벌어졌다, 싶었기 때문이다.

"잘하겠지요. 잘하고말고요. 여포 창날 겉은 성환이 무신 잘못을 하겠소!"

울부짖는다. 연학은 예상했던 일이 벌어졌다 생각한 듯 땅바닥을 내려다보며 묵묵히 있었다.

"우리 귀남이하고는 천양지간인데 못할 까닭이 있겠소? 물어볼 것도 없십니다. 우리 귀남이같이 남의 집에 고공살이하는 처지도 아니고 명색이 학생 아입니까? 병들어서 돌아오는 일도 없일 깁니다. 어이구 천천무리(구박둥이), 머할라꼬 태이 났노!"

거의 광란 상태다.

"옴마 와 이러요?"

귀남이 어미의 어깨를 흔들었다.

"이놈아 니하고 나하고 그만 죽자! 무신 희망이 있노!"

"니가 맘이 대기 상했는갑다. 참아라, 내가 잘못했다. 아픈 아아 앞에서 성한 놈 걱정을 했으니 섭했일 기다."

팔을 잡으려 하자 귀남네는 성환할매를 뿌리치며,

"엄니는 언제나 그랬소! 엄니 눈에는 귀남이 같은 거 사람으로 뵈지도 않았일 기요. 밥이나 축내는 버러지로 보았일 기요."

"그런 말 하지 마라. 열 손가락 깨물어서 안 아픈 손가락이 어디 있노?"

"귀남이가 병들어서 돌아왔는데 우찌 그리 손톱만치도 생각 안 하고 친손자 걱정만 합니까! 야속하요. 참말로 야속하요. 친정에 얹혀 산다고 괄시하는 거사 내 팔자가 그러려니, 그 어린 것이 에미 떨어져 간 것만도 가심이 미어지는데, 누구는 팔자가 좋아서 중학생 모자 쓰고."

"팔자가 좋으믄 에미 애비 없이 할매 손에서 컸겠나. 시끄럽다. 다 내 불찰이구마."

"옴마 이러지 마소. 머가 우떻다고 이러요? 난 진주서 편키 있었고 성이 찾아와서 걱정도 많이 했십니다. 성이 잘되믄 나도 잘될 긴데 와 자꾸 이러요."

"그거는 귀남이 말이 맞소."

처음으로 연학이 입을 뗐다.

"말이 사촌이지. 따로 형제가 있는 것도 아니니 친형제나 진배없고 머어보다 아이들 둘이 잘 지내는데 어매가 이라믄 되겠소?"

울음소리가 낮아졌고 조금 흐느낀다.

"하기야 머 맘이 상하기는 상했겠지요. 귀남이가 아프니 걱정도 됐일 기고 그 심정 이해합니다."

귀남네는 손바닥으로 눈물을 닦는다.

"귀남아, 니 질기 이럴 기가? 장서방 맨입으로 보낼라고 이러나? 귀남이를 믿고 맡길 사람이 어디 또 있일 기라고, 죽으나 사나 우리 식구들 장서방밖에 믿을 곳이 없다. 일어나거라."

"야. 믿어도 좋을 깁니다. 공부했다고 모두 잘 되는 것도 아니고, 공부 안 해도 성공한 사람 얼마든지 있소. 아아들 일이란 모리는 기라요. 맘 상해하지 마소."

노여움을 푼 것도 아니었고 의심이 없어진 것도 아니었지만 귀남이를 위하여 힘이 되어줄 사람은 연학이밖에 없다. 그 현실을 깨달은 귀남네.

"미안합니다. 아픈 귀남이를 본께 설움이 북받쳐서, 그만 방에 올라가시이소. 점심 잡숫고 가셔야제요."

"아, 아닙니다. 할 일이 많이 남아 있어서 그만 갈랍니다."

연학은 간신히 뿌리치고 밖으로 나왔다.

"어이구 가는 곳마다 모두 와 이렇노?"

중얼거리며, 연학은 오르막길을 쉬엄쉬엄 올라간다. 건이네가 대문 앞의 넓은 터에서 고추를 펴 널고 있었다.

"아이구."

올라오는 연학이를 본 건이네는 인사도 하지 않고 안으로 뛰어들어갔다. 남편을 부르러 가는 것 같았다. 집 안으로 들어간 연학은 사랑채 쪽으로 갔다. 건이아범이 별채 쪽에서 달려왔다.

"이거 웬일입니까."

연학은 웃으면서,

"참 오래간만이지?"

"예."

사랑 마루에 걸터앉은 연학은,

"배가 고픈데 식은밥이라도, 요기 좀 했이믄 좋겠는데."

"예. 그, 그러지요."

그는 건이네 있는 곳으로 달려간다.

예고도 없이 나타나서 놀란 것 같았다. 하기는 상당히 오래간만에 연학은 평사리에 온 것이다. 건이아범은 또 이내 달려왔다.

"점심은 하라 했십니더."

"찬밥 한술 먹으면 되는데, 일찍 오느라고 아침을 드는 둥 마는 둥 했더니."

"무신 일로 오싰십니까."

그 말 대꾸는 없이,

"집 안이 설렁하네."

"식구가 없어이 자연."

"무섭지 않는가?"

"마 습관이 돼놔서 무섭은 줄 모릅니다."

"사당에는 비가 샌다며?"

"예. 일전에 마님이 오싰을 때 말씀을 드렸는데 그러믄 그 일 땜에 오셨십니까?"

"겸사겸사 왔네."

건이아범은 의외란 표정이다.

그도 그럴 것이 여관을 차려나가면서 최참판댁과 일단 관계가 끊어진 것으로 돼 있었기 때문이다. 해서 연학은 그간 평사리에 나타나지 않았던 것이다. 그러나 궁금했지만 건이아범은 다시 최참판댁 일을 보게 되었느냐고 물어볼 수 없었다. 그는 전부터 연학을 어려워했고 연학의 태도 역시 성환할매를 대하듯 그러질 않았으며 어딘지 모르게 엄격한 분위기를 자아내고 있었다.

"점심이 될 동안 집 안을 한번 둘러볼까?"

건이아범이 뒤따르려 하자,

"자네는 따를 것 없네."

찌르듯 냉정한 어세에 건이아범은 머쓱해진다.

연학은 대숲 사이에 난 오솔길로 접어들었다. 광선이 차단된 대숲 안은 어두컴컴했고 댓잎의 반영인지 푸르스름한 기가 서려 있는 듯했다. 냉기가 흘렀다. 대숲 흔들리는 소리, 그 소리. 싸아! 와삭와삭 싸아! 소리는 사방에서 모여들었다. 바깥세상은 아득히 먼 피안에 있었고 사람 있는 그곳이 오히려 저승같이 느껴지기도 했다. 혼백이 있다면 과연 이 자리는 있을 만한 곳인가 하고 연학은 생각해본다.

사당을 에워싸고 있는 담벽 일부가 무너져 있었다. 무너지면서 땅바닥에 떨어진 용마름의 기와가 여기저기 깨어져서 흩어져 있었다. 사당 뒤편으로 돌아가본다. 이끼의 향기와 습기가 스며왔다. 뒤쪽 한 부분에 거적때기가 덮여 있었고 떨어지지 않게 새끼로 엮은 것을 볼 수 있었다. 건이아범이 임시방편으로 그래놓은 듯 싶었고 그곳에서 빗물이 새들어가는 모양이었다.

최참판댁에도 문제는 있었다. 이 넓은 집을 건이네 부부 두 사람이 건사한다는 것부터 무리였다. 그들은 옛날 김서방 내외가 거처하던, 채마밭이 딸린 별채에 살고 있었다. 몸채와 사랑은 여름 겨울 방학 때면 대개 식구들이 내려왔고 비교적 길상이 자주 오기 때문에 그런대로 괜찮게 보전이 돼 있었으나 별당과 행랑의 수많은 방, 도장은 퇴락된 상태였고 마구간에는 말이 없었으며 외양간에는 소가 없었다. 마당에는 대충대충 풀을 뽑은 흔적은 있었으나 다른 일 다 제쳐놓고 풀만 뽑는다 해도 연방연방 돋아나는 풀을 따라잡기는 거의 불가능했을 것이다. 식구들이 많고 오가는 사람이 많았던 시절과는 다르다. 추수 때면 그 많은 행랑방에 사람들이 그득그득 들어찼고 뒤뜰의 큰 가마솥에서는 연신 땀을 흘리며 밥을 퍼내던 그런 시절도 있었지만. 건이네 내외는 집만 돌보고 있는 처지도 아니었다. 그들 자신의 양도를 위하여 논 세 마지기와 밭뙈기 하나를 부치고 있었다.

집은 서희가 서울에다 일부 거처를 마련하면서부터 더욱더 소홀해졌고 늙어버린 것이다. 연학은 사방을 다 둘러보고 별당까지 왔다. 별당 역시 담이 허물어져 있었고 비가 새는 것 같았다. 연못에는 낙엽이 어수선하게 떠 있었다. 가지를 치지 않은 나무들은 제멋대로 햇빛을 찾아 뻗어나 있었다. 풀을 나지 않게 하는 사람의 발바닥은 지독하고 집 안에 온기를 공급하는 사람의 기운도 대단하다는 생각을 하며 연학은 별당 마당에 서서 연방 잎이 떨어지고 있는 담장 옆의 느티나무를 올려다본다. 서희는 평사리에서 돌아온 즉시 장연학을 불러 의논을 했다. 집수리 문제를 두고.

사랑 마루에서 점심상을 받은 연학은 얼쩡거리고 있는 건이아범에게 말을 걸었다.

"보리밥 한 솥에서 한복판에 넣은 쌀밥만 도려내어 밥상에 올려놓은 듯, 집안 꼴이 그 형국이다."

"예?"

건이아범은 알아듣지 못하고 어리둥절한다.

"사랑하고 몸채만 쌀밥이다 그 얘기지."

"예, 영 손이 돌아가지 않아서."

"자넬 나무라는 게 아니다. 집의 형상이 그렇다는 얘기지."

건이아범은 집이 퇴락한 것이 자기 잘못이기나 하듯 풀이 죽는다. 연학은 밥을 먹으면서,

"적어도 장정이 두 사람은 있어야. 건이아범 혼자서 농사짓고 집 안 손질하고 그거는 어렵지."

"예, 그렇습니다. 혼자서는."

마음을 놓은 듯 말했다.

"목수와 기와장이를 불러야겠는데."

"그러지요. 일 시작할 깁니까."

"삼사일 후에나 시작해볼까? 일꾼들 주선해두게."

"그러겠십니다."

연학은 집을 나와 마을 길로 들어섰다. 한복이한테 가는 길이었다. 어제부터 오늘까지 연학은 자신의 행적이 마치 먼 길떠나는 사람이 두루 작별인사를 하고 다니는 것 같은 생각이들어 쓰게 웃는다. 하기는 오래간만에 평사리에 나타난 만큼찾아가서 인사할 집이 더러 있었다. 김훈장댁에도 들러야 했고 문밖 출입을 못한다는 봉기노인도 들여다보아야만 했다. 그러나 마을과 작별할 하등의 이유는 없었지만 이번 행보가그 이별이라는 것하고 결코 무관하지는 않았다. 그는 내일쯤그들과의 이별 절차를 밟기 위해 산으로 가야만 했다.

"형님 기십니까?"

사립문을 지나 마당으로 들어서며 연학이 말했다. 마루 밑에서 강아지 으르릉거리는 소리와 함께 방문이 털거덕 열리면서,

"누고?"

한복이 얼굴을 내밀었다.

"아니 장서방 아니가! 어서 올라오게."

연학이 허리를 구부리고 방으로 들어가면서,

"집에 혼자 기십니까?"

"모두 나갔다. 몸이 찌뿌두해서 좀 누워 있었디마는. 참 오래간만이다. 와 그리 볼 수가 없노."

한복이는 흐트러진 옷매무새를 고친다.

"그래도 숨을 쉬고 있으니 이리 만나는 거 아니겠소."

"앉아라."

"야."

"점심은 했겠제?"

"했십니다."

"그라믄 술을 해야겠구나."

"몸이 편찮으시다며요?"

"오래간만에 만났는데 술 없이 그냥 지나가겠나? 몇천 년이나 살겠다고, 잠깐 기다리게."

하고 한복은 밖으로 나갔다. 마누라를 찾아나간 모양이다. 방안은 깨끗했다. 도배를 했고 방문 창호지도 새로 발라서 방안은 은은했다. 머릿장 위의 이부자리도 가지런히 놓여 있었다. 안정된 살림살이를 느끼게 한다. 한복은 이내 돌아왔다.

"그나저나 소식 좀 듣자."

마주 보고 앉았다.

"무신 소식이 있겠소. 왜놈들 지랄발광하는 꼬라지 말고 머가 더 있겠십니까. 형님은 더러 소식을 듣습니까?"

하고 살핀다. 혹 만주에 있는 김두수한테서 편지연락이라도 있었는가 그것을 물었던 것이다.

"없어."

한복은 관수 죽음을 전혀 모르고 있는 것 같았다.

"통영서도 소식이 없었습니까?"

"잘 있다는 말밖에는, 별 소식이 있겠나."

연학은 이상하다 싶었다. 영호가 관수의 죽음을 알리지 않았다는 사실이 이상했던 것이다. 그는 영선과 휘가 초상 치르러 간 것을 분명히 알고 있었을 터인데.

"가아들 추석에는 올 깁니까."

"올 거다. 추석도 며칠 안 남았지."

'인편에 전하기도 그렇고 편지 쓰기도 그렇고 추석에 와서 말할 모양이구나. 신중히 하노라 그럴까? 아니믄 냉담한 길까?'

그 점은 판단하기가 어려웠다. 한참 후 영호네가,

"오싰습니까."

인사를 하며 술상을 들려왔다.

"들자."

권하는 대로 술잔을 든 연학은 그러나 술은 마시지 않고,

"형님."

"말해라. 무슨 어려운 말인가?"

"관수형님이 죽었소."

"뭐라?"

한복의 목소리는 속삭이듯 낮았다. 무겁고 긴 침묵이 지나

갔다. 연학은 술을 마시고 안주를 집었다.

"형님도 술 드시이소."

한복이도 술을 마시고 안주를 집었다. 그리고 또 긴 침묵이
지나갔다.

"잡혀서 죽었나?"

목소리가 갈라져 나왔다.

"아니요."

"그라면."

"호열자로 지난여름에, 그리됐다 하더마요."

"초로인생이다. 빌어먹을 놈의 세상!"

"……."

"시신은 어떻게 했다 하던가."

"화장해가지고 식구들이 유골만 가져왔소."

"그러면 초상은 여기서 치렀겠네?"

"그런 셈이지요."

"어디서?"

"절에서요."

"그래?"

한복은 연거푸 술을 마셨다.

"나는 사람도 아닌갑다."

"예?"

"나는 초상에 참여할 자격도 없다 그 말이지."

좀체 그런 일이 없는데 한복은 울분에 차서 말했다.

"참여한 사람은 없십니다."

"뭐라."

"양가 식구 이외는."

"아무도 참여 안 했다고?"

"나도 안 했십니다."

또다시 침묵이 흘렀다.

"무신 죄가 그리 깊어서 작별도 못하고 갔는고."

눈에 눈물이 괴었다.

"인자 나는 만주 왔다 갔다 안 해도 되겠구나."

"……."

"나는 이리 편히 있는데."

"……."

"형님 잘 가소."

한복은 기어이 흐느껴 운다.

이튿날 일찍 연학은 산에 왔다.

도솔암에 거의 다 왔을 때였다. 연학은 바위 위에 가부좌를 하고 앉아 있는 해도사의 모습을 보았다. 그 모습은 마치 바위의 일부분인 듯싶었다. 연학은 나무 밑에 주저앉아서 쉬어 갈 겸 해도사를 바라보고 있었다. 가을이 이제 떠날 채비를 하고 있는 산중 풍경은 마지막 정열같이 붉고 노오란 색채를 펼쳐놓고 있었지만 비정의 칼날 또한 숨겨놓고 있었다. 한 계

절을 절단하는 칼날을. 하늘은 맑고 햇빛은 따사롭게 보이는
데 나뭇잎 나뭇가지가 바람에 흔들리고 움츠리며 긴장하고
있는 것 같았다. 그 바람의 틈새로 이따금 산새 울음이 들려
오곤 했다. 연학은 되도록이면 해도사와 이런저런 얘기를 하
며 함께 가고 싶었다.

"왼종일 저러고 있을 긴가?"

중얼거리는데 마침 해도사는 움지락거리더니 일어섰다. 그
는 연학이 바라보고 있는 것을 아는지 모르는지 바위에서 내
려왔다. 그리고 연학과 마주쳤다.

"머하시는 겁니까? 기도했십니까?"

연학이 웃으며 말을 걸었다.

"장서방이 본 것처럼 앉아 있었네."

"돌이 될라고 그랬습니까?"

"돌? 하하핫 하하 그거 좋지."

"어째서 좋습니까?"

해도사는 연학에게 언제나 편한 사람이었다. 해서 연학은
다소 버릇없이 재미 삼아 얘기를 걸곤 해왔다.

"이유가 뭣에 필요한고? 있는 거는 다 좋은 거지. 무엇이든
될 수 있고 변하니까."

"사람도 그렇십니까?"

"아암."

"그렇다믄 말입니다. 해도사께서는 와 여기 기십니까? 어디

가셔서 임금 노릇이나 하시지 않고."

"임금이라는 것에 형체가 있는가?"

"야?"

"몸뚱아리가 있을 뿐일세."

"말뜻을 잘 모르겠십니다."

"모르면 모르는 대로 내버려두게. 아무 상관없는 일이네."

"그럴까요? 아까는 앉아서 멀 하셨십니까? 생각입니까?"

"듣지."

"무엇을요?"

해도사는 고개를 돌려 연학을 가만히 쳐다보았다.

"목숨 있는 모든 것의 숨소리, 살아 있는 소리, 억겁의 소리
였다."

"바람 소리였겠지요. 나뭇잎 흔들리는 소리였을 겁니다."

"다음은 우주의 박동."

"바람 소리였을 겁니다."

"그리고 빛깔이 살살 스며드는 것 같은 소리, 알겠는가?"

"글쎄 도통 모르겠십니다."

"허나, 대개는 앞의, 첫 번째 소리를 듣는 게 고작이고."

하다 말고 해도사는 깔깔 웃었다. 웃을 만한 일도 없는데 하
늘을 보고 웃었다.

"도사님."

"나 여기 있네."

"도인(道人)은 과연 있습니까?"

"도인이 되어본 사람이 알지 진실을 누가 알겠나."

"신령은 있습니까?"

"그것도 신령이 아니면 뉘 알겠는가."

"하 참, 도사님도 하나 마나의 말씀만 하십니다."

"그런가? 실상은 다 하나 마난데 모두들 하고 있는 게지."

"부아 돋구기 꼭 알맞구마요. 그래가지고 점을 우떻기 칩니까."

"그게 모두 하나 마나의 얘기라."

"하든지 말든지 두 개 중에 참말만 해보이소."

"허허어, 참 뭘 알아야 그놈의 부안가 보안가를 가라앉혀주지. 저기 굴러 있는 돌멩이, 저기 서 있는 나무, 저기 흐르는 물보라, 날아가는 저 새, 하늘을 떠도는 구름, 그게 다 나랑 다르지 않다, 그것 가지고는 안 되겠나?"

할 수 없이 연학이는 웃고 만다.

"겨울 준비는 하셨습니까?"

"했다. 다람쥐가 도토리를 물어 나르지 않던가?"

"날씨 참 좋습니다."

연학은 일부러 딴전을 피웠다.

"하늘이 높으네, 그러나 참 낮구먼."

"학을 떼겠습니다. 멋 모르고 말 걸었다가 질게 하믄 미치겠네요."

두 사람이 도솔암에 당도했을 때 절문을 등지고 강쇠가 인왕(仁王, 수호신인 금강신)처럼 서 있었다.

"이자 오나."

연학이를 향해 강쇠가 말했다.

"야."

"그놈의 점쟁이는 와 달고 오노. 신양에 해롭다."

"간밤에 몽정을 했나? 신양 얘기는 왜 나오는고?"

해도사의 응수였다.

"몽정이 멋고? 몽둥이 말인가?"

연학은 킬킬거리며 웃는다.

"김장사."

"와 부르요."

"안사돈 계시는데 조심하는 게 좋겠소."

"우리 사부인이야 보살님 다 됐는데 무신 걱정. 연학아."

"예."

"구례서는 사람 오게 돼 있제?"

"올 깁니다."

밤이 늦어서 해도사 산막에 모인 사람들은, 지감이 빠지고 모두 다섯 명이었다. 길상이 강쇠 해도사 연학 그리고 길노인의 아들 막동, 장년을 넘어선 연배들이었다. 좁은 방에 다섯 명 초로의 사내들은 무릎이 닿을 만큼 빽빽하게 들앉은 것이다. 그런데 이상한 것은 이들 다섯 사람, 이 자리에 없는 지감을 합한다 하더라도 그랬겠지만 도무지 공통된 것이라고는 하나도 없다는 점이었다. 모든 면을 살펴보아도 역시 공통점, 혹은 동질성을 찾아볼 수 없었다. 어쩐지 그것은 기이한 것으로 드러났다. 모습, 차림새에서도 그러했고 분위기 역시 그랬으며 서로가 서로를 서먹서먹하게 바라보는 눈빛, 산중에서 오랫동안 이웃으로 흉허물 없이 지내온 강쇠와 해도사 사이에서도 그랬고 그동안 수족같이 밀착되어 지내왔던 길상과 연학 사이에서도 그러했다. 결국 이들 모임의 성격이 문제였던 것 같다. 그러니까 송관수가 만주로 가기 전에 구례 길노인 생신 때 이같은 모임이 한 번 있었다. 그때만 해도 최소한 동학의 잔당이라는 기치는 있었다. 동학의 골수분자였던 윤도집의 아들 윤필구, 동학란 때 농민들을 이끌고 참가했으며 여러 가지 일화를 남긴 조막손이 손가의 아들 손태산, 김환의 그림자였던 김강쇠, 아비를 동학란에 잃은 송관수, 그 밖에도 풍상을 이기고 한가락씩 한다는 사내들, 이들 배후에는 동학군 패배에 한을 품은 적잖은 사람들의 후손이 여러 가지 인연으로 얽혀 있었다. 다만 그때 송관수의 은밀한 배려 때문에 영문 모르고 생일잔치에 참석했던 소지감, 출가하기 전이었고 이종 민지연의 약혼자로서 속세를 버린 일진을 도솔암에 데려다 놓을 만큼 실질적 절 임자나 다름없는 길노인과 친면이 있는 터이라 생신잔치에 참석한 것이 이상할 것도 없었는데 강쇠는 이분자로 간주하고 송관수를 밖으로 불러내어 그의 전횡(專橫)을 따지며 떡 치듯 송관수를 두들겨팬 사건이 있었다. 여하튼 객원 비슷하게 참석했던 해도사와 소지감을 제외하면 앞서 말했듯이 모두 동학과는 인연이 깊었던 인물들이었다. 물론 성격은 시초에 비하여 많이 변질되어 있었지만. 그런데 오늘에 이르기까지 이 조직의 과정에 대하여 한번 되새기고 넘어갈 필요가 있을 것 같다.

삼십여 년 전으로 거슬러 올라가서, 묘향산(妙香山)에서 숨을 거둔 별당아씨를 입었던 자신의 저고리를 벗어 감싸서 묻은 뒤 김환은 팔도강산을 방랑하며 거지 행각을 했는데 우연히 지리산에서 죽은 부친 김개주를 통렬히 비판하는 왕시 동학의 장수였던 운봉노인을 만나게 되고, 연곡사에 들른 김환은 그곳에서 뜻밖에 생모 윤씨부인이 남겼다는 유산 얘기를 듣게 된다. 일생을 최씨 가문에 봉사한 새경에 불과한 것으로 기르지 못한 자식에 대한 보속이라 하여 김환에게는 백부(伯父)였던 우관선사에게 맡겨놓았던 오백 석지기의 땅은 구례 사람 길씨에 의해 관리되고 있었는데 길씨는 평소 흠모하던 김개주가 아들 김환에게 남긴 유산으로 믿고 착실하게 관리하여 그동안 추수라는 새끼를 쳐서 적잖은 재산으로 불어나 있었던 것이다. 운봉과 자금, 김환은 운봉을 중심으로 동학의 잔당을 규합하기에 이르렀다. 반일이든 친일이든 조직이 표면화되어 있는 중앙의 동학과는 아무 관련 없는, 동학란에 참가했고 숨어 살고 있는 무리를 모았으며 우관의 제자이자 금

어로서 김환이 어렸을 적에 돌보아주었던 혜관까지 끌어들여
도처에서 일어나는 의병 등을 엄폐물로 삼아 교묘하게 항일
투쟁을 전개했던 것이다. 시초부터 그러나 문제는 있었다. 동
학을 현실적 강령(綱領)으로 삼고 항일투쟁이 앞서야 한다는
김환과 동학을 교리로써 교세의 확장이 전제요, 점진적 항일
운동을 주장하는 윤도집과의 끊임없는 대립과 갈등이 있었
다. 모임이 있을 때마다 격론이 벌어졌고 김환파와 윤도집파
사이에 난투극이 있곤 했다. 그러나 흩어지지 않게 가닥을 잡
아주는 사람은 운봉이었지만 자금줄을 쥐고 있는 김환이 주
도적으로 밀고 나갔으며 그것을 따르는 것이 추세였다. 운봉
이 세상을 뜬 뒤 결국 윤도집 쪽으로 기울었던 지삼만의 밀고
에 의해 김환은 체포되었고 유치장에서 자살로 생애를 마감
하였다. 그 시절의 사람들은 천수를 다하였거나 비명이거나
간에 거의 다 죽었고 이세들로 볼 수 있는 그들, 구례에서의
모임은 그동안 활동 무대가 도시로, 혹은 만주로 뻗으면서 방
치 상태였던 산과 농촌과의 연계를 꾀하려는 의도에서 이루
어졌다 하겠으나 직접적 계기는 출옥하는 길상을 잡아두기
위하여 일할 수 있는 발판을 마련할 필요가 있었고 해서 서희
는 고육지책으로 오백 석지기의 땅을 내놓은 때문이었다. 그
러나 모인 인물들이 동학의 잔당이라고는 하나 역시 활동의
무대는 산속이 아니었고 농촌도 아니었다. 또 그러했기 때문
에 의병이 소탕되듯 그들은 소탕되지 않았으며 명맥을 이어

왔는지 모른다. 그러한 과정으로 끌고 왔으며 다진 사람은 송관수였다. 진주서 형평사운동에 참가하면서 그의 시야는 넓어졌고 활동의 방향을 잡았으며 의병에서 동학 잔당으로, 형평사운동에서 사회주의 흐름 곁에 서게 된 것이다.

형평사운동을 하는 동안 지원을 아끼지 않았던 이범준을 위시하여 적잖은 사회주의자들을 만나게 되고 그들과 친숙해진 것은 자연스런 일이었다. 그리고 그런 연줄로 하여 서울의 진보적인 식자들과 연관을 맺게 된 것 역시 무리한 짓은 아니었다. 그러나 송관수는 무조건 그들을 추종했던 것은 아니었다. 이론에 밝다 하여 영문 모르고 존경했던 것도 아니었다. 식자풍(識者風)의 허영심, 우월감이라든지 실천이 이론을 따라오지 못하는 허약함을 때로는 비웃고 경멸하기도 했다. 송관수의 사회주의란 지극히 단순하고 명료했다. 그네들 식자가 말하는 남의 나라의 사상이라는 것도 대충 들고 보니 동학의 실천적 요강과 그리 먼 것 같지 않게 생각되었으며 사실 동학의 실천적 요강이라는 것도, 그야말로 요강이었는데도 불구하고 송관수가 파악한 것은 그보다 훨씬 더 간략했으며 뼈다귀만 추려낸 것이었다. 그에게는 교리 같은 것은 도통 관심이 없었고 복잡할 필요도 없었다. 세상을 바꾸어놔야 한다는 것, 배고프고 핍박받는 사람이 없어야 한다는 것, 그것이 그의 정열의 모든 것이었다. 어쨌거나 송관수는 발바닥에 불이 날 지경으로 돌아다니며 노동현장에 잠입하여 부산부두의 파업을 비롯해서 기타 크고 작은 일에 개입하고 측면 지원을 했다. 식자층도 쑤시고 다니며 은근히 충동질하고 유인했으며, 또 수삼 차 한복이를 만주로 보내어 그곳과도 길을 트면서 조직의 형체를 확장해가면서 길상의 출옥을 기다리고 있었던 것이다. 그러고 보면 송관수가 차지하고 있었던 자리는 결코 작은 것이 아니었다. 그가 없는 빈자리는 메울 수 없을 만큼 컸다는 것을 사람들은 느끼게 되었다.

오늘의 모임은 사실상 해체와 결별의 자리였다. 그런데 또 한 가지 이상한 것은 해체하고 결별해야 할 당사자들이 없었다는 점이다. 공통된 것, 동질적인 것이 없는 분위기는 아마 그 때문이 아니었을까. 엄밀히 말하자면 동학당은 한 사람도 없다고 보아야 하며 길상은 동학당이 아니다. 만주서, 그것도 연해주의 권필응 계열로 일을 했으며 김환은 어릴 적에 최참판댁 하인, 글을 가르쳐준 일이 있는 구천이기도 했으나 최참판댁의 비극을 상징하는 인물로서 그와 재회했던 것이다. 그러니 동학과는 관계가 없다. 강쇠는 동학당이기보다 철두철미 김환의 신봉자였을 뿐이며 해도사는 지리산의 방랑자로서 이기적일 만큼 독자적이었고 지감도 물론 그랬다. 막동의 경우는 죽은 부친이 김개주를 흠모하기는 했으나 인연이 있었던 것은 아니며 동학군의 패배를 안타까워한 방관자의 한 사람이었다. 연학은 최참판댁 집사에 지나지 않았다. 길상과 강쇠를 제외한 나머지 사람들은 동학이 아니었을 뿐만 아니라

열렬한 독립투사 우국지사도 아니었다. 해도사와 지감은 복잡한 역정을 거쳐왔지만 연학과 막동은 평범하고 자신들의 삶을 신중하게 살아온 그냥 백성이었다. 다만 그들은 이 강산에 태어났다는 것, 피에 반역할 수 없다는 것, 그것 때문에 주어진 일을 마다할 수 없는 입장을 취해온 사람들이다.

해체를 결심한 것은 길상이었다. 길상은 진작부터 독립자금 강탈을 실패로 보고 있었다. 자금이 국외로 나가서 그쪽의 도움이 된 것은 다행이나 그것은 거사의 큰 비중이 되질 않았다. 체념하고 이제는 어쩔 수 없다, 친일하고 살 수밖에 없다는 경향에 대한 일깨움과 푸석푸석 속에서만 타고 있는 불길에 기름 역할을 하려 했던 의도는 크게 주효하지 못했다. 사람들은 쉽게 가라앉고 말았다. 조직의 응집을 계산에 넣었는데 그것도 오히려 반전하는 결과를 낳았을 뿐이었다. 도화선이 되려면 희생자가 났어야 했다. 반대로 조직을 응집하려 했으면 혐의 밖에 있어야만 했다. 그러나 혐의를 받았고 송관수를 위시하여 적잖은 일꾼들이 만주로 탈출했으며 조직은 약화되었다. 게다가 길상이 자신 꽁꽁 묶이어 파상적으로 지속하려던 일은 정지상태로 빠져버린 것이다. 무위도식의 세월은 적잖게 그의 신념을 무너뜨렸고 왜소한 상태로 퇴화한 느낌을 주었다. 해체하리라 마음먹은 것은 정세가 날로 각박해졌고 자신이 수감될 것을 예감했기 때문이며 무의미한 침체 상태에서 조직의 멍에를 벗겨주는 편이 나으리라는 판단에서였다.

이야기는 연학이 먼저 꺼내었다.

"토지 문젠데요. 벌써 대강은 다 알고 기시겠지마는."

모두 입을 다물고 있었다.

"길서방하고 상의해서 처분할 일만 남았십니다마는 행여 나은 의견이 있을 수도 있고 해서요."

사실이 그랬다. 해체 문제는 이미 양해된 일이었고 토지 문제도 의견 교환이 있었던 만큼 어떤 방식으로 하느냐는 것은 연학과 막동의 소관이었다. 그러나 무슨 생각을 했는지 길상은 합석했다. 산에 있었으니 그럴 수도 있었겠지만 길상이 합석하는 만큼 강쇠 해도사도 자연 함께하게 된 것이다.

"할 수만 있다믄 토지를 매각하는 것이 젤 좋은데 그게 좀." 하다가 연학은 길상을 쳐다보았다.

"계속하게."

길상이 말했다.

"아무래도 앞으로 공출이 자심할 것이고 정세가 그러하니 토지를 살려는 사람이 쉽지 않을 깁니다. 지금 형편이 그렇게 돌아가고 있는 것이 실정이니게 호욕 사자는 사람이 있다 하더라도 제값 받기가 어렵고."

"본시 최참판댁 땅이니 우리가 감 놔라 배 놔라 할 수는 없지마는, 그라믄 우짜자는 기고?"

강쇠는 연학이 얘기를 끄는 것이 마땅찮았던지 내뱉듯 말했다.

"땅을 갈라주자는 의견도 있었십니다마는, 땅 때문에 근거지를 옮기는 것도 야단시럽고 또 땅에 발목이 잽히 있는 것도 그렇고 시국이 시국인 만큼 그 사람들 운신이 편해야 하니께요."

"그래서."

해도사도 답답했던지 얘기를 재촉했다.

"해서 나온 방안인데 땅을 최참판댁에 되돌려보내는 것이 우떨까 싶어서."

방 안에 침묵이 흘렀다. 한참 후,

"그건 자네 생각이가."

강쇠가 따지듯 말했다.

"야."

"그라믄 몇 년 없이 고생한 사람들 빈손 털고 가고 접은 대로 가라, 그 말이가? 그런 거 바라고 일한 사람들은 아니지마는 기왕에 내놓았던 것을 되보내는 것은 무신 경우고!"

"참 와 그리 성미가 급합니까."

"……?"

"최참판댁에서 땅값 내놓으믄 되는 거 아닙니까?"

"그거 조옳지."

해도사가 말했다. 다소 무안해진 강쇠는 부르튼 표정으로,

"연학이 자네 생각이라믄? 떡 줄 사람은 가만히 있는데 김칫국부터 마시는 거 앙이가?"

하고는 길상을 그 사팔눈으로 힐끗 쳐다본다.

"의향은 떠보았습니다. 알아서 처리하라는 마님의 분부였고."

"그거 잘되었다. 길서방."

해도사는 막동을 불렀다.

"자네 짐 풀었네. 그 지긋지긋한 일도 끝났으니 얼마나 홀가분한가."

"아닌 게 아니라 그렇소이. 늘 근심이 되얐는디."

막동은 환하게 웃었다.

"좋기도 하겄다. 마구 깨지는 판국인데 좋기도 하겄다. 죽은 놈만 말이 없제."

강쇠는 울분에 차서 말했다.

"김장사 섭하게 생각지 마시오. 끝난 것은 아니오."

길상도 울적하기론 마찬가지였다.

"끝난 거지요 머, 우리 앞날이 얼매 남았다고, 한평생이 모두 허사였소."

"삼천갑자 동방석[東方朔]이는 없으니 죽기야 죽겠지요. 김장사 혼자만 가는 길 아니지 않소."

가라앉은 분위기를 휘젓듯 해도사가 말했다.

"그 빌어묵을 놈만 뒈지지 않아도 뻗이여보는 긴데 그곳까지 갔이믄. 총에나 맞아 죽지 벵으로 죽어? 박복한 놈."

"너무 상심 마시오, 김장사. 사태가 급박하면 할수록 일본의 패망도 그만큼 빨라질 것이오. 우리만 이러는 거 아니오.

모두, 일하는 사람 모두 땅 밑에 숨었어요. 우리 생전에 독립이 올 거라 믿읍시다."

길상의 말이었다.

"관수형님 얘기가 났으니 하는 말인데 얼마 전에 신경서 짐이 왔길래 찾아다 놨십니다."

연학이 말했다.

"짐이 와?"

강쇠는 귀를 발딱 세우듯 되물었다.

"홍이가 뒤처리를 다 해서 부쳤는데 아직 거처를 정하지 못했으니 지가 보관하고 있십니다. 그라고 집도 팔고 머 이것저것 합해서 수을찮게 돈도 부쳐왔던데 오는 길에 가지고 왔십니다. 일단 김장사하고 의논을 해야 할 것 같아서."

"나하고 의논할 것 없다. 사부인하고 의논을 해야제."

집을 팔고 해서 홍이로부터 돈을 부쳐온 것은 사실이나 조선에 와서 그 금액의 액수는 달라져 있었다. 지난날 길상은 관수에게 약속한 것을 이행하지 못했다. 그것은 영광이 공부할 것은 거부했기 때문이다. 그때 나갔어야 했던 비용을 첨가하여 금액의 액수가 달라진 것이다.

밤은 점점 깊어갔다.

"길서방."

해도사가 불렀다.

"여기 자고 갈 건가?"

"내려가야 하는디 너무 저물었지라? 아침에 쌀이 들온다는 디."

"장사는 잘되고?"

"아직은 그럭저럭 삐대고 있지라우. 헌디 앞으로 배급제가 된다 한께로 근심 아니겄소. 배급소를 줄란가. 장사 못허게 될란가."

"김장사, 우리 길서방하고 내려갑시다. 주막에 가서 한잔씩 걸치게. 김선생은 안 가겠소?"

"모두들 내려가시오."

사내 셋은 산막에서 나갔다. 연학과 길상이 서로 우두커니 바라본다.

제2편

운명적인 것

1장 밀수사건(密輸事件)

1941년 정초의 신경, 거리에는 설 분위기가 아직 가셔지지 않았고 일본인 주택가에는 가도마쓰*도 걷어내지 않은 상태였으며 긴 소매에 금실이 든 붉은 오비를 맨 설빔 차림 일본 계집아이들이 하고이타*로 하고를 치는 풍경도 더러 눈에 띄었다. 그러나 신년 분위기에 못지않게 성전완수(聖戰完遂)니 총력앙양(總力昂揚)이니 일로매진(一路邁進)이니 따위의 군부 고위층 담화를 실은 신문들은 전쟁 분위기를 드높이고 있었으며 일본 천황에게 충성을 맹세하고 지원병에 나갈 것을 독려하며 환골탈태(換骨奪胎) 일본인이 된 이상 부끄럽지 않은 일본인이 되어야 한다는 등 재만 조선인 친일분자들의 글귀도 신문에 나 있었다. 거리에는 일본군 기마대가 포도를 차며 지나가고 관서에는 일장기와 만주국 국기가 바람에 나부끼고 있었다. 양력설을 쇠지 않는 만주인들의 초라하고 기죽은 모습들이 대조적으로 포도 위에 흩어져 걷고 있었다.

공장은 삼일까지 쉬기 때문에 홍이는 집에 있었다. 물론 아이들도 집에 있었고 식구가 모두 지내지도 않는 설 때문에 집에 틀어박혀 있었다. 그리고 달포 전부터 임이가 와 있었다. 나이는 쉰여덟, 아직 환갑이 멀었는데 칠십 노인처럼 늙고 초라해진 모습을 본 홍이는 차마 가라 하지 못하였고 돈을 쥐어주는 것도 한두 번, 흐지부지하는 홍이 태도에 얼씨구나 잘되었다 싶었던지 눌러붙어 있었는데 한 달 전이던가 보연은 입술이 툭사발같이 부어서 남편에게 임이를 보내라 했다. 뭔지 비위가 많이 상한 것 같았다.

"나가면 거지밖에 할 짓이 없을 긴데 당신이 참아."

"돈 좀 주면 될 거 아니오?"

"돈을 주더라도 해동이나 해야지."

했던 것이다.

"아이고오. 점심들 묵자. 머들 하노. 배고파 죽겠는데."

임이 말에 상의와 보연은 다 같이 눈을 흘긴다. 무슨 일이 있기는 있었던 모양이다.

"고모는 젤 많이 먹으면서 밤낮 배고프다, 배고프다."

상근이가 핀잔을 주었다.

"이눔 자식, 머라 카노? 늙으믄 밥심으로 산다. 니도 늙어봐라. 다른 집에서는 양력설도 쇠던데."

보연은 들은 척도 안 했다. 그래도 비윗살 좋게,

"떡도 묵고 접고 너물도 묵고 접고, 와 이리 묵고 접은 기이 많은지 모리겄네. 옛 울 엄니 먹성이 좋더마는 나도 어매 닮았는갑다."

신문을 보고 있던 홍이는 신문에서 눈을 떼지 않고,

"점심 차리지."

하고 말했다. 상의가 거들어서 점심상을 차렸고 식구들은 둘러앉았다.

"고모!"

밥을 먹다가 상의가 소리를 팩 질렀다.

"와 그라노? 사람 간 떨어지겄네."

밥상에는 명란젓이 놓였는데 썰지 않은 상태로 깨소금과 기름을 친 것이었다. 임이는 그 명란젓 한 봉지를 송두리째 입에 넣고 꿀꺽 삼켰던 것이다. 보통 사람이면 그것 하나로 밥 한 그릇 먹고도 남았을 것이다.

"위장을 소금에 절이도 분수가 있지 정말 왜 그래요?"

상의는 아비의 눈을 의식하고 목소리를 낮추며 말했다. 지금까지 비교적 관대하게 대해왔던 상의는 요즈막에 와서 임이에게 몹시 쌀쌀하게 대하였다. 그러나 임이는 왜 그러느냐 따지지 않고 슬금슬쩍 넘기곤 했다. 상근이 상조가 재잘거렸다.

"복 나간다. 잠자코 밥 먹어."

보연이 아이들을 나무란다.

"아버지."

상의가 불렀다.

"은자언니가 말예요."

하자 보연이 말을 막듯,

"쓸데없는 소리 또 한다."

"엄만 덮어놓고 그러시네. 아버지 은자언니가 말예요."

"은자언니가 누군데?"

"상급반 언니예요. 그 언니 저한테 참 잘해주어요. 같은 조선인이라고."

"그래서?"

"은자언니는 졸업하면 백의의 천사가 되겠대요?"

"뭐?"

홍이 딸의 얼굴을 빤히 쳐다본다.

"여학교 나와서 간호부로 들어가면 대우가 참 좋다는 거예요. 보통 소학교만 나와가지고 간호부가 되니까 말예요."

"그따위 소리 하지 마."

딱딱한 홍이 음성에 의아해하며 상의는 말했다.

"아버지 왜 그래요? 저는 좋아 뵈던데, 병원에 가면 그 언니들 깨끗하고 거룩해 뵈고, 그중에는 굉장히 예쁜 사람도 있었어요."

"너도 간호부가 되겠다 그 말이냐?"

"그런 거는 아니지만…… 그래도 좋긴 좋던데요?"

"쓸데없는 생각 말고 공부나 해."

"선생님도 그러셨어요. 백의의 천사가 되어 전선에 나가서 부상병을 돌보는 것도 애국하는 길이라구요."

홍이는 단발머리에 고집 세게 생긴 딸을 가만히 바라본다.

'천방지축을 모른다. 애국이라니, 나라가 어디 있다구.'

그러나 홍이는 그 말을 할 수 없었다. 위장을 철저히 해온 처지, 어디서 꼬리가 잡힐지 모르기 때문이다.

"왜 있잖아요, 아버지. 나이팅게일 말이에요. 지가 존경하는 사람이에요. 부상한 사람이나 병든 사람을 돌보아주는 것은 아름다운 일 아닐까요?"

"그따위 소리 두 번 다시 했다가는 매 맞을 줄 알아라!"

홍이는 자신도 모르게 신경질을 부리고 있었다. 군에 납품했던 관계로 일본군대 사정은 다소 알고 있었다. 종군 간호부의 실태가 어떻다는 것도. 갑자기 밥맛이 떨어졌다. 아직 철이 덜 든 아이에게 뭐라 설명할 수도 없었고 설령 철이 들었다 하더라도 아비로서 그것은 말하기 거북한 문제였다. 그러나 그 일 때문에 신경질을 내고 있는 것은 아니었다. 간밤의 뒤숭숭했던 꿈자리가 되살아났고 울적했다. 어디 가서 실컷 화풀이라도 해야만 할 것 같았다.

"거 봐. 쓸데없는 말 하지 말랬잖았어?"

보연이 혀를 찼다. 임이는 열심히 밥을 먹고 있었다. 손가락 마디가 모두 구부러져서 마치 갈고리 같았다. 그 손으로 반찬 이것저것을 입 속으로 거머들이고 있었다. 상근이와 상조는 밥을 먹다 말고 뒹굴면서 장난을 치고 있었다.

"밥 먹다 말고 왜 이래?"

홍이는 수저를 놓고 일어났다. 본시 앉았던 자리로 돌아가서 습관처럼 신문을 집어들었다.

"참 이상해. 화내실 일도 아닌데 아버지가 왜 저러실까? 아이들이 얼마나 동경한다구. 백의의 천사, 듣기만 해도 멋지고 근사하잖아요?"

"그만해."

보연이 나무란다.

"상의야."

음식을 삼키며 임이가 불렀다. 어지간히 배 속이 찼는지 음식 먹는 속도가 느려졌다.

"니가 몰라서 그런 말을 한다."

"모르긴 뭘 몰라요?"

"김두수라고, 니는 모릴 기다마는, 공장에는 가끔 올 기다. 우리가 어릴 적에 한 동네서 살았제. 그래서 잘 아는데 그놈이,"

하다 말고,

"아니 그 사람이 무슨 짓을 하는지 니는 모릴 기다."

"왜 보지도 못한 사람 얘길 꺼내는 거예요?"

"잠자코 들어보아라. 그 사람 본업이 가씨나장산 기라. 조선서 데리오는 가시나들을 받아가지고 팔아묵는데 그러이 그쪽 사정은 환하게 안다."

"아이들 데리고 별소리를 다 하요."

의도적으로 임이에게 말을 하지 않던 보연이 눈살을 찌푸리며 말했다.

"머가 우때서? 야아가 백의의 천사라고 해쌓으니께 하는 말이제."

보연은 꼴도 보기 싫다는 듯 외면을 한다.

"상의 니가 몰라서 그러는 기라. 왜년들이사 그렇지도 않을 기다마는 조선 아아들은 명색이 간호부지 군대 따라댕기믄서 병정을 받는다 안 카나."

"받는 게 뭔데?"

"이 덩신, 함께 자는 기지. 몸을 준다 그 말이라."

홍이 신문을 팽개치고 소리를 질렀다.

"교육상 이래가지고는 안 되겠어요. 쓰레기통 같은 말만 하고 아이 버리겠소."

보연이 눈을 치뜨고 화를 냈다. 얼굴이 시뻘게진 상의는 헛구역질을 하며 제 방으로 달아난다.

"아이고 얄궂어라. 나이 찼는데 그런 거 모릴까 바서? 촌에 가믄 그 나이에 시집가는 제집아아들이 얼매나 많다고. 너무

그래쌀 것도 없지마는, 요조숙녀가 따로 있나? 서방 잘 만내
믄 요조숙녀지."

하고는 아니꼽다는 듯 숟가락을 놨다. 먹을 만큼 먹었는데 마
치 속이 상해서 그러는 것처럼.

"며느리가 밉으믄 계란 같은 발뒤꿈치도 숭이라 카더마는.
입만 뗐다 하믄 식구들 모두가 아구성이네. 사람 팔자를 누가
알 기든고?"

홍이는 화가 난 얼굴로 나갈 채비를 하듯 방에 들어와 옷장
문을 열었다.

"당신 어디 가실라 캅니까?"

밖에서 보연이 말했다.

"나가면 또 술 마실 텐데……."

"……."

"초정월부터 술집에 문이나 열었겠어요?"

그러고 보니 그랬다. 홍이는 외투를 입으려다 말고 내던지
며 방바닥에 철썩 주저앉는다. 그리고 담배를 붙여 문다.

요즘에는 공장도 불황이었다. 부속품 구하기도 힘이 들었
고 군에서 불하하는 차도 거의 없었다. 그 덕분에 김두수 꼴
을 보지 않으니까 속이 편하기는 했으나 종업원들을 줄일 수
도 없고 이대로 나가면 적자를 면할 수 없을 것 같았다.

'하얼빈에나 한번 다녀올까? 송선생님은 어떻게 지내시는
지, 자식들이 다 장성하여 마음은 놓이지만.'

관수가 죽은 뒤 홍이는 여러 가지 면에서 의욕 상실의 징후를 나타내기 시작했다. 의욕 상실뿐 아니라 외로움이 어떤 공포감으로 엄습해올 때도 있었다. 주변에 아무도 없다는 생각을 할 때 섬뜩해지는 것이다. 사실 아무도 없었다. 석이를 본지도 오래되었고 두매는 그보다 더 오랫동안 만나지 못했다. 중국 본토로 들어간 사람은 아무도 돌아오지 않았다. 뿐만 아니라, 그들의 생사조차 알 길이 없었다. 연해주 쪽은 이제 단념을 했지만. 마치 빗자루로 싹 쓸어버린 듯 주변은 적막강산이었다. 용정촌에 가보아도 매갈잇간의 박서방 말고는 아는 얼굴을 찾을 수 없었다.

　'내가 왜 이럴까? 마치 기름이 떨어진 남폿불 같다. 주갑아제는 아마 돌아가셨겠지. 고향처럼 늘 그리워하는 용정이 어째 그리도 낯설었을까? 이렇게 우리가 밀리기 시작하면……도대체 어디까지 가야만 끝이 날까?'

　신경에 와서 공장을 처음 차렸을 때 홍이는 혼신의 힘을 다하여 밤낮을 모르고 일을 했다. 찾아오는 사람도 많았고 그들과 어울려 밤을 새워가며 술도 마셨다.

　'그때가 행복했구나.'

　홍이는 간밤의 뒤숭숭한 꿈을 잊으려고 별의별 생각을 다해본다.

　"여보 손님이 오셨는데."

　방문을 열고 들여다보는 보연의 말이 미처 끝나기도 전에 두 사나이가 방문을 들이차듯 하며 방 안으로 들어왔다. 거실에도 한 사나이가 서서 출입문을 막고 있었다.

"누, 누구요?"

순간 홍의 얼굴은 돌덩이같이 굳어졌다. 기어이 올 때가 왔구나 싶었던 것이다. 두 사나이는 아무 말도 없이 방 안을 뒤지기 시작했다. 양복장 서랍을 방바닥에 엎었다.

"왜, 왜 이래요!"

보연이 소리를 질렀다. 상의가 제 방에서 달려나왔고 상조가 울음을 터뜨렸다.

"왜, 왜 이러는 거요!"

역시 사내들은 아무 말 안 했다. 한참 후 방바닥에 쌓인 옷가지 속에서 금비녀와 한 냥쭝 쌍가락지, 석 돈쭝 복숭아반지, 팔찌를 발견한 사내들은 회심의 미소를 지었다.

"도, 도, 도둑놈! 도둑이야!"

보연이 입술은 떨면서 목에 걸린 소리를 냈을 때,

"뭐 도둑이라고? 아지매, 우리가 바로 도둑놈 잡으러 다니는 사람이라요."

능글맞게 웃으며 말하는 사내는 조선인이었다. 또 한 사내는 일본인이었다. 그들은 형사였던 것이다.

"오이 고노 야쓰라 쓰레테 유케(이봐 이것들 데리고 가)."

밖에 있던 사내가 들어와서 홍이와 보연에게 수갑을 채웠다.

"엄마!"

아이들이 울며 매달렸다. 보연은 넋이 빠진 상태였으나 사태를 파악하지 못한 것 같았고 홍이는 재빨리 사정을 알아차리고 돌같이 굳어졌던 얼굴이 조금씩 풀렸다. 그는 비녀랑 가락지에 대하여 전혀 아는 바가 없었다. 다만 보연이 자기 몰래 장만한 것으로 짐작했고 어떤 경위로 형사대가 들이닥쳤는지 모르지만 사건은 그 금붙이 때문이라는 것을 깨달은 것이다.

홍이는 형사들에게 끌려나가면서,

"상의야 걱정 말고 공장 아저씨한테 가서 알려라."

아이들은 문밖까지 쫓아나갔다. 그러나 사내들은 홍이와 보연이를 차에 싣고 떠났다. 상의는 미친 듯 집 안으로 뛰어들어와 임이를 떠밀었다.

"말해요! 당신이 밀고했지요!"

"야, 야가 머라 카노?"

임이는 뒷걸음질치며 어리둥절해한다.

"형사들이 우리 집에 금비녀 있는 걸 어떻게 알아!"

"야아가 미쳤나?"

"그래 미쳤다! 아버지도 모르는 금비녀, 그, 그럼 네가 스파이질 했나? 말해요! 이 천하에 못된 늙은것!"

하다가 상의는 소리 내어 운다.

"허허 참 도모지 우찌 된 일고? 이거 참 속절없이 내가 당하겠고나. 이 제집아야! 내가 아무리 몹쓸 년이기로 한배에서 난 동생을 엉구렁에 밀어 넣겠나! 하늘이 알고 땅이 안다! 내

사 멋 땜에 금을 가지가는지도 모리겄고 참말로 귀신이 곡할 일이네."

상의는 소리 지르고 울다가 상근이한테,

"상조 보고 있어! 아무 데도 가지 말고 꼼짝하지 마라! 나 공장 아저씨 데꼬 올게."

하고는 쏜살같이 나간다. 상근은 자세한 일은 모르나 누이가 하는 짓으로 보아 아버지 어머니가 잡혀간 것은 이 귀신 같은 고모 탓으로 생각하고 마치 사나운 짐승처럼 으르렁거리며 임이를 노려본다.

"아이구야 참, 머가 우예 됐다 카노? 팔자 사나운 년은 가는 곳마다."

상의가 임이를 지목하고 밀고했다 하며 울부짖은 것은 그럴 만한 곡절이 있었다.

한 달 전이던가. 임이가 온 지 한 달포 됐으니까 그 일이 한 달쯤 전에 벌어졌던 웃지 못할 사건이었다. 십이월로 들어선 신경의 날씨는 한랭하고 을씨년스러웠다. 상의가 학교에서 돌아왔을 때 상근이와 상조는 털모자를 쓰고 마당에서 미끄럼을 타며 놀고 있었다. 무심히 집 안으로 들어간 상의는 안방에 보연이 있으려니 생각하고 문을 열며,

"엄마."

하고 불렀다. 그러나 보연은 없었다. 임이가 당황하며 돌아보는데 크게 벌어진 눈동자는 마치 허공 같았다.

"거기 왜 그러고 있어요?"

장롱 서랍이 열려 있었다. 임이는 쭈그리고 앉은 채 뭔가를 필사적으로 가리고 있는 것 같았다.

"뭐 하는 거예요!"

이번에는 날카롭게 물었다.

"아, 아니다. 아무것도 아니다. 방 좀 치우느라고."

"방을 치워요? 장롱 서랍은 왜 열려 있지요?"

의심을 품은 상의는 책가방을 든 채 방 안으로 들어갔다. 아편쟁이처럼 자질구레한 것까지 숨겨가지고 팔아먹는 임이 버릇을 상의는 알고 있었다. 보연의 여우 목도리도 그랬고 심지어 상의 손목시계도 그렇게 해서 없어졌는데 그럴 때마다 임이의 잡아떼는 품은 철석같았고 오히려 도둑 누명을 씌운다며 되잡기가 일쑤였다. 다만 그가 손을 대지 않는 것은 홍의 소지품이었다.

"거기 감춘 게 뭐예요!"

그때 마침 장에 갔다 온 보연이 목도리를 끄르며 들어왔다.

"방문을 안 잠그고 갔었나?"

중얼거리다 말고 다급하게 방으로 들어간 보연의 안색이 변했다. 진퇴유곡, 심장이 질기기로 쇠가죽 같은 임이도 엉겁결에 일어섰다. 순간 방바닥에 소리를 내고 떨어진 것은 금비녀 금가락지 반지 팔찌 등, 팔면 웬만한 집 한 채 값의 금붙이였다. 보연이 그것들을 주워 두 손에 움켜쥐었다. 상의 눈이 휘둥그레졌다. 몹시 놀란 것 같다.

"가지고 달아나려 했지요?"

보연이 임이를 무섭게 노려보았다.

"아, 아니다. 무신 그런 벼락 맞일 소리를 하노."

하면서 임이는 가렵지도 않은 손등을 긁는다. 살가죽이 밀리고 뼈만 앙상한 손등을 뿍뿍 긁어대는 것이었다.

"그러면 남의 장롱은 왜 뒤졌어요!"

"구겡한 것도 죄가? 구겡했다고 주리를 틀라나? 좀 열어보믄 우뗳노? 남도 아닌 형제간인데 별시럽게 그랬쌓는다."

차츰 시간이 지나가자 임이는 천재일우의 기회를 놓친 것이 분하고 억울한 것 같았다. 저희들은 그것 없어도 사는데 하는 생각을 하는 것 같았다. 그는 절망과 분노의 눈빛으로 보연을 쳐다본다.

"나가요! 상의 너도 나가!"

딸과 시누이를 떠밀어내고 방문을 닫은 보연은 비로소 사시나무 떨듯 떤다. 떨리는 손으로 간신히 금붙이를 서랍 속에 간수하고 방 안을 둘러본 뒤 방에서 나왔다.

"양심이 있어요?"

상의가 임이에게 따지고 있었다.

"조막만 한 기이 머를 안다고 어른들 하는 일에 나서노."

"부끄러운 줄 아세요."

"운냐 니 잘났다! 가시나 하나 자알 키워났다! 똑똑 소리 나게, 똑똑하게 키웠구나! 에미 애비 수덕 망덕 보겠다! 자식 없는 년은 접시 물에 빠지 죽어야겠네!"

"없기는 왜 없어요! 자식 버린 사람이 누군데."

"머 우짜고 우째! 어이서 들었노! 발톱만 한 가시나까지 나한테 정게 거네(오금 박네)!"

"방에 못 들어가겠나!"

보연이 소리쳤다. 상의는,

"고모라 부르기 너무나 창피스러워."

하며 제 방으로 들어간다.

"운냐아! 모녀가 작당을 해서 날 퍼붓는고나. 내가 사람가! 너거들 발싸개보다 못하는 내가 어디 사람가!"

놓친 가오리가 멍석만 하더라고, 임이에게는 정녕 그러했다. 눈앞에 있던 황홀한 순간이 어쩌다 캄캄절벽이 되었는가, 분하고 억울하여 임이는 바야흐로 장탄식을 잡힐 모양이다.

"팔자 좋구나! 팔자 좋다! 우떤 년은 무신 대복을 찌고 나서 전신에 금을 휘감는고. 그것 좀 보았다고 이년은 죽데기*를 치는 신세, 아이고 내 팔자야! 야속하고 무상한 놈! 제집은 금으로 휘감아줌서 세상에 둘도 없는 누부, 실반지 하나 해주었던가. 야속하고 무상한 놈! 내가 살믄 얼매나 살 기라꼬, 혈혈단신 의지가지할 곳 없고오, 떠도는 내 신세가 가련코 불쌍쿠나! 이런 구박받고 사느니 쇠(혀)를 물고 죽어야 하는 긴데 모진 목심, 그러지도 못하고 어이구우, 어이구우."

두 다리를 뻗고 넋두리를 하며 나오지도 않는 눈물을 짜며 곡을 한다.

"상의아버지가 그런 걸 알기나 해야 말이지."

힘이 다 빠져버린 듯 보연이 중얼거렸다.

"머라 캤노? 상의애비는 모린다꼬?"

임이는 귀가 번쩍 트이는 듯 반문했다.

"상의아버지가 어찌 알겠소. 내 혼자 한 짓인데."

보연은 불안해하는 것 같았다.

"정말가!"

단순한 보연은 홍이 모른다는 그 말 때문에 한 가닥 희망을 가지는 임이 의중을 몰랐다. 우선 금붙이 있는 것을 홍이 모른다면 오늘의 사건도 발설하기 어려울 것이란 계산이 나왔고 겨울 한 철 뭉개고 있을 만하다는 것, 어쩌면 황홀한 기회가 또다시 올지 모른다는 희망, 결코 나쁜 얘기는 아니었다. 아닌 게 아니라 보연은 그 문제를 덮어둘 것 같았다. 상의에게도 단단히 일러서 금붙이에 관한 얘기는 입 밖에 내지 못하도록 했고, 해서 임이는 싫어하고 상대하지 않는 것쯤이야 이력이 나 있는 처지, 한 달 동안 불편할 것 없이 지내온 터였다.

얼마 후 상의가 어떻게 설명을 했는지 천일은 얼굴이 시뻘게져서 그의 댁네와 함께 달려왔다. 그들 뒤를 상의도 울면서 따라왔다.

"집 안에 있는 구미호부터 치아야 안 하겠나!"

들어서자마자 천일은 고래땅 같은 소리를 지르며 임이를 집어삼킬 듯 노려보았다.

"어어? 와 이라제?"

천일의 표정이 너무나 험상궂어 임이는 질리면서 뒷걸음질 쳤다.

"와 몰라서 묻소!"

"영문을 모르겠다. 자다가 봉창을 뚜디리도 유분수제."

천일의 댁네 호야네도,

"세상이 무섭아서 우예 살겠노."

한마디 하고 임이에게 일별을 던졌다. 두려움에 떨고 있던 아이들은 누이를 보자 앙! 하고 울음을 터뜨렸다. 상의는 우는 동생들을 끌어안고 함께 운다. 호야네가 그들을 달랜다.

"하기야, 거기 그 자리에 꼼짝 말고 있이소! 일 돼가는 거 봐감서 사생결단을 내든지 누구 대갈통이 박살나든지, 참말 이제 숭악한 세상이다. 이런 일이 어느 세상에 또 있겠노."

홍이와 오랜 우의도 우의려니와 동기간에 그럴 수 없다는 윤리관 때문에 천일이는 폭풍과도 같은 노여움을 느꼈던 것이다. 일찍이 천일은 이같이 노한 적이 없었다.

"상의야."

"예, 아저씨, 어떻게 해? 정말 어떻게 하면 좋아요."

"울지 말고 내 말 들어라. 니가 이러믄 상근이 상조는 우짤 기고? 셈 난 니가 정신을 차려야제. 아부지는 모르는 일이라 카이 곧 풀리나올 기고, 에잇! 더럽운 놈의 세상! 천지개벽을 하든지 해야지. 호야 니는 아이들 데리고 꼼짝 말아라. 저 할망구도 감시하고, 비단가리 하나, 손 못 대게, 알았나!"

"할망구라니!"

발악하듯 임이 말했다. 그리고 펄썩 주저앉았다.

"배추시래기 겉은 상판에다가 짜놓은 걸레맨크로, 그 꼬라지 하고서 할망구도 오감타*!"

"이노옴! 내 뒤에는 사람 없는 줄 아나! 나한테도 사람 있다아!"

"물론 있겠지요."

"경찰서장까지 한 사램이 있다! 김두수를 몰라? 질기 이러믄 나도 앉아서 당하지는 않을 기다!"

"본색 드러내누마요. 아무리 여수가 사람으로 둔갑해도 꼬리는 못 감춘다 카더마는, 그랬일 기요. 김두수를 와 내가 모리겠소. 공장에도 나타나고 옛날 옛적 평사리에서 귀에 못이 박일 만큼 듣던 김거복일 와 내가 모리겠소. 도둑질이든 밀고든 간에 손발이 맞아야 해묵는 기라."

했으나 천일은 눈에 띄게 기세가 줄어들었다. 그는 좀 신중해야 한다는 것을 깨달은 것 같았다.

"그라믄 나는 여기저기 좀 알아보고 올 긴께 모두 정신 똑바로 채리고 있거라. 상의야, 이 차중에 아이들 병나믄 큰일인께 놀라지 않게 해라."

가슴을 치고 외쳐대는 임이에게 곁눈질을 한 천일은 허둥지둥 쫓아나갔다. 그가 나가자 집 안은 늪과 같은 깊은 정적 속에 빠져들었다. 임이도 지친 듯 말이 없었고 아이들 역시 섬 속에 갇힌 날개 부러진 새처럼 숨을 죽이고 있었다. 아침까지만 해도, 아니 점심 먹을 때만 해도 아무 일이 없었던 집 안이 눈 깜짝할 사이에 수라장이 된 것이다. 그러나 아무도 이 사건을 충분히 이해하지 못하고 있었다. 금붙이를 가지고 있다 해서 어미와 아비가 수갑까지 차고 끌려갔다는 것을 납득하지 못하였다.

"상의야."

호야네가 불렀다.

"예."

"아무래도 식구가 함께 모여 있어야겠다. 나 가서 아이들하고 머 좀 챙겨가지고 올게."

상의는 불안하게 호야네를 쳐다보았다.

"속히 올게. 아부지 어무이 오실 때까지 우리가 함께 있어야 안 하겠나."

상의는 고개를 끄덕였다.

"상근아 니도 이자는 다 컸으이 울지 마라이?"

호야네는 그리고 종종걸음으로 나갔다.

아이들은 웅크린 채, 상의도 세운 무릎 위에 얼굴을 얹은 채, 더 이상 임이와 다투려 하지도 않았다. 난생처음 겪는 일

136

이며 진이 다 빠져버렸던 것이다. 겨울 해가 지고 있다는 것을 아슴푸레 느꼈지만 상의는 꿈인지 생시인지 알지 못했다.

얼마나 시간이 지나갔을까. 상근이가 일어섰다. 상의는 그가 용변을 보러 가는 줄 알았다. 그러나 목욕탕 쪽으로 간 상근은 얼마 안 되어 빨랫방망이를 들고 나왔다. 상의가 무릎 위에 얹은 얼굴을 드는 순간 그 빨랫방망이는 허공으로 올라갔고 다음 순간,

"아이구우!"

임이 비명이 들려왔다. 상근은 빨랫방망이로 임이 머리통을 향해 내리친다는 것이 방망이는 어깻죽지를 치고 말았던 것이다.

"이 직일 놈이!"

한쪽 어깨를 감싸쥐다가 임이는 발딱 일어섰다. 그리고 상근이 멱살을 잡았다. 뼈뿐인 손이 상근의 뺨을 갈겼다. 상의가 달려들었다. 상조도 달려들었다. 삼 대 일의 난투극이 벌어졌다. 상조는 임이 손등을 물었다. 그야말로 소리 없는 격투였고 늙은 고모와 어린 조카들이 뒤엉킨 광경을 비극이라 해야 할지 희극이라 해야 할지, 어쩌면 가장 원시적인 것이었는지 모른다.

두 아이와 함께 보따리를 들고 들어온 호야네가 겨우 뜯어말렸다. 아이들은 아이들대로, 임이는 임이대로 두 어깨를 들썩이며 숨을 몰아쉬었다. 임이는 말을 못하고 입술만 실룩거

렸다. 그러더니 드디어 두 다리를 뻗고 통곡을 시작하는 것이었다.

음산한 겨울 해는 졌다. 호야네는 저녁을 짓고 상의는 무섭다면서 울며 파고드는 상조를 달래고 있었는데 천일이 돌아왔다. 두꺼운 외투를 입었고 털모자도 쓰고 있었는데 양쪽 귀는 빨갛게 얼었으며 초췌한 모습이었다. 그는 임이를 힐끗 쳐다보며 모자를 벗고 외투도 벗었다. 두 손바닥으로 턱을 받치고 앉은 임이는 이상하게 통곡을 끝낸 후부터 말이 없었다. 그는 천일을 거들떠보지도 않았다. 염치없고 넉살이 이만저만 아니며 속이 없는 임이의 침묵은 어떤 면에서 불안한 것이었다.

"안방으로 좀 오너라."

하고 천일은 호야네와 상의를 불러들였다. 반나절 사이, 상의 얼굴은 몰라보게 변해 있었다. 공포와 분노, 절망에 절여낸 것처럼 보는 사람의 마음을 아프게 했다. 이제 겨우 열여섯 살 나이에.

"연강루에 가서 부탁을 하고, 알기는 알아봤는데."

천일이 무겁게 말문을 열었다.

"내일쯤 조선으로 압송돼 갈 기라 하더마."

"왜요!"

"형사들이 잡을라꼬 조선서 왔다 안 카나. 일은 거기서 터진기라. 통영서 말이다."

천일은 입맛 쓰다는 표정을 지었다.

"거기서 터졌다니, 그기이 무신 말입니까?"

호야네가 물었다.

"실은 나도 경험이 없어서 머가 먼지 잘 몰랐는데 간단하게 말하자믄 조선서는 금 가진 사람들 모두가 국가에다 금을 팔아야 하고 개인이 금을 가지는 것을 금한다, 그러이 위법이다 그거지. 그라고 금을 나라 밖으로 실어내는 것 역시 위법이라, 밀수라는 기지. 그러이 통영서 니 어무이한테 금을 판 사람이 적발되고 보니 자연 모든 사실이 밝혀져서."

"아버지는 아니지 않아요."

"일단은 공동으로 했다고 보는 기지. 그러나 형님은 모르는 일이고, 조사를 하면 밝혀질 것이니 쉬이 나오겠지마는 형수는 재판까지 받게 될지 모린다 하더마. 우선 통영 외갓집에다 전보를 쳐놨다."

보연이 아파서 친정에 정양하러 갔을 때 천일은 홍이 대신 송금하러 가기도 했기 때문에 홍이 처가의 주소는 익히 알고 있었던 것이다.

"보소, 그라믄 저 할매는 상관이 없는 일이구마요."

호야네가 물었다.

"그런 셈이지."

천일은 다시 입맛 쓰다는 표정을 지었다.

"공연한 사람을 의심해서 큰일 났네."

"이 차중에 그기이 문제가! 의심쯤이사 머가 대수고! 수갑 차고 붙들리간 사람 생각하믄. 의심받을 짓도 했고."

말은 그렇게 했으나 천일은 낭패한 표정을 감추지 못했다.

"아까는,"

상근이가 빨랫방망이를 휘둘렀다는 말을 하려다 만다.

"하기사 머, 모두 제정신이 아닌께."

호야네는 혼잣말같이 중얼거렸다.

"내일 떠난다 카이 면회하기는 글렀고."

"우리도 가야잖아요."

함께 가지 않으면 영이별이 될 것처럼 상의는 말했다. 그의 머릿속에는 어머니 아버지가 상근이 상조 자신으로부터 떠난다는 사실 이외 아무것도 없었다.

"외갓집에 전보를 쳤으니 너거 외삼촌이 아마 올 성싶다. 걱정 마라. 외삼촌이 못 오믄 나랑 가지."

전시하에 개인은 금을 소유할 수 없다, 일본 정부의 그 같은 포고는 두말할 것도 없이 정부가 금을 회수하겠다는 것이며 공출해야 한다는 뜻이다. 나라에 충성하기 위하여 국민은 고시한 가격으로 금을 정부에 팔아야만 했다. 금이 탄환(彈丸)이 되는 것은 아니었지만 모든 쇠붙이는 전선으로 전선으로 가게 돼 있는 판국인데, 물론 많은 사람들은 소유한 금을 내놨고 고시가격으로 팔았지만 그것에 불응하여 금을 은닉한 소위 반역자가 없지도 않았다. 은닉한 일부의 금이 비밀리에 유통되고 있었던 것도 사실이었고. 만주 혹은 중국 본토, 그 방면으로 유출되는 것이 이른바 밀수였는데 전문적으로 하는 밀수꾼의 조직도 상당수 있었겠지만 만주서 조선으로 다니러 온 사람, 만주에 볼일이 있어 가거나 혹은 이주해가는 사람, 이들 중에도 조선서 금을 매입하여 실로 기기묘묘한 방법으로 숨겨가는 경우가 허다했다. 대일본제국의 경찰이라고 완전무결한 것은 아니었으니까 사람들은 이윤을 위해 위험도 무릅쓰게 돼 있었다. 그러나 보연의 경우는 장사가 아니었기 때문에 훨씬 단순했고 물정 모르는 만용이라 할 수도 있겠다.

지난해 정양하기 위하여 조선으로 나왔을 때 보연에게는 적잖은 속주머니 돈이 있었다. 남편을 속이자는 것은 아니었고 홍이 내놓는 가용은 늘 여유가 있었으며 반대로 보연은 짠 편이어서 자연 모아진 돈이었다. 게다가 조선에 나온 후 약값이다, 생활비다 하며 보내온 돈도 수월찮이 많았다. 보연은 그 돈을 한 푼 쓰지 않았다. 넉넉한 친정에서 베풀어주는 대로, 그 자신 돈을 쓸 필요가 없었다. 하기는 늙은 부모, 어린 조카들, 애정의 베풂을 마다할 사람은 없을 것이지만 결국 보연의 그 같은 이기적인 성품은 결혼 전과 별반 달라진 것이 없었다.

친정에 머물고 있던 어느 날 옛날의 친구였으며 집안끼리 가닥을 잡아보면 생판 남도 아닌 경선(敬仙)이가 보연을 보러 왔던 것이다. 중년티가 나는 그의 모습은 차림새부터 부유해 보였고 윤이 흐르는 피부 하며 건강하고 행복해 보였다.

"너 본 지가 십 년, 그렇게 되나?"

경선은 감개무량하다는 듯 말했고,

"경선이 넌 안 늙었네? 살기가 편한 모양이지?"

보연은 무엇보다 그의 건강이 부러워 한 말이었다.

"소문 듣기로는 큰 공장을 하고 돈도 잘 번다 하던데 얼굴이 말이 아니구나."

"늘 몸이 아파서."

"하기는 아파서 왔다 하기는 하더라만."

이런저런 얘기를 하다가 그날은 경선이 돌아갔는데 손아래 올케가 말을 꺼내었다.

"승아어머닌 보통 사람 아닙니다, 형님."

아이 이름이 승아인 것 같았다.

"자랄 때부터 야무졌지."

"야무진 정도가 아닙니다. 소문난 알부잔데 안 하는 장사가 없어요."

"장사를 해?"

"뭐 외고 펴고 하는 장사는 아니지만…… 앉은장사지요."

"앉은장사가 뭔데?"

"철철이 값이 오를 만한 물건을 물색해서 사 재놨다가 값이 오르면 장사꾼들 불러다가 물건을 내는 거지요. 장사눈이 여간 밝은 거 아닙니다."

"어째 그런 재주가 다 있지?"

"두 손 동개 얹어놓고 돈 버는 거지요. 남 보기에는 밤낮 놀

러만 다니는 것 같지만. 머리가 참 좋은가 봐요."

칭찬인지 비판인지 모를 말을 올케는 했다. 그 후 경선은 몇 번인가 찾아왔고 보연이도 그의 집에 가곤 했다. 경선의 집 살림살이는 기름이 좔좔 흘렀다. 보연은 살벌하기 짝이 없는 신경의 집을 생각하며 혼자 쓴웃음을 띠기도 했다.

그날 경선은 사과를 깎으면서 말했다.

"보연이 너 패물 많지?"

"그런 것 없다."

"돈 벌어서 어디 쓰게?"

"그런 것 모르고 살았어. 아이 셋을 키워놓고 보니 어느새 세월은 가고."

"무슨 소릴 해? 늙어 꼬부라졌어? 지금부터라도 늦잖다."

"하긴 몸만 건강하다면, 실은 고운 옷 입고 밖에 나간 일도 별로, 밤낮 골골거리는 데다 우리 애아버지는 노상 바쁘고 어찌 헛산 것 같은 생각도 드네."

"하기야 패물이 있어도 차리고 다닐 수 없으니."

"너는 많이 있나 부지."

"보여줄까?"

"그래."

해서 본 것이 그 비녀 가락지 팔찌 등이었다.

"차리고 다닐 수도 없지만 돈 좀 쓸 데가 있어서 팔려고 해도 아무 앞에나 꺼내놓을 수도 없고."

보연은 패물들을 하염없이 쳐다보고 있었다.

"만주 가는 사람들은 더러 금붙이 사가는 모양이더라. 그곳
엔 금값이 좋다던데? 무사히 가져가기만 하면."

결국 보연은 돈을 다 털어서 그 많은 금붙이를 샀던 것이다.

이튿날 홍이와 보연이 조선으로 압송되었다는 소식이 왔다.

상근과 상조는 소금에 절인 푸성귀같이 풀이 죽어 있었다.
천일의 아들 호야하고 놀려 하지도 않았다. 상의도 압송되었
다는 소식을 말없이 듣고 있었다. 그러나 이상한 것은 임이의
거동이었다. 밥만 먹고 나면 방구석에 처박힌 채 꿈쩍하지 않
았다. 하루가 지나가고 또 하루가 지나갔다. 나흘째 되던 날
천일 부부는 몸살이 나고 말았다. 아이들 때문에 지나치게 신
경을 써서 탈진한 것이다. 상조는 한밤중 자다 말고 일어나서
는 어미를 찾고 소리 지르며 울곤 했다. 천일은 상조가 병날
까 봐서 벌벌 떨었다. 천일 부부는 몸살을 앓고 있는데 상가
를 찾은 뫼까마귀처럼 김두수가 나타났다. 소문을 듣고 온 것
같았다. 집에 오기는 처음이었다. 인버네스*를 입고 수달피
모자를 쓰고 육덕은 여전했다. 동삼을 삶아 먹었는지 혈색도
좋았다. 그런데 좋다는 그 자체가 그의 약점으로 뵈는 것은
무슨 까닭인지. 누워 있었던 천일은 옷을 갈아입고 나왔다.
밀고에 대한 의심은 풀렸지만 홍이 심중을 잘 알고 있는 천일
은 경계의 고삐를 늦추지 않고 그를 대한다.

"허허어. 무슨 그런 해괴한 일이 다 있는고? 한 사람도 아

니고 두 사람이 함께 잡혀갔으니, 집안 꼴이 뭐가 되겠나."

"……."

"길게 끌면 큰일인데?"

"형님이야 무관하니까 곧 풀려나겠지요."

"무관한 걸 어떻게 증명하나. 한 지붕 밑에서 일어난 일을."

하고는 곁눈질을 하며 천일의 표정을 살핀다.

"형님이 관련됐다는 증거도 없지 않습니까. 부부지간이라도 얼매든지 비밀은 있인께요."

천일은 볼멘소리로 응수했다. 찌뿌드드한 몸 때문에 신경질이 나기도 했다.

"법이라는 게 다 옳고, 참된 것 편에 선다고 믿었다가는 큰코다치지."

"하는 말이 꼭 잘못돼라 하는 것 같소."

천일은 말투를 바꾸었다.

"그럴 리가 있겠나. 노파심에서 한 말이고 또 사실이 그러하니, 한데 이 할망구는 어디 갔나?"

두리번거린다.

"누구 말입니까."

알면서 짐짓 그렇게 나가본다.

"아이들 고모 말일세."

"여기 와 있는 거를 우찌 알았십니까."

"여기 간다고 나한테 말하고 갔으니 알지."

"예……. 어디 갔는지 아침부터 안 보이네요."

"흥, 그는 그렇고 공장은 휴업이라며?"

"예."

"이럴 때일수록 일은 계속 해야지. 쉬었다가 일어설려면 힘들어."

"일거리도 시원찮소."

"그럴 때도 있지."

"내리막길이오. 일을 할래도 자재가 있어야지요. 충전만 해주고 밥 먹겄십니까."

의도적으로 부수어댄다. 그것을 알아차린 김두수는 씩 웃으며 화제를 돌렸다.

"헌데 자네 태생은 어딘가? 경상도 말씨를 쓰네? 전에도 한번 물어볼려다 말았지."

"하동이오."

"하동의 어디?"

"악양의 평사리요."

천일의 태생이 평사리인 것만은 틀림이 없다. 그러나 마씨 부부가 평사리에 들어온 것은 김두수가 떠난 뒤, 그리고 호열자가 지나간 뒤의 일이었다. 김두수는 노린재 챗국 마신 상을 했으나 그 화제를 계속하지 않았다.

"이 집은 어찌 돼 있나? 홍이 소유인가?"

"셋집이지요."

"셋집이라? 그럴 리가 있나."

"객지 생활에 뿌리박고 살 것도 아니겠고 집 장만해 머하겠소."

짜증도 나고 별것 아니라는 생각도 들어서 천일의 어투는 점점 더 소홀해진다.

"흥, 불각처(별안간)에 들어닥쳐서 잡혀갔으니 중요한 서류 같은 것의 보관은 잘돼 있는지 모르겠네? 모두 도둑놈 세상인데 믿을 사람이 어디 있는가."

노골적으로 천일을 빗대어 말했다. 한번 떠보는 것 같았다.

"그렇지요. 상갓집의 개같이 머 얻어묵을 거 없나 하고 이 분거리는 것들 많지요."

한 번 뿌리쳐놓고,

"중요한 서류라 카믄 공장에 관한 것 말입니까?"

"그렇지이."

김두수의 상체가 성급하게 앞으로 기울었다. 애당초 글러먹은 수작이었다. 옛날의 그 악마의 독기는 녹슨 쇠붙이처럼 푸석푸석했고 사람에 대한 자질도 엉성했으며 일직선으로 재단된 도화지처럼 그 빳빳한 판단력, 먹이에 정확히 침을 꽂는 순발력, 모두가 무디어진 듯 김두수에게서 어떤 치기마저 엿볼 수 있었다. 그것은 그의 조락의 모습이었다. 심신의 노쇠보다 일본이라는 거대하고 튼튼한 밧줄이 이제는 썩은 새끼줄이 된 때문이리라.

그가 놀던 무대, 그가 주름잡던 인간들, 이제는 가고 없다. 몹쓸 여자장사로 축재는 했겠지만, 돈으로 메우기에는 그 악의 구렁텅이가 너무나 깊고 권력의 단맛은 너무나 절묘했다. 제발 만수무강하여 지하에 잠든 원혼들의 해원이 될 그날까지 살아주어야 할 터인데. 평범한 천일의 눈에도 김두수는 허수아비로 보이기 시작했다. 비웃듯 대답이 없는 천일을 보다 못해,

　"명색이 내가 동업잔데, 마치 샛바람이 지나간 벌판같이 된 이 꼴을 그냥 보아넘길 수는 없지. 차질이 없도록, 홍이 돌아올 때까지 챙겨놔야 할 게다."

　"동업자라 했십니까?"

　천일은 갑자기 너털웃음을 웃었다.

　"그래 동업자다!"

　"무신 그런 말씀을 하십니까? 세상에 봉사들만 사는 줄 아십니까?"

　"뭣이!"

　"그런 기이 통하던 세상도 있었십니까?"

　"이놈이 뉘를 놀리는 게야! 수상쩍은 놈이로구나!"

　"아저씨 이러지 맙시다. 아이들만 조선으로 데리가믄 그만인 기라요. 아이들 외삼촌이 시적 올 기고, 아무것도 없소. 빈 털터리라요. 공장이라 캐야 휑한 빈 땅밖에 더 남겠소? 건물이야 바라크 아니오. 땔감밖에 안 될 기고 형님은 순전히 기술 팔아 묵고산 셈이제요."

천일은 또다시 너털웃음을 웃는다. 몸살도 다 달아난 듯 속이 후련해지는 것이었다. 자신이 생각해도 말 잘한다 싶었던 것이다.

"네놈이 벌써 일 저질렀구나! 그렇게는 안 될 거다! 내가 누구냐! 하하핫 핫핫핫하 하룻강아지 범 무서운 줄 모르더라고 천방지축이네. 형사들이 줄줄이 내게 이어져 있는 걸 모리는 모양인데 뜨거운 맛 좀 봐야겠다."

"아저씨 흥분하지 마이소. 없으니 없다 한 기이 죄가 되는 법도 있소? 또 그렇소. 내가 모리는 동업자가 어디 있단 말이오. 그거야말로 사기죄가 될 성싶구마는. 자동차 불하받을 때마다 아저씨가 와리[割] 묵은 거는 나도 아는 일이요만 그기이 동업자다 그 말이오? 아따 그렇담 신경 천지 동업자가 얼매나 될지 모르겠네. 머 날 잡아갈 근거가 있으믄 휘파람 불어서 형사나으리 모시오소."

김두수는 기가 막히는 모양이다. 으르렁거리며 잠시 생각해본다. 공갈 협박이 영 먹혀들어가지 않는다는 생각이다.

'옛날 같으면 이깟 놈 내 새끼손가락 하나로 문드러버릴 것을. 대체 저놈 뒤에 누가 있길래 큰소리 뺑뺑 치느냐 말이다.'

"아저씨."

"……"

"침 삼키노라고 목젖 주저앉을까 걱정되어 하는 말인데요, 공장은 애당초 형님 것이 아니었소. 물론 명의는 형님이지마

149

는 빚 얻어서 시작한 일이라 공장 등기는 옛날 옛적에 저당잡
혀 있다, 그 말입니다. 내 말뜻 그래도 모리겠소? 물론 저당잡
은 사람은 부자고 명망이 있고 관가하고도 가까운 중국인인
데 형이 원한다믄 공장이야 계속해 할 수는 있지요. 서류 가
지고 따질라 카믄 그 집에 가서 따지시오. 하하핫핫핫, 그라
고 휘파람을 불든 호각을 불든 해서 형사들 데리고 가보소."

"이 육시랄 놈 같으니라고!"

그러나 김두수는 민적거리고 앉아 있었다. 왠지 상대를 빠
뜨릴 함정이 있을 것 같은 생각이 들었던 것이다.

"이놈아! 처음부터 이거는 잘못된 얘기다! 내가 언제 침을
삼켰느냐!"

"그라믄 나는 언제 일 저질렀소. 오는 말이 고와야 가는 말
이 곱제요."

"내가 흥분 좀 했기로서니 나잇살 먹은 사람한테 그따위 버
르장머리가 어디 있어!"

김두수는 목소리를 높였으나 내용은 다듬고 있었다.

"이자 그만 가시이소. 불난 집에 부채질하지 말고. 이홍이를
관 속에 넣어 못질한 것도 아닌데 와 그리 성미가 급합니까."

김두수는 일어섰다.

"나 오늘은 이대로 갈 것으로되 내 성질이 남하고는 좀 다
르다는 것을 깨닫게 될 게야."

그 말에는 김두수 옛날 모습이 다소 어려 있었다. 그가 나

가고 난 뒤 호야네는,

"보소 와 그랬십니까. 그냥 귓등으로 흘리고 말 일이지. 사람 영악한 것 범보다 무섭다 안 캅디까."

"잔소리 마라! 저런 놈은 쳐직이야 하는 기라. 사람이 천년만년 살 기가! 울 아부지는 왜놈 헌병한테 총 맞아 죽었다!"

"정말 와 이 캅니까. 큰일 나겄네."

아이들이 한곳에 모여 앉아 천일이를 바라보고 있었다.

"아아들 밥은 해먹있나!"

"이자부터 점심 채리야제요."

"상근아 상조야! 걱정 마라. 이 아저씨가 너거들 지키줄 기니 밥 많이 묵고. 외삼촌 오시믄 아부지 어무이 있는 고향으로 갈 긴께."

하는데 천일은 까닭 없이 눈물이 흘러내리는 것을 느낀다.

홍이와 보연이 조선으로 압송된 지 팔 일 만에 보연의 남동생 허삼화(許三和)가 드디어 나타났다. 깊이 잠든 한밤중 같았던 집 안이 선잠을 깬 듯 요란스럽게 술렁거렸다.

"외삼촌!"

상의가 울부짖었다. 어릴 적의 기억은 희미했고, 그러니까 재작년인가 한 번 다녀갔으며 작년 봄, 보연이를 데리러 온 일이 있었을 뿐인데, 그때 아이들은 빙긋이 웃었으나 몹시 낯가림을 했었다. 그런 삼화에게 상의는 스스럼없이 매달렸고 상근이와 상조도 비실거리며 가까이 다가왔다.

"오냐, 모두 별 탈 없이 있었구나."

삼화는 막내 상조를 안았다. 상조는 두 팔로 외삼촌의 목을 감으며 어깨에 볼을 대고 눈을 꿈벅거렸다. 삼화의 얼굴은 비교적 밝은 편이었다. 그는 상조를 내려놓고 천일에게 손을 내밀었다.

"고맙소. 자형이 잘 있을 테니 걱정 말라 하기는 하더군요. 믿는 곳이 있어서 그랬던 모양이오."

"지가 머."

하다가,

"인자 정말 살 것 같십니다."

천일이뿐만 아니라 호야네도 반가워서 어쩔 줄 몰라했다. 팔 일 동안은 이들 부부에게 힘들고 고통스런 시간이었다. 가볼 곳이라고는 연강루밖에 없었다. 의논할 곳도 연강루밖에 없었다. 그러나 천일은 홍이만큼 중국어가 능숙하지 않아서 의사소통이 충분치 못했고 홍이만큼 가깝게 접촉한 사이도 아니었기에 허물없이 비비댈 처지도 아니었다. 김두수가 왔다 간 뒤 그 일을 보고하러 갔을 때도 연강루 주인 진씨는 덮어놓고 염려하지 말라고만 했다. 어쩐지 그냥 건성으로 하는 말 같아서 천일은 서운했고 불안했다. 홍이가 없는 신경은 아이들뿐만 아니라 천일이 부부에게도 고아가 된 것처럼 외롭고 두려웠다. 만리타국이라는 것을 뼈아프게 일깨워주었던 것이다. 그리고 또 하나는 슬그머니 나간 채 돌아오지 않는 임이에 대해서도 근심이 안 될 수 없었다. 김두수와 함께 계략을 꾸미고 있을 것만 같은 생각이 들어 심히 신경이 쓰였다.

"그, 그라믄 형님을 만나보셨십니까."

"만났소."

"……"

"전보를 받고 곧장 올 생각이었는데 자형을 면회하고 오느라 늦었소."

"우떻게 돼간다 합디까."

"모두 놀라기야 했겠지만 대단한 죄질이 아니니 너무 걱정들 마시오."

"하지마는 조선서 형사들이 온 걸 보이."

"전문적인 밀수꾼들 소행인지 알고 그랬겠지요. 그러나 어쨌든 위법은 위법이었으니까. 자형은 쉬이 풀리겠지만 누님은 좀 고생해야 할 겁니다. 그러나 모두 힘들 쓰고 있으니."
했을 때 상조는 삼화의 무릎을 잡으며 얼굴을 올려다보았다.

"상조야 걱정 마라. 조선에 나가면 할머니 할아버지 이모랑 친척이 많으니까 아무것도 걱정할 게 없다."

조카의 머리를 쓰다듬는다. 아이들 얼굴에는 이미 생기가 돌아와 있었다. 생명이란 얼마나 신비스런 것인가. 삶에의 의지는 영악하고 핏줄을 당기는 힘은 불가사의하다. 천일이 부부가 혼신으로 아이들을 감싸왔지만 저토록 스스럼없지는 않았다. 신뢰하고 의지하면서도 아이들은 엄청난 사건을 겪은 뒤 두려워하며 자신들을 숨기려 하고 방어하려는 기색이 늘 있었다. 그랬는데 한두 번 본 외삼촌에게 모든 긴장을 풀며 기대는 모습을 보았을 때 솔직히 말해서 천일 부부는 다소 서운했다.

오래간만에 이 집 저녁 불빛은 사람이 사는 흔적을 강하게 나타내며 일렁였다. 간혹 웃음소리가 나기도 했고 호야와 그의 동생 호준이하고 상조는 놀기도 했다. 상의는 아이들 옷을 갈아입히기도 했다. 호야네는 오래간만에 장을 보아 손님을 위해 정성스런 저녁을 차렸고, 몸집이 자그마한 삼화는 천일이보다 한두 살 아래인 듯했으나 성품이 온화하고 나이보다 노숙했다. 그는 외할아버지인 꼬장꼬장한 김훈장을 닮은 것 같지 않았다. 말 많고 상민의 자식인 홍이에게 딸을 주는 것에 반대하지 않았던 부친 쪽을 많이 닮은 것 같았다.

긴장이 풀어진 아이들은 일찌감치 잠에 떨어졌고 천일이 부부, 허삼화, 상의가 거실에 앉아서 떠날 준비에 대하여서 얘기를 하고 있었을 때 뜻밖에 하얼빈에서 송장환이 들이닥쳤다.

"아이고 선생님!"

"할아버지!"

천일하고 상의가 동시에 소리쳤다.

"우떻게 아시고 오셨십니까?"

"연강루에서 기별이 있었네. 아이들은 다 괜찮은가?"

"예. 저, 이, 인사하시이소. 이 어른은 형님 선생님이십니다."

천일은 삼화를 보고 말했고 다음은,

"조선서 막, 낮에 오신 상의 외삼촌입니다."

하고 송장환에게 말했다.

"네, 자형한테서 선생님 말씀을 듣고 왔습니다. 절 받으십시오."

그러나 송장환은 손을 내밀었다.

"송장환입니다."

하며 악수를 청했으나 삼화는 기어이 절을 했다. 용기백배한 천일은 호야네보고 술상을 차리라 하며 서둘렀고 그러면서 마음속으로 서운해했던 연강루 진씨에 대하여 미안하게 생각했다. 일부러 하얼빈까지 연락해준 것이 고마웠고 김두수에 대한 공포감도 풀리었다. 상의와 호야네는 안방에서 옷가지를 챙기기 시작했고 남자들은 거실에서 술상 앞에 앉았다. 송장환의 얼굴도 그리 어둡지는 않았다. 천일은 김두수에 관한 얘기를 소상하게 말하였다.

"그놈이 진작 죽었어야 하는데, 몹쓸 놈."

했으나 얘기는 깊이 들어가지 않았다. 그 역시 연강루의 진씨처럼.

"그놈 걱정은 하지 말게. 그놈 자신이 아편, 금 밀수에 걸려 있고 지금은 실 떨어진 연이다. 이젠 힘이 없어."

하고 말했다. 그리고 삼화에게,

"헌데 이군은 뭐라 하던가요?"

물었다.

"송선생님한테 한 말이 있으니까 공장에 관한 것은 일임하라 하더구면요."

송장환은 고개를 끄덕였다.

"그러면 아이를 데리고 되도록 빨리 출발하도록 하시고 천일이는 이군이 돌아올 때까지 여기 있도록, 이군이 돌아와야, 이 기회에 공장은 처분하는 게 좋고 천일이 문제는 이군이 다 생각하고 있을 게야."

"지야 뭐, 지금 그런 생각할 때도 아니고 아이들만 데리고 간다면 한시름 놓겠십니다."

"천일이 자네 수고했네. 사람이 살자면 별의별 일을 다 겪게 되는 게야."

"이번 일은 제 누이의 생각이 얕아서 저지른 일이라 정말 자형한테도 미안하고 여러 사람한테 폐를 끼치게 됐습니다."

삼화가 말했다.

"이군이 속이 깊고 또 공장 문제는 진작부터 얘기가 있었소. 적당한 기회 봐서 털고 일어날 생각을 했던 거요. 하니 너무 심려 마시오."

"그러면 자형은 조선으로 돌아올 생각이었습니까?"

"글쎄 그거는, 이군 판단에 달린 거 아니겠소?"

송장환은 자세한 얘기를 할 수 없었다. 해서는 안 될 일이기도 했다.

"그럼 언제 떠나시겠소?"

"내일이라도 가야겠지요. 누님이 아이들 때문에 온정신이 아닙니다."

"그럼 그렇게 하시오. 내일 역에서 만나기로 하고, 나는 볼 일이 있어서 이만 가야겠소."

하고 송장환은 갔다.

이튿날 아침 임이는 어디서 뭘 했는지 옷보따리를 하나 들고 나타났다. 식구들은 모두 그를 의심했던 것이 미안하여 반갑게 맞이했다. 임이는 어리둥절한 표정이었고 추위에 떨고 있었으며 옷도 얇았다.

"짐들을 와 싸놨노."

"오늘 떠납니다."

호야네가 말했다.

"누가? 모두 떠나나!"

임이는 낭패한 듯 말했다.

"아니요, 아이들만 갑니다. 아이들 외삼촌이 오시서."

"그라믄 나는 우짜고."

"그나저나 어디 갔십디까?"

천일은 한 가닥 의심을 놓지 못하고 물었다.

"다롄에 갔다가…… 거기도 있을 형편이 못 돼 왔는데 그라믄 나는 우짤 기고!"

"있는 대로 함께 있어봅시다. 형님 오실 동안 우리는 여기 있일 긴께요."

안도하는 것 같더니 다음 순간,

"무신 이런 난이 있겠노? 하나밖에 없는 내 동생이 수갑을 차고 잽히갔으이 아이고 아이고."

하며 헛울음을 잡히는 것이었다. 방 안에 외삼촌이라는 사람이 있을 것으로 생각하고 그러는 것이었지만 삼화는 차표를 사기 위해 일찍 집을 나가고 없었다.

"어지가지할 곳 없는 나는 우짜믄 좋노! 나이가 젊단 말가, 자식새끼 하나 없고 천지간에 붙이라고는 동생 하나뿐인데 아이고 내 팔자야!"

상근이는 방 안에서 꿈쩍하지 않았다. 호야네와 상의는 아침을 짓고 떠날 준비에 바빴으며 어린아이들만 임이가 우는 모습을 바라보고 서 있었다. 천일이는 임이의 속마음을 알기 때문에 미워서 죽을 지경이었지만 참는다.

"그만해두소. 설마 산 입에 거미줄 치겠소. 집안이 이 꼴인데 이녁 살 걱정만 하고 무신 인심이요."

"시끄럽다! 니가 뭐를 아노!"

했으나 방 안에서 아무 기척이 없는 것을 깨닫고 흐지부지 울음을 거두었다. 그리고 차려낸 밥상을 차고 앉아서 여러 끼 굶은 사람처럼 임이는 밥을 먹기 시작했다. 그런데 한 가지 신통한 것은 상근이가 빨랫방망이로 때린 일에 대해서는 일절 말이 없었다. 넋두리할 적에도 그 말은 입에 올리지 않았다. 어린 조카에게 맞았다는 사실이 그에게도 창피스러웠던 모양이다. 상근이는 임이 눈을 피해가면서 밥을 먹는다.

　떠날 준비는 다 되었고 아이들은 기둥시계만 쳐다보고 있었다. 아쉬운 생각은 티끌만큼도 없었다. 학교며 친구도 머릿속에 남아 있지 않았다. 오직 쏜살같이 부모 있는 곳으로 마음은 달리고 있었으며 일각이라도 빨리 떠나고 싶었을 뿐이다.

　"누나, 외삼촌 왜 안 와?"

　상근이 물었다.

　"곧 오실 거야."

　"올 때가 되믄 올 긴데 오도방정도 떨어쌓는다. 여기 있으믄 누가 잡아묵나. 고몬데 아이들 건사 못할까 봐서?"

　그러나 얼마 안 되어,

　"누나 외삼촌 왜 안 와?"

하고 상근이는 또 물었다. 그때 마침 삼화가 돌아왔다. 그는 호야와 호준을 위해 과자를 한 아름 사 들고 왔다. 그리고 안사돈, 홍이누님이라는 임이와 수인사를 하게 되었는데,

　"올케는 친정 권속이 많아서 만리타국까지 일 봐줄 사람이 다 있는데 우리 상의애비는 천지간에 누부 하나밖에 없어이 처가에 눌릴 만도 하제."

　삼화는 당황했다. 다소 충격을 받기도 했다. 누이가 있다는 말을 들은 적이 없을 뿐만 아니라 산전수전을 다 겪은 듯 처연하리만큼 노추가 드러나 있는 노파가 과연 아이들의 고모인가, 점잖고 자존심 강한 매부의 누님인가 의심스러웠던 것이다.

"좌우간에 이리 오싰이니 고맙기는 고맙소. 집 걱정은 말고 아이들이나 데리가시이소. 생활비만 좀 있이믄 집이사 내가 어련히 지키겠십니까."

듣다 못해 천일은,

"시간 늦겄십니다. 할매는 좀 가만히 기시이소."

"할매라니? 굴러온 돌이 본 돌 찬다 카더마는 말짱 남의 식구들이 판을 칠라 카네. 더럽어서 참."

사돈 면전이라 하여 체면 차리는 것도 없었다. 그는 다만 만주 바닥의 거리가 무서웠고 그 거리는 그에게 있어서 굶주림의 거리였었다. 수전노였던 임이네와 달리 임이는 악랄하다 할 수 없는 정신박약이었다.

호야네와 임이가 집에 남고 작별을 한 삼화를 따라 아이들과 천일이 집을 나섰다. 얼마만큼 가다가 상의는 되돌아섰다.

"외삼촌 잠시만."

하고 그는 집으로 달려간다. 지갑을 꺼낸 상의는 돈을 다 털어냈다.

"고모 이거 받아요."

어리둥절해하는 임이 손에 돈을 쥐여준 상의는,

"고모 미안해."

하면서 눈물을 닦고 급히 달려나왔다. 상조의 손을 잡은 상의는 뒤돌아보지 않고 한길가까지 나와 마차에 오른다.

신경은 흐린 겨울 하늘 밑에 소리 없이 드러누워 있는 것 같았다. 마차 속에서는 아무도 말하지 않았다. 말발굽 소리만 경쾌하게 울리고 있었다. 털외투에 털모자를 깊숙이 쓴 아이들 입에서 입김이 서리고 있었다.

역 대합실의 잡답을 헤치고 개찰구 가까이까지 갔을 때 송장환이 그곳에 기다리고 있었다.

"할아버지!"

"오냐."

아이들은 비로소 이별이라는 것을 실감하는 것 같았다.

"할아버지도 같이 가세요."

상근이가 말했다.

"요다음에."

하고 송장환은 웃었다.

"와보니, 저의 자형이 외롭지 않았구나 생각했습니다."

삼화 말에,

"이군은 상근이만 할 때부터 내가 가르쳤소. 장난이 심하고 공부는 잘하는 편이 아니었는데, 그간 오랜 세월이 흘렀소이다."

송장환은 잠시 동안 감회에 젖는 듯했다.

"선생님을 만나뵈니 자형을 좀 더 이해할 수 있을 것 같습니다. 우리는 거의 만나지 않고 지내왔으니까요. 아무튼 선생님께서는 몸조심을 하십시오."

삼화는 송장환을 평범한 사람으로 보지 않았다. 뭔지 마음에 와 닿는 것이 있었다. 송장환은 조용히 삼화를 바라보았다.

"이군 처남도 만사에 신중하고……. 나잇살이나 먹은 사람의 얘기니까."

"예. 알겠습니다. 그래도 땅이 넓어 그런지 만주는 조선보다 자유로운 것 같습니다."

"그래요?"

"말씀 낮추십시오."

그 말 대답은 없이,

"칼날 같은 세상이오. 이군보고도 부디 자중자애하라 전해주시오."

"전하겠습니다."

"이곳 걱정은 말라는 말도."

하고 나서 송장환은 손을 내밀었다. 삼화는 두 손으로 송장환의 내민 손을 잡으며,

"고맙습니다. 다시 뵐 날이 있을 것을 믿겠습니다."

송장환은 아이들 머리를 쓸어주고 돌아섰다.

2장 송화강(松花江)의 봄

여행 가방을 메고 간편한 차림의 중년 사내가 허공로(許公路)에 있는 운회약국으로 들어왔다. 매우 세련된 모습이었다.

그는 일본말로 소화제를 달라고 했다. 흰 가운을 입은 여자가 돌아서서 약을 꺼내는데 머리를 걷어 올린 목덜미가 눈이 부시게 희었다. 여자는 포장을 하다 말고 사내를 쳐다보았다. 동시에 사내도 여자를 쳐다보았다. 그 순간 두 사람은 돌이 된 듯 행동을 멈추고 서로를 바라본다. 여자의 얼굴은 차츰 백지장으로 변해갔고 남자 눈에는 분노의 빛이 떠올랐다. 여자는 유인실이었다. 여행 가방을 메고 들어온 사내는 조찬하였다. 그것은 참으로 기구한 만남이었다.

유인실은 얼마 전에 상해에서 하얼빈으로 돌아왔고 당분간 머물면서 수앵이를 위해 운회약국 일을 도와주고 있었던 것이다. 조찬하는 단순한 여행이었다. 울적하거나 딜레마에 빠졌을 때 스스로 자신을 건져 올리려 여행을 하는 경우가 많았다. 만주에는 전에도 몇 번인가 온 적이 있었다. 그는 만주의 북부지방을 여행하는 것을 특히 좋아했다. 러시아풍 고건축이 들어선 하얼빈도 그가 즐겨 찾는 도시였다.

"이럴 수가 있습니까 인실 씨!"

찬하의 목소리는 역시 분노에 떨고 있는 것 같았다. 인실은 멈추었던 손을 놀리며 약을 포장했다. 그리고 찬하 앞으로 내밀었다. 그의 입술은 얼음장같이 차게 보였다.

"오래간만입니다, 조선생님."

조찬하는 뭐라 소리 지르려다 간신히 참는다.

"정말 무섭군요. 이런 기우(奇遇)가 어디 또 있겠소, 인실 씨."

"……."

"어디 가서 차라도 마시며 얘기 좀 합시다. 안 된다는 말은 못할 겁니다."

인실은 고개를 끄덕였다. 그리고 느릿느릿 가운을 벗어 옷걸이에 걸고 안으로 들어갔다. 얼마 후 인실은 스프링코트를 입은 모습으로, 핸드백을 들고 나왔다. 점원 아이에게 중국말로 뭐라 하고 약국을 앞장서서 나갔다. 그는 느릿느릿하게 걷고 있었는데 때때로 휘청거렸다.

"점심 전이시지요?"

인실은 물었으나 찬하는 차츰 유인실을 만난 것을 실감할 수 없었던지 분노는 사라졌고 자꾸만 고개를 흔들곤 했다. 유인실이 찬하를 안내해간 곳은 유명한 양식점 흑룡(黑龍)이었다. 웨이터가 인실의 코트와 찬하의 여행 가방을 받아 간수했다. 테이블에 마주 앉는다. 다 같이 바라보면서 침묵한다. 숨이 막히는 침묵이었다. 찬하가 말을 꺼내지 않는다면 인실은 영원히 침묵할 것만 같았다. 찬하가 먼저 말을 했다.

"묻고 싶은 말은 없습니까?"

"……."

"뭣이든 물어보십시오."

"물어볼 말이 뭐 있겠습니까."

"진실입니까?"

"……."

찬하는 입이 타는지 갖다 놓은 컵의 냉수를 마신다.

"인실 씨에게는 이제 그 솔직함도 없어졌습니까?"

"물어볼 권리가 저에겐 없지요."

그 말을 했을 때 테이블 위의 깍지 낀 손이 떨었다.

"하기는 다 지나간 일이지요. 이제 와서 제가 뭐라 비난을 하겠어요. 인실 씨만큼 결단력이 없었던 저 자신 때문인데."

"저에게는 지난날이 없습니다."

수프를 날라왔다. 샐러드, 빵, 인실은 그것들을 차근차근 먹고 그릇을 비웠다. 그리고 고기를 썰어서 규칙적으로 먹었다. 음식을 못 먹는 찬하는 인실의 행위가 거의 무의식적인 것임을 느꼈다.

식사가 끝나고 홍차를 마시면서 찬하가 말했다.

"두 번 다시 이런 기회는 없겠지요."

"아마."

"아이가 어찌 되었는지 상상해보신 적이 있습니까."

"……."

"인실 씨에게 고통을 주려고 말한 것은 아닙니다. 아까는 저도 모르게 격해 있었습니다. 인실 씨는 물어볼 권리가 없다 했으나 저는 이 기회를 절대 놓칠 수가 없습니다."

인실은 눈을 들어 먼 곳을 바라본다.

"말할 수 있는 기회 말입니다."

"무슨 말씀을 하시려는 거지요?"

"아이는 열한 살이 되었고 제 호적에 입적하여 기르고 있습니다."

순간 인실의 눈이 돌팔매같이 찬하 얼굴에 날아왔다.

"그렇게 시초가 잘못되었습니다. 인실 씨는 제가 기르는 것을 원치 않았을 테니까요."

한동안 무거운 침묵은 다시 흘렀다.

"오가타상이 어디 있는지 모르시지요?"

"……."

"말씀 좀 해보세요."

찬하는 차라리 애원조로 나왔다.

"모릅니다."

"신경에 있어요. 일 년에 한 번 정도 일본에 오는데 그럴 때는 꼭 저의 집에 들르곤 합니다. 생각해보십시오. 오가타상이 찾아올 때마다 저의 심정이 어떻겠습니까."

"왜 그렇게 하셨어요."

인실은 혼잣말같이 중얼거렸다. 그 말 대답은 없이 찬하는 냅킨을 접어서 테이블 위에 올려놓으며 말했다.

"송화강 강가에라도 나가보시겠습니까?"

인실은 순순히 따랐다. 송화강 강가 광장을 또각또각 구두 소리를 내며 인실은 따라왔다.

마음도 그러했지만 말 역시, 거의 찬하는 횡설수설이었다. 별안간 부딪친 놀라운 현실 앞에 뭔지 모르지만 사태가 갈기

갈기 찢겨진 것 같은 느낌이 들었던 것이다. 이곳에서 인실을 만나리라고는 꿈에도 생각한 적이 없었다. 하얼빈인가 신경인가 어디서 마차를 타고 가는 인실이를 보았다는 오가타의 말이 겨우 생각났다. 그냥 지나쳐도 죄 될 것이 없었던 남의 여자, 그들의 깊은 관계에 다소는 책임이 있었다손 치더라도 찬하의 마음이 다소 냉정했더라면 이런 기막힌 해후는 아니었을 것이다.

두 사람은 강가에 앉아서 대안(對岸)을 바라본다. 어느덧 겨울은 가고 초봄도 떠나려 하고 있었다. 지상의 나무며 풀들은 터질 듯 푸르름으로 발버둥치고 있었다. 강물 위로 유유히 흐르고 있는 돛단배는 바람을 잔뜩 안고 있었으며 유람선은 물살을 가르며 지나갔다. 멀고 먼 강기슭은 봄아지랑이에 녹아들고 있었다. 바람은 다소 쌀쌀했지만 구름은 한가롭게 강물따라 떠내려가고 있었다.

"오늘 이 만남은 예사로운 일이 아닙니다. 결론부터 말씀드리지요."

찬하는 담배를 붙여 물고 그어대었던 성냥개비를 물 위에 던진다.

"인실 씨는 오가타를 만나야 합니다. 만나서 인실 씨 자신이 아이의 얘기를 하십시오. 아이가 고아원에 간 것도, 알지못할 사람의 양자로 간 것도 아닙니다. 그 아이는 인실 씨가알고, 또 오가타가 아는 바로 제가 기르고 있으니까요. 십일

167

년의 세월은 이미 돌이킬 수 없게 돼버렸습니다. 그렇습니다. 인실 씨가 소망한 대로 아이는 일본땅에 존재도 모르게 묻혀버리지는 않았지요. 이제는 인실 씨가 짐을 져야 합니다. 아무리 고통스런 일이라도, 오가타를 만나 얘기하십시오. 당신의 아이를 내가 낳았노라고. 그것도 아니하겠다면 인실 씨는 영원히 용서받을 수 없을 겁니다."

"영원히, 네 그렇지요. 영원히."

"나는 사실 그 아이를 사랑합니다. 거의 내 자식이거니, 착각하고 살아왔습니다. 집사람도 그렇구요. 하지만 그것은 사람의 도리가 아니지요. 자기 자식을 눈앞에 두고 친구의 자식이거니 생각하고 있는 오가타를 볼 때 나는 과연 인실 씨하고의 약속을 지켜야 하는지 갈등에 빠지게 됩니다. 뿐만 아니라 아이에 대한 애착 때문에 내 이성이 마비된 것을 느끼기도 합니다. 이것은 죄악이다! 하고 생각하곤 하지요. 그간 세월이 많이 흐르지 않았습니까. 인실 씨 심경에도 변화가 있는 것이 자연스런 일 아닐까요? 민족의식이 에고이즘이 되어서는 안 되는 거 아니겠어요? 그런 말 할 자격이 제게는 없는지 모르지만. 일본은 멀잖아 패망하겠지요. 일본인도 사람입니다. 사람으로서 피해자이기도 하구요. 이런 정세하에서 오가타나 저나 앞날은 안개 속입니다. 일본인인 오가타가 과연 살아남을 수 있을는지 그것도 의문입니다. 일본인을 사랑했다는 죄의식에서 벗어나십시오. 인실 씨는 사람을 사랑한 것뿐입니다. 인실 씨는 오늘까지 있어온 용기보다 더 큰 용기를 가져야 합니다."

얘기를 하다 보니 십일 년 전과 내용이 조금도 달라지지 않았다는 것을 찬하는 깨닫는다. 그때 인실은 그 말로 설득되지 않았다.

"제가 무지하게 보이지요?"

인실은 역시 혼잣말같이 뇌었다.

"어떤 면에서는."

동경 히비야공원에서 인실을 만났던 일이 마치 어제 일처럼 되살아났다. 찬하 눈앞에 머리를 바짝 걷어 올려서 고무줄로 동여매고 흰 바탕에 회색 물방울 무늬의 헐렁한 원피스를 입은 인실의 모습이 선명하게 떠올랐다.

"우리는 이제 다 끝났습니다. 후회하지 않아요. 두렵지도 않습니다. 다만 고통스러울 뿐입니다."

그때 인실의 음성도 똑똑히 들려오고 있었다.

"하기는 저같이 무위하게 사는, 용기도 결단도 못하고······ 가문을 산산조각 박살을 내었건만 그래도 갈 곳이 없더군요. 어떤 면에선 인실 씨는 무지할 만큼, 네, 무지할 만큼 자신을 밟아뭉개고 나가더군요. 부럽기도 하구요. 그러나 제가 인실 씨의 사는 방식에 관여하고 간섭해서도 안 되겠지만 아이의 문제만은 인실 씨 자신이 처리하십시오. 십일 년 동안의 괴로움을 이제 나는 벗어야겠습니다. 아닌 게 아니라 인실 씰 만나지 않았더라도 지금쯤 나는 인실 씨와의 약속을 포기했을 겁니다. 신경에 가게 되면 오가타를 만나게 될 테니까요. 불쌍한 친구, 네, 불쌍한 친구지요. 그러나 행복한 사냅니다. 그런 인간이 얼마만큼이라도 현실 속에 있다는 것은 희망이지요."

"조선생님."

"네."

"제가 하지요. 선생님은 약속 안 깨셔도 됩니다. 제가 하지요."

찬하가 벌떡 일어섰다.

"정말입니까?"

인실을 내려다본다. 웅크리고 앉은 여자의 눈부시게 흰 목덜미가 보였다.

"네. 그렇게 하겠어요."

"잘 생각했습니다."

하는데 의외로 찬하 목소리에는 힘이 빠져 있었다.

"그 애는 행복했군요. 행복하게 자랐군요."

"영롱한 샛별 같은 아입니다."

"눈물을 흘린다는 것도, 죄송합니다."

"실은 저도 눈물이 날 것 같습니다."

농치듯 말했으나 건성으로 하는 말만은 아닌 것 같았다.

"무도한 여자를 누가 용서했을까요? 조선생입니까?"

"스스로 용서받은 거지요."

인실은 고개를 들고 찬하를 올려다보았다. 눈에 핏물이 괸

듯 핏발이 서 있었다.

"선생님, 저 여기 한 달가량 있을 거예요. 그동안은 언제라
도 좋습니다. 운회약국, 아까 오신 그 약국을 찾아와서, 저 말
고 윤광오 씨를 만나면 됩니다. 윤광오 씨는 오가타 그분하고
도 아는 사이지요. 오래된 일이지만 동경에 유학했을 당시 동
경대지진이 있었을 때 윤광오 씨가 피신해 간 곳이 오가타 그
분의 집이었어요. 만나게 되면 서로 알아볼 거예요."

찬하는 재빨리 수첩을 꺼내어 이름을 적고 약국 이름도 적
어 넣었다.

"설마 인실 씨가 결혼하신 거는 아니겠지요?"

찬하는 또 농담 비슷하게 물었다.

"결혼이라구요?"

"만일 그렇다면 오가타에게 나는 아무 말도 전할 수가 없습
니다."

"그런 일 없습니다."

인실은 고지식하게 대답했다.

"봄인데 참 쓸쓸하군요."

그것도 풍경이 아니라 자신의 마음을 말하는 것 같았다. 말
로는 그랬으나 찬하는 인실과의 약속을 지키려는 의지보다
오가타를 만날 때마다 약속을 깨지 못했던 것은 감정 쪽이 훨
씬 강했다. 그는 쇼지[庄次]를 사랑했고 깊은 애착을 느끼고 있
었다.

"조선생님."

"네."

"저 혼자 있게 해주시겠습니까?"

"그, 그러지요. 그럼 나는 강가를 돌아서 가겠습니다. 괜찮겠어요?"

인실은 고개를 끄덕였다. 그리고 돌아서서, 뒷모습을 보이고 가는 찬하에게,

"안녕히 가세요. 용서하시구요."

그러고는 무릎에 얼굴을 파묻는다.

얼마나 시간이 지났을까. 인실이 운회약국에 돌아왔을 때 사방은 어둑어둑했다. 약국 안에는 수앵의 근심스런 얼굴이 있었다.

"언니!"

문을 밀고 들어서자마자 수앵이 소리를 질렀다.

"어디 갔다 오는 거예요?"

"아는 사람을 만나서."

"얼마나 놀랐다구요. 저 애 말로는 이상한 남자가 와서, 그것도 성난 얼굴로 강제로 데리고 나갔다 그러잖겠어요?"

"미안해 걱정시켜서."

"안색도 안 좋은데, 정말 아무 일 없는 거지요?"

"걱정 말래도, 이따 얘기할게."

"모두들 긴장했어요. 하여간 돌아와서 맘 놨다."

"수앵아."

"네."

"윤선생님 어디 가셨니?"

"집에 들어갔어요. 옷 갈아입는다구."

"옷을 갈아입다니?"

"언니도 참 까맣게 잊었나 봐요?"

"뭘."

"오늘 밤 큰집에서 잔치가 있잖아요?"

"아아 참 그렇지."

"우리도 들어가서 옷 갈아입고 준비해야지요. 언니 기다리
느라 늦어졌어. 이 애, 일찌감치 문 닫아."

수앵은 점원 아이에게 일러놓고 인실의 등을 밀다시피 밖
으로 나왔다.

"언니 공기 참 좋지? 나뭇잎 냄새가 풍겨오는 것 같아요. 봄
은 또 왔는데, 마음은 사춘기만 같은데, 언니 나 늙나 봐요."

"또 그 소리."

"아니야, 요즘엔 좀 불안해. 우리 집 그이 나한테 여간 냉담
한 게 아니에요. 어디 나 몰래 애라도 낳아놓은 거 아닐까?"

"너도 성가신 병에 걸렸구나."

"그런 소리 말아요 언니, 아이 없는 여자의 맘은 당사자 아
니면 아무도 몰라요. 언닌 숫제 결혼 같은 것 안 했으니까 그
렇지만."

굽이 높은 구두, 날씬한 종아리, 수앵은 아직 아름다웠으나 자신을 잃어가고 있었다. 옛날 같은 사업에 대한 정열도 식어가는 것 같았다.

"언니 아까 찾아왔다는 사람 누구예요?"

"찾아온 게 아니야. 우연히 약 사러 들어왔다가 마주친 거지."

"옛날 애인이유?"

"아니."

"한데 기분이 왜 그래요? 굉장히 세련돼 뵈는 남자라 하던데."

"굳이 말하자면 애인의 친구야. 더 이상 묻지 말아."

천성이 단순한 수앵이었고 행사에 참석하기 위하여 몹시 서두르고 있었기 때문에 그 정도로 넘어갔지, 추스르려 무진 애를 썼지만 인실은 지렛대가 부러진 허수아비였다. 십일 년 전, 부른 배를 안고 동경 바닥을 끝없이 헤맬 때, 그때는 그에게 깡다구가 남아 있었다. 요코하마의 부둣가, 항구에 떠 있는 상선이며 여객선을 바라보았을 때, 하코네[箱根]의 그 짙푸른 아시노코[蘆の湖]를 들여다보았을 때도 그는 자살을 결행하지 않았다. 지옥 같은 시간을 견디어냈던 것이다. 그러나 오가타와 자신과의 핏줄을 버리면서 인실은 자기 자신을 땅속에 묻어버렸다. 깡그리 묻어버렸던 것이다. 그리고 두만강을 건너면서, 새로이 태어나려고 몸부림쳤다. 그를 일으켜 세워준 것은 용정, 해란강 강가에서 중학교에 갓 들어간 밤송이 같은 소년들이 강물에 돌을 던지며 모래밭을 뒹굴며 목이 터

174

져라 부르던 선구자의 노래였다. 인실을 오늘 존재하게 한 것은 항상 죽음과 맞선 시간 때문이었다. 긴장과 긴장의 연속 속에서 인간적인 사고와 인간적인 삶을 포기하고 황막한 대륙에서의 투쟁 때문에 그는 살아 있을 수 있었다. 눈물 한 방울 허용하지 않는 자기 자신에 대한 무자비, 그것 없이 그는 대지에 발을 붙이고 서 있을 수 없었다. 그러나 오늘 인실은 자기 내부에서 지렛대 부러지는 소리를 들었다.

수앵의 백부 심운구의 팔십 회 생신잔치는, 팔십 회라는 연륜 때문에 의미가 큰 것이었지만 요즘에 와서 만나지 못하는 연해주의 동생, 심운회로 인하여 깊이 상심하는 심노인을 위로하고자 한 자손들의 배려도 있어서, 집에서 해마다 행사를 치러왔던 관례를 깨고 H궁호텔의 연회장을 이용하여 성대히 잔치가 베풀어지는 것이었다. 친척 말고도—친척도 태반은 중국인이었다—초대된 사람들 거의가 중국인들, 중에서도 주류를 이룬 것은 하얼빈의 거상(巨商)들이었고 심씨 일가가 벌여놓은 사업체에 종사하는 식구들, 송장환도 물론 참석했으며 일본인 고위층도 몇 명 초대받아 와 있었다. 치장하고 나온 여인들의 의상은 화사한 봄을 실내에 옮겨놓은 듯 싱그러웠다. 심노인은 조카딸 수앵이 부부를 각별히 사랑하여 곁에 있게 했으며 소식이 끊긴 연추의 동생을 생각하여 한숨을 짓곤 했다.

잔치는 무르익어 따로 마련된 무도장에서는 나직한 반주, 노래 부르는 가수, 춤추는 사람들, 연보랏빛 드레스 입은 가

수는 일본 유행가 〈소주야곡(蘇州夜曲)〉을 부르고 있었다.

　　꽃잎을 띄우고 흐르는 물의
　　내일 가는 길은 어디메인지
　　오늘 밤 비쳐진 우리의 모습
　　사라지지 말아요 언제까지나

　일본 유행가의 레퍼토리는 얼마든지 있었다. 〈지나의 밤(支
那の夜)〉, 〈국경의 마을(國境の町)〉, 〈상해의 길모퉁이(上海の街
角)〉, 심지어 군가 〈보리와 병사(麥と兵隊)〉까지 부르고 있었다.
대일본제국의 대륙 진출, 대륙 강점의 정책을 측면 지원하여
왔던 감상의 허울 밑에 숨겨진 야욕, 값싼 유행가를 중국인들
은 부르고 들으며 춤을 추고 있었다. 연회에 참석한 고위층
일본인들을 기분 좋게 하기 위하여. 그러나 그들은 비통하여
마음속으로 이를 갈고 있지는 않았다. 엄청난 살육, 아녀자들
을 유린한 필설로는 안 되는 만행, 섬나라 짐승들을 마음속으
로 경멸하며 그들 사탕발림의 노래를 불러주고 있는 것이다.
심노인의 아들 심재용, 못생겼으나 체격 좋고 멋쟁이인 그도
나와서 〈하일군재래(何日君再來)〉를 부르고 있었다. 봄이 감돌
며 기웃거리는 창밖에는 푸른 가등이 정원을 비춰주고 수목
들도 술렁이고 있는 것 같았다. 어쨌거나 사람들은 모처럼 흥
을 돋우고 있었다. 그러나 흥에 취해 있었던 것만은 아니었

다. 사실 이들은 모두 내일을 알지 못했다. 내년에도 이와 같
이 행사가 있을 수 있겠는지 아무도 기약할 수 없었던 것이
다. 세계는 전운(戰雲)에 가득 뒤덮여 있었고 지금 이 시각에도
중국 본토 어디선가 포성이 울리고 있을 것이다. 만주 일대에
서도 저항의 불길은 엄폐된 채 타고 있었으며 비적이라 일컫
는 조선독립군 중국의용군의 출몰이 끊긴 것은 아니었지만
삼엄한 소만(蘇滿) 국경과 치안이 철통 같은 남만주 사이에서
대부분 전투로부터 공작으로 전환한 항쟁의 투사들이 맹렬히
활동하고 있었다. 지난가을에는 일본이 무모한 불인(佛印) 진
주를 감행했고 그보다 앞선 삼월에 왕조명(汪兆銘)은 위정부(僞
政府)를 남경에다 세웠으며 구라파도 전쟁의 도가니로 화해 있
었다. 독일군은 마지노선을 뚫었으며 영국은 됭케르크에서
총 철퇴, 드디어 파리는 함락된 상태, 각일각 세계의 정세는
예측불허였다. 뿐인가, 소만 국경은 화약고나 다름없었다. 언
제 어느 곳에서 터질지, 언제 하얼빈이 전화 속으로 들어갈지
아무도 알 수 없었다. 연회가 성대하고 여인들 의상이 현란하
며 남자들이 폭음하는 것은 내일을 모르기 때문일까. 일본인
이라고 예외는 아닌 것이다. 절망은 오히려 그들 편이었다.

   심씨 일가의 친척으로, 또 중국여인으로 위장하고 연회에
참석한 인실은 가까스로 윤광오와 마주치는 기회를 잡았다.

   "윤선생님."

   심재용과 얘기를 하고 있던 광오가 돌아보았다.

"저 하고 싶은 얘기가 있는데요."

"무슨 얘긴데요?"

"……."

"비밀 얘긴가요? 자리 비켜드릴까요."

심재용이 웃으며 말했다.

"아, 아닙니다. 여기선 좀."

"그럼 나갑시다."

광오가 말했다.

"그래주시겠어요?"

두 사람은 연회장에서 회랑으로 빠져나왔다. 인실은 광오에게 등을 보인 자세로 회랑 난간을 짚으며 불빛이 뿌려진 시가를 바라본다. 광오는 심상찮다는 생각을 하며 담배를 붙여 물고 인실과 나란히 난간 앞에 섰다. H궁호텔 정원을 두른 철책이 가등 빛을 받고 주뼛주뼛 하늘을 향해 솟아 있었다. 하늘에도 시가와 같이 별빛이 뿌려져 있었다.

"윤선배."

인실은 일상의 선생이라는 호칭 대신 선배라 불렀다. 그가 처음 하얼빈에 와서 윤광오를 만났을 순간 선배라 불렀던 그때처럼.

"말하시오."

하고 광오는 담배를 빨아당겼다. 붉은 담뱃불이 그의 콧날에서 미끄러지며 어두운 눈을 비춰주었다.

"오가타 지로라는 사람, 기억하고 계신가요?"

"기억하구말구요."

"……."

"처음 이곳에서 인실 씨를 만났을 때도 맨 먼저 떠오르는 사람이 오가타였지요. 아무려면 은인을 잊었겠소?"

"그 사람 지금 신경에 있어요."

"신경에 있다구요?"

광오는 놀란다.

"신경에 있어요."

인실은 되풀이 말했다.

"만나보고 싶군."

감개무량한 듯 말하다가

"하지만 어떻게 변했을까? 충의에 불타는 대일본제국의 국민이면, 전쟁에 이긴다고 믿는 일본인이라면 만난다는 것, 좀 곤란할 것 같은데."

"그 사람, 옛날과 조금도 변하지 않았어요. 진재 때 조선인 학생들을 구해주던 그때처럼, 함께 옥고를 치르던 그때처럼."

"만나보았소?"

"아니오."

"그럼 어떻게 알아요?"

"그냥 알아요. 틀림없이 알아요."

광오는 인실의 옆모습을 쳐다본다. 한참 있다가,

"신경에 오가타가 있는 것은 어떻게 알았지요?"

"어떤 나그네가······."

하다 말고 인실은 나직한 목소리로 웃었다. 그러나 그것은 결
코 웃음이 아니었다.

"이곳을 지나던 사람을 우연히 만나서 알게 되었어요."

"좀 납득이 안 되는군. 이야기의 골자가 뭡니까?"

윤광오는 미심쩍어하는 기색을 노골적으로 나타내었다.

"아마 수일간에 그는 운회약국으로, 윤선배를 만나러 올 거
예요."

"가만있자아, 그러면 오가타가 나를 만나러 오는 것은 공적
인 일입니까, 아니면 사적인 겁니까, 만나는 거야 어렵지 않지
만, 아니 사실은 그 친구 만나보고 싶어요. 그러나 전후 사정
을 도통 모르겠고 단순한 일 같지는 않은데."

"사적인 일이에요. 저 개인에 관한 일입니다."

"인실 씨 일이라······. 그럼 내가 어떻게 해야 하지요?"

오가타와 인실이 서로 사랑했던 사이가 아니었을까 하는
생각이 퍼뜩 광오 머릿속을 스쳐 지나갔다.

"친구로서 만나시고······ 저녁을 함께 하시든지······."

"인실 씨는?"

"그걸 지금 생각하고 있는 중입니다."

"점점 오리무중이군. 안 만나겠다는 뜻이 있는 겁니까?"

"한 번은 만나야 해요. 한 번은요. 어떻게 만나야 할지."

하다가 별안간 인실은 울음을 터뜨렸다. 심하게 흐느껴 운다. 광오는 아연실색하여 어떻게 할 바를 모른다.

"인실 씨!"

상상조차 할 수 없는 일이 벌어진 것이다.

"왜 이래요? 이거 참."

마침 수앵이 남편을 찾아 회랑으로 나오다가 이 광경을 보았다. 처음에는 멈칫했다가 당황한다. 난간에 머리를 얹고 흐느껴 우는 인실, 광오는 어찌할 바를 모르고 인실의 등을 두드리고 있는 광경을. 수앵의 눈에도 상상하기 어려운 일이 벌어지고 있었던 것이다.

"여보."

저도 모르게 수앵은 날카롭게 남편을 불렀다.

"아아, 마침 잘 왔소. 당신 인실 씨 데리고 집으로 가요. 이거 정말 큰일 났네."

"어떻게 된 일이에요?"

"나도 아직 자세한 거는 모르겠고, 그보다 큰아버님은?"

"들어가셨어요."

"그럼 됐어. 인실 씨!"

광오는 인실의 등을 또 토닥거렸다.

"이러면 안 됩니다. 제발 이러지 마십시오."

수앵이도,

"왜 이래요? 언니!"

난간에서 몸을 일으킨 인실은 수앵에게로 쓰러졌다. 수앵이 그를 안았다. 인실은 계속하여 격렬하게 흐느껴 운다.

"수앵이, 당신 인실 씨 데리고 어서 집으로 가요. 처남 만나 보고 나도 곧 갈 테니까."

광오는 급히 연회장으로 들어갔다.

"왜 이래요? 정말 언니 왜 이러는 거지요?"

수앵이도 아까 광오가 그랬던 것처럼 망연자실, 어떻게 할 바를 몰라 한다. 이럴 사람이 아닌데, 이럴 사람이 아닌데 하는 생각만 수앵이 머릿속을 맴돌았다. 흐느껴 울기는커녕 눈물 한 방울 보인 적이 없었던 인실이었다. 감정의 동요조차 내보인 적이 없었던 인실이 마치 불을 쥐었던 어린아이같이, 그의 흐느낌은 울부짖음 같았고 사람의 마음을 찢어놓는 통곡 같았다.

인실을 부축하고 수앵이 호텔을 나서려 했을 때 광오가 뒤 쫓아왔다. 심재용도 따라나와서 걱정스럽게 떠나는 이들을 지켜보고 있었다.

집에 온 수앵은 인실을 거실 소파에 앉혀놓고 포도주 한 잔을 가져왔다.

"마셔요."

인실은 고개를 저으며,

"냉수를."

했다. 인실은 냉수를 두어 모금 마셨다. 광오와 수앵은 어두운 눈빛으로 인실을 내려다보며 서 있었다. 수앵의 얼굴은 창백했다. 광오는 도저히 이해할 수가 없었다. 설령 인실이 오가타와 비극적인 연애를 했다 하더라도 그같이 이성을 잃을 여자는 아니었기 때문이다.

"언니."

"……."

"낮에 만났다는 그 사람 땜에 이러시는 거예요?"

인실은 탁자만 내려다보며 대답이 없었다.

"정말 왜 이러시는지 모르겠어. 약 잡숫고 한잠 주무시겠어요?"

"아니다. 좀 앉아."

뜻밖에 체념한 듯한, 조용한 목소리였다.

"윤선생님도 앉으세요. 죄다 얘기하겠어요."

손수건을 꺼내어 얼굴을 닦은 인실은,

"윤선생님 죄송합니다. 아마 제가 미쳤나 봐요."

"진정이 됐소?"

"네."

인실은 담담한 어조로 지난 일을 털어놓기 시작했다. 이따금 이마에 솟는 땀을 닦으면서 밤이 깊도록 그는 또박또박 상세하게 얘기를 했다. 수영은 눈물을 흘렸고 광오는 이해한다는 말을 여러 번 되풀이했다. 인실이 별안간 왜 그렇게 처절하게 울었는가 그 이유를 이들 부부는 알게 되었으며 인실의 고뇌를 이해하게 되었다.

"언닌 강한 여자야. 나 같음, 나 같음, 도저히 그럴 수 없었을 거예요."

수영은 그리고 또 눈물을 흘렸다. 그날 밤 이후 인실은 이틀 동안을 앓았다. 고열에다 헛소리까지 하면서 마치 홍역을 치르는 아이처럼 심하게 앓았다. 앓고 난 뒤 창가에 앉아서 머리를 빗는 인실의 모습이 안쓰러워 수영은 눈길을 돌리곤 했다.

오가타는 왔다. 키가 크고 깡마른 그는 헐렁하고 얇은 코트를 입고 있었다. 운회약국으로 들어온 그는 낯설어하듯 윤광오를 바라보았다.

"오가타상!"

윤광오가 불렀을 때도 오가타는 망설이는 것 같았다.

"잘 왔소."

윤광오는 손을 내밀었다. 그래도 그는 어리둥절하며 손을 잡았다.

"내가 누군지 모르겠소?"

"어디서 본 듯하지만."

중얼거리듯 말했다. 신경으로 간 찬하는 운회약국과 윤광오의 이름을 적은 부분을 수첩에서 찢어 오가타에게 주면서,

"거기 찾아가면 인실 씨 소식을 알 수 있을 거요."

했을 뿐 그 이외는 일체 다른 말은 하지 않았던 것이다.

"하여간 나갑시다."

광오는 오가타의 등을 밀다가 어떤 연민과도 같은 눈빛으

로 오가타를 바라보는 수앵에게,

"저녁 준비하도록, 집에서 할 거요."

말한 뒤 오가타와 함께 밖으로 나왔다. 나란히 걸으면서 흥분한 광오는,

"한눈에 나는 알아보았는데, 오가타상은 나를 알아보지 못하는구려. 그건 내가 얼마나 변했는가를 말해주는 거고 오가타상은 변하지 않았다는 걸, 정말 별로 변하지 않았소."
하고 말했다.

"생각이 날 듯 날 듯하는데 영."

오가타는 고개를 흔들었다.

"동경진재 때 당신 집에서 신세 진 윤광오."

"아아, 맞다! 맞아!"

오가타는 걸음을 멈추고 크게 소리쳤다. 안경 속의 눈이 크게 벌어졌다.

"윤상! 맞어."

그는 광오의 손을 굳게 잡았다.

"당신도 변하지 않았소. 몸이 좀 나기는 했지만."

"그런데 어째 못 알아보았소."

"윤상은 내가 올 것을 알고 있었던 모양인데, 나는 전혀 모르고, 또 마음의 여유도 없어서."

그들은 다시 걷기 시작했다.

"거의 이십 년, 우리가 만난 지 거의 이십 년이 다 돼가는

것 같소."

"벌써 그렇게 됐어요?"

오가타가 반문했다.

"동경진재가 1923년에 있었으니까 지금은 41년 아니오."
하고는 서로 간에 말이 끊어졌다. 그들은 어느 주점에서 마주
보고 앉았다. 이 이십 년 만의 해후를 기뻐하기에는 이들의
심정은 사실 착잡했다. 서로가 안고 있는 문제는 무겁고 심각
했다.

"운회약국을 찾아가서 윤광오 씨를 만나면 인실 씨의 소식
을 들을 수 있다고 해서 왔는데."

오가타는 술잔을 들고 술잔 속의 술을 내려다보며 문제에
접근해왔다.

"잘 왔어요. 곧 인실 씨를 만나게 될 거요."

"뭐라 했어요? 만나게 된다구요?"

오가타는 펄쩍 뛰듯 말했다. 광오는 고개를 끄덕였다.

"죽지 않고…… 아, 아직 살아 있어요?"

"그래요. 죽지 않고."

오가타는 술잔을 탁자 위에 놓았다.

"만나게 된다구요? 아아, 참 꿈같은 얘기야."
하는데 목덜미에서부터 면도 자국이 파아란 얼굴에 홍조를
띤다. 맑은 눈이 믿을 수 없다는 듯 광오를 쳐다본다.

"당신네들 인연도 참 질기군."

광오는 탄식하듯 말했다. 오가타는 술잔을 꽉 쥐고서 술을 마셨다.

"부럽기도 하고, 몸서리가 쳐지기도 하구."

광오도 술을 마셨다.

"불구대천의 원수, 왜놈이 조선의 딸에게 욕을 보였다, 그런 생각은 안 했습니까? 나를 잘 아는 조선인 친구조차 그런 생각을 하던데."

그것은 찬하를 가리켜 한 말이었다.

"저항이 없었던 것은 아니지만, 나는 인실 씨를 잘 아니까, 그의 진실을 아니까."

"모든 사람이 윤상처럼 생각지 않아요. 사랑을 동물적 본능으로 보는 시니시즘, 아니면 명분을 강요하고……. 내 가슴속에 남은 것은 원한뿐이오."

"조선인에 대해서?"

"조선인, 일본인 모두…… 세상에 태어난 그 자체부터. 세상을 이끄는 것은 진리가 아니라 바로 그 역리(逆理)라는 것도 알게 되었지요."

"조선인을 비난하지 마시오. 당신이 일본인인 이상."

"항상 나는 그것에 걸려 나자빠져 왔어요. 그것에 부딪치면 손도 발도 내밀 수가 없었소. 손에 피 묻히지 않았던 한 영혼이 짊어져야 하는 짐이 더 무거운 까닭이 뭡니까? 더 가혹한 것은 무슨 까닭입니까? 인실 씨를 사랑한 오가타는 늘 개 취급을 당했습니다. 늘 쫓겨나야만 했습니다. 윤상 당신, 철저하게 이쪽 저쪽에서 소외당한 인간의 모습을 상상해본 일이 있습니까?"

"……."

"불의(不義) 때문에 많은 생명들이 결딴났지만 정의(正義)라는 이름하에 비인간화돼가는 일을 윤상은 생각해본 적이 있습니까?"

"어쩔 수 없지 않아요?"

"정의란 뭐지요? 진실이 용납되지 않는 것도 정의인가요? 인간의 염원은 정의입니까 종자(種子)입니까?"

"나 자신 당신에게 그같이 묻고 싶소. 인간의 염원은 정의냐 종자냐 하고 말입니다. 그러나 집단의 불의는 집단으로 대응할 수밖에 무슨 방법이 있겠소."

"또다시 나는 비명을 지를밖에 없군요."

오가타는 서글프게 웃었다. 인실을 만나게 된다는 일에 대하여 그는 조금도 들떠 있지 않았다. 오히려 그는 보다 깊은 절망에 빠져드는 것이었다. 수첩을 찢어줄 때 찬하의 우울한 표정이며 반가워하면서도 뭔가 분명히 벽을 쌓고 있는 것 같은 광오 태도에서 오가타는 희망을 볼 수 없었다. 어쩌면 결정적으로 마지막이 될지 모른다는 예감이 있었다. 그렇다고 해서 오가타는 그동안 인실을 만나게 되리라는 확신이 있었던 것은 아니었다. 어디선가 우연히 만날지 모른다는 막연한 기대, 그러나 지금은 아니다. 확실하게 인실은 가까이 있는 것이다. 한데 어째 두려운가? 어떤 종지부를 찍을 것만 같아 두려웠고 자신으로부터 막연하나마 품어왔던 기대를 앗아갈까 봐 오가타는 불안했던 것이다.

"인실 씨는 지금 어디 있습니까?"

"저녁에 만나게 될 거요."

"건강합니까?"

"비교적."

광오는 오가타에게 담배를 권하고 자신도 붙여 문다.

두 사람은 누구랄 것도 없이 서로의 형편이나 하는 일에 대하여 묻질 않았다. 그럴 여유가 없었다. 친구라 할 수 있고 적의를 가질 이유도 없었지만 사실 심리적으로 이들은 팽팽히 맞서 있었던 것이다.

"그동안 하얼빈에는 여러 번 왔었는데 어째 윤상을 만나지 못했을까요?"

"만났어도 아까처럼 알아보지 못했던 것 아닐까?"

"참 그렇군."

두 사내는 공허하게 웃었다.

"숙소는 정했소?"

"네. 하얼빈에 오면 늘 들었던 곳이오. 송화강 옆에 있는 H궁호텔이오."

"아아."

"어딘지 모르게 음산해 뵈는데."

"이곳 건물이 대개 그렇지요."

"그게 마음에 들어서, 호텔 방 안에 들어가면 밀폐된 것 같아서 아늑해요."

"여행은 자주 합니까?"

"네. 자주 하죠. 안 가본 곳이 거의 없소. 요즘에는 소만 국경이 삼엄해서 가볼 기분도 아니지만 전에는 흑하(黑河) 애훈(璦琿) 만주리(滿洲里)까지 꽤 여러 번 갔었지요. 자연조건이 험하고 준열한 그런 곳이 사람으로부터 도망쳐 가기에 알맞지요. 서로 의지하는 느낌이 드니까요. 국경이라는 절박감도 있구요."

"오가타상은 아직 순수하고 낭만적이군요."

"낭만적이라……."

쓰디쓰게 웃는다.

"낭만적, 낭만."

하다가,

"그런 여유가 나한테 있었을까……."

하는데 얼굴이 오소소해졌다. 몹시 추위를 타는 것처럼. 그는 마음속으로,

'인실 씨는 멀리 갑니까? 왜 나를 만나려 하지요?'

해가 떨어질 무렵 광오는 오가타를 데리고 집으로 왔다. 거실 문을 열었을 때 인실은 창밖을 바라보고 서 있었다.

"인실 씨."

광오가 나직한 목소리로 불렀다. 인실이 돌아섰다.

"오래간만이오."

인실은 광오 옆에 장석같이 서 있는 오가타에게 말했다.

"옷 좀 갈아입고."

광오는 허둥지둥 침실로 들어갔다.

"앉으세요."

인실로부터 눈을 떼지 않고 오가타는 자리에 앉았다.

수앵이 차를 가져와서 말없이 놔두고 간다.

"참 오래간만이오."

중얼거리듯 오가타가 말했다.

"차 드세요. 식기 전에."

그러나 오가타는 담배를 붙여 물었다. 그는 입을 꿰매놓은
듯 말을 할 수 없었다. 알 수 없는 슬픔이 목구멍에서만 끓고
있었다. 그리고 아무리 쳐다보아도 인실에게서 감정의 흔적
을 찾아볼 수 없는 것이 그를 위축하게 했다.

"우리에게는 할 말이 없는 건가요?"

간신히 오가타가 말했다. 순간 인실의 눈이 흔들렸다.

"몇 해 전에 하얼빈 역전에서 마차를 타고 가는 인실 씨를
보았어요."

옛날과 같이 오가타는 인실을 히토미라 하지 않고 조선말
발음으로 인실이라 불렀다.

'나도 그때 당신을 보았어요.'

인실은 눈으로 말하고 있었다.

"뒤쫓았지만 허사였소."

담뱃재가 무릎 위에 떨어졌다.

'알고 있어요.'

"나는 인실 씨를 상상할 때 늘, 얼굴이 새까맣고 눈이 빛나고, 거친 손에, 손마디가 굵고 남루한 중국옷을 입은 여자로 떠올리곤 했어요."

"왜 그러셨어요?"

"투사니까."

처음으로 인실은 희미하게 웃었다.

"그런 여자를 끌고 흑하며 만주리, 얼음으로 꽁꽁 얼어붙은 도시로 가는 꿈을 꾸었지요."

인실은 눈을 내리깔았다.

"그런 꿈, 이제는 꾸지 마세요."

"그건 무슨 뜻입니까?"

"내일 얘기해드리지요."

"어째 내일입니까?"

"오늘은 윤선생님 초대를 받아 오셨으니까요."

침실에서 나온 광오는 또 허둥지둥 식당으로 간다. 오랫동안 침묵이 흘렀다.

"조선생님은 동경으로 떠났어요?"

"아니 날 기다리고 있을 거요."

"……."

"그 친구 만났습니까?"

"네."

"한데, 어째서 인실 씨 만났다는 얘길 내게 안 했지요?"

"그게 그분 성품 아닐까요?"

"만주는,"

하다가 오가타는 얘기의 방향을 바꾸는 것 같았다.

"일본이 망하더라도 떠나고 싶지 않소."

"어째서요."

"내가 죽지 않고 살아 있는 것 같아서, 한 마리의 개미같이 꾸물거리는 것 같아서."

하다가 오가타가 뭔가 북받치는 듯 말을 끊었다.

광오는 수앵이를 데리고 거실로 돌아왔다.

"엉겁결에 집사람 소개도 안 하고."

엉겁결이라는 표현이 말하듯 광오는 안정을 잃고 있었다. 시간이 지날수록 거북하고 불안해지는 것 같았다. 남의 일이라 구경만 하면 된다는 기분이 전혀 아니었기 때문이며 여러 가지 사정으로 보아 혼란스러웠던 것이다. 수앵이도 그 마음은 마찬가지였다. 그러나 오가타와는 친면이 없었기 때문에 그런대로 신중을 유지하고 있었지만 마음은 무거웠다.

"내가 동경진재 때, 죽지 않고 살아남은 것은 오가타상, 이 사람 덕분이오. 당신 감사해야 할 게요. 오가타상 이 여성은 철부지 내 아내요. 러시아어, 중국어로 하라면 달변이지만 일본말은 영 서툴러요."

다소 과장을 하여 너스레를 떨었으나 분위기는 조금도 밝아지지 않았다. 오가타가 일어서서,

"오가타 지로입니다."

자기소개를 하고 절을 했다.

"환영합니다."

서투른 일본말로 수앵이는 진심에서 말했다.

"그럼 식당으로 가실까요? 저녁 준비를 해놨습니다."

식당은 아름답게 꾸며져 있었다. 비극의 연인들을 위하여 수앵은 세심하게 마음을 쓴 것 같았다. 꽃병에도 신선한 수선화가 꽂혀 있었다. 그리고 조촐한 만찬이었다.

"부인께서 요리솜씨가 대단한 모양이군요."

가라앉는 마음을 일으켜 세우듯 오가타가 치사를 했다.

"아니에요. 큰집에서 숙수*를 보내주었어요."

역시 서투른 일본말로 말하면서 머리가 흘러내린 오가타 이마를 쳐다본다.

"전쟁은 어찌 될 것 같소?"

화제에 궁한 광오의 말이었다.

"이기고 있으면 욕을 하겠는데 지고 있다고 보기 때문에 말 못하겠어요. 비극이지요. 전쟁에 지는 것도 비극이고 내 고향, 내 조국이라는 인식도 비극이지요."

오가타는 음식을 삼키면서 말이 없는 인실을 건너다보았다.

"망명하면 되지 않아요?"

수앵이 엉뚱한 말을 했다. 그리고 덧붙이기를,

"저의 아버지는 조선인이지만 러시아에 귀화했고 큰아버지는 청나라 때 청국으로 귀화했어요."

오가타는 유심히 수앵이를 쳐다보았다.

"인실 씨는 귀화할 사람이 아닌데요."

그 말에는 모두 입을 다물었다. 분위기는 한층 경색되고 말았다. 그러나 인실은 그것을 전혀 모르는 듯 골똘히 생각에 빠져 있었다.

"언니!"

"으, 음."

소스라치듯, 그러나 그의 시선은 오가타에게 가 있었다.

"뭐 말씀 좀 하세요."

"음, 어머니가 돌아가셨을 거란 생각을 하고 있었어."

인실은 역시 엉뚱한 말을 했다.

"오가타상 돌아가실 때 오빨 찾아봐주시겠어요?"

"그, 그러지요."

오가타는 젓가락을 손에서 났다.

"유인실이가 살아 있다는 얘기는 당신 생각대로 하구요."

"그러겠소."

"참 모질고 독하네!"

광오는 저도 모르게 내뱉고 있었다.

"그럼 나, 어떻게 하라는 거요."

"내가 하라 한다고 할 사람도 아니고, 오가타상 뭣 때문에 이런 여잘 좋아했어요!"

오가타는 헛웃음을 웃으며 그 말 대답은 하지 않았다.

"하긴 우리 부부에게 고백하기 전에 사람의 간담을 서늘하게 할 만큼 울었어요. 그리고 며칠을 앓았지요."

인실의 의사를 묵살한 채 광오가 그 말을 한 것은 오가타에 대한 깊은 동정심 때문이었다.

"압니다."

오가타 말에,

"어떻게 알어?"

"알아요."

"참 이상한 일이오."

모두 잠자코 있었다.

"인실 씨도 안다고 했어요. 그냥 안다, 틀림없이 안다고 했소. 멀리 떨어져 있어도 이심전심, 그런 거요?"

"자기 자신에 대한 믿음이겠지요."

그 말은 수앵이가 했다.

"당신 참 맞는 말을 했구려."

저녁이 끝났다. 모두 음식 맛을 몰랐고 어떻게 먹었는지조차 의식하지 못했다. 저녁이 끝난 얼마 후, 내일 오후 두 시 송화강 강가에서 인실과 만날 약속을 한 오가타는 더 이상 머물

용기가 없었던지 하직을 하고 떠났다.

창가에서 떠나는 오가타의 뒷모습을 바라보고 있던 인실은 말없이 자신의 거처방으로 들어갔다.

수앵과 광오는 서로 바라보며 한숨을 내쉬었다. 광오는 탁자를 탁! 치면서,

"왜 이리 어렵지? 온몸이 쑤실 만큼 힘든 시간이었소. 두 번 다시 이런 기회 갖고 싶지 않아."

이튿날 오후, 약속한 시간에 인실은 송화강 강변 광장에 나타났다. 바람이 좀 불었다. 웅장한 석조건물 H궁호텔이 광장에서는 좀 멀리 바라다보였다. 인실은 멈추어서서 한동안 H궁호텔에 시선을 보낸다. 제법 푸른 새잎이 돋아난 수목들은 투명한 연녹색 깃을 하늘에 활짝 펼쳐놓고 있었다. 감색 코트에 자주색 플란넬 목도리를 두른 인실의 복장에는 봄이 온 것 같지 않았지만 아직 그에게는 미열이 남아 있었던 것이다. 얼굴도 몹시 창백했다.

강변의 산책길은 세 갈래로 뻗어 있었다. 따라서 길과 길 사이의 가로수도 세 줄로 뻗어 있었으며 군데군데 벤치가 놓여 있었다. 인실은 강쪽의 길로 접어들었다. 오가는 사람은 많지 않았고 길은 한적한 편이었다. 저만큼 벤치에 웅크리듯 앉은 오가타가 다가가는 인실을 바라보고 있었다. 인실은 코트 주머니 속에 두 손을 찌른 채 오가타 옆에 가서 앉았다.

"얼굴이 창백해요."

오가타가 말했다. 그러는 그 자신도 밤에 잠을 이루지 못했던지 핏기 잃은 얼굴이었다. 인실의 옆모습을 쳐다보다가 오가타의 시선도 인실을 따라 강물 쪽으로 간다. 두 사람은 오랫동안 잠자코 있었다. 말이 없어도 이들은 어제보다 훨씬 자유스러워 보였다. 조선인도 일본인도 아닌 그냥 남자와 여자, 연인으로만 보였다.

오가타가 담배를 꺼내어 붙여 물었다.

"실감할 수가 없어요. 만나지 못했을 때의 그리움이 좀 어이없기도 하구."

실감할 수 없는 것이 인실의 경우도 마찬가지였다.

"어젯밤 생각해보았어요. 인실 씨는 나를 안 만나고 피할 수도 있었는데 어째서 만나려 했을까 하구."

"한 번은 만나야 한다고 생각했어요."

"어째서 한 번입니까? 어디 멀리 떠나갑니까?"

"……."

"산카상은 어떻게 만났지요?"

"우연히, 약을 사러 오셨어요. 운회약국에."

"그 우연이 없었더라면 우린 만나지 못했겠군요. 산카상이 설득하던가요?"

"그런 셈이에요."

인실은 시선을 돌려 오가타를 쳐다본다. 두 사람의 눈이 서로를 응시한다.

"설득당할 인실 씨는 아닐 텐데, 뭔가 이유가 있지요?"

인실이 고개를 끄덕였다.

"당신은 저에게 처음이며 마지막 사람이었어요. 당신을 잊은 것은 의지였지 감정은 아니지 않아요."

오가타의 물음과는 상관없는 말을 했다. 인실의 소식을 알고자 찾아온 오가타, 그 절망적인 모습의 사나이에게 처음으로 드러내는 인실의 따뜻한 진실이었다.

"그래서?"

오히려 오가타는 불안해지는지 외면을 하며 다음 말을 재촉했다.

"그래서 의지를 굽혔어요?"

"아니요."

"그럴 테지요. 인실 씨가 의지를 굽힐 리 없지. 당신은 그 숭고한 의지를 한 번 굽혔어요. 두 번 굽히지는 않을 거요."

자조하듯,

"그러지 말아요. 정말 그러지 말아요. 나는 생명보다 더한 것을 후회 없이 다 드렸어요. 지금의 나는 빈껍데기예요. 아시겠습니까?"

인실의 말은 번번이 궤도에서 이탈하는 것이었다. 그해 여름, 히비야공원에서 찬하를 만났을 때 인실은,

"저는 그분한테 생명보다 중한 것을 주었습니다. 더 이상 나는 줄 것이 없어요."

199

하고 말한 적이 있었다. 생명보다 중한 것, 그것은 단순히 여자의 순결을 두고 하는 말이 아니라는 것을 그때 찬하는 알았다. 인실에게 생명보다 더한 것이란 조국과 내 겨레를 배신했다는 것 바로 그것이었다.

"알아요. 그래서 인실 씨를 아주 잃었다는 것도 알게 되었지요. 그 일이 없었더라면 당신은 이 북만주까지 오지 않았을 거요."

"오가타상을 만나려고 생각한 것은,"

"……."

"꼭 한 가지 알려드려야 할 일이 있었기 때문이에요. 그리 해야 했으니까요. 조선생님을 더 이상 괴롭혀서는 안 된다는, 그것은 은인에 대한 도리가 아니다, 네, 그래요."

하다 말고 인실은 이내 자신의 말을 뒤집었다.

"아니 그것은 아닐 거예요. 조선생님에 대한 것, 그것 생각할 여유는 없었어요. 너무 절박했으니까, 하지만 지금은 왜 이리 마음이 편안할까요? 참 다행이었구나 싶어요."

그 순간 인실은 막연했던 것이 손에 꽉 잡히는 것을 느낀다. 고아원에도 가지 않았고 이름 모를 남의 손으로 건너가 생사조차 모르게 되지도 않았고 조찬하가 아이를 길러주었다는 사실, 그것이 얼마만 한 축복인가를, 인실의 눈에서 눈물이 소리 없이 흘렀다. 그리고 자기 자신이 숨을 쉬고 있다는 것을 깨닫는다. 살아 있다는 것도.

"십일 년 전에, 봄이었어요. 나는 동경에 갔습니다."

"동경에 왔었다구요?"

"네."

"십일 년 전이라면 조선서 돌아와서, 내가 삿포로에서 중학교 교사로 있을 때구먼. 산카상을 찾아갔으면 내 거처를 알 수 있었을 텐데."

"조선생님을 만났어요. 그리고 당신이 삿포로에 있다는 얘기도 들었어요."

"하면은 어째 산카상은 나에게 연락을 안 했을까?"

"못하게 내가 부탁을 했어요."

인실은 간략하게 그때 일을 얘기하기 시작했다. 오가타의 얼굴은 붉으락푸르락 입이 붙어서 말도 못하는 상태였으나 그는 벌떡 일어섰다. 그리고 순간적으로 인실의 뺨을 때렸다.

"다, 당신에게 내 자식을 버릴 권리는 없어!"

외치는 것이었다.

"지독한 여자다! 지독한 여자다!"

분노에 그는 부들부들 떨었다. 그러나 그것은 오래가지 않았다. 그는 급히 강가로 뛰어가서 인실에게 뒷모습을 보이며 미동도 않고 서 있었다. 그는 깊은 자괴심에 빠졌다. 인실이 원했든 원치 않았든 그게 문제가 아니었다. 그와 고통을 함께할 수 없었던 일을 그는 생각하는 것이었다. 그러면서 인실을 용서할 수 없는 격정을 누를 길이 없었다.

"나 가겠어요."

인실이 다가오며 말했다. 오가타는 미안하다는 말을 할 수 없었다. 그리고 연민의 감정도 나타낼 수 없었다. 분노만이 그의 눈에서 타고 있었다.

"가겠어요."

인실이 또 말했다. 그리고 와락 오가타의 허리를 안았다. 그리고 가슴에 얼굴을 묻었다.

"일본이 망할 때까지, 그때까지 살아 있다면 우리는 다시 만날 수 있을 거예요. 당신을 잊지 않겠어요."

인실은 오가타로부터 떨어지면서 발길을 돌렸다.

돌처럼 서 있던 오가타는,

"나는 너를 잊을 거다!"

절규였다.

오가타는 해가 질 때까지 하얼빈 시가를 쏘다녔다. 정신없이 쏘다녔다. 그리고 낯선 주점으로 들어가서 밤늦게까지 술을 마셨다. 그가 신경으로 돌아온 것은 이튿날 오후였다. 역에서 내린 그는 곧장 회사로 달려갔고 휴가원을 낸 뒤 찬하가 묵고 있는 호텔에 전화로 찬하가 있는 것을 확인한 뒤 호텔로 향했다. 방에 들어서자마자,

"무서운 사람들이오."

첫마디가 그것이었다.

"소름 끼치게 무서운 사람들이군."

"하여간 앉기나 해요."

"당신네들 심장은 무쇠로 만들어진 거요? 그러고도 어찌 나라를 잃었는가, 이해할 수 없소!"

"나라를 잃었기 때문에 그리됐겠지요."

찬하는 오가타에게 담배를 권했다.

"산카상 집에 내가 방문할 때마다 당신 양심의 가책 느끼지 않았소?"

"양심의 가책이라니? 다만 마음이 아팠을 뿐이오."

찬하는 담배 연기를 내어 뿜으며 심각해지려는 것을 늦추려는 듯 웃음기를 띠며 말했다.

"언어도단이다!"

"일본여자를 데리고 살며 나라를 망하게 한 고관대작의 자손으로, 나는 별 볼 일 없는 인간이지만 오가타상, 내가 조선인이라는 것은 잊지 마시오. 인실 씨가 그리된 데는 내게도 다소 책임이 있었고 또 그와의 언약은 지켜주는 것이, 그는 평범한 길을 가고 있는 여성이 아니오. 생각해보아요. 오가타상이 현실을 비판하고 군국주의를 증오하지만 자기 자신 일본인인 것을 부정할 수 있어요?"

"그건 문제가 달라요."

"소유하고자 하는 사람과 가장 소중한 것을 버려야 했던 사람, 어느 쪽의 고통이 컸을까?"

그 말 대답은 못한다.

"몰라 그렇지, 그 여름에 인실 씨가 겪어야 했던 고통은 신파 같은 건 아니었소. 나는 그 당시 회피할 수 있다면 회피하고 싶었소. 회피할 수도 있었지요. 인실 씨는 매달리며 호소했던 것은 아니었으니까."

오가타의 기세는 차츰 꺾였다. 엄청난 변화, 상상도 하지 못했던 일들, 그러나 그것은 오가타에게는 희망적인 것만은 사실이다. 나는 너를 잊겠다! 하며 절규했으나 인실은 그에게 진실의 여운을 남기고 갔으며 인실이 낳아준 자신의 아들이 있었다는 것은 어떤 환희를 그에게 안겨주었다. 그의 마음속에는 알지 못할 폭풍이 불고 있었다. 안정을 잃었고 격노한 것도 그것은 사태 변화에 대한, 어쩌면 그것은 역설적인 것이었는지 모른다.

"당신은 아들을 얻었고 나는 아들을 잃었소. 날 위로해줄 생각은 하지 않고 적반하장도 유분수지. 나는 당신한테 축하주를 살 것이니 당신은 나에게 위로주를 사야 할 게요. 자아 나갑시다. 신경의 마지막 밤 술이나 실컷 마시지."

3장 서울과 동경(東京)

찬하와 함께 오가타는 유인성의 집 앞까지 왔다. 집주인의 성품처럼 조촐하고 단정해 보였던 옛날과는 다르게 밖에서 바라본 집은 노쇠하여 허덕이는 것 같은, 묘하게 어둡고 찬 바람이 이는 느낌이었다. 오가타는 잠시 동안 눈을 감았다. 지난 일들이 발밑을 감아올리는 삭풍과 같이 그의 의식 속을 휘몰고 지나갔다. 그것은 사건이기보다 세월이었던 것 같았다. 세월이었다는 느낌 속에는 한 아이의 해맑은 얼굴이 있었다.

찬하가 함께 온 것은 오가타가 부탁한 때문이다. 오래된 일이지만 계명회사건 때 함께 옥고를 치른 유인성과 오가타의 관계도 그렇고, 만주에서 오는 길목이어서 혹시나 당국이 주목하게 될까, 염려도 있었지만 옛날 인성의 집을 찾아와서 만용을 부릴 때와는 달리 오가타는 위축이 되어 혼자 갈 용기가 없었던 것이다. 유인성에게 알려줄 필요는 없었지만, 아니 알려서도 안 되는 일이지만 하나의 사실로서 드러나게 된 아이의 존재가 자기 자신에게는 경이로움이요 희망이었겠지만 유씨 문중으로 보면 치욕일 것이라는 의식 때문이다. 찬하의 경우도 유인성과 생판 모르는 사이는 아니었다. 죽은 형과 유인성은 그 무렵 모두 함께 동경유학을 했고 그들의 관계가 그다지 좋았던 것은 아니었지만 친구랄 수도 있었다. 해서 찬하는 유인성과 면식이 있었으며 후배들이 그의 존재에 큰 비중을 두는 것과 같이 찬하 역시 유인성의 학식과 인격에 대하여 존경해왔기에 방문이 생소하다고만 할 수는 없었다.

찬하가 내다보는 행랑아범을 보고 내의(來意)를 말했다.

"지금 병환이 나셔서 누워 계십니다."

두 사람은 동시에 긴장한다.

"용태가 심하시오?"

"심하신 거는 아니지만서도, 요즘 손님들을 만나지 않으십니다."

"그래요? 하면은 전갈이나 해주시오, 기다릴 테니."

찬하는 명함을 꺼내어 뒷면에다 몇 자 적어서 건네준다. 행랑아범이 들어가고 시간이 꽤 지났다 싶었을 때,

"들어오십시오."

행랑아범은 그들을 사랑으로 안내했다. 그새 이부자리는 개어놨고 방 안도 대충 정리한 듯, 인성은 옥양목 바지저고리 차림으로 예나 다름없는 단정한 모습을 하고서 이들을 맞이했다. 세월이 많이 흘러 늙기도 했지만 인성은 몹시 야위어 있었다.

"오래간만입니다, 선배."

오가타는 두 손을 짚고 절을 했다. 오가타로서는 실로 만감이 오가는 대면이 아닐 수 없었다. 찬하는 가볍게 목례를 하고 자리에 앉았다.

"오래간만이군."

하고 인성은 찬하에게 눈길을 돌렸다.

"조찬하 씨는 웬일이오."

조찬하가 찾아온 것은 의외였던 모양이다.

"이 친구가 함께 가자고 해서 인사차 왔습니다. 몸이 편찮으시다고 들었습니다만 저희들이 무례하지 않았는지요."

"뭐 크게 병이 든 것은 아니고, 울적해서, 요즘엔 늘 이런 상태요."

감정 절제에 엄격한 유인성 입에서 울적하다는 말이 나온 것은 드문 일이다. 표정도 다소 흔들리고 있는 것 같았다. 그는 인실의 소식을 이들이 가져왔으리라는 것을 예감하고 있는 것 같았다.

"집안을 박살 내버렸다는 소문이던데, 왜 그렇게 했소."

역시 그답지 않은 질문이었다. 불안이 쌓이는 것 같다. 찬하는 씁쓰레하게 웃었다.

"제문식이 고전을 한다는 얘긴데 그 친구 생각했던 것보다 의리가 있는 모양이오."

인성은 다시 조용하가 죽은 뒤 방직회사를 떠맡은 제문식의 얘기를 꺼내었다.

"고전이나 마나, 어차피 자본주의건 사회주의건 다 끝장난 것 아니겠습니까? 이런 시국에는…… 전쟁만 있을 뿐이지요."

야릇한 표현이었지만 유인성은,

"그렇기는 하지."

하고 동의를 표했다.

"저의 부덕 탓도 많겠습니다만."

행랑아범이 어줍게 차를 날라왔다. 찻잔을 들면서 인성은 오가타에게 시선을 옮겼다.

"자네는 웬일인가? 자네하고 내 사이에 아직 할 말이 남아 있는가."

　말은 그랬으나 비난하는 투는 아니었다. 일말의 연민이 있었다. 오가타도 그것을 느낀다.

　"여러 가지로 면목 없습니다."

　"으음……."

　"실은 우연히 하얼빈에서 인실 씨를 만났습니다."

　그 말을 듣는 순간 인성은 차를 마셨다. 찻잔을 놓았다. 얼굴빛은 달라져 있었으나 아무 말이 없었다.

　"건강하게 잘 있고, 신념대로 살고 있는 것 같았습니다."

　"……."

　"어머님 생각을 하더군요."

　그러고는 오랜 침묵이 흘렀다.

　"그래……. 그러면 됐네."

하고 인성은 다시 찻잔을 들었다.

　더 이상 머물러 있을 분위기가 아니었다. 상상 밖으로 유인성의 상심은 큰 것 같았다. 그러면 됐네, 말로는 그 한마디뿐이었지만 회한을 짓누르고 있는 것 같은 그의 눈빛을 두 사람은 더 이상 쳐다보고 앉아 있을 수 없었던 것이다. 하직을 하고 나왔다.

　"매씨(妹氏)에 대한 정의가 보통 아닌 것 같소. 유인성 씨같이 깐깐해 뵈는 분도 혈육에 대한 집착을 끊을 수 없는 모양이지요?"

찬하가 말했다.

"늘 인실 씨를 자랑스럽게 생각하시는 것 같았어요, 전에는. 하여간 내가 나쁜 놈입니다. 내가 그를 국외로 쫓아낸 거나 다름없어요."

"그건, 그렇다고만 말할 수 없지요."

"미안합니다."

"나보고 그러는 거요?"

"여러 가지로 여러 사람한테 폐만 끼쳐왔어요."

"지나간 일 생각지 마시오. 어떤 모양으로든 세월은 우리 곁을 지나갈 수밖에 없는 거고."

"돌이킬 수 없으니 괴로운 거지요."

"잊어요. 잊어."

하다가 찬하는 화제를 돌렸다.

"오래간만에 뵈어 그런지, 그럴 분이 아닌데 상당히 의기소침해 계시는 것 같지 않던가요?"

"글쎄올시다. 다른 근심되는 일이라도 있는지 실은 나도 맘속으론 좀 놀랐어요."

말하면서 오가타는 자신과 인실 사이에서 낳은 아이가 있다는 것을 알게 된다면 유인성은 과연 어떻게 나올까? 생각해본다. 그 순간 오가타는 식은땀이 흐르는 것 같은 느낌이 드는 것이었다. 나는 누구인가! 하는 자각도 왈칵 덤벼드는 것이었다.

두 사람은 곧장 산장으로 향했다.

찬하의 양친이 세상을 버린 뒤 본가에는 우선 누이 부부가 들어서 살고 있었고 산장은 찬하가 조선에 오면 묵는 곳이었다. 제문식도 더러 이용하여 산장은 보존이 잘돼 있었다. 조용하가 자살한 곳이지만 보존하는 데는 제문식과 찬하 사이에 이견(異見)이 없었다. 이심전심이라고 할까, 그들 마음속에 조용하를 위한 일말의 연민이 있는 것을 서로 느끼고 있었다. 자식도 아내도 없이, 그에 대한 기억을 간직할 사람이 있을 것 같지도 않았고 조용하가 최후를 맞이한 산장마저 없애버린다면 그에 대한 흔적은 거의 남아 있질 않을 것이다. 어떤 면에서는 다소 으스스한 곳이었다. 조용하의 피가 낭자했던 욕실, 제문식은 그것을 목격했다. 그러나 그렇기 때문에 찬하나 제문식은 되도록이면 활용하여 사람의 온기를 남겨두려 했던 것이다. 동생으로서 친구로서, 그것이 그들의 최소한 조의(弔意)였으며 명복을 비는 마음이었는지 모른다.

오늘 밤은 제문식이 산장에다 찬하를 위하여 술자리를 마련한다는 것이었다.

두 사람이 산장에 도착했을 때 이미 숙수가 와서 음식을 장만하고 있는 눈치였다.

"제사장 말고 다른 사람들도 오는 거 아니오."

오가타가 꽁무니를 빼듯 물었다. 다른 사람들이 오면 오가타가 불편해지고 처지가 난처해지기 때문이다.

"왜? 죄지었소?"

"죄인 취급하는 건 사실 아니오."

"죄인 취급은 조선인만 당하는 줄 알았는데 기분이 과히 나쁘지 않군."

물론 농담이었다.

"걱정 말아요. 제사장과 함께 오는 사람은 선우신."

"아아 신상!"

오가타는 기뻐한다.

"나하고 친한 걸 어떻게 알았소."

"당신하고 학교 동기라며?"

"그렇소. 진실한 사람이지요."

"실직하고 있는 걸 제사장이 구제한 모양이오. 계명회사건 때 함께 들어갔다면요?"

"그래요. 참 오랫동안 못 만났소."

찬하는 거실 소파에 앉아 담배를 붙여 물었다. 거의 잊고 살았지만 이곳에 오면 찬하는 형을 생각하게 된다. 자신의 운명을 바꾸어놓았고 장자(長子)의 특권, 독재로써 모든 것을 제압하려 했던 조용하, 그러나 그 스스로가 자초했다고는 하나 고독했던 그의 생애를 생각할 때 찬하 마음속에서 증오는 사라진다. 아무도 그 무엇도 사랑할 수 없었던 사람의 불행, 그것은 자기 자신도 궁극적으로는 사랑하지 못했던 불행이었다. 살고, 살아 있는 모든 것은 어느 누구의 곳간 속에 가두어지는 재산목록이 아니며 박제(剝製)하여 곁에 두는 것도 아니다.

곳간의 열쇠만이 유일한 친구라 할 수 있는 지배자의 고독은 처절한 것이다. 지배자는 지배하기 때문에 불행한 것이며 지배당하는 자는 재산목록이 되고 박제품이 되어 훼손되기 때문에 불행하다. 결국 상호가 다 불행한 것이다. 찬하는 형과 명희의 그런 관계를 회상해보면서 이제는 완벽하게 자신이 객관적 자리에 서 있는 것을 느낀다. 그리고 불행했던 형, 불행한 형수 명희에 대한 연민이 순수해진 것을 깨닫는다. 그 순수는 타인의 입장에서의 순수였다.

'망각이란 이와 같이 비정한 것이었던가. 그러면 나는 형과 다른 점이 무엇일까? 궁극적으로 인간이란 자신을 살리기 위한 이기적 동물에 불과한 것인가……'

그 바닷가에서 자기방어의 영악함을 필사적으로 나타내었던 임명희, 그 이기심에 상처를 받았고 그로 인하여 인연 없는 타인이 된 자기 자신, 따지고 보면 이기적인 면에서는 별반 다를 것이 없을 성싶었다. 찬하는 명희의 소식을 어느 누구에게 물어본 적이 없었다. 알고 싶지도 않았다. 제문식이 그랬던지, 혜화동인가 어디서 유치원을 운영하고 있다는 말을 듣긴 들었으나 말라버린 우물처럼 마음은 그냥 허공이었을 뿐이었다. 다만 찬하는 자기 자신을 위하여 서글퍼졌던 것이다.

'세월이 비정한가 망각이 비정한가, 어느 쪽일까? 사람은 누구나 조금씩 잃어가며 살아간다. 자기 자신도 잃어가며 살아간다. 잃은 것의 시체가 추억이다. 그리고 마지막 잃는 것

이 죽음일 것이다.'

내일이면 찬하는 서울을 떠난다. 동경에 가면 그를 기다리고 있는 것은 십일 년간, 세월의 덧없음과 사랑의 덧없음이다. 장중의 구슬같이 기른 아이, 크나큰 위안이었던 아이와 이별을 해야 한다. 그리고 세월이 가면 잊어질 것이다. 찬하는 가볍게 한숨을 내쉬었다.

'형님, 당신은 값없이 세상을 살다 갔지만 나 역시 값없이 살다 갈 것 같소. 피장파장이오, 하하핫핫……'

한편 오가타는 베란다에 서서 해 지는 산마루를 바라보고 있었다. 시뻘겋게 물든 하늘과 산마루에 가라앉는 태양, 장관이다. 그 하늘을 질러서 날아가는 새들의 가냘픈 날개, 애잔하게 울음 울며 날아간다. 석양 햇빛이 가득 들어찬 정원에는 산수유 진달래가 제철을 만나 그 전성기를 한껏 누리고 있었으며 목련은 터질 듯 봉오리를 물었고 라일락 황매도 물이 들기 시작했다. 눈보라를 보내고 바람을 보내고 빗줄기를 보내더니 어느덧 자연은, 그야말로 자연스럽게 현란한 모습을 드러내고 있었다.

하얼빈에서 신경까지, 신경에서 서울까지 오는 동안 오가타는 줄곧 들떠 있었다. 노여워했을 때 자책했을 때 풀이 죽었을 때 절망감을 씹었을 때도 그는 들떠 있었다. 깊은 땅속을 흐르는 물과 같이 마음속에서 흐르는 그 소리 때문에 들떠 있었던 것이다. 산장에서 묵을 하룻밤이 그에게는 아득하게 멀었다. 마음은 동경 하늘을 헤매고 있었다. 그런가 하면 알지 못할 두려움이 엄습해왔고 운명과도 같은 두려움이어서 며칠을 서울에 죽치고 있을까 하는 생각이 들기도 했다. 찬하집에 갈 때마다 아저씨, 아저씨 하며 유난히 따르던 아이, 산책길에 데리고 나가기도 했고 백화점에 가서 선물을 사주기도 했던 아이, 그렇게 하기를 은근히 조장하듯 한 찬하의 태도, 이제 와서 생각하니 그래서 그랬었구나, 이제 와서 생각해보니 이상했던 일이 한두 가지가 아니다. 어째 그 당시는 그렇게도 까맣게 몰랐으며 한 오라기의 의심도 없었는지.

"일본이 망할 때까지, 그때까지 살아 있다면 우리는 다시 만날 수 있을 거예요. 당신을 잊지 않겠어요."

별안간 인실의 목소리가 뜨겁게 귓가에서 울렸다.

"일본이 망할 때까지……."

동시에 아까 유인성의 집을 나서면서 나는 누구인가! 그 강렬했던 자각이 인실의 목소리에 부딪쳐 무섭게 소리를 낸다. 그 음향이 머릿속에서 진동하고 파장을 일으킨다. 엄청난 사실 앞에 생각할 겨를이 없었던 인실의 그 마지막 말이 이제 그 실체를 드러낸 것이다. 반전주의자요, 일본의 패전을 예감하는 오가타, 오가타 자신도 그 말이 이렇게 충격을 주리라는 것은 미처 몰랐다. 비수로 꽂혀 있을 줄이야. 그 말이 인실의 입에서 나왔다는 것이 오가타에게는 절벽이었다.

거실로 들어온 오가타는 찬하와 마주 앉았다.

"산카상."

찬하가 쳐다보았다.

"인실 씨는 이런 말을 했어요."

"……."

"일본이 망할 때까지, 그때까지 살아 있다면 우리는 다시 만나게 될 거라구요."

"그래서?"

"그때는 내가 도망갈 차례가 아닐까요?"

"당신은 분노하고 있군."

"네, 그래요."

"그렇다면 인실 씨의 모든 행동이 쉽게 이해되지 않을까?"

"그, 그렇지요."

"사람은 본질적으로 자신을 부정할 수 없는 거요."

"……."

"인실 씨가 근본을 모르게 아이를 버리려 했던 것도 이해할 수 있을 것 같소."

"산카상의 경우는? 말해보아요."

"내 경우는, 글쎄 내 경우라면 아마도 일본이 망할 때까지라기보다 전쟁이 끝날 때까지라 했을 거요. 나는 인실 씨처럼 투사가 아니니까."

찬하는 쓸쓸하게 웃었다.

"산카상도 일본이 망하기를 바라고 있소?"

"내가?"

그는 또 씁쓸하게 웃었다.

"대일본제국으로부터 작위를 받은 집안이며 일본여성과 혼인하여 사는 처지에 무슨 할 말이 있겠소. 사회주의 쪽에서는 인민의 적이요, 독립운동 쪽에서는 민족의 적, 내 형편이, 잘 알지 않소? 그런다고 해서 일본의 만수무강을 빌 수는 없지."

"……."

"일본이 망하는 것을 원치 않는 오가타상이나 망하기를 고대하는 조선인, 따지고 보면 같은 차원이오. 일본을 비판하고 압박 민족에 깊이 동정하는 오가타상도 조국이 망하는 꼴은 못 본다, 그와 같이 어쩌다 친일파로 몰린 사람들 심중에 회한이 없겠소? 종속을 그 누가 원하겠소. 민족에 대한 존엄은 변할 수 없는 보편적 윤리 아니오? 게다가 그것은 짙은 감정이니까."

"우문이었소."

"악질 친일분자가 없는 것은 아니지만 그런 분자는 제 나라가 융성하면 애국자가 되고 충성을 하고, 항상 강자 지향의 노예들이지요. 어느 시대를 막론하고 그 같은 노예근성, 나같이 우유부단의 방관자는 있게 마련, 사실은 조선인들의 경우 그 대부분이 친일하게 하는 잔혹성 밑에서 신음하고 있으며 친일하는 고통에서 헤어나지 못하는 것이 실상 아닐까?"

"우리는 평행선, 적입니까? 영원히."

"그렇지는 않지. 그 해답은 당신 자신이 가지고 있는 거 아

216

닌가요?"

"내가요?"

"세계가 하나 될 때, 그게 당신의 주의였고 이상 아니었소? 그리고 또 이웃으로서 우리에게 피해를 끼치지 않을 때 적이 될 이유가 없지 않아요? 당신의 반전사상은 그거 아니었소?"

"그건 그래요."

"하면은 우리가 어찌 적이겠소. 친구지."

하는데 제문식과 선우신이 나타났다.

"심각한 얼굴들 하고서, 왜들 이래?"

제문식이 말했다.

"신상 오래간만이야."

오가타가 일어섰다.

"음, 그동안 별고 없었지?"

선우신과 오가타는 굳게 악수를 했다. 선우신의 미소는 옛날과 다름없이 달콤하고 청순했으나 모습은 피폐한 것같이 보였다. 제문식은 연공(年功)의 탓인지 제법 중후해 보였고 혐오감을 느끼게 했던 옛날보다 많이 달라져 있었다.

"오가타상은 무슨 바람이 불어서 서울에 나타난 거요."

말투만은 거리낄 것 없는, 전과 다름없는 그대로였다. 조용하가 살아 있을 때 이 산장에서 베푼 주연에 제문식과 합석한 일이 있었고 신랄한 일본 비판과 천황이라는 칭호에 대하여 야유조로 말하던 제문식의 투를 오가타는 기억하고 있었다.

몹시 기분이 상했던 것도. 그 후 만주로 가는 길에 조찬하의 부탁을 받고 잠시 동안 제문식을 만난 일이 있었다. 찬하의 태도도 많이 달라져 있었다. 거의 사갈시하던 제문식을 형 대하듯 했고 신뢰하고 있는 것 같았다.

네 사람은 안방에 마련된 술상 앞에 앉았다.

"우리 모두의 건강을 위하여, 우리 모두가 무사통과하기 위하여 건배합시다!"

제문식 말에 따라 네 사람은 술잔을 부딪고 나서 술을 마신다.

"모두 샌님이 돼놔서 기생을 부를 수도 없고, 야, 선우야 네가 흥 좀 돋워야겠다."

제문식 말에,

"제가요? 그런 재주 없습니다. 형님이 기생 노릇 하십시오."

"저놈의 버르장머리, 직원이 사장보고 그래도 되는 게야?"

모두 낄낄거리며 웃는다. 선우신은 오가타에게 술잔을 내밀고 술을 부어준다.

"서울 형편은 좀 어떻습니까?"

찬하가 제문식에게 물었다.

"빈사 직전이지."

"인심들은 어떻습니까?"

"말 마라. 서로 잡아먹으려는 판국이지."

"이해관계가 있어서 그럽니까?"

"아암 있지. 서민들이야 진작부터 체념하고 사는 족속이고 뺏을 능력은 물론 빼앗길 것도 없고 몸뚱어리 하나 간수하기에 필사적이지만."

표현이 과격했다. 같은 내용이라도 제문식의 입에 오르면 과격해진다. 여하튼 그의 말대로라면 그야말로 동족상쟁을 방불케 한다.

"그런 형편이야 어디 서민들뿐이겠습니까. 몸뚱이 하나 간수하기에 필사적이긴 다 마찬가지지요."

"그렇기는 하지. 그러나 요상한 곳이 한 군데 있어."

"그게 어딥니까?"

"지식층 한량들이 모여든 곳이지."

"네? 지식층 한량이라구요?"

"글줄이나 쓴다는 놈, 말깨나 한다는 놈, 그게 다소 쓸모 있게 된 시국이다, 그 말씀이야."

그 말에 대해서는 모두 입을 다물고 반응이 없었다. 새로운 얘기도 아니었기 때문이다. 그러나 제문식은 얘기를 계속한다. 뭣이든 화제를 이어서 분위기를 녹여가며 주연을 이끌어가야 했고 서로 헤어졌던 기간이 길었던 만큼 거리를 잡아당길 필요가 있었고 아닌 게 아니라 반가우면서 서먹한 느낌이 없지 않았다. 후배 격인 세 명의 사내들은 각기 성격이 다르고 환경도 달랐지만 공통된 것이 있었다. 내성적이며 고지식하다는 점, 너스레를 떨고 광대 노릇을 할 위인들이 못 되었다. 결국 선우신의 말대로 궂은 일을 곧잘 맡아 하는 제문식이 기생 노릇을 할밖에 없었다. 그러나 얘기의 내용은 술안주에 적합한 가벼운 것이 아니었다. 말발이 거센 편이며 늘 빗대는 것 같고 과장이 좀 심해 그렇지 실은 제문식 나름의 예리한 시각은 늘 그의 말 중심부를 차지하고 있었다.

"한반도의 인원구성을 보면, 조선조 시대의 상부층 중간층 소속이 합방 후 아주 소수의 지식인 지주들을 제외한 거의가 다 어떤 형식으로든 농민층 노동자층으로 흡수되고 말았다고 할 수 있는데, 이 두 거대한 인간 덩어리 밑창에 간신히 들러붙어 연명하고 있는 것이 영세한 상인 어민, 도시의 자자부레한 각종 업소의 경영주 종업원 그리고 하급 사무직, 그런 것들이지. 알다시피 근자에 와서는 농촌에서 많은 인력이 임금 노예로 도시 혹은 일본 만주로 빠져나갔고 노동력은 보충되지 않은 채 전과 다름없는 면적의 농경지에서 농산물을 생산하고 있는 형편에 노동력 소모에 따른 공급이 마땅히 있어야 하는데도 농토 면적과 마찬가지로 변할 것이 없는 공급이라, 결국 빈곤과 열악한 생활환경은 더 내려갈 수 없는 지경까지 온 것이 농촌의 실상이다. 이런 판국에 새로운 복병이 나타났다 말씀이야. 소위 공출이라는 건데 이것이 농민에게 새로운 수탈 방법으로 나타나게 되었지만 그동안 복락을 누리고 일본의 비호를 받아온, 하기야 그것은 기업에의 진출을 막는 일본의 정책이었지만 여하튼 공출이라는 것 때문에 수탈자였던 지주계급이 피수탈자로 전락할 것은 뻔한 일 아니겠소?"

"한데 얘기가 왜 그리로 돌아갑니까? 댕강 잘라놓고는 다른 데 가서 불 피우고 있습니다?"

선우신의 핀잔이었다.

"잠자코 듣기나 하게. 골자 내놓고 사방에서 몰아 들어가고 있으니, 아직은 짧지 않은 봄밤, 급할 게 뭐 있누. 여하튼 일본은 농민들을 그런 식으로 정비해놨고 다음은 노동잔데, 하참, 체판에다 걸러서 잘도 가지런하게 해놨지. 절로 돌아가고 있단 말씀이야. 양 날개 다 부러진 노동자들 뭘 어쩌겠나. 이제 그들의 문제는 일자리 그 자체가 풍전등화라. 제발 일자리에 붙어 있게만 해달라, 조건이 없어졌어. 왜냐, 그들이 거리에 나가게 되면 징용이라는 아가리가 기다리고 있거든. 그 허방에 빠져들어갈밖에 달리 길이 없다. 그러고 아까 말한 밑창에 간신히 달라붙은 눈물나게 가련한 잡종업의 종사자들은 뿌리박은 양대 덩어리와 운명이 같으니까 더 이상 논할 필요가 없고, 자아 그러면 명료해지는데 농토 농민을 합하여 농촌은 일본의 군량미 저장소요, 노동자들은 깡그리 군수품, 그것도 군수품의 부품이다 그 말씀인데."

제문식은 일단 말을 끊고 술을 마셨다. 다른 사람들도 술을 마셨다. 찬하가 나직한 목소리로 중얼거렸다.

"새삼스런 얘기도 아니구먼."

그러나 다소 과장은 있었으나 제문식의 말은 거짓이 아니었고, 그의 유창한 일본말도 오가타의 귀에는 설지 않았다. 그리고 찬하 말대로 새삼스런 얘기도 아니다. 하지만 제문식의 언변에는 새로움, 새로운 자극을 주는 힘이 있었다.

"그런 면에서는 일본 국내에서도 대동소이한 게 아닐까요?"

오가타가 말했다.

"물론 그렇겠지. 전시체제(戰時體制)란 바로 그런 것이니까. 그러나 이 전쟁은 조선사람의 전쟁은 아니거든. 우리가 살아남아야 하고 우리가 이득을 챙기는 전쟁이 아니란 말이야. 보다 정확하게 얘기를 하자면 자멸 자살을 강요당하고 있어. 왜냐하면 우리를 구속하고 우리를 소멸하려 드는 힘에 우리가, 우리의 고혈이 보태어지고 있다는 비극, 오가타상은 그걸 알고 있소? 또 한 가지, 상부층 중간층이 일본에는 엄연히 건재하고 있다는 사실, 바로 그들이 주전파(主戰派)요 사령부니까."

"……."

"무슨 구수회의라도 하는 것 같습니다, 형님. 도대체 우리들은 뭐지요? 지식층 한량들, 허허허헛……."

선우신이 서글프게 웃었다.

"이제부터야 대낮에 낮도깨비."

"대낮에 밤 도깨비가 나오면 안 되지요."

선우신이 또 말했다.

"저자를 데리고 온 것이 화근이라. 선우야 자네 언제부터 그렇게 비뚤어졌냐? 신문사의 밥자릴 잃어서 그러냐? 아니면 신문사에서 왜놈한테 아부하는 버릇이 생겨서 그런 거야?"

"모두들 환장을 했는데 저라고 돌부처겠소? 하여간 막막합니다."

"서울 사정 얘기나 하세요."

찬하가 말했다.

"하던 지랄도 멍석 깔아주면 못한다 하더니. 하라니까 주눅드네."

"주눅 들 사람이 따로 있지, 형님 주 무기가 배짱 아니던가요?"

"흥 알아주어서 고맙네. 내가 송두리째 다 들어먹으려 했는데 그것도 안 되는 한심한 시절이야."

"임자 없수. 누가 말려요?"

찬하가 웃으며 말했다.

"자네 뭔가 모르고 있군그래. 내 손이 작아서 못 그러겠나? 다 쓸모가 없게 됐으니 그렇지. 폐차다, 온통 폐차야. 조용하가 살아 있어도 별수 없었을걸? 누구처럼 도망갈 곳이라도 있으면 도망갔을 게야. 쌍말로 빼도 박도 못하게 생겼어."

"엄살 그만하세요. 태수형님은 자알 해가고 있질 않소."

"만주 진출 말인가? 그거 아주 잘못된 일일세. 멀잖아 본전 놓고 손들 게야. 지금은 가만히 있는 거야. 누구든 가만히 있는 게 상수라."

하다가,

"여하튼 낮도깨비가 횡행하는 서울 얘기나 끝내자. 어디까지 얘기했더라? 음 그래, 조금 남겨둔 부분의 얘기였지. 아주 쬐그맣게 남겨둔 부분, 그러니까 기업체는 군수공장으로 징발되든지 헌납하든지 양단간 그 문제만 남았으니 이익 추구를 위한 경쟁은 물 건너갔고, 고문 패스한 몇 송이 꽃은 안배해주는 대로 고분고분 자리에 앉으면 되는 거고, 학생? 참 그래 학생이 있지. 학생은 병영장에 가두어두었으니 학교가 즉 병영장이라. 해서 동원령만 내리면 줄줄이 나오게 돼 있지. 보충병이든 아니면 일본군을 빼내고 최전방 총받이로 세우든지, 그것도 시간문제 아니겠나? 신문사 두 개가 문을 닫았지만 까짓것 어차피 관보에나 싣고 애국 충정의 미담이나 대서특필하고 허위 전과(戰果)를 배짱 좋게 나열하고 헌금 헌납, 지원병이나 독려하고 그런 거라면 종이가 모자라 죽을 판인데 어용신문 하나면 족하지 않겠느냐, 옳은 처사지. 그만큼 친일의 글줄이 줄어들 테니 말씀이야. 한데 이제는 확성기가 필요하게 됐다, 그런 시점에 왔거든."

선우신이 그 말뜻을 알고 낄낄 웃었다.

"허허어 선우야. 웃을 일 아니네. 자네 모가지에도 칼끝이 닿은 걸 몰라? 울어도 씨원찮은 판국인데."

"네. 그래서 남천택이 그 형님이 삼십육계를 놨지요."

"남천택이 누군데요?"

찬하가 물었다.

"자네 모르나?"

제문식의 말이었다.

"모르겠는데요?"

"그런 괴물이 하나 있어."

하자 선우신이,

"양대 괴물의 하나지요. 제문식이, 남천택이, 장안의 기생들도 다 아는 인물인데 제사장은 그로테스크 귀신이고 남천택 그 형은 광대 귀신이지요."

"눈에 뵈는 것 있어 없어? 밥줄 놓으려고 그러는 게야?"

"형님 밥줄은 어디 길게 가겠어요?"

"참 선우신이도 많이 늘었다. 남천택이 서의돈을 따라다니더니 못 배울 것만 배워가지고 사람 버렸어."

"남천택이라는 사람이 어찌 되었는데요?"

"모습을 감춘 지가 한 육칠 개월 된다 했지? 선우야."

"그러더군요."

"잡혀갔습니까?"

"그 꾀주머니가? 흥 잡혀갈 위인이 따로 있지."

"소문이 분분해요. 중국으로 갔다는 사람도 있고 심지어 소련으로 월경했다는 말도 있어요."

"오나가나 요란한 인물이지. 종잡을 수도 없고 알 만한 사람들의 얘기로는 그가 공산주의자라는 거야. 한 번도 콩밥을 먹은 일이 없는 공산주의 골수분자."

"아무도 확실한 거는 모르지요. 지나치게 두뇌가 명석하고 가히 천재라 할 수 있는데 사생활이 또 기기묘묘해서 사람들 입질에 오르내리는 모양이더군요. 신문사 교수직 얼마 하다가는 내던지고 결혼도 안 했는데 늘 여자는 있고, 볼 때마다 여자가 다르다는 겁니다. 그러나 원망하고 매달리는 여자는 없다더군요."

"차림은 어떻고? 순 딴따라, 그 이상이지. 그리고 평생 남의 돈으로 살고 남의 호주머니에서 돈 털어내는 것도 천재적이라 하더군. 그런데 돈 대주는 사람들이 끝까지 그를 버리지 않는다는 거야. 돈키호테인지 원."

"제사장은 만나보았어요?"

찬하가 물었다.

"만나만 봐? 술자리도 많이 같이했는데."

"제사장 보기엔 어떤 인물입니까?"

찬하가 관심을 나타내었다.

"천재인 것만은 틀림이 없어. 그의 박식은 당대 첫손가락으로 꼽힐 거야. 한데 그의 정체가 뭔지 도무지 알 수 없단 말이야. 실로 성격이 복합적이고 사람을 매료하는 어떤 힘이 있는 것도 같고 하여간 비밀스런 그것이 사람을 끄는지, 콩밥 한 번 안 먹은 공산주의 골수분자, 사람들의 억측이겠지만."

"천택이, 그 형에 관해서 말들이 많은 것은 어쩌면 사람들 심리 속의 자기 자신을 반영한 것인지도 모르지요."

남천택의 얘기가 깊이 들어가는 것을 원치 않았던지 선우
신은 제문식을 가로막듯 말했다.

"자기 자신의 반영이라면?"

찬하가 말했다.

"겉으로는 평온한 것 같지만 서울의 기류는 갈팡질팡, 모두
가 허둥대고 있어요."

"그렇지 않다면 오히려 이상한 거지."

제문식이 말하며 술을 마셨다.

"작년 초 창씨제도가 시행되면서부터 《동아일보》《조선일
보》가 아시다시피 폐간되었고 이어서 구월에는 반전운동단체
라 하여 기독교도들을 비질하듯 검거하지 않았습니까? 그리
고 국민총력연맹(國民總力聯盟)의 조직, 그것은 아까 문식형님이
말씀하신 대로 농촌은 군량의 저장고로, 노동자들은 깡그리
군수품의 부품으로, 그와 맥을 같이하는 것으로써 그걸 보다
강화하기 위하여 황국신민(皇國臣民)운동인가 뭔가, 한창 벌어
지고 있는데 한마디로 만화지요. 처처에서 만화 같은 작태가
벌어지고 있어요. 윌리엄 텔의, 압제자 모자 앞에서 절하는 것
쯤, 그거 약곱니다. 가장 저질의 광신(狂信)을 우리는 지금 강요
당하고 있는 겁니다. 가장 야만적으로 가장 무지몽매한 종족
으로 우리는 추락하지 않으면 안 되게 돼 있어요. 일본인들은
그런 일에는 거의 불감증인 듯하지만 현인신(現人神)을 믿지 않
는 조선인들 처지에서 보면 뱃가죽이 터질 지경이지요. 그러나

조선인이 그 희극의 관객 아닌 연기자다, 하는 점이 참혹한 거지요. 여하튼, 금년에 들어와서 종전에 있었던 사상범 보호관찰령(保護觀察令)이 개정되어 예방구금령(豫防拘禁令)으로 공포된 것은 한층 목을 죄자는 것인데 예상하지 않았던 일은 아니었지만 심리적으로 사람들이 급박해진 것은 당연하지요. 어디든 국경을 넘고 싶다는 유혹은 거의 모든 사람이 느끼고 있을 겁니다. 의식하건 안 하건 간에. 그런 심리 상태가 천택형이 소만 국경을 넘었다는 터무니없는 소문을 낳게 한 것 아닐까요?"

겨우 결론이 나왔다.

"말하자면 탈출심리다, 그 말이군요."

찬하 말이었다.

"그렇지요."

"거의 모든 사람이란 말은 정확하지가 않아."

제문식이 말했다.

"저는 지식인을 두고 한 말입니다. 애초, 글줄이나 쓰고 말깨나 하는 사람들 얘기가 아니었던가요?"

"알어."

"친일파들이 뭣 땜에 탈출하고 싶겠느냐 그 말씀인가요?"

"하기야 뭐 친일파도 친일파 나름 아닌가. 그것도 여간 복잡하고 다양한 게 아니지."

"형님은 인간의 기미를 몰라서 그러는 겁니다. 이론이야 늘 빈틈없이 쏙 뽑아내는 것이 형님의 장기지만 그게 도판(圖版)

이지 입체(立體)는 아니지요. 사람의 심리를 이해하는 데는 모자라요. 하기야 뭐 연애 한번 못 해본 처지고 보면 사람의 마음 심층을 어찌 알겠습니까."

모두 웃는다.

"얘가 왜 그리 빠져? 이 자식아, 누가 안 하고 싶어서 안 했나. 원래 연애란 미남미녀의 불장난인데 나 같은 상판은 애초부터 자격이 박탈돼 있으니 낸들 어쩌누."

"노트르담의 꼽추도 있잖아요."

"미녀를 납치해갈 종탑도 없었고, 하긴 선우 네가 어떻게 알아? 소문난 연애치고 진짜는 드물어."

제문식은 껄껄 소리 내어 웃었다.

"그따위 신소리는 그만하고, 어째 술이 고루 돌아가지 않았는가? 얘기가 거듭 행방불명이네."

"원래 그게 형님 화법인걸요. 골자를 던져놓고 둘레를 서서히 압축해가다 보면, 한데 이번에는 너무 속도가 없어서 그리된 겁니다."

"이 자식아, 이번엔 네가 그랬다. 빙글빙글 돌리더니 얘기를 구석에 처박은 건 너야. 그 위인들을 따라다니더니 못된 것만 배워가지고."

"형님이 말씀하시고자 한 것은, 일본의 몬쓰키* 식복(式服)을 입고, 조선신궁(朝鮮神宮)에 가서 신관(神官) 주례로 혼인하는 순수한 친일파 아닌가요?"

"알기는 좀 아네."

"탈출 같은 것 생각하지 않는 그들 충의(忠義)를 말씀하시려 한 거 아닙니까?"

"그렇지."

"형님 얘기에는 모순이 있습니다. 아니면 건망증이든지, 형님은 늘 그랬어요. 그런 무리는 강자지향(强者志向)의 노예들이라구, 제 나라가 융성하면 그런대로 애국자요 충신도 되는 무리들이라구."

"그랬지이."

"노예들은 주인이 바뀌어도 충성하는 법이라구, 누구든 개줄을 잡은 사람이 주인으로서 그들은 개다, 하시지 않았습니까?"

"그랬는데? 그게 뭐 잘못됐단 말인가?"

"그 순수한 친일파들이 누구보다 먼저, 강하게 탈출에의 유혹을 느낄 거라, 저 생각은 그렇습니다."

"……?"

"그들이 살아남는 비밀이 뭔지 아십니까? 힘의 무게를 다는 아주 정확한 저울을 가지고 있다, 저는 그렇게 생각합니다."

"흐음……."

"일본이 망할 거란 냄새는 그들이 맨 먼저 맡는 거지요."

"그러나 그들은 여전히 선두에 서서 지랄들 하고 있어."

"그 속에는 정세분석을 못하는 바보들, 겁쟁이들, 또 우직

파도 있겠지요. 갑자기 각도를 틀 수 없는 미련둥이는 결국 우치지니를 하는 거지요. 그러나 그들은 그렇지 않을 겁니다. 누가 압니까? 순수한 친일파들이 독립군의 뒷돈을 대주고 있는지, 형세 보아가며 대한독립 만세! 하고 외치며 나왔다가 몇 달 구류 살고 그런 뒤 조선이 독립될 그날 길이 좁아라며 활보할 궁리를 하고 있는지 그건 모를 일이지요. 가장 지혜롭고 영악하게 사는 사람들, 어디든 적응하는 식물같이 끈질기게, 본시 생물은 다 그렇게 하게 돼 있는지 모르지만, 나는 사람이다! 해봤자 별무소득이지요."

선우신은 이빨 사이에서 밀어내듯 신랄하게 내뱉었다. 오가타는 놀란 듯 선우신을 바라본다. 오랜 세월, 선우신이 목도했던 현실은 움츠리고 그를 또 움츠리게 했지만 앙금같이 몸에 묻은 때를 의식하듯 그의 눈은 절망적인 비애에 젖어 있었다. 오가타는 선우신과 부딪친 눈을 간신히 떼어내듯 고개를 숙였다.

"이원진의 경우는 어떻습니까."

찬하도 우울해진 표정으로 별 뜻 없이 물었다.

"그 사람은 단념한 것 아닐까요?"

"단념이라면, 어떻게?"

"자신은 어느 쪽에서든 빠져나갈 수 없다는 것을."

"그럴까요?"

"모르지요. 혹 우직한 편인지, 방향을 틀지 못하고 있는지."

"나는 오히려 광신하고 있다는 인상이었습니다. 만주서 발행되는 신문에 실린 신년사를 본 적이 있어요. 첫째 간 데마다 일본사람 되시기를 바라오며 천황폐하에게 충양한 신민이 되도록 힘쓰시고, 지원병에도 많이 응모하시고 내지식(內地式) 씨명(氏名)도 정하시기 바랍니다. 그런 말들이 씌어져 있었습니다. 저 같은 사람도 좀 심하다 싶었어요."

침묵이 흘렀다. 잠자코 한동안 술만 마시는데 이들은 갑자기 고독해졌던 것이다.

"확성기 얘기는 어찌 되었습니까?"

알면서 침묵을 메꾸려는 듯 찬하는 어색하게 말했다.

"선우야. 자네가 끝마감해라. 가로채 갔으면 매듭을 지어야지."

제문식이 담배를 뽑아 물며 말했다.

"허 참, 사람 꼴 우습게 돼갑니다. 기왕지사 치마 벗고 사거리에 나앉은 몸, 뻔하게 누구나 다 아는 일, 핏대 올려보아야 별수 없는 일, 얘기하지요. 해."

선우신은 상당히 술을 많이 마신 것 같았다.

"아까 문식형님이 모판 펴놓듯 하신 말씀, 농민이 어쩌고 노동자가 어쩌고 맞아요. 그 얘기 다 맞는 얘깁니다. 그러나 그것은 구렁이 담 넘어가듯 소리 없이 되어진 일이지요. 물밑에서 한 작업이라고나 할까요? 북 치고 나발 불 필요가 없었지요. 총대면 되는 거 아닙니까? 물밑에서 총을 흔들든 칼을 휘두르든 소리가 나지 않으니까. 그러다 들내놓고 하는 일, 만천하 명명백백한 일에는 악대 동원하여 흔 좀 **빼놔야** 하지 않겠습니까? 또 확성기도 설치하구요. 창씨개명에다가 지원병에다가 황국신민의 운동, 여기에 지식인 주둥이가 **빠져서야** 되겠소? 앞으로 징병이 있을 거구 학병도 있을 거구, 애국지심에 불타는 진리탐구의 학자님, 인생의 가치를 책정하는 문학가, 대일본제국의 간성(干城)을 기르는 교육가, 어찌 그냥 있겠소. 그것에도 주도권 잡은 파벌이 있고 소외되는 부류가 있는가 하면 머리 싸매고 다니면서 끼어들려는 분자가 있고 눈치 보아가며 시골로 낙향하려는 양심파, 만주 중국의 친지를 의지하여 달아나는 사람, 병을 칭하여 두문불출하는 사람, 실로 이합집산이 눈부신 상태다 그거지요. 나 같은 존재는 언제 어떻게 예방구금이 될지 모르니까 차라리 속 편합니다. 정말 이놈의 세상을 살아야 하는지 죽어야 하는지……. 꽃샘바람에 중늙은이 죽더라고 겨울 다 나고서 봄을 보며 죽는 꼴 많이 생길 겁니다. 지조를 지키는 사람들이야말로 풍전등화, 변절하기 쉽지요. 친일하여 단물 다 **빨아먹고** 막판에 와서 독립만세! 하는 애국자하고 수 없는 영을 넘어 버티다가 넘어간 변절자, 어떤 계산법으로 해답을 내야 하는 건지 모르겠소."

"그야말로 난리군요."

찬하 말에,

"난리이기도 하구 경사났다 할 사람도 있구요."

"말이 났으니, 유인성 씨는 어떻게 지내시는지요?"

넌지시 물어본다.

순간 술이 싹 깨는지 선우신의 눈이 고정된 채 찬하를 바라본다. 그러더니 자신이 취한 언동을 부끄러워하는 것 같은 표정으로 변했다.

"조형께서 유선생님을…… 아시는 사이신가요?"
하고 물었다.

"안면 정도지요. 죽은 형하고는 사이가 나쁜 친구였다고나 할까요?"

"그래요? 참 그렇겠군요. 문식형님하고도 사이가 별로인 친구 간이었으니까 그렇게 되는군요."

멋쩍게 웃으며 선우신은 고개를 떨구었다.

"진일 마른일 다 봐주었건만 선우야, 네 마음속에는 어찌 그리 계급의식이 확고부동하냐. 유인성에 대해서는 항상 선생님이고 나보고는 형이라, 에에라 썩을 놈, 빈말이라도 아첨 좀 해보소."

농담 반 진담 반이었다.

"그만두시오, 형님. 새앙쥐 볼가심할 것도 없는 사람보고 풍악 잡힐 겁니까?"

"새남터에 나가도 먹어야 한다, 그게 인생 아니냐. 산다는 게 뭐게? 다 그런 거야. 심각해한들 뭐 뾰족한 수 나겠어? 풍악 치고 놀아보는 거지. 그간 기방(妓房)이 성업한 것도 전후좌우, 사방팔방 콱콱 막혀버린 때문이 아니겠나? 갈 곳이 없었던 게야. 사실 그렇지 돈푼 있고 친일한다 해서 왜놈들, 살점 좋은 고기 써억 비어서 내준 일 있었나? 모두 저희들 차지, 눈물값도 안 되는 돈푼, 이권 받고 알랑방귀 뀐 친일파도 생각해보면 가련한 족속이야. 여하튼 부럽네. 유인성이 부럽다. 이런 세상에 자네 같은 추종자가 있다는 것은."

"유인성 씨한테 무슨 일이 있습니까?"

찬하가 말했고 오가타의 표정은 긴장돼 있었다.

"유인성의 집안 꼴이 말이 아니라네."

"어떻게요?"

제문식은 잠시 동안 오가타를 쳐다보았다. 눈길을 돌리면서,

"불운이란 늘 한꺼번에 들이닥치는 모양이야."

"……"

"하나 있는 아들이 지금 마산 결핵요양소에 가 있어. 그것도 상당히 중증이란 얘기고, 딸들은 출가시켜 그런대로 이럭저럭 괜찮은 모양인데."

하다가 제문식은 중간을 생략하는 눈치였다.

"물론 당국도 그렇지만 친일파들이 좀 괴롭혀야지, 과거 논적(論敵)들도 호기도래(好機到來)라, 송곳 바늘 숨겨서 마구 찔러대는 판국이고 되잖은 짓 했다가 유인성이한테 무안당했던 소인들은 느긋이 뒷짐 지고 서서 그의 불행을 구경하고들 있는 거지. 그러나 무엇보다 그가 믿었던 사람들이 차례로 훼절해가는 꼴을 눈앞에 보는 것이 젤 고통스러웠을 거야. 그야말

로 고립무원, 찬 바람이 성성 돈다. 서의돈이 같은 사람이야 황태수가 뒷배를 보아주어서 동생 영돈이가 회사의 간부사원이고 본시부터 형네 식구들 책임을 지고 있으니 내일 잡혀가는 한이 있어도 김삿갓 신세, 넉살 좋고 언변 좋아서 어디로 가나 제자리를 찾지만 유인성같이 원리원칙에서 벗어나지 못하는 사람은 살기가 힘들고 괴로워. 난세(亂世)에는 더욱더. 그의 성품이야 그가 아끼던 후배 오가타상도 잘 알 거요."

"물론, 아, 알지요."

오가타는 바늘방석에 앉은 기분이었다. 제국주의 일본을 성토하는 거야 늘상 그래왔으니 구태여 유념할 필요는 없겠으나 중간을 생략한 듯한 그 부분이 마음에 걸렸다. 필시 자기와 인실에 관한 일일 것이다. 오가타는 그렇게 생각하지 않을 수 없었다. 유인성이 상처를 받을 것이란 생각을 물론 안 한 것은 아니지만 자기들로 인하여 뭔가 더 심각한 일이 있었을 것 같은 생각이 들었던 것이다. 그러나 그것은 오가타의 자격지심이었다. 생략된 부분은 유인성의 처 석씨에 관한 것이었다. 딸들을 출가시켰고 늙어가는 마당에 바람이야 났을까마는, 시어머니가 세상 떠나고 견제하는 이가 없어지면서부터 석씨의 잦은 외출과 눈에 띄게 낭비하는 습벽, 그로 인하여 차츰 집안이 황폐해지는데 말로는 아들 때문에 심화가 나서 그런다고 했으나 사실은 그렇지가 않았다. 본시부터 이상하게도 그에게는 모성애가 없었다. 할머니가 아이들을 거두어 그랬는지 모를 일이나 하여간 석씨는 전혀 자식들을 사랑하지 않았다. 가끔 유인성은 마산으로 아들을 만나러 가는 일이 있었다. 그러나 결핵이라는 병이 옮겨올까 봐 그랬는지 어미 된 석씨는 일절 아들을 찾지 않았다. 먹을 것 다 먹고 입을 거 다 입고 좀 쇠약 해졌다 싶으면 보약 먹고 가고 싶은 곳 다 찾아다니고, 혼인 하느라 중퇴했으나 명문여고를 다닌 것이 자랑이요 생각이 천 박하여 일본 통속소설이나 탐독하고 저속한 잡지 나부랭이나 뒤적이고 그것으로 지성적 여성으로 착각하는 여자, 너그럽게 그런 면을 덮어주며 사랑했던 유인성은 아들이 병이 나면서부 터 모성애 부재인 석씨에게 진저리를 치기 시작했다.

"세상에 이럴 수가 있나. 짐승도 지 새끼를 위해서는 창자 가 끊어지게 울부짖는데."

유인성은 한탄했다. 아니 아내를 증오했다. 남의 남자와 불 륜 관계에 빠진 이상으로 병든 자식을 팽개친 그에게 분노를 느끼는 것이었다. 석씨는 석씨대로 남편을 대수로 여기지 않 았다. 학벌 좋고 인격자이며 애국지사라 하여 대단한 긍지를 가지고 남편을 우러러 받들며 순종했던 옛날을 이제 와서는 갇혀서 허송세월한 것처럼 억울해했고 다시는 그렇게 안 살 겠다며 돈푼 있고 할 일 없는 여자들과 어울려 다녔는데 황새 들을 따르자니 자연 그는 빚을 내게도 됐고 잘사는 친정 형제 들한테서 돈을 얻어다 쓰기도 했던 것이다. 그는 남편을 경제 적 무능력자로 치부했으며 유인성의 입지가 좁아지면 질수록이 빠진 늙은 호랑이 취급이요 방자하기 그지없었다. 한지붕 밑에서 서로 남남으로 지내게 된 것이 벌써 여러 해가 되었다. 피폐할 대로 피폐한 유인성은 사실 이 빠진 늙은 호랑이였다.

"그래도, 땅은 좀 가지고 있겠지?"

"모르겠어요."

제문식이 묻는 말에 선우신의 대꾸였다.

"아들 땜에 목재소는 팔았다던가? 남의 손에 넘어갔다지 아마? 선우야 안 그러냐?"

"넘어갔지요."

찬하와 오가타는 낮에 만났던 유인성의 모습을 생각한다.

"당장 뭐가 어떻게 되는 것은 아니겠지만 딱하지. 성정이 꼿꼿해서 남의 도움 받아들일 위인도 아니구."

"구금되는 것을 젤 두려워하는 사람이 유선생님이라 한다면 믿겠습니까?"

선우신은 돌연 냅다 던지듯 말했다.

"그게 무슨 소리야?"

"그렇지만 그 양반 끝까지 훼절은 안 할 겁니다. 살아남을 겁니다."

"어째 그런 말을 하는가."

"한마디로 괴로운 투쟁이지요. 자책감도 심할 겁니다. 선생님은 자신이 구금된 후의 아들 운명을 생각하시는 거지요."

유인성의 자책감에는 인실을 보지 못하고 눈을 감으면서

아들을 원망하던 모친과 인실을 그 길로 내보낸 것은 자기 자신이라 믿는 아픔이 짙게 깔려 있었으나 선우신은 그 일에 대해서는 언급하지 않는다.

"아들의 죽음을 생각하시는군요."

찬하가 중얼거리듯 말했다.

"죽는 거야 하늘에 맡기고 계시겠지만 죽든, 살든, 어떤 모습으로 죽으며 어떤 모습으로 살아 있을 것인가, 그걸 생각하시는 거지요."

"그러니까 마누라 땜에 그러는군."

제문식의 말을 받아서 선우신은,

"그럴 겁니다. 모두 제 배 속에 집어넣겠지요. 머리카락 하나 다치려 안 할 거고 바람만 불어도 이불 속으로 기어들어가겠지요. 배고프면 청요리 시켜다 먹을 거고 소증 나면 돼지고기 사다가 삶아 먹을 거구, 그러는 사이 아들은 창문만 바라보고 있겠지요. 남몰래 혼자 죽어갈지도 모르지요. 선생님은 자기 품속에서 아들을 보내고 싶을 겁니다. 비참하지요."

선우신은 그런 식으로 유인성 집안일을 조금 건드렸다.

"그런 경우는 좀 드물 거야. 성격적으로 일종의 불구자라 할 수 있겠지."

"하기야 뭐 딸을 청루에 팔아먹는 에미 애비도 있긴 있지요. 그런 인종들은 저주를 받고 이 세상에 태어났을 겁니다."

"가난이 죄라 했다."

239

"효행이 부모의 권리가 된 데 문제가 있는 거지요. 권리 말입니다. 『심청전(沈清傳)』을 이 땅에서 영원히 추방하고 말살해야 합니다. 가장 추악한 에고이즘, 에고이즘의 극치 아닙니까."

"그런가 하면 고려장도 있어."

오가타는 슬그머니 일어섰다. 화장실에라도 가는 듯, 복도에 나왔을 때 오가타는 현기증을 느꼈다. 그리고 머리가 터질 듯 아팠다. 작은 머리통에 온갖 것을 다 꾸겨서 밀어 넣은 것 같은 기분이다. 그는 지난밤 묵은 침실로 찾아 들어갔다. 달빛을 받은 창가 침대에 가서 짐을 부리듯 자기 자신을 던진다. 달은 창밖 느티나무 잔가지 사이에 걸려 있었다.

물결이 오고 또 오듯 끝나는 것은 아무것도 없었다. 끝없는 지속이며 끝없는 변화다.

밤새 우는 소리가 들려온다.

'이대로 가는 게 아니야. 이대로는 못 가아.'

눈을 감는다. 망막에 아이 얼굴이 나타났다. 깊이 생각해보지 못했다. 깊이 생각해볼 여유도 없이 눈부시게 시간이 지나간 것이다. 무턱대고 신경을 떠나왔다. 어쩌면 그것은 허우적거리기만 했던 시간이었는지 모른다. 아이를 만나야 한다! 아이를 만나야 한다! 그 설렘은 먼 곳에서 깜박이는 등불을 향한 것이기도 했으며 아주 가까이 다가와서 심장을 지져대는 것 같은 불덩이이기도 했다. 오가타는 아이의 운명을 생각하지 않았다. 아이의 운명을 검토하고 떠나야 하는, 오가타는 준열한 현실과 부딪친 것이다.

'감정을 배제해야 한다. 또 대체 아이는 나를 어떻게 따라올 것이며 바뀌어진 운명을 어떻게 받아들일 것인가!'

오가타는 밤을 꼬박 새웠다. 그런데도 그는 제문식과 선우신이 언제 돌아갔는지 알지 못했다.

길을 떠나는 새벽은 다른 시각에 비하여 한층 어수선하다. 찬하와 오가타는 각기 여행 가방을 들고 역으로 나왔다. 찬하는 코트의 깃을 세우고 시종 침묵하고 있었다. 차표는 이미 끊어다 놨기 때문에 그들은 이등 대합실에 선 채 시간을 기다리고 있었다. 오가타는 침묵을 깨고 들어갈 수 없는 압력을 찬하에게서 느낀다. 아니 압력이라기보다 쓸쓸한 그만의 세계였다. 기차에 오른 후에도 이들은 수면부족 때문에 잠을 잤고 별로 말을 하지 않았다. 식당칸에서 점심을 먹을 때만 몇 마디 말을 주고받았을 뿐이다.

오가타가 심각하게 얘기를 꺼낸 것은 관부연락선 선상, 갑판 위에서 밤바다를 바라보았을 때다.

"부인은 알고 계십니까?"

"아이 얘기요?"

"네. 내가 그 아이의 아비라는 것을."

"몰라요."

"왜 얘기를 하지 않았소?"

"이유는 비밀을 지키기 위해서였지만."

"부인을 믿지 않습니까?"

"믿어요. 처음엔…… 그냥 얘기하고 싶지 않았소. 비밀을 지킨다는 것은 핑계였고."

"혼혈 때문에 그랬지요?"

"그랬을 거요. 내 자신도 혼혈아를 낳았지만……. 그러나 나중에는 이유가 달라졌소."

"……."

"아내를 실망시키고 싶지가 않았지요. 아버지가 당신인 것을 안다면 그는 아이를 빼앗길 거라 생각했을 게요. 나 역시 그냥 내 아들로 만들어버리고 싶은, 집착이 강했으니까. 아내는 쇼지를 사랑했어요. 가끔은 내가 어디서 낳아 데려온 것이 아닐까 하는 의심을 하기도 했지만 그것은 그에게 아무 문제가 되지 않았소. 그 사람이나 나도 그 애를 기르면서 행복했으니까."

"지금의 생각도 그런가요?"

"말할 수 없이 허전하오. 어딘가가 뻥 뚫린 것만 같소. 집사람 생각을 하면 겁이 납니다. 충격을 받을 겁니다. 청천벽력일 거요."

"그런 뜻이 아니고, 아이에 대한 애착 애정 말입니다."

"참 이상한 걸 다 묻는군. 어떻게 며칠 사이 애정이 변하겠소?"

"부럽고 샘이 납니다."

"……?"

"내 몫을 앗아간 것에 대해 미운 생각도 들구요."

"별사람 다 보겠네."

찬하는 담배를 붙여 물고 쓰게 웃었다.

"그건 농담이구, 산카상."

"이제부터는 진담인가요?"

"그렇소. 내 나이가 아직은 쉰 살이 아니오. 마흔의 중반인데 소집을 안 받을 거라 장담할 수는 없어요."

"그래서?"

찬하는 놀라며 오가타를 쳐다본다.

"어젯밤 꼬박이 생각했습니다. 아이의 앞날을. 그 아이를 만주까지 끌고 와서 홀아비인 내가 기르다가 무슨 일이 일어날지. 감정으론 그 아이와 헤어져 있고 싶지 않아요. 나는 이제부터 삶을 진지하게 생각할 겁니다. 그러나 그것은 어디까지나 내 감정 내 인생이…… 그 애는 다정한 부모와 누나와 행복하게 살았습니다. 그것을 파괴할 권리가 내게 있는가. 내일을 알 수 없는 떠돌이 같은 아비를 따라서 겪어야 하는 새로운 세계, 물론 이와 같은 전시가 아니라면 나는 결코 그러진 않을 겁니다. 산카상이 원한다면 성장하기까지 그대로 두는 게 어떨까 싶어서."

"정말 그렇게 생각했어요?"

찬하 목소리에 탄력이 실렸다.

"전쟁이 끝나고 그때까지 내가 살아 있다면 그때 돌려주시오."

"잘 생각했소. 정말 잘 생각했어요. 나도 그런 생각을 했지만 내 처지에서는 그런 말 할 수가 없었소."

"참 비극이지요?"

"그런 생각은 말아요."

"어미 아비를 두고…… 여하튼 기구한 거지요. 그러나 지금까지 말 못한 것이 있어요."

"말하시오."

찬하는 서두르며 말했다.

"고맙습니다. 정말 고마웠어요."

오가타는 절을 했다.

"별말씀을, 내가 고맙소. 정말 쇼지를 보내고 싶지 않았소. 여러 가지로 날 용서하시오."

찬하는 평소의 그답지 않게 감정이 흐트러져서 여기저기 널리는 것 같았다. 오가타도 담배를 붙여 물었다.

"우리의 인연도 참 질긴 것 같소. 하얼빈에서 윤광오라는 친구를 만났을 때 그는 인실 씨와 나의 인연을 질기다 하더군요. 우리는 살아서 다시 만날 수 있을까요?"

달빛 아래, 수평선이 아득한 바다, 오가타는 자신의 앞날을 수평선이 아득한 바다같이 느꼈다.

"네, 그래요. 전쟁이 끝나고 인실 씨를 만날 수 있다면, 두 사람이 살아남았다면 그 사람과 내 아들을 끌고 나는 북국으로 갈 겁니다. 빙하를 건너서요."

믿을 수 없는 꿈을 꾸듯 말하고서 오가타는 소리 내어 웃었다. 웃다가 웃음을 거두는 순간 오가타 귀에 연락선 기관 소리가 굉음과도 같이 울려왔다. 쇠붙이가 마찰하고 마모되는 것 같은, 규칙적으로 들려오는 굉음, 심장이 파열될 것만 같았다. 그것은 또 자신의 심장이 박동하는 소리이기도 했다. 파도를 가르며 밤배는 조선해협을 지나가고 있었다. 관부연락선(關釜連絡船) 곤고마루[金剛丸], 끝도 없이 실어낸 식민지 이주자(移住者), 만주 개척민과 병사들, 군부와 결탁하여 착취가 목적인 각종 사업체, 그리고 인원, 오가타는 자신도 그 사업체에 빌붙어서 사는 한 마리 바퀴벌레인 것을 느낀다. 자신과 자만에 가득 찬 관부연락선 곤고마루, 육지와 육지를 이어주는 거대한 기계, 바다를 건너는 동안 그는 절대적인 군주다. 현대 문명의 산물이며 어둠 속에서도 찬란하게 불 밝히며 그 위용을 자랑하는 배, 그러나 오가타는 앞이 보이지 않는다고 생각한다. 거대한 기계의 박동, 기관 소리만 하늘과 바다를 뒤덮고, 앞이 보이지 않는다고 오가타는 생각한다. 그것은 공포였다. 이 기계의 무수한 쌍생아들, 탱크며 대포, 비행기며 기차 기선 자동차 군함, 그런 것들에 제압되고 순종하며 또 비명을 지르는 인간들은 오로지 시간만을 재고 수치만 살피면 되는 또 하나의 기계인가.

　"언제까지 미쳐 날뛸까요? 얼마나 사람이 죽어야 전쟁은 끝나지요? 전쟁 미치광이 땜에 과학이 발달되고 부를 축적하기 위하여 과학이 발달되고 없어도 될, 아니 없어야만 할 것 때문에 자원과 인력이 동원되고 생산에 미쳐 날뛰는, 이 끝없는 낭비는 결국 인류가 전멸한 뒤에 끝이 날까요? 그래요. 군국주의는 망해야 해요! 식민지 정책은 끝이 나야 해요. 낭비와 축적의 이 병적 상황을 극복하지 않는 이상 사람답게 살 수 없고 생명이 부지될 수도 없을 겁니다. 제사장 말대로 농촌은 거대한 군량의 저장소이며 노동자는 모조리 군수품의 부품, 뿐이겠어요? 노동자를 소모품으로 볼 때, 지주들이 농민으로 전락하는 것처럼 노동자 아닌 사람도 노동자로 공급이 될 것 아니겠어요? 이제는 저항 없어요. 망해야 합니다. 사람답게 살 수 있는 역사의 변혁을 위해서, 인류를 위해서 망해야 합니다."

오가타의 목소리는 비통했다.

"맞소. 신국(神國) 아닌 지구의 어느 지역에 태어난 사람으로, 누구나 다 그렇게 살아야 하지요. 현인신이 아닌 사람으로서 추앙을 받아야 할 겁니다. 네, 그것이 타파되어야…… 허황한 논리는 깨어져야 합니다. 부의 산실이며 상징인 기계문명도 막아야겠지요. 그러나 언제? 가장 합리적인 과학이 사람의 이성을 파괴하고 있다는 이 아이러니, 하기는 나타난 이상 끝장보지 않고 물러나겠어요?"

찬하는 비관적으로 말했다.

두 남자가 조후[調布]에 있는 찬하 집에 갔을 때 따뜻한 봄 햇살을 받으며 노리코는 가위를 들고 화단의 수선화를 자르고 있었다.

"어머!"

노리코는 깜짝 놀라며 일어섰다.

"돌아오셨군요."

하고 인사를 한 뒤,

"웬일이지요? 두 분이 함께 오시다니 정말 뜻밖입니다."

노리코는 회색 바탕에 검자줏빛 꽃무늬가 대담한 기모노에 황금빛 오비를 매고 있었다. 그리고 녹색 오비히모*의 큼직한 비취 오비도메가 눈에 띄었고 하얀 다비와 주반이 청결해 보였다. 그러나 그가 기모노를 입는 일은 극히 드물었다. 찬하를 의식한 때문인지 거의 일상은 양장이었는데 기모노의 모습은 농염했다.

황급하게 달려나와 공손하게 인사하는 하녀 오하루에게 여행 가방을 넘겨주며,

"그렇게 됐어요. 우연히."

찬하는 말했고 역시 오이치에게 가방을 건네준 오가타는,

"오래간만입니다 부인, 그간 격조했습니다."

하며 노리코에게 인사한다.

"잘 오셨어요. 자아 들어들 가십시오."

하는데,

"아이들은 어디 갔소?"

찬하가 낮은 소리로 물었다.

"숙제하고 있습니다."

응접실에 일행이 들어가자,

"후미짱 쇼짱! 아버지 돌아오셨어."

노리코는 울림이 좋은 음성을 높여서 말했다. 방문이 우당탕 요란스럽게 열리는 소리와 함께 딸 후미와 쇼지가 달려나왔다.

"돌아오셨어요? 아버지."

여학교에 갓 들어간 후미는 예의 바르게 인사를 했다. 그러나 쇼지는,

"아빠!"

하며 찬하의 아랫도리를 감싸 안고 턱을 쳐들어 내려다보는 찬하 얼굴을 올려다본다. 그것은 아름다운 광경이었다.

"아저씨한테는 인사 안 하니?"

노리코는 아이들을 노려보는 시늉을 하며 나무란다.

"앗…… 참."

쇼지는 고개를 꾸벅 숙였다.

"아저씨 안녕."

후미는 배시시 웃었다. 빨간 스웨터를 입어 그런지 부끄러워서 그랬는지 얼굴이 빨그스름하게 물들어 있었다.

"어서 오십시오, 아저씨."

다소곳이 절을 하며 어른 같은 말투로 인사를 했다.

오가타는 안경 속의 눈살을 좁히며 쇼지를 쳐다보고 있었다. 토끼처럼 좋아서 깡총깡총 뛰는 아이, 구김살이라곤 찾아볼 수

없었다. 처음 보는 아이도 아니었지만 오가타는 처음 보듯이, 찬하가 인실에게 말했듯이 샛별처럼 영롱했다. 그리고 그 모습 속에는 마치 각인처럼 인실의 자취가 있었다. 콧날에서 눈언저리에는 특히 짙게 인실의 자취가 있었다. 오가타는 저도 모르게 한숨짓는다. 이 신비스런 조물주의 귀한 은혜를 도시 어떻게 해야 할지 오가타는 막연했다. 다만 막연했을 뿐이다.

"자아, 자아 이제는 방으로 돌아가는 거예요."

노리코 말에 쇼지는,

"싫어 엄마."

"숙제 해놓고 놀아야지."

병아리를 모는 어미닭처럼 두 팔을 벌리고 아이들을 몬다.

"그만두시오."

찬하는 오가타를 힐끗 쳐다보며 우물쭈물 말했다. 후미는 순순히 제 방으로 돌아갔으나 쇼지는 노리코의 팔 밑에서 빠져나와 찬하의 겨드랑 밑에 몸을 숨긴다. 노리코는 하는 수 없다는 듯 웃었다.

"아빠 왜 이리 늦었어요?"

"여기저기 좀 다니느라 늦었다."

"아저씨는 어디서 만났어요?"

"응, 만주서."

하다가,

"신경에서 만났지. 신경 계시다고 했잖아."

"으음."

소파에 모두 앉았다. 쇼지는 찬하와 노리코 사이를 비집고 들어가 앉았다.

"아빠 왜 그리 늦었어요?"

쇼지는 아까 물었는데 또 물었다.

"여기저기 좀 다니느라 늦었다."

찬하도 똑같은 말을 되풀이하며 대답했다. 오이치가 홍차를 내왔다. 쇼지는 소학교 사 학년이었다. 그러나 일이 학년 아이같이 응석받이였다. 찬하가 돌아와서 그는 마냥 행복한 것 같았다.

"도무지 철이 안 들어서요. 아직 애기예요. 어리광쟁이, 쇼짱?"

"네."

"오늘은 아버지가 돌아오셨으니까 이대로지만 다른 때, 손님 오셨을 땐 이러면 안 돼, 알았니?"

엄격하게 말했으나 노리코의 눈은 연신 웃고 있었다.

"하지만 엄마, 아저씨도 손님일까?"

"음, 그, 그야."

"참 오래간만에 오셨잖아요. 그치요? 아빠."

찬하는 고개를 끄덕였고 오가타는 얼굴을 숙였다.

"아저씨?"

"으, 음."

오가타는 소스라치듯 대답했다.

"수염이 막 길었네."

저도 모르게 오가타는 얼굴을 쓰다듬는다.

"까, 깎을게."

얼굴이 빨개지며 허둥지둥 말했다. 그새 오가타는 면도를 하지 않았다. 노리코는 오가타를 아주 재미있어하며 까르르 웃었다.

"거 보세요. 게으름 피우니까 쇼지한테 당하잖아요."

"아저씨 바빴어요?"

"음 바빴어. 굉장히 바빴다."

찬하의 식구들과 함께 저녁을 먹고 이런저런 얘기를 하다가 오가타는 내일 아침에 오겠노라 하며 작별하고 갔다.

"오가타상한테 무슨 일 있어요?"

뉴스를 듣고 나서 라디오를 꺼버린 노리코가 물었다.

"무슨 일?"

찬하는 아내를 외면한 채 말했다.

"통 말이 없었잖아요. 어딘지 슬프게 보였어요."

"피곤해서 그랬을 게요."

"아직 결혼 안 했나요?"

"안 했지."

"왜 그러는 거예요? 이해할 수가 없어요."

"맺어질 수 없는 사람을 잊지 못해서……. 다 나름대로 사정은 있는 거요."

"어떤 상처를 받았는지 모르지만 남자가 나이도 들었는데 그러고 있는 거 딱해요."

"뭐 적당히 사귀는 여자야 없을라구? 목석 아닌 이상, 결혼하지 않았다 해서 인생을 포기한 사람은 아니니까 염려할 것 없어요. 그는 어느 누구보다 삶을 사랑하고 진실하게 살고 있소."

찬하의 부드러운 음성에는 오가타에 대한 깊은 이해와 우정이 서려 있었다.

"여보."

"……."

"저 어떤 땐 샘이 나요."

"그게 무슨 소리요?"

"당신들 우정이 부러워서."

찬하는 픽 웃는다.

"순수한 데 대한 동경이, 아직 당신에게 남아 있소?"

"그럼요. 사람마다 다 그렇지 않을까요?"

"순수, 그건 고향이니까……. 오가타하고 함께 있으면 센케 모토마로 생각이 날 때가 있어."

센케 모토마로[千家元磨]는 귀족 출신이지만 민중파의 대표적 시인으로, 천진무구, 밝고 깨끗한 영혼과 인간에 대한 사랑으로 시종 노래했으며 일본 시단의 독특한 존재다.

"저도 센케의 『나는 보았다』, 그 시집 읽은 적이 있어요. 원래 시인은 그래야 할 것 같아요."

"일본인에게 가끔 그런 사람이 있어요. 사실은 싫은 사람이 훨씬 많지만, 사악하고 잔인하며 턱없는 겁쟁이 소심증, 어른이 되어도 골목대장같이 유치하고, 식민지에 나온 일인 중에 그런 유형이 많지. 그러나 오가타를 보고 있으면 그런 악랄한 무리들도 다 용서하고 싶어지거든."

"당신 마음속에도 원한이 있었군요."

노리코의 목소리는 나직했다.

"나 친일파는 아니오. 당신은 내게 다만 여자였을 뿐, 그리고 내 아내요."

한동안 침묵이 흘렀다.

"저 말이에요."

노리코는 어색하게 말을 이었다.

"전에 결혼 얘기가 있었던 오가타상 사촌누이 동생……. 얼마 전에 남편이 전사했대요."

"전사?"

"참 안됐어요. 지에코상은 오가타상을 사랑했던 것 같은데."

"전사한 사람이 어디 한둘이겠소."

"정말 지긋지긋한 전쟁, 물자도 많이 귀해진 것 같아요. 앞으로 식량도 배급제가 된다던가요?"

"당신 오늘 참 예뻐 뵈는군."

찬하는 화제를 돌렸다.

"옷 땜에 그럴 거예요."

"오늘 무슨 날이오?"

"그런 건 아니지만."

"안 입던 와후쿠를 다 입고."

"앞으로 좀체 못 입을 것 같아서요."

"어째서?"

"전쟁이 심해지면, 농 속에 넣어두는 거 아깝잖아요."

"……."

"만주 돌아보시고 온 느낌이 어때요? 얘기 안 해주실래요?"

"그쪽으로 피난 가고 싶소?"

"이이가? 참, 거긴 전선인데 피난을 가요?"

"만주가 어째서 전선이오? 전선은 중국 본토, 그것도 오지에서 전투가 벌어지고 있질 않소. 왕도낙토, 만주는 일본인의 천국이지."

"만소 국경은 모두들 걱정하고 있어요. 노몬한사건도 있었고 소련이 언제 어떻게 나올지 모른대요."

"그런 얘기는 누가 했소? 마리코상이 하던가요?"

"신문을 유심히 보면 그 정도는 누구나 알 수 있는 일 아니겠어요? 만소 국경이 가장 중요하다는 것쯤. 마리코언니도 물론 말했지만, 그 언니 말로는 미국하고 결국은 전쟁하게 되지 않겠느냐, 정말 미국하고 전쟁하게 될까요?"

보다 목소리를 낮추며 노리코는 걱정스럽게 말했다.

"미국하고 전쟁하면 승산은 있다 하던가요?"

"그거야 뭐 언니가 어찌 알겠어요?"

말끝을 흐렸다.

"남편이 고관 아니오."

"군부에서 다 하는데 일반관직인 국장급이 뭘 알겠어요. 하지만,"

"……."

"하지만 입 밖에 내지 말라 하면서 언니가 얘기하더군요. 미국하고 전쟁하는 날에는 끝장이다. 형부가 그러더라는 거예요."

"불인에 일본군이 진주했는데, 불란서가 독일에 패한 틈을 타서, 말하자면 일본은 빈집을 턴 꼴이고, 한편 미국에 칼을 뽑은 거나 다름없으니 미국이 가만 있지는 않을 거요."

하다가,

"일독이(日獨伊) 삼국동맹이 있질 않소. 상부상조하겠지."

하는데 찬하는 노리코에게 자신이 타인이었다는 것을 인식한다. 국수주의자도 아니요 감상적 애국자도 아니요 일단은 논리적으로 사고하는 노리코였는데 찬하는 습관적으로 그에게 진정한 자신의 생각을 털어놓지 않고 살아왔다. 미안하기도 했고 죄의식도 있었다.

"우리는 잘 몰라 그렇지 아카가미*가 많이 나온다는 거예요. 젊은 사람 있는 집에는 거의 나왔다나 봐요. 앞으로 사십대도 마음 놓고 있을 수 없다 그런 말들 해요."

"돼가는 대로 살아야지 어쩌겠소? 걱정은 두었다 합시다. 대범한 사람이 이상하군. 조급증을 내는 걸 보니."

"전사했다는 소식이 여기저기서 들려오니까 불안한 거지요. 정말 전쟁이구나 실감하게 되구, 아이들 생각도 하게 되네요."

"피곤한데 이제 그만 잡시다."

"목욕하구 주무셔야지요."

"그러지."

목욕을 하고 찬하는 오래간만에 노리코를 안았다.

이튿날 아침, 일요일이었다. 오가타는 면도 자국이 파란 얼굴로, 말끔하게 차려입고 나타났다.

"쇼짱, 아저씨하고 구경하러 가자. 날씨 참 좋지?"

아이를 보자마자 오가타는 말했다.

"아빠도 함께 가요."

쇼지의 눈은 유난히 반짝였다.

"아, 아니야. 아빠는 바빠. 아저씨랑 함께 갔다 와."

"엄마, 가도 돼?"

"그럼."

"아저씨 저도 가고 싶어요. 함께 가도 되지요?"

후미가 말했다. 오가타가 뭐라 말하려는 순간,

"넌 안 돼."

찬하가 굵은 목소리로 막았다.

"아버지 왜요?"

"넌 심부름, 내가 시킬 일이 있어."

"함께 가게 하세요. 시킬 일이 뭔데요?"

"하여간 넌 남아."

"저도 좀 놀다 오고 싶어요. 꽃이 만발해 있을 텐데 시킬 일, 오하루나 오이치가 하면 되잖아요?"

"요다음 일요일에 식구들 모두 가면 되잖겠어?"

찬하는 끝내 완강하게 후미가 가는 것을 막고 나섰다.

"그래 아버지 시키는 대로 해. 쇼짱 옷 갈아입어야지."

쇼지도 누나가 함께 못 가는 일에 다소 불만인 것 같았다. 긴 양말을 신고 감색 반바지와 윗도리, 하얀 셔츠를 속에 입고 그러고 모자를 쓰고 쇼지는 나왔다.

"소공자님 다녀오세요."

노리코가 손을 흔들었다. 기분이 좋을 때 노리코는 쇼지를 곧잘 소공자라 불렀다. 오가타의 손을 꼭 잡고 가다가 아이는 팔짝팔짝 뛰기 시작했다.

"쇼짱 좋은 날씨지?"

"응."

"기분 좋으냐?"

"응 참 좋아, 아저씨."

"응."

"작년에 말이에요. 아빠랑 모두 요시노야마[吉野山]에 갔었어요. 아유! 온 산이 벚꽃, 굉장했어요."

"그건 말이야 산에서 자생한 야마자쿠라[山桜]고 특히 요시 노야마 것은 요시노사쿠라[吉野櫻]라 하는 거야."

"지금도 그렇게 많이 피었을까?"

"그럼, 하나미[花見] 계절이니까 쇼짱."

"응."

"아저씨 너 안아주고 싶어."

"나 어린애 아닌데? 창피스러워."

오가타는 껄껄 웃는다. 웃는데 콧날이 시큰거리는 것이었다.

"아저씨 돈 많아. 뭐든 사줄게. 갖고 싶은 것 말해봐."

"아빠가 야단쳐요."

"아니다. 절대로 그러시지 않을 거야. 아저씨 장담할 수 있어."

말하면서도 오가타는 물질로밖에는 아이에게 아무것도 줄 수 없는 것이 안타까웠다. 목마름, 가슴이 타는 것 같았다.

"아저씨 그럼."

"말해보아."

"공원에 가서 말예요. 비둘기들 모이 사줘요. 많이 많이 주어요."

"그래 그러자꾸나."

"아아 신난다!"

이들은 택시를 잡아탔다. 그리고 히비야공원 앞에서 내렸다. 오가타는 처음부터 히비야공원에 올 생각이었다. 인실이

이 아이를 뱄을 때 히비야공원에서 찬하를 만났다는 얘기를 들었기 때문이다. 그때 얘기를 찬하는 자세하게 얘기해주었던 것이다. 그것은 너무나 가슴 저리는 얘기였다. 오가타는 아이의 손을 꼭 쥐었다. 축복받지 못한 생명을 안고 찬하에게 도움을 청했을 그때 그 모습을 오가타는 히비야공원 어느 모퉁이에서 찾기라도 할 듯.

'아니다. 이 애는 축복받은 생명이다. 이렇게 무구하고 신비스럽게 자라주지 않았는가. 이 아이는 우리들 사랑의 등불이야. 세상을 밝혀줄 것이다. 인실의 뜨거운 눈물과 나의 비원을 받아 태어난 아이, 이 영롱한 생명은 세상을 밝혀줄 것이다.'

오가타 뺨에 눈물이 흘러내리고 있었다.

"아빠 왜 울어."

오가타는 아이의 손을 놓고 한 발 뒤로 물러섰다.

"너, 쇼짱, 너 지금 뭐라 했지?"

"아아, 아빠라는 말이, 습관이 돼서 그랬나 봐요. 아저씨 그런데 왜 울어요?"

"아니야 감기가 들어서, 재채기가 나올 것 같아서."

이들은 비둘기 모이를 샀다. 그리고 땅바닥에 주저앉아 모이를 뿌려준다.

"많이 먹어, 비둘기야. 많이 많이 먹고 저기 저 지붕 밑에 가서 쉬어라."

아이는 무아경에 빠진 듯 모이를 뿌려주고 또 뿌려주는 것이었다. 누가 보아도 행복하고 다정한 부자처럼.

"아저씨."

"응."

"남자는 울면 안 된다 했지만요, 며칠 전에 나 많이 울었어요."

쇼지는 연신 모이를 뿌려주면서 말을 했다.

"왜 울었나."

"얘기가 길어요."

"말해보아."

"도둑고양인데요. 추운 날 우리 집 헛간에서 새끼를 낳았나봐요. 내가 발견했을 때는 새끼들 눈도 뜨고 제법 컸어요. 헛간의 판자 틈으로 들여다보면 보여요. 엄마는 들여다보지 말라고 막 야단쳤지만, 들여다보는 것 알면 어미고양이가 새끼를 물고 달아난다는 거예요. 달아나서 새 보금자릴 찾으려면 어미 새끼가 다 고생을 한대요."

"그럴 거야."

"하지만 난 엄마 몰래 밥이랑 생선을 근처에다 갖다 놨어요. 판자 틈으로 들여다보진 않았지만."

"그래서 어떻게 됐니?"

"그랬는데 새끼가 우는 거예요. 계속 울어요. 나가봤더니 두 마리가 나란히 앉아서 울다가 날 보면 달아나는 거예요. 그러니까 어미가 나가서 돌아오지 않은 거였어요. 어찌나 그

우는 소리가 슬프던지 밤에는 잠도 잘 수가 없었어요."

"……."

"아마 어미는 어디 가서 죽었나 봐요. 그렇지 않고서는 왜 돌아오지 않겠어요?"

"그래 새끼는 어찌 되었지?"

"밥도 갖다주고 맛있는 생선도 갖다주었는데 그래도 울어요."

하는데 쇼지 눈에는 굵은 눈물 방울이 뚝뚝 떨어진다.

"며칠을 울었는데, 그만 새끼들이 없어져버렸어요. 어미 찾아 나갔다가 어디서 죽었을까요?"

"아니다. 어미가 와서 데리고 갔을 거야."

"그랬으면 얼마나 좋겠어요."

"그랬을 거다. 틀림없이. 자아 울지 말고."

오가타는 손수건을 꺼내어 아이 얼굴의 눈물을 닦아준다.

"남자도 슬플 때는 우는 거야. 그게 수치 아니다."

쇼지는 고개를 끄덕였다.

"쇼짱은 나중에 뭐가 되고 싶지?"

"산지기가 되고 싶어요."

"산지기?"

"네. 아빠는 산지기가 되고 싶다 했더니 막 웃었어요. 엄마는 야단을 치고요."

"어째 산지기가 되고 싶지?"

"산에 사는 동물들 도와주려구요. 돈 많이 벌어서 배고프지 않게 모이도 나누어주고요."

"뱀도 도와줄래?"

"싫어! 그건 싫어요. 개구리 잡아먹는 걸 봤는데 징그러워."

쇼지는 잔뜩 얼굴을 찌푸렸다.

"쇼지는 동물을 좋아하는구나."

"불쌍해서요. 겨울에 참새들이 울타리에 앉아서 우는 걸 보면 너무너무 불쌍해요. 철새들도 먼 남쪽 나라까지 가려면 날개가 찢어지지 않을까 싶어서 눈물이 나요."

"그래 그렇지. 이 세상에 불쌍한 것이 제일 가슴 아프단다. 추운 것 배고픈 것, 어미를 잃은 것, 자아 우리 모이 또 사오자."

"네 그래요!"

쇼지는 지칠 줄 모르게 모이를 뿌리는 것이었다.

'자비스런 아이다.'

산지기가 되겠다 했을 때 찬하의 웃는 모습이 오가타 눈앞에 떠올랐다. 그가 어째서 아이에게 깊은 집착을 가지는지 알 수 있을 것 같았다. 샛별같이 영롱하다는 표현도.

이들은 한 시가 다 되었을 때 일어섰다. 배고프다는 말을 동시에 하고는 웃었다.

"가자. 가서 비어버린 배부터 채우고 다음 계획을 세우기로 하자."

"네!"

둘은 식당을 찾아들었다. 오야코돈부리[親子とんぶり]를 시켰다. 식당은 아주 작았지만 돈부리 맛은 아주 좋았다. 맛있게 음식을 먹는 쇼지를 바라보며 또 바라보며 오가타도 그릇을 비웠고 쇼지가 조금 남긴 것도 제 그릇에 덜어서 다 먹는다.

　"아아 배부르다. 아저씨."

　"응."

　"오늘 참 재미있었어요. 아저씬 언제 가지요?"

　"곧 가야 해."

　"언제 또 오세요?"

　"명년 이맘때."

　"그럼 그때도 우리 비둘기 모이 주어요."

　"그러자. 한데 오늘 히비야공원엔 처음 왔어?"

　"아니요. 몇 번 아빠하고."

　"아빠하고만?"

　"네. 아빠하고 외출할 땐 히비야공원에 왔어요."

　"그래……."

　오가타는 잠시 식탁을 내려다본다.

　'좋은 사람이다. 따뜻하고…….'

　쇼지를 데리고 히비야공원을 찾았다는 조찬하.

　"참 고마운 아버지다."

4장 명정리(明井里) 동백(冬柏)

희뿌연 안개 속에 몽유병자같이 도시의 움직임은 나타나고 있었다. 새벽이 아침으로 이동하고 있었던 것이다.

전차에서 영광이 내렸다. 가벼워 뵈는 여행 가방을 들고 헐렁하고 얇은 회색 잠바 차림이다. 땡땡 종을 치며 우둔한 몸짓으로 떠나는 전차를 잠시 동안 영광은 바라보다가 역 광장으로 들어선다. 땡땡 치는 전차 종소리가 경쾌하게 머릿속에서 맴돌고 있었으나 눈에 뵈는 모든 물체는 침묵과 안개 속에서 움직이고 있었다. 보따리를 이고, 짐짝 가방을 들고, 아이 손목을 잡고, 여자 남자, 젊은이 늙은이 형형색색의 사람들은 광장을 질러서 역 대합실로 사라지고 있었다. 그런가 하면 남대문 쪽에서 용산 쪽에서 나타난 전차는 사람들을 토해놓고 가곤 했다. 군용트럭이 질주하고 화물차가 달리고 가끔은 우마차도 지나간다. 사통오달의 광장에 서서 여행 가방을 팔에 낀 영광은 담배를 뽑아 물고 두 손으로 바람을 막으며 담뱃불을 붙인다. 언제나 그랬지만 가슴이 설렜다. 어디든 떠난다는 것은 새로움이다. 자기 자신으로부터 또 다른 하나의 자신이 마치 번데기에서 빠져나온 것처럼, 폐쇄된 자기 자신으로부터 문을 열고 나서는, 그것은 신선한 해방감이다. 그러나 새로움이란 낯섦이며 여행은 빈 들판에 홀로 남은 겨울새같이 외로운 것, 어쩌면 새로움은 또 하나의 자기 폐쇄를 의미하는 것인지 모른다. 마주치는 사물과 자신은 전혀 무관한 타인으로서 철저한 또 하나의 소외는 아닐는지.

"역마살이라……."

무의식적으로 중얼거렸다. 그러나 오늘의 출발은 자의(自意)에 의한 것은 아니었다.

영광은 뚜벅뚜벅 광장을 질러서 이등 대합실로 들어간다. 황황히 켜진 불빛 아래 그곳은 아직 밤이었다. 매표구에 돈을 밀어 넣고 부산행 차표 한 장을 끊은 영광이 돌아서는데 눈에 익은 여자의 뒷모습이 부딪쳐왔다. 벽면에 붙여 놓여져 있는 의자에는 드문드문 가방이 있었고 사람들이 앉아 있었는데 그들과 마주 본 자세로, 두 팔을 모아 여행 가방을 든 여자는 시간과 운임 등이 기재된 현판을 올려다보고 있었다. 감색 투피스를 입고 날씬한 몸매, 하얀 블라우스의 칼라가 수수한 양복을 선명하게 했으며 풍성한 머리는 갈색 리본으로 묶어져 있었다. 영광은 가만히 응시한다. 여자는 천천히 고개를 돌리며 개찰구 쪽을 바라보는데 오똑한 콧날의 옆모습은 양현이었다. 순간 영광의 얼굴에 상처받은 짐승 같은 표정이 지나갔다. 그는 발길을 돌려 대합실에서 나왔다. 이층에 있는 구내식당으로 들어간 영광은 창가 테이블 앞에 앉았다. 그리고 다가온 웨이터에게 막 커피를 시키려 하는데,

"영광오빠."

미소를 지으며 양현이 와서 불렀다.

"어, 웬일이야?"

어색하게 말했다.

"대합실에서 오빠, 식당으로 올라가는 거 봤어요."

영광이 자기를 보고 있었던 것은 전혀 모르는 눈치였다.

"앉어."

양현은 여행 가방을 놓고 맞은편 자리에 앉았다. 엉거주춤
서 있는 웨이터에게,

"커피 두 개."

양현의 의사와 관계없이 영광이 말했다.

"어디 가세요?"

"통영."

"거긴 왜요?"

"좀 볼일이 있어서, 너는 진주 가는 거냐?"

"네. 어머니가 좀 편찮으셔서."

"많이 편찮으신가?"

"아니요. 그렇지는 않아요. 어머니가 보고 싶기도 하구, 토
요일이니까 하루만 학교 빠지구 떠나는 거예요."

떠난다는 말이 좀 이상하게 들렸다. 양현은 다소 수척해진
것 같기도 했다. 왠지 곡절이 있을 것 같기도 했다.

작년 여름, 섬진강 강가에서 서로 뜻하지 않게 은밀한 장면
을 보게 된 것이 이들의 첫 대면이었다. 그런 일이 있은 후 영
광은 평사리 최참판댁에서 열흘간 묵었다. 이젤이며 캔버스,

화구가 든 박스 등, 그런 것들을 들고 어깨에 메고 지리산 일대를 헤매다가 그림을 그리곤 하는 환국을 따라 영광도 헤매다녔으며 두 사람은 꾸밈없는 자연 속에서 참 많은 얘기를 나누기도 했다. 그렇게 들고 나고 하는 동안 양현은 영광과 얼마간 가까워질 수 있었지만 서먹해하는 서로의 감정이 아주 가셔졌던 것은 아니었다. 게다가 윤국의 태도에도 문제는 있었다. 윤국은 세 사람에 앞서 서울로 갔지만 며칠을 함께 있는 동안 굉장히 우울해 있었고 건드리기만 하면 부서질 것같이 신경이 날카로워져 있었다. 환국은 윤국에게 무슨 일이 있다는 것을 직감했다. 단순히 영광이 못마땅하여 그러는 것이 아니라는 것을. 윤국도 자제하려고 무척 애를 쓰는 것 같았다. 환국은 그림을 그리려 달아났고 윤국은 강가 낚시터로 달아났다. 어쨌든 먼저 윤국이 서울로 떠나 아슬아슬한 고비는 넘긴 셈이다.

세 사람은 윤국이 왜 그러는지 모두 알지 못했다. 그리고 윤국은 겨울방학 때 동경서 돌아오지 않았다.

양현이 영광을 오빠라 부르게 된 것은 친밀감을 나타내기보다 거북했기 때문이다. 큰오빠의 친구였고 양현이 자신과는 예닐곱의 나이 차이가 있어서 영광 씨 하며 부를 수 없었고 선생이라 하기에는 명목이 없었다. 해서 영광오빠. 모두 서울로 돌아온 후 가을부터는 길상과 서희는 주로 시골에 내려가 있었고 젊은 내외, 양현이 있는 혜화동 집을 영광은 가끔 들르곤 했다. 영광에게 혜화동 거리, 혜화동이라는 이름조차, 그것은 마음의 응어리였다. 그 길모퉁이에서 강혜숙은 사라졌고 그것도 좋은 사람을 만나 결혼을 했다는 것은 영광에게 크나큰 짐을 내려놓은 듯 일종의 평화스러움이었다. 그는 혜화동 환국에게 가는 것이 금기로 돼 있던 마음의 주문을 풀었다. 해서 환국을 찾아가는 것이었지만 의식 밑바닥에 있는 양현에 대한 감정도 결코 부인하지 못한다. 함에도 영광은 양현에게 무뚝뚝했고 때론 의도적으로 양현을 회피하는 경향도 있었다. 양현은 또 무슨 까닭인지 서울 온 후로는 영광에게 친밀감을 나타내었고 그가 오면 늘 반갑게 맞이했다.

이들은 서로 말없이 커피를 마신다. 이따금 증기를 뿜으며 지나가는 기관차 소리가 들려오곤 했다.

"아침은 먹고 나왔어?"

"아니요, 오빠는요."

"안 먹었어. 나는 생각이 없지만 샌드위치라도 시켜줄까?"

"나중에, 식당차에서 점심이나 먹지요 뭐."

한참 지난 후 영광은 시계를 보았다.

"거의 다 된 것 같군. 나가지."

"네."

두 사람은 일어섰다. 이등 대합실로 돌아왔을 때 개찰은 이미 시작되어 있었다. 플랫폼으로 나왔다. 어깨띠를 맨 여러 명의 병사들이, 서울 방면에서 환송나온 친지들인 듯 그들과 막 작별을 하고 기적이 울려대는 군용차에 급히 오르고 차창

마다 덮개를 씌운 기차는 긴 꼬리를 흔들듯 하며 떠나는 것이었다. 떠나는 기차를 바라보며 남은 사람들은 만세를 부르다가 힘없이 일장기를 흔드는 것이었다.

"많이들 가지요?"

양현이 속삭이듯 말했다.

"많이 가는군."

군용차는 떠나고 환송하러 나왔던 사람들도 흩어지고 드문드문 승객들만 서 있는 플랫폼에는 삼엄한 바람이 지나간 것 같았다.

"일본서 실어낸 군인들이겠지요?"

"소집장 받아 나온 신병들인 모양이야."

삼등실 승객들도 이미 개찰이 시작된 것 같았다. 왈칵 사람들이 밀려들어왔다. 순식간에 플랫폼에는 사람들이 가득 찼고 마치 꿈속에서처럼 떠드는 소리가 들려왔다.

영광과 양현은 기차에 올랐다. 이등 찻간은 바깥 분위기와 달리 한가했다. 전쟁, 군용차, 나부끼는 일장기, 만세 소리 그런 것과도 상관이 없는 듯 모두 느긋해 있었다. 영광은 양현의 가방을 짐칸 위에 올려놓고 자신의 가방도 올려버린 뒤 자리에 앉았다. 마주 보고 앉은 이들 젊은 남녀는 용모 차림새 분위기에서도 두드러져 보였고 우연히 만났다고 생각할 수 없었으며 여행의 동반자로 남들이 생각하기 십상이었다. 양현은 무심했으나 영광은 다소 신경이 쓰이는 눈치였다. 기차는 용산을 지나고 한강철교를 지나고 영등포를 뒤로하면서 벌판을 달리고 있었다. 마을에는 개나리가 만발해 있었고 산 옆을 지나갈 때는 진달래가 노을처럼 구름처럼 붉게 피어 있었다. 마음도 몸도 척박한 땅에 봄은 저 혼자 호사스러운 것만 같았다.

영광이 입을 뗀 것은 수원을 지난 뒤였다.

"언제 졸업이지?"

"이 년이나 남았어요."

"졸업 기다리려면 혼기 놓치겠다."

"그런 말 하지 마세요."

양현은 양미간을 모았다. 약간 노한 것 같기도 했다.

"여의사면 더욱 어려워질 거야. 양현이를 능가할 만한 남자도 쉽지는 않을 거구."

영광은 심술이라도 부리듯,

"그런 얘긴 그만두세요. 결혼 같은 것 생각하고 싶지도 않아요."

"어째서?"

"그냥요."

"독신주의자야?"

"영광오빠는 그럼, 독신주의자예요?"

"역습이군."

영광은 껄껄 웃었다. 유쾌할 수 없는 기분이었지만. 얘기는 끊어지고 영광은 시트에 머리를 얹으며 눈을 감는다. 양현은 차창 밖을 내다본다. 끝없이 지나가는 들판과 마을, 언덕과 강물, 머물지 않고 풍경은 지나가며 다가온다. 양현은 자신이 터 잡고 살 곳이 어디메쯤인지, 갑자기 눈앞이 캄캄해지는 것을 느낀다. 올케 덕희의 차디찬 눈동자가 떠오른다. 짐을 챙겨서 가출하는 계집아이같이 나온 새벽이 어떤 상흔처럼 가슴을 뜨겁게 한다. 후회이기도 했다.

"아버님 어머님, 집안 식구들이 모두 아가씨를 싸고돌고, 유리그릇처럼 깨질까 봐서 겁들을 내시는데 도대체 왜들 그러시는지 모르겠어요. 그게 아가씨를 위하는 일일까요?"

어제저녁, 교직원들의 모임이 있어 환국이 늦게 들어간다는 전갈을 받고 시누이와 올케 두 사람이 저녁상을 받았을 때 덕희가 꺼낸 말이었다.

"어차피 아가씨는 출가할 몸이고, 욕심을 부린다는 것은 한이 없는 일 아니겠어요? 그러나 나무꾼 딸이 왕비 될 것을 꿈꾼다고 왕비가 되는 건 아니지요. 세월만 허송할 뿐, 나는 어머님께서 그 혼인 거절하실 일이 아니라고 생각해요. 모두들 그 일에 대해서 쉬쉬하지만 그런 일이란 밖에서 더 말이 많은 것 아니겠어요? 신랑감이 수재인 데다가 인물도 준수하다 하더구먼요. 과람했음 했지 모자라는 상대는 아니라는 거예요. 설사 어머님이 낳으신 친딸이라 해도 결코 빠지는 상대는 아니다, 그런 말들이에요. 어머님은 무슨 생각을 하시고 그러시는 걸까요?"

"……"

"이런 말 한다고 고깝게 생각지는 마세요. 나 한 사람만이라도 이 집에서 있는 그대로 말해야 하지 않겠어요? 언제까지 아가씨는 환상에 빠져 있을 건가요."

"나, 환상에 빠져 있는 거 아, 아니에요. 새언니, 내가 누구라는 것 잘 알고 있어요."

"그럴까요? 내 보기에는 그렇지도 않은 것 같은데요?"

덕희는 비웃었다.

"결코 백마 탄 왕자님이 와서 아가씰 데려가지는 않을 거예요. 자기 자신이 먼저 자각을 해야지, 이 집 울타리를 뛰어넘어서 자기 갈 길을 가야 해요. 솔직히 말하자면 지금까지의 혜택은 지나친 거였어요. 오히려 역효과일 수도 있지요. 끝까지 그럴 수 있겠어요? 세상일이 뜻한 대로 되는 것도 아니구요."

"알아요."

"알면 뭘해요? 실행이 없는데. 이양현이는 이 집의 꽃이지 않아요?"

냉정하게 덕희는 이름을 불렀다.

"어머님도 참 딱하셔. 평생 곁에 둘 생각이신지, 왜 그리 집착하시는지 모르겠어요. 친딸이라도 그렇게는 못하실 거예요. 말이 나온 김에 솔직히 털어놓자면 사실 난 기분 나빠요. 도대체 난 이 집의 뭐지요? 주객이 전도된 것 아닌가요?"

양현에 대한 증오감을 덕희는 감추려 하지 않았다. 그동안 완곡하게 표현해왔던 감정을 노골적으로 쏟아놓았다.

"제가 어떻게 했음 좋겠어요?"

"그걸 왜 나한테 물어요?"

"저도 고통스러워요. 새언니 말 듣고 새언니 원하는 대로 한다면 그 화살이 어디로 가겠어요? 늘 거기서 저도 저의 감정을 달랠밖에 없어요."

그 말에는 덕희는 할 말을 잊는다.

"나 일하는 사람들 방에 있을 수도 있고 내가 타고난 신분대로 얼마든지 처신할 수 있어요. 그렇게 되면 이 집안의 화목은 깨어질 겁니다. 새언니만큼 저도 혜택받는 것 괴로워요. 전엔 철없이 당연할 걸로 알았지만……. 그리고 저는 어머니 아버지 오빠 사랑해요. 내가 그분들을 위해 희생할 것이 없는 것이,"

양현은 목이 메어 말을 잇지 않았다.

"누가 그러라 했어요? 이건 악연이야!"

덕희는 신경질을 부렸다.

결코 악랄한 여자도 아니었고 교활한 여자도 아니었지만 덕희로서는 어쩔 수 없이 소외감에 빠져서, 양현의 잘못이 아닌 것도 알면서 미워하지 않을 수 없었던 것이다. 그나마 자신의 속마음을 털어놓을 수 없는 것이 그를 신경질적으로 몰고 갔던 것이다. 결국 그가 바라는 것은 양현이 결혼하여 이 집을 떠나는 일이었다.

차창 밖의 풍경을 바라보며,

'그러는 게 아니었는데.'

양현은 마음속으로 후회하며 중얼거렸다. 만일 이 순간 기차가 멎는다면 내려서 되돌아가고 싶은 심정이다.

"언니, 어머니가 좀 편찮으시다 해서 토요일만 까먹고 내려갔다 오겠어요. 내일 돌아오겠습니다."

쪽지를 남겨놓고 오긴 했으나 필시 덕희는 오해를 할 것이다.

'어머니한테 하소연이라도 하러 간 줄 알면 어떡허지? 새언닌 그렇잖아도 후회할 건데.'

새벽에 잠이 깨었을 때 양현은 불현듯 어머니가 보고 싶었고, 한편으론 어디 먼 곳으로 달아나고 싶기도 했다. 그래서 즉흥적으로 집을 나섰는데 경솔했던 것 같은 생각이 자꾸만 치밀었다.

'결혼을 하고 집을 떠나면 그게 젤 자연스러운 일이겠지.'

그러나 양현은 결혼이라는 것이 너무나 막연했다. 학교를 졸업하면 의사가 된다는 목표가 너무 뚜렷했기 때문인지 모른다. 이성에 대하여 별 관심이 없었기 때문인지 모른다.

양현은 창가에서 얼굴을 돌렸다. 영광은 잠이 든 것 같았다. 눈을 감은 채 미동도 하지 않고 있었다. 보기 좋게 퍼진 눈썹에서 그늘진 것 같은 눈시울은 소년같이 깨끗했다. 엷은 상처가 있는 관골에서부터 깊은 고뇌를 나타내고 있었다.

거칠고 냉소적이며 때론 삭막해 뵈는 평소의 영광과는 다르게 잠든 모습은 귀스럽고 정갈했으며 잘생긴 남자라기보다 아름다운 모습이었다. 어딘지 모르게 여성적인 그런 모습이었다. 한동안 넋을 잃고 쳐다보던 양현은 제풀에 놀라서 시선을 거두었다. 남자의 잠든 모습을 정신없이 쳐다보고 있었던 자신의 행동이 수치스러웠던 것이다. 그러면서도 한편으로는 까닭 없이 속이 상했다. 고아 같은 생각이 들었다. 혼자 내팽개쳐져 있는 것만 같았고 영광이 자신을 소홀하게 대하는 것 아닐까 싶어 섭섭하기도 했다.

'이 사람이 누구이길래?'

좁은 계곡 같은 곳을 기차는 달리고 있었다.

'오빠들하고는 다르다. 아주 다르다. 자기 내부를 밀폐해놓고 어느 누구에게도 문을 열어주지 않을 것만 같은 사람, 냉담하고 오만하고 세상을 얕잡아 보는 눈빛, 폭발적으로 포악해질 수 있는 사람 같기도 하고 우리 오빠들처럼 자상한 곳이라곤 없어, 없다. 하지만 외로운 섬 같기도 해. 절망하고 지쳐버린 나그네 같기도 하고 곧 죽어버릴 사람 같기도 하고…… 너무 섬세해서 사라지는 무지개 같기도 하고.'

감상적인 상념이 간단없이 지나가는데, 폭발적으로 포악해질 수 있는 사람이라는 것만은 선입견이었다. 얼굴에 남은 엷은 흠집과 다리를 절게 된 내력을 알기 때문이다.

평사리에서는 환국의 친구라는 것 이외 양현은 영광에 대하여 아는 바가 없었다. 경음악을 한다는 정도였다. 환국이나 윤국은 그에 관하여 별반 얘기를 해주지 않았다. 또 그럴 만

한 겨를도 없었다. 그러나 진주로 돌아온 뒤 장연학과 환국이
주고받는 말에서 처음으로 그가 송관수의 아들이라는 것을
알았다. 평사리에서도 부친의 상(喪) 어쩌고 하는 말을 듣긴
들었으나 죽은 그의 부친이 송관수라는 것은 미처 알지 못했
다. 송관수라면 양현의 기억 속에 남아 있는 사람이다. 키는
컸고 몸은 깡말랐으며 얼굴이 까맣고 눈이 작은, 그리고 몹시
드세 보였던 사람이었다. 어느 봄날인 것 같았다. 울타리 옆
에서 양현이 혼자 개나리 꽃잎을 주우며 놀고 있었을 때 석이
와 함께 온 송관수는 측은해하는 눈빛으로 양현을 내려다보
았다. 그리고 부드럽게 머리를 쓸어주었다.

  "봉순이를 빼다 박았네. 안 그렇나? 석아."
하고 송관수는 말했다.

  "이런 흔적이라도 하나 남겨두고 갔으니, 박복한 계집."

  그때 석이는 고개를 떨구고 있었다. 양현에게는 석이아저
씨, 그에 대한 기억은 훨씬 더 뚜렷이 남아 있다. 그립고 다정
한 기억이다. 어디였는지 알 수 없지만 엄마랑 함께 석이아저
씨를 따라 평사리에 온 것이 그에 대한 기억의 첫 장이었다.
그 후에도 엄마가 없어지면 석이아저씨는 늘 어디선가에서 엄
마를 찾아 데리고 오곤 했다. 엄마가 죽었을 때 석이아저씨는
양현을 안고 강가에 나가서 흐느껴 울었다. 요즈막에 와서 양
현은 석이아저씨가 엄마를 사랑했고 그 때문에 성환엄마와
헤어진 사실을 알게 되었다. 어릴 적에는 무심히 보아온 주변

이었다. 석이의 아들 성환이 진주에 와서 집안 심부름을 하며 중학교에 다니게 되면서부터 양현은 기억을 되돌아보게 되었다. 그리고 평사리에 가게 되면 성환할매를 찾는 일도 더러 있었다. 언제였는지, 겨울방학 때였는지 동석했던 야무어매가 조심성 없게 한 말이 빌미가 되어 엄마와 석이아저씨의 지난날을 알게 되었지만 얽히고 설킨 인연들. 송관수, 그는 백정이라 했다. 아니 백정네 집에 장가를 들었기 때문에 백정이라 했다. 독립운동인가 해서 쫓겨 다닌다고도 했다. 누군가 어른들이 한 말을 들은 것이겠지만, 양현은 어릴 적의 기억을 잊으려 했지만 한편 그리워하고 있었다. 혜화동에 영광이 올 때마다 양현이 친절하게 오빠라는 호칭만큼 다정하게 대할 수 있었던 것은 어린 날의 기억 때문인지 모른다. 그 기억에 대한 그리움 때문인지 모른다. 그러나 그것은 아픔이었다.

'영광오빠하고 내 운명은 비슷하다. 영광오빠가 결혼 안 하는 것도, 내가 결혼이라는 것을 깊이 생각하지 않는 것도, 우린 같은 슬픔을 가지고 있기 때문이다. 우리들 운명에 따라다니는 그 출생이라는 괴물, 그것 때문일 거야. 내 마음 바닥에 항상 그것이 있듯이 오빠 마음속에도 늘 그것이 있었을 거야.'

양현은 헐벗고 굶주리고 있는 것만 같은 산비탈의 초가가 차창 밖에 지나가는 것을 보며 흥분하기 시작한다.

'새언니의 말이 맞어. 지나친 혜택은 오히려 역효과가 난다는 말. 엄마가 살던 세상을 내가 살고 관수아저씨가 살던 세상을 영광오빠가 살았다면 우리는 이같은 뼈저린 소외는 느끼지 않고 살았을 거야. 끼리끼리 어우러져서 살았을 거야. 언니 말이 맞어. 신이 주신 지나친 혜택도……. 그래 맞어. 그것을 갚아야 하고 되돌려주어야 하는 부분이 있을 거야.'

집을 지었다가는 허물고 또 집을 지었다가는 허물어버리듯이 양현은 끝없는 생각을 하고 있었다. 그는 망망대해를 표류하고 있었다. 과거와 현재를 넘나들기도 했고 환상과 현실의 혼돈 속에 빠져들기도 했다. 차갑게 칼끝으로 그어대는 것만 같았던 어젯밤 덕희의 말은 무엇이며 지금 기차 속에 마주앉은 영광의 존재는 무엇인가. 길상과 서희, 환국과 윤국이 둘러서 있는 속의 자신은 무엇이며 봉순이 석이 송관수 영광이 둘러선 속의 자신은 누구인가.

"양현아."

부르는 소리에 양현은 매달리다시피 했던 차창에서 몸을 떼었다.

"늦었네. 배 안 고파?"

영광이 시계를 보며 말했다.

"점심 먹으러 가자."

하며 일어섰다. 양현도 일어섰다. 식당은 손님들이 거의 빠져나간 듯 빈자리가 많았다. 창가에 자리를 잡고 앉는다. 객차보다 식당차는 유리 창문이 커서 그런지 전망이 좋았다.

"오빠."

"……."

"정말 잤어요?"

"응, 자다가 깨다가."

"송장같이 꼼짝 안 하데요."

"잠이란 저승길이지."

"네?"

"꿈길이 어디 현실이냐? 사람들은 매일 죽었다 깨어나는 거야."

"죽었다 깨어난다구요……."

"점심이나 먹어."

두 사람은 날라다 놓은 점심을 먹기 시작했다.

"오빠, 날 낳아준 엄마에 관해서 알아요?"

느닷없는 말에 영광은 밥을 먹다 말고 양현을 쳐다본다.

"내가 어떻게 알어."

"그럼 오빠는 어머니 친딸로 알고 있었어요?"

"사정은 잘 모르지만 나중에, 아니라는 걸 알긴 알았는데, 왜 그런 말을 하지?"

"오빠 아버지랑 우리 엄마가 한동네서 자란 것도 그럼, 모르겠네요."

"그런 걸 알아 뭘 해."

"거짓말 말아요."

"아아?"

"늘 우릴 따라다니는데, 그런 거짓말 말아요."

"……."

"나를 낳아준 엄마는 유모 딸이었고 나중에 기생이 되었고 나는 하동의 이부사댁 이상현이라는 분을 아버지로 하고 태어났다는 거예요."

"그래서 그게 어떻다는 거야."

"거짓말 말아요. 오빠 자기 출생에 대하여 완벽하게 초월했나요?"

"그래서 천한 출신끼리 당을 만들자는 겐가?"

영광은 쓰게 웃었다.

"천하다 했어요?"

"……."

"잊었고 초월한 사람 입에서 단박 나오는 말이 천한 출신인가요?"

"나 초월했다고는 하지 않았어. 그런 걸 알아 뭘 하겠느냐 했을 뿐."

"나도 당 같은 것 만들자 하진 않았어요. 난 현실을 사랑하니까요. 어머니 아버지 오빠들 뼈에 사무치게 사랑하니까요. 그래서 우리들의 근본이 말소되는 거는 아니지 않아요?"

"그래 어쩌자는 거야."

영광은 짜증스럽다는 듯 눈살을 찌푸렸다.

"연민 때문이지요."

"누구에게?"

"오빠랑 저에게."

"너 참 엉뚱한 데가 있구나. 네가 나한테 연민을 느껴?"

"네. 오빠 아버지에게 우리 엄마에게도요."

"그래서 강물에 꽃을 던지고 울었나?"

놀려대듯 하다가,

"그런 것 다 허송세월이다."

"어젯밤, 새언니도 허송세월이라는 말을 했어요. 여기서 오빠한테 그 말을 또 들으니까 참 이상하네요."

영광은 비로소 양현에게 무슨 일이 있었구나 하고 짐작을 한다. 사실 양현은 평소 때와는 영 다른 모습이었다. 온갖 축복을 한 몸에 받은 듯 싱그럽고 아름답고 밝았던 양현에게서 영광은 처음으로 짙은 그늘을 본다. 그러나 영광은 더 이상 말하지 않았다. 양현도 다소 마음이 가라앉은 것 같았다. 식사를 끝내고 차를 마시면서,

"통영에는 뭣 하러 가세요?"

"어머니 부탁이야."

"……?"

"누이가 거기 있고, 또,"

하다가 영광은 픽 웃었다.

"양현이 연민을 느낄 그런 부류의 사람인데."

"비꼬시는 거예요?"

"비꼬는 게 아니고, 아무튼 뭐가 잘못되어 만주서 잡혀왔는데."

"독립운동하는 사람인가요?"

영광은 고개를 저었다.

"죄목은 밀수에 관한 것이라 하더구면. 나는 내용은 잘 몰라. 어머니가 계속 편지를 보내오고 화를 내시는 바람에."

평소 볼 수 없었던 표정이 영광의 얼굴에 떠올랐다. 어머니 앞에서 꾸중 듣는, 흔히 보는 아들의 모습, 약간은 어리광스럽고 다소 멋쩍어하는 그런 얼굴이었다.

홍이 부부가 신경서 압송돼온 후, 수월찮이 시일은 지나갔다. 초정월에 왔으니까 사 개월째로 접어든 셈이다. 영선네가 그 소식을 알게 된 것은 신경에 남겨놓고 온 영구의 편지를 받았기 때문이며 평사리에 와 있는 장연학도 산에 찾아와 소식을 전해주고 돌아갔던 것이다. 영선네는 즉시 통영으로 갔고 관가 일이라면 도통 엄두를 내지 못하는 사위 휘와 영선을 닦달하듯, 일이 어찌 되어가는지 알기 위해 내몰았던 것이다. 영선네로서는 난생처음으로 말하자면 표면에 나선 것이다. 홍이 처가에도 수소문해서 찾아갔으며 그곳에서 아이들을 만나 영선네는 몹시 울었다. 자연 그러자니 영호도 알게 되었는데 영호가 어디 홍이와 범연한 사이던가, 순수하고 열정적이던 시절 관수며 석이 홍이는 아저씨 같았고 형 같았으며 가장 영향을 많이 받았던 사람들이다. 학생운동의 선봉에 서서 농

업학교를 퇴학당한 것도 그들을 우러러보았기 때문이다. 영
호는 홍이를 위하여 진심에서 동분서주했다. 담당형사를 찾
아다니며 만났고 돈도 적잖이 썼으며 영선네랑 함께 면회도
했다. 유치장에 사식도 넣었다. 그리고 평사리의 한복은 일부
러 통영을 다녀가기도 했다.

처음 영선네는 영광에게 사건의 경위와 한번 다녀가라는
내용의 편지를 보냈고 다음에는 아무리 바쁘더라도 사람의
도리가 그렇지 않으니 만사 제쳐놓고 와보아야 한다는 애원
조의 편지를 보냈다. 세 번째, 그 서투른 언해로 끄적인 편지
는 분노에 찬 것이었다.

> 니는 니 아부지가 세상 버릿일 직에 상의아배가 우리한테 우떻
> 기 했는지 벌써 잊었나. 우리가 떠나온 뒤에도 뒷갈미* 다 한
> 사램이 누고? 영구를 책임지고 있던 사램이 누고? 그 사램이
> 우리 친척이가? 핏줄이라도 된단 말가? 피도 살도 안 닿은 그
> 사람이 우리한테 한 일을 생각하믄 이럴 수가 없다. 남 먼저 달
> 리와야 하는 것이 니 도리 아니가. 일자 소식도 없는 니는 사람
> 이 아니다. 짐승도 은공은 안다 카는데, 정 질기 그런다 카믄
> 나는 내 자식 아니거니, 생각하고 제면할 기니께, 그리 알아라.

공연도 있었지만 심리적으로 어찌 그리 쉽게 내려와지지
않았는지, 어머니의 편지 구절을 떠올리며 영광은 사람의 도

리라는 것을 생각해본다. 세 번째 분노에 찬 어머니의 편지는
기분에 과히 나쁘지 않았다.

레일을 구르는 기차 바퀴 소리, 차창에서 풍경은 날아가고,
조용했다. 식당칸은 손님들이 거의 떠나고 텅 비어 있었다.

"나 학교 그만두고 싶어요."

양현의 목소리였다.

"뭐라구?"

"학교 그만두고 싶어요."

"그럼 뭘 하게? 결혼할 건가?"

영광은 자학하듯 말했다.

"내려앉는 거지요."

"어디로?"

"본래 있었던 자리로요."

영광은 양현이 눈동자를 말없이 쳐다본다. 한참 동안이나
쳐다본다. 양현은 양현대로 그 말을 해놓고 저의 모습을 생각
하는 것이었다.

'어머니 나 이런 생각 하고 있는 거 모르시지요? 아신다면
뭐라 하시겠어요? 남이라 그런다고 한탄하실 거예요. 어머니
하고 나하고 남이라는 것, 참 처참하네요. 어머니 품은 너무
나 포근하고 따뜻하지만, 그리고 또 난 너무나 어머니를 사랑
하지만 남이라는 것이 왜 이렇게도 걸거적거리는 걸까요.'

"그런 생각 하지 말어."

영광의 목소리는 부드러웠다.

"학교 그만둔다는 생각은 하지 말어. 언필칭 천한 출생, 그 출생이 천하지 않게 살아가려면 직업이라는 지렛대가 있어야 해."

"그걸 누가 모르나요? 하지만 아무 곳에도 소속되지 않은 처지를 생각하면 무서워요."

"소속되기를 바라나?"

"네, 그래요."

강물에 꽃다발을 던지며 울던, 비몽사몽간에 본 듯한 그때 모습을 제외하면 양현은 볼 때마다 단순하고 깨끗하며 행복해 보이는 계집아이 같았다. 그러나 지금 눈앞에 있는 양현은 성숙한 여자였고 인생의 신산(辛酸), 쓸쓸함을 다 알아버린 여자의 모습이다. 의사라는 고급 직업, 조선여성으론 귀하게 선택받은 존재이건만 그러나 결코 그 계급에 소속되지 못한다는 것과 바로 귀하게 선택받은 그 존재 때문에 뿌리에 돌아올 수도 없다는 양현의 느낌과 판단은 틀린 것이 아니다. 또 지난날 영광의 느낌이었고 판단이기도 했다.

"영광오빠는 왜 대학진학을 포기했어요? 지금 내가 생각하는, 마찬가지 생각을 한 거 아니어요?"

정곡을 찌르듯.

"파고들면 한이 없지. 난 아무것에도 소속되고 싶지 않아."

뿌리치듯 영광은 쌀쌀맞게 말했다. 양현은 떼밀린 사람같이 곤혹스런 표정으로 한동안 영광을 쳐다보다가 눈길을 돌리고 몸도 돌리며 아이같이 얼굴을 차창가로 가져가며 말했다.

"이렇게 기차를 타고 가면 아담하고 후미진 곳이 나타날 때가 있어요. 그러면 여기다가 내 집을 지어볼까, 언제나 그런 생각을 하게 돼요. 이내 그곳이 눈앞에서 사라지고 나면 또 생각하지요. 나는 어디다 집을 짓고 살까…… 하구요."

"양현이가 그런 생각할 줄은 몰랐다."

"풍경같이 스치고 지나가는 생각이지요, 뭐."

"그건 집이 없다는 잠재의식 때문이다."

"그럴까요? 그런 생각해본 일이 없는데."

하다가 미소 지으며 시선을 영광에게 돌렸다.

"사람의 본성에 대해서 생각할 때가 있어요. 이상한 것은."

"……."

"자신들과 조금이라도 다르면 가차 없이 배척하는 그 속성 말예요. 그것도 사람의 본성일까요? 이해가 걸려 있을 경우도 물론 있겠지만 그렇지 않을 때도 소외시켜버리는 그 잔인성 말예요. 나는 유치원 때부터 그걸 경험했어요. 아이들에게 무슨 이해관계가 있겠어요. 안 그래요?"

"양현이도 민족이라는 인식은 당연한 것으로 받아들이고 있질 않나."

"그야."

"같은 사람이면서 인종이 다르기 때문에 배척하는 것은 일

286

방적인 것만은 아닐 게야. 너 자신 속에도 배타적인 감정은 있을 테니까. 인종에서 단위가 작아져도 마찬가지다. 해서 끼리끼리 모인다 하지. 쪼개고 쪼개서 하나가 될 때까지. 단위가 크든 작든 다르다는 것은 거리며 이질적인 것 아니겠나?"

"그럼 다르다는 것 때문에 나타나는 적대 의식은 당연하고 어쩔 수 없는 건가요?"

"어디 사람뿐이겠어? 생명 있는 모든 것, 곤충이든 식물까지 종(種)이 다르면 배척하고 싸워. 아니면 항복하든가. 이기적인 생존본능 아니겠어?"

"그렇담 영원한 투쟁이네요. 영원한 불평등이고."

"누르는 주체만 달라져왔을 뿐 변한 게 뭐 있어. 새삼스럽게 그런 얘기는 뭐 할려고 해."

"체념하고 사시네요. 언제까지 그 같이 은둔하는 기분으로 사실 거예요?"

이들은 삼랑진(三浪津)에서 헤어졌다. 양현은 진주행 열차를 갈아타기 위해 내렸고 영광은 기차에 남았다. 기차가 움직이기 시작했을 때, 역두의 시끄러운 소리들이 멀어졌을 때 영광은 말할 수 없는 허전함을 느낀다. 오빠의 친구라는 입장에서 한 발짝도 더 나갈 수 없었던 그 강한 구속에 어떤 분노를 느끼기도 했다. 물론 스스로 구속한 자기 자신에 대한 분노였다. 플랫폼에 서서 눈이 부셨던지 햇빛을 막듯 손을 이마에 대고 차창 속의 자신을 바라보던 양현의 눈빛은 말할 수 없이 슬퍼 보였다. 벌판에 내동댕이쳐진 한 마리 길 잃은 짐승 새 끼처럼 양현은 연약해 보였다.

'그래서 어쩌자는 거야? 우리 신분이 비슷하다 해서 그게 어떻다는 거지?'

마음속으로 비웃어보지만 천재일우의 기회를 놓친 듯 만나지 않았던 것보다 더 고통스러웠다. 언제 또 이런 기회가 있을 것인가. 도망치면서 다가가는 마음, 뿌리치면서 매달리는 마음, 영광이 자신도 갈피를 잡을 수 없었고 어떻게 해야 할지 막연하기만 했다. 그러면서도 양현이 자신에게 운명적인 여자라는 생각을 떨쳐버릴 수 없었다. 여태까지 한 번도 경험해본 적이 없는 감정이었다. 섬진강 강가에서 기묘한 해후를 했던 자체가 운명적인 것 같았다. 만일 그와 같은 생각을 아니했다면 오히려 영광은 쉽게 양현에 접근할 수 있었을지 모른다.

'양현이는 사랑을 한 적이 있을까? 누굴 사랑한 일이 있을까?'

한때 동경에서 싸돌아다녔을 적에, 그때의 광기 같은 것이 되살아나듯 영광은 뜨거운 피가 역류하는 것을 느낀다. 그러나 다음 순간 그의 상체는 경직된 듯 꼿꼿해졌다. 느닷없이 어둡고 적의를 품은 윤국의 모습, 그 눈동자가 시야 가득히 다가왔던 것이다. 뜨거웠던 심장이 얼어붙는 것 같은 충격이었다. 그때는 몰랐다. 그냥 양현을 그들 형제의 누이로만 생각했기 때문에 윤국의 행동에 별 의혹을 느끼지 않았다. 그러나 이제는 뭔지 모르지만 알 것 같았고 그것은 화살같이 꽂히는 직감이었다.

'혹? 양현의 고민은 윤국이로 인한 것이 아닐까? 문제가 있다! 뭔가 문제가 있어.'

의심은 보다 진한 의혹을 불러들였다.

'내가 지나친 생각을 하는 거다. 설사 그렇다 하더라도 너의 영역은 아니지 않은가.'

시트에 등을 기대어 영광은 한숨을 내쉬고 눈을 감는다.

'지나친 생각이야. 그럴 리 없다. 남이든 아니든 누이동생인데…… 양현은 어째 수척해졌을까?'

별의별 생각이 다 떠올랐다. 망상이었다. 혼란이었다. 망상은 보다 짙은 망상을 불렀고 혼란은 보다 어지러운 혼란을 불렀다.

'안 된다! 이러면 안 된다! 너에겐 그들 형편을 추리할 권리도 이유도 없어. 상상할 권리도 자격도 없어. 그건 추악하고 치사스런 일이다! 부끄러운 일이다!'

몸부림쳐도 마치 자석에 끌려가는 쇠붙이처럼 양현과 윤국의 사이를 맴도는 생각에서 떨어져나올 수 없었다. 쇳덩이 같은 물체, 쇳가루 같은 안개비, 쇳소리 같은 울림, 비정의 지옥 밑바닥이 의식 속에 전개되는가 하면 그것들이 순식간에 불덩이가 되어 구르고 폭발하며 불꽃을 튀긴다. 영광은 마음속으로 아아! 하며 신음 소리를 낸다. 진정 그것은 광기였으며 집요하게 달려드는 저주만 같았다. 악몽에서 깨어나듯 눈을 떴다. 차창 밖 논둑에 백로 한 마리가 있었다. 하얀 손수건 같고 하얀 종이같이 서 있었다. 영광은 의도적으로 회피해왔던 얼굴들을 떠올려본다. 헤어질 때 강혜숙이 울던 모습이었다. 돌덩이같이 웅크리고 앉아서 영광은 떠나는 혜숙을 잡지 않았다. 어쩌다가 그 일을 생각하면 가슴이 쓰라렸다. 생각하지 않으려고 애쓴 모습이다. 배용자의 그 독기 서린 얼굴도 떠올랐다. 문밖으로 떠밀어냈을 때 소리 내어 울던 배용자, 몇몇 치정을 나눈 기생들의 간드러진 모습, 돈푼 있는 계집들이 죽겠다며 덤벼들던 그 징그러운 촉감, 영광은 자기 자신을 유린하듯 자기 옆을 스쳐간 여자들을 생각해보는 것이었다. 그러나 그는 어느새 임종한 백발 상투의 할아버지를 바라보고 있었다. 남강을 뒤돌아보며, 뒤돌아보며 일가가 진주를 떠나게 된 어린 시절을 생각하는 것이었다.

'참말이지 비참해서 두 눈 뜨고 볼 수 없더마. 사람 될 것 같지 않았다. 얼굴은 묵사발이 되었고 안아 일으키는데 팔과 다리가 부러져서 제 마음대로 덜렁거리고 마치 망치로 때려 부신 장난감 같더란 말이다.'

병원으로 업어다 놓고 환국이를 찾아간 김수봉이 나중에 들려준 말이었다. 공지(空地)에 끌어내 놓고 빙 둘러싼 그들, 한 발 한 발 육박해오던 일본 노가다패들의 그 악마 같았던 얼굴.

부산에 도착하여 기차에서 내렸을 때 영광은 병자 같은 꼴이 돼 있었다. 기차 멀미를 호되게 한 사람 같았다. 군중 속에서 떼밀려 역 밖으로 나왔을 때 바닷바람이 부는 항구도시, 왜색문화가 구석구석까지 배어든 부산, 역전거리가 그를 맞이하였다. 거리는 거칠고 활기차 보였다. 눈에 익은 거리, 눈에 익은 도시, 소년기에서 청년기를 보냈으며 남강을 돌아보며 돌아보며 떠나야만 했던 진주보다 더한 충격 속에서 관부연락선을 타고 떠나야 했던 곳, 일본서 나온 후에도 영광은 공연차 여러 번 왔었던 곳이다.

시내를 서성거리다가 여수 가는 밤배를 탈 예정이었다. 통영의 영선에게도 날짜를 그렇게 편지로 알려놨다. 그러나 영광은 역전에 있는 여관으로 들어갔다. 그는 몹시 지쳐 있었다. 여관방에서 한동안 눈을 붙이고 나서 밖으로 나왔을 때는 초저녁이었다. 항구에서는 뱃고동이 울려왔고 거리에는 불빛이 화려했다. 하늘에는 별이 빛나고 있었다. 수많은 사람들이 오고 가고, 부두 쪽에서 귀가하는 노동자들 모습이 유난히 눈에 띄었다. 작업복 차림에 빈 도시락을 들고 바삐 걷는 모습, 새끼 나부랭이를 꿍쳐서 이고 가는 아낙들도 부두의 일꾼들이었다. 고급 상점들이 줄을 잇고 밤하늘에 높이 솟은 미나카이[三中井]백화점의 하얀 건물이 거리를 내려다보고 있었으며 얼마간 돌아가면 부산에서 가장 번화하고 현란한 나가타도리[永田通り, 광복동거리]가 있건만 부두 쪽에서, 영도 쪽에서 가장 춥고 배고픈 노동자들이 빈 도시락을 겨드랑이에 끼고 바지

주머니 속에 두 손을 찌르고 계속 걸어나오고 있었다. 영광은 그들을 바라보며 동경에서의 노가다 생활을 상기한다. 수많은 노동자들이 지나가고 있었지만 이 거리는 그들의 거리가 아니다. 성질 부렸다가는 몰매를 맞곤 했던 동경의 거리가 조선인 영광의 거리가 아니었던 것처럼.

영광은 술집을 찾아 들어갔다. 거리의 불빛 현란한 것과는 달리, 명색이 카페인데 썰렁하고 손님이 없었다. 시간이 일러 그랬는지 그러나 여급들도 어딘지 모르게 을씨년스러웠다.

"왜 이리 손님이 없어."

영광은 자리에 앉으며 중얼거렸다.

"불경기니까요."

"불경기?"

"요즘 같아서는 장사 못 해먹어요."

여급은 영광의 행색을 살피며 말했다.

"전시(戰時)니까 그런가 부지?"

"그런가 봐요. 문 닫는 집이 많아요. 손님도 줄고 술도 원하는 대로 가져올 수도 없어요."

영광은 술을 마시며 여급을 건너다본다. 짙은 화장 때문에 얼핏 보기엔 젊은 여자 같았으나 상당히 나이 든 것 같았다.

"손님 서울서 오셨어요? 어디서 뵌 것 같아요."

여급은 서울 말씨를 썼으며 풀어헤친 머리, 화장은 짙었고 검정 바탕에 은빛 무늬가 요란한 드레스를 입고 있었지만 추하게 뵈지는 않았다. 어딘지 교양의 흔적이 있었다.

"세상에는 비슷한 사람도 많고 가고 오고 하는 동안 옷깃도 스쳤을 테고, 모르지요, 어디서 만난 일이 있었는지."

영광은 나이를 가늠하여 말씨를 고치면서 대수롭지 않게 넘기려 하는데 여급은 태도를 달리했다.

"당신 나일성 씨지요?"

찌르듯 말했다.

"그렇지요?"

"팬이다. 그 말씀이군."

영광은 지겨운 듯 말했다.

"팬인지 글쎄…… 공연에는 가지 않으니까 딱히 팬이다, 할 수는 없지만 색소폰의 제일인자, 그런 말은 들어서 알고 있어요. 강남 제비 만나듯 이따금 옛날 동료를 만나는 일이 있어서, 사실은 나 말예요, 한때나마 나일성 씨하고 한솥밥 먹은 일이 있어요."

"한솥밥을 먹어요?"

술을 마시다 말고 뜻밖이란 듯 여급 얼굴을 쳐다본다. 영광은 서울 어느 술집에서 만난 일이 있었을까? 생각하던 참이었다. 여급은 아주 기분 좋게 소리 내어 웃었다.

"나일성 씨는 날 기억하지 못할 거예요. 나도 당신 다리 불편한 걸 보고 깨닫지 않았다면 모르고 지나쳤을 테니까."

"다리로써 기억되는 사나이."

"기분 나쁘게 생각지 말아요."

"기분 나쁠 것도 좋을 것도 없지만 좀 어리둥절하군요."

"나일성 씨가 악극단에 입단하고 얼마 안 되어 나는 그만두었으니까. 게다가 막간이나 메우는 시시한 가수, 그것도 꽤 오래된 일이거든요."

거침없이 말하며 친밀감을 나타내었다.

"그런데 어째 여급으로 전락했어요? 나이도 수월찮아 뵈는데?"

"여급이나 막간 가수, 그거 다 피장파장이오. 그리고 회바가지를 쓰기*는 했으나 이리 늙은 여급이 어디 있수? 나 여기 마담이에요."

여자는 담배를 붙여 물고 술잔에 술을 따랐다. 세련되고 익숙해진 몸놀림이었다.

"경기가 좋질 않아서 아이 하나만 남겨놓고 다 내보내고 보니, 자연 나도 손수 술 시중을 들게 된 거지요."

영광은 술잔을 비우고 여자 얼굴을 빤히 쳐다본다.

"쳐다보나 마나, 나 나일성 씨보다 나이가 두세 살쯤 위일 거요."

"그런데 어째서 여기 와 있어요?"

여자는 다시 영광의 술잔에 술을 부었다. 자기 앞에 있는 술잔에도 술을 부었다. 투명하리만큼 손은 희고 섬세해 보였다.

"사람들은 어차피 어디든 가 있게 마련 아닌가요? 그리고

또 어딘가로 가겠지요. 술 마셔요. 술값 안 받을 테니 마시고
싶은 대로."

"여자한테 술 얻어마시면 동티가 나던데."

"염려 말아요. 나 외로운 여자 아니니까."

그는 술잔을 들었다.

"색소폰의 제일인자 나일성 씨를 위하여."

술잔을 쳐들어 보이고 나서 술을 마신다. 음악이 흐르고 있
었다. 볼레로, 빛살 같은 조명의 이동무대, 군무(群舞)하는 데
정석같이 된 무용곡 볼레로, 나직하고 달콤한 선율이 흐르고
있다. 젊은 여급이 손님들을 상대하고 있는 그 테이블 말고는
여전히 카페 안은 비어 있었고 쓸쓸했다.

주거니 받거니 얘길 하면서 꽤 많은 술을 마셨다. 공짜술이
라서가 아니라, 옛날 동료라는 느닷없는 말 때문도 아니었고
영광은 괜히 여자가 낯설지 않았다. 허식투성이의 몸치장에
비하여 여자 언동에는 허식이 없었다. 팬이오 어쩌고 하며 치
덕치덕 감겨오는 그런 분위기가 전혀 없었다. 영광은 무장을
풀고 편안하게 술을 마신다.

"철학자 같은 말 하네."

핀잔주듯 하니까 여자는,

"모든 사람은 다 나름대로 철학자 아닐까? 자기 인생을 그
자신만큼 진지하게 철저하게 생각하는 사람은 없어. 해답을
얻기도 하고 얻지 못하기도 하고, 돌이킬 수 없는 나이가 돼

서야 비로소 깨닫기도 하고, 나일성 씨는 도통 궁금해하지도 않네요."

"뭘요?"

"내 신상 말예요. 많은 남자들을 대하고 보면, 거의 모두가 신상 얘길 듣고 싶어 하던데."

"듣고 싶어만 하나? 여자들의 신세타령은 어떻고? 뭐 다 빤한 얘기 아니겠소?"

"청개구리 심사인지 나일성 씨가 그러니까 괜히 얘기하고 싶어지네. 누군지 묻지도 않겠지만 지금도 그 사람 거기 있어요. 그저 그런 사람인데, 처자도 있었던 사람인데 버림을 받은 거지요. 뭐, 그래서 악극단을 나온 셈인데 결국 나이 든 사람을 따라 여기까지 온 거고, 그리고 나도 나이 들었어요. 이 카페는 나이 든 그 사람이 차려준 거고요."

"나이 든 사람, 나이 든 사람이라."

영광이 뇌니까 여자는 킬킬거리며 웃었다. 상당히 주기가 돈 모양이며 무방비 상태, 그것은 기분 좋은 무방비 상태였다. 그리고 여자는 조금도 과거에 대해 구애하지 않았다.

"영감님이지. 그리고 나는 숨겨진 여자, 소실이구, 사회에서 말하는 기생충."

"그래요? 기억에도 없는 우리 선배님, 그렇지만 우리 선배님께서는 씩씩하게 잘 살고 있네. 하하핫핫 핫하하…… 별수 있소? 사는 거지, 사는 거요. 산다는데 누가 말려? 염라대왕

말고는 아무도 못 말려."

영광의 음성도 휘청거리고 있었다.

"듣던 중 젤 근사한 말 하네. 나일성 씨, 그렇게 나올 줄 알았어. 사내새끼들 대개의 경우 눈곱만치의 진실도 없으면서 동정하는 척하구, 뭐 그것은 낯간지러울 정도지만 더러는 더럽게 추근대면서도 성인군자처럼 도덕적으로 어쩌구 저쩌구, 한자리에서 염치도 없이 두 개 상판대기를 내미는 거야. 진보적인 모던 보이들은 또 어떻고? 노예적 환경에서 탈출하라! 신나지. 그러나 그것들이 어김없이 여급을 노리개 취급하니 웃기는 얘기 아니야? 입 가지고 못할 선심이 어디 있어? 하기야 웃기는 짓을 마음놓고 하는 곳이 카페겠지만, 우리 카페는 부두가 가까워서 선원들이 단골이고 막걸리 패들이 오는 곳은 아니거든. 겉멋 든 날건달이나 머리통에 먹물 들었다는 젊은것들이 오는데 주막집이나 다치노미 술손님들보다 오히려 속물들이라니까. 조선엔 『부활(復活)』의 네플류도프도 없고 카투사도 없어. 기껏 〈홍도야 울지마라〉!"

"그렇지도 않소. 윤 모라는 가수하고 김 모라는 문인이던지, 그들이 현해탄에 투신한 것도 그렇고 부산 앞바다에서 대학생하고 여급이 동반자살한 사건도 있질 않소?"

"그런 말 하는 걸 보니 나일성이도 꽤 낭만적인 사낸가 부지?"

"내가아요? 허허헛 허허어."

"아닌가?"

"그렇게 될려고 지금 노력 중이오. 그보다 마담, 상당히 유식한데 책을 많이 읽는 모양이지요?"

"내가요?"

영광의 말투를 흉내 내며 여자는 손가락으로 자기 가슴을 가리킨다. 그러고는 깔깔대며 웃었다.

"카페 마담이 책을 읽는다면 장사는 골로 가는 거지. 『부활』 어쩌고 해서 그리 생각한 모양이지만 영화를 봤거든."

"들은 풍월인지 모르지만 말도 썩 잘하고."

"그야 세상 구경, 사람 구경이야 많이 했으니까 요조숙녀처럼 한 가지 생각만 하지는 않지. 나 남이 생각하는 것보다 훨씬 마음 편하게 살고 있어요. 생각해보아요. 운다고 해서, 웃는다고 해서 뭐 달라지는 거 없잖아? 세상이 달라지지 않는데 집착할 것 없어. 문이 닫혀 있으면 발길 돌리고 문이 열려 있으면 들어가고 그러는 데야 누가 뭐라겠어?"

음악도 멎은 지 오래되었고 어느덧 카페는 텅 비어 있었다. 젊은 여급은 테이블에 엎드려 잠이 들었는지, 서 있던 바텐더도 앉아서 신문을 읽고 있었다. 분위기를 보아 이런 일이 가끔 있는지 익숙해져 있는 것 같았다. 영광도 계속 술을 마셨고 마담도 계속 술을 마셨다.

"손님 일어나이소. 시간 다 됐어예."

흔들어 깨우는 바람에 영광은 눈을 떴다. 카페가 아니었다.

여관방이었다. 어제 들었던 바로 그 여관이었고 영광은 이불 속에 있었다.

"어떻게 된 거야?"

"기억 안 나십니꺼?"

여관의 심부름꾼 소년이 물었다.

"내가 여길 어떻게 왔지?"

"남자분이 모시고 온 거라예."

영광은 신문을 보고 있던 바텐더 생각이 났다.

"술이 억수로 취해가지고 잘 걷지도 못하데예. 내일 여수 가는 아침 배 탈 손님이니께 시간 되거든 깨우라 함서."

팁을 쥐어준 눈치였다.

"선배가 다르긴 다르군."

영광은 머리를 긁적긁적 긁으며 중얼거렸다.

"예?"

"아무것도 아니다. 냉수 한 그릇 갖다 다오."

가져온 냉수를 마시면서 영광은 카페 마담으로부터 많은 위로를 받은 것 같은 느낌이 드는 것이었다.

기선은 항구를 떠났다. 바다는 잔잔하고 날씨는 쾌청이었다. 배가 가덕 앞바다에 왔을 때 술렁대던 배 안이 잠잠해졌다. 갑판에 서 있던 사람들은 멀미 때문에 더러 선실로 들어갔고 영광은 바닷바람에 얼굴을 내맡긴 채 갑판에 서 있었다. 간밤의 술 때문에 속이 쓰라렸지만 기분은 과히 나쁘지 않았다. 기차에서 내렸을 때 그 비참했던 것을 생각하면 기분은 썩 좋은 편이었다.

가덕을 지나면서 배는 기름 위를 지나가듯 미끄러져갔다. 눈앞에 무수한 섬들이 지나가는가 하면 다가왔다. 그리고 스쳐가는 배에서 선원들이 손을 흔들곤 했다.

결코 좋은 일이 있어서 가는 길은 아니었다. 자세한 사정은 잘 모르지만 구금되어 있는 사람들의 심정을 생각한다면 결코 유쾌해질 수 없는 여행이다. 그러나 영광은 거의 그 일에 대하여 별로 생각 없이 왔다. 통영 항구가 가까워졌을 때 비로소 홍의 얼굴이 눈앞에 언뜻언뜻 지나갔다. 미안한 생각이 들었다. 그러나 왜 그런지 언짢은 일이 있을 것 같지 않았다.

'낙관적인 마담의 기분이 나한테 옮겨왔나? 참 이상한 일이다.'

아닌 게 아니라, 영광은 자신이 늘 우울해 있었던 일이 새삼스럽게 생각났다. 지나치게 방어적인 자신의 의식 속이 들여다보이는 것 같기도 했다. 자신의 기분이 어둡든 밝든 세상일은 달라지지 않는다. 마담의 말대로 울든 웃든 세상이 달라지지는 않는다. 영광은 바닷바람에 머리칼을 휘날리며 크게 숨을 들이마신다. 바다 풍경이 이렇게 아름답고 신선한 것을 미처 모르고 살아온 것 같았다. 조촐하고 청정하고 마치 내 집 안마당같이 아늑해 보이는 바다, 점점이 떠 있는 섬들은 모두 이 강산에 태어난 사람들의 땅이요, 바다는 내 조국 내

민족의 보금자리며 요람이며 삶의 터전 아닌가. 어느 누구에게도 양보할 수 없는 귀하고 소중한 민족의 생명이다. 명경 같은 바다 위에 꿈과도 같이 전개되는 섬, 가고 오고 겹쳐서 나타나고 연이어져 나타나는 각양각색의 섬, 한결같이 섬에는 푸른 소나무들이 우뚝우뚝 서 있었다. 처음으로 영광은 생명의 신비를 느끼고 자기 내부에 진한 소속감이 굽이치고 있는 것을 느낀다. 그러면서도 한편 솔씨가 떨어져서 자란 저 작은 섬에 양현과 함께 세상을 등지고 살았으면 하는 소망이 마치 상처같이 아프게 되살아나기도 했다.

기선은 뱃고동을 울리며 항구에 들어가고 있었다. 그리고 부둣가에 그 큰 몸체를 갖다 대는 것이었다. 기선이 뿜어내는 물결에 부둣가 작은 배들은 그네를 뛰고, 선원은 고함치면서 밧줄을 던졌다. 장사꾼들이 메뚜기처럼 배 안으로 뛰어들어왔다. 정박하는 잠시 동안 김밥이며 과일이며 음료를 팔기 위하여, 반가운 뭍으로 오르기 위하여 선객들도 뱃전에 나와 웅성거리고 있었다. 영광은 삶의 활기를 뿌듯하게 느낀다. 그리고 그 자신도 활기찬 동작으로 배에서 부두로 건너뛰었다. 출찰구로 막 나가려 하는 순간,

"오빠!"

"처남!"

하고 외치는 소리가 들렸다. 마중 나온 사람들 속에 키 큰 휘의 얼굴이 있었고 발돋움하고 턱을 치켜든 영선의 얼굴이 있

었다. 나가자마자 휘는 영광으로부터 여행 가방을 받아들었고 영선은 어릴 때처럼 영광의 옷자락을 살그머니 잡았다.

"어제 낮에도 나오고 밤에도 나오고 얼매나 속을 태웠는지, 오빠가 안 오는 줄 알았소."

영선은 새처럼 재잘거렸다.

"늦어도 꼭 올 기라고 내가 안 그러던가 배? 좀을 볶더마는*."

휘의 들뜬 목소리였다.

"부산서, 저녁 배 타려다가……."

술을 마셨다는 얘기는 하지 않고,

"아이들은?"

하고 영광이 물었다.

"집에 있고 선아는 핵교 가고."

"별일 없었지?"

"우리야 머 별일 없지마는."

"어머니는?"

"산에 가셨구마요. 또 오실 거라 하심서, 열흘쯤 됐나?"

휘의 말이었다.

"나 오는 거 모르지요?"

"그저께 펜지를 받았인께 장모님한테 알릴 틈도 없었고."

영선은 코를 벌름거리며 자랑스러워하는 표정이었다. 오라비 마중 나온다고 농 밑에서 새 옷을 꺼내 입은 눈치였다. 검정 치마에 옥색 저고리를 입은 모습이 앙증스러웠다. 휘도 옥

302

양목 바지저고리에 조끼까지 입고 있었다.

"잠깐만 여기 기다리고 있어."

영광은 두 사람을 막듯이 팔을 벌리더니 급히 돌아서서 걸어간다. 마침 눈에 띈 양과자점으로 그는 들어갔다. 마음속으로 무심하게 떠나온 자기 자신을 탓하면서 영광은 이것저것 눈에 띄는 대로 싸달라고 했다. 그리고 돈을 치른 뒤 호들갑스럽게도 큰 과자 꾸러미를 안고 나온다.

"오빠 머할라꼬 이리 많이 샀소. 밥 묵으믄 되는데 씰데없이 돈을 쓰요."

영선은 과자 꾸러미를 받아들며 질색을 했다.

"내 성미가 원래 무심해서, 생각 없이 떠났다."

"바쁜 사램이 그러고 저러고 할 새가 어디 있어서."

휘가 굼뜬 입을 열었다. 좀체 말이 없는 휘였지만 무척이나 처남이 대견스럽고 반가웠던 눈치다. 왜 안 그러겠는가. 외로운 그에게는 붙이나 다름없는 영광이었기 때문이다.

간창골 입구에 이르렀다. 기와집, 붉은 벽돌 담장 안의 석류나무 새 잎의 푸르름이 선명했다.

기와집 맞은편에 있는 목공소 앞에서,

"여기가 내 일방이구마."

휘는 스스럽게 말했다. 대패질을 하고 있던 병태가 돌아보았다.

"병태야 인사해라. 선아외삼촌이다."

"야?"

병태의 눈이 휘둥그레졌다. 말로는 들었지만 이렇게 잘생긴 남자리라고는 상상 못했다. 서울사람들 때물 빠졌다고는 하나 이렇게 때물이 싹 빠진 사내를 병태는 처음 보았기 때문이다. 간밤의 술 때문에 영광의 얼굴은 창백했지만.

"야, 저, 지는,"

하다 말고 꾸벅 절을 한다.

"일감은 많은가요."

영광이 휘에게 물었다.

"생활은 할 만하제요."

"머합니까? 어서 가입시다. 오빠 배에서 점심 잡샀십니까?"

"아니다. 아침도 굶고 배고프네."

영광은 웃으며 말하고 병태에게도,

"그럼 수고해라."

"야, 그, 그라믄 살피 가시이소."

병태로서는 최대의 경의를 표하며 또 절을 꾸벅했다.

"보소. 나 먼지 갈 긴데 따라오소."

영선은 배고프다는 영광의 말에 마음이 서둘러졌던지 오르막길을 달음질쳐서 올라간다.

"그런데 만주서 잡혀온 사람들은 어찌 되었는지."

하대하는 것이 서툴러 영광은 어중간한 말투로 본론을 꺼내었다.

"그 일은 괜찮기 될 것 같소. 이선생은 벌써 풀리나왔고."

"나와?"

휘는 고개를 끄덕였다.

"아이 어무니만 남아 있는데 재판을 받을 기라 하더마요."

"재판을 받으면?"

"다 손을 써났인께 집행유예가 되지 않을까, 무죄석방은 어렵다 그런 얘기였소."

"그럼 그 형님은 지금 이곳에 계신가?"

"야. 지금 기시오. 그새 만주를 두 번이나 다녀왔제요. 사업을 정리하겠다고."

"정리라면 그럼 조선에 나와 살 생각인가?"

"이선생은 우짤지 모르겠고 가족들은 이곳에 눌러앉힐 모양이오. 집도 장만했인께. 처남은 전부터 이선생을 알고 있었소?"

"음, 조금."

자신도 확실하게 아는 것은 아니지만 휘가 홍의 정체를 어느 정도 아는지 말끝을 흐렸다.

"장모님 말씀이 돌아가신 장인어른하고는 형제간 이상이었다, 속을 얼마나 태우시는지 우리도 혼이 났소."

"어머니가 세상에 나셔서 그러기는 아마 처음일 거요."

영광은 쓰게 웃었다.

"처음에는 영문을 몰라서 애먹었소."

"그 형님 건강은 어떻던가? 고문 같은 건 당하지 않았는지."

305

"그런 일은 없었던 모앵이오. 처가 울타리가 대단하더마요. 통영 유지도 많았고, 모두 발 벗고 나서서 일을 본다 카더마요. 사람 뒤에 사람이 있인께 매사 수울하게 넘어가는 것 같았소. 아이 어무니가 저지른 일이 돼놔서 그랬는지 처가에서 이선생한테 미안키 생각하는 눈치였고, 하기는 이선생도 훌륭합디다. 한마디 원망도 없이 오히려 아이 어무니 몸 약한 거를 걱정하믄서 참말 훌륭하더마요."

"지금 어디 계시는데?"

"아이들 때문에 처가에 기시고 아이 어무니가 나오믄 사놓은 집에 든다 그런 얘기였소."

앞서간 영선의 모습은 이미 보이지 않았다. 날듯 오르막길을 올라간 모양이다.

"이곳 날씨가 훨씬 덥구먼."

영광은 걸음을 멈추고 손수건을 꺼내어 땀을 닦는다.

"게울에도 외투 없이 지내는 곳이니께."

오르막길을 오를수록 양켠 집들은 초라해졌다. 집에 들어섰을 때 숙이까지 동원한 부엌에서는 분주했다. 진규와 선일이는 벌써 과자를 입에 물고 마당에서 캑캑거리며 놀고 있었다. 들어서는 아비와 영광을 본 선일은,

"옴마! 아부지 왔다!"

하며 부엌으로 달려간다. 영선이 손을 닦으며 나왔다.

"어서 방에 들어가소. 상 다 봐놨인께요."

숙이 살그머니 내다보았다. 영광과 휘는 방으로 들어갔고,

"아직 뜸이 안 들었는데."

주걱을 들고 숙이 말했다.

"좀 기다리지 머."

두 여자는 부뚜막에 나란히 앉는다.

"잔칫날 같네."

숙이 킥 웃으며 말했다.

"우떤 오빠라구."

"선아엄마는 좋겠다. 저런 오빠가 다 있으니."

숙이는 정말 부러운 것 같았다.

"우리 오빠 참 잘생겼지?"

"훤한 인물이더마."

"다리 땜에……. 그 죽일 놈들!"

자랑을 하려고 꺼낸 말이었는데 갑자기 산 넘어갔던 부아
가 되돌아왔는지 영선의 눈빛이 험악해졌다.

"울 아부지를 잡을라꼬 밤낮 없이 형사 놈들이 뒤쫓아 댕기
더마는, 끝내 만주까지 가게 되고 아부지는 종신하는 사람도
없이 객사하시는데, 울 오빠는 머를 우쨌다고 저 모양 맨들었
는고."

"별로 눈에 띄지도 않던데 멀 그래."

위로 삼아 숙이 한 말이었지만 그것은 또 사실이기도 했다.

"우리 식구들이 산지사방으로 흩어진 것도 다 왜놈, 그놈들

때문이다. 철천지 원수."

하며 영선은 코를 홀짝인다.

"지나간 일은 잊어뿌리라. 목이 빠지게 기다리던 오라버니
가 찾아오싰는데 그렇게 비감하믄 쓰나."

"말을 하다 보이, 분한 생각이 치밀어서."

옷고름으로 눈물을 닦는다.

"내사 선아외삼촌을 본께 비할 바는 아니지마는 우리 몽치
가 불쌍해서 가심이 아프다. 선아아부지가 가방을 들고 처남
매부 나란히 들어오는 것 얼매나 보기가 좋노. 선아엄마도 기
가 살아서 펄펄하는 거를 보이 참말 부럽네. 친정 못사는 것도
인병 든다 하더라마는 나한테는 인병 들 친정조차 없으이."

"요새는 진규아부지하고 몽치가 잘 지내는데 머."

"진규아부지가 전같이 내 맘을 상하게 하지는 않지만 답댑
이, 몽치 가아가 무신 놈의 황소고집인지 틱틱거리쌓아서, 하
기사 머 우리 몽치가 대접받을 인아(인물)가 어디?"

하다가,

"선아엄마 뜸 다 들었는갑다!"

숙이 말에 화닥닥 일어선 영선은 주걱에 물을 묻히고 솥뚜
껑을 드르륵 열었다. 밥솥에서 김이 무럭무럭 피어오른다.

"밥상 들어가는 것 보고 나는 그만 갈란다."

국솥에서 국을 뜨며 숙이 말했다.

"무신 소리 하노?"

"오매불망 생각하던 오라버니하고 식구끼리 오손도손, 할 말도 많을 긴데."

"잔소리 말고, 따신 밥 놔두고 가기는 어디로 간다 카노. 우리는 작은방에서 아아들하고 묵자."

영선은 쌀밥만 골라서 밥 두 그릇을 푸고 나머지는 주걱으로 설설 섞는다.

"어제도 손님이 안 오시서 우리 식구가 포식을 했는데 무신 염치로 오늘 또 얻어묵노."

"염치가 없는 거는 우리제. 없는 돈에 머할라꼬 개기랑 나무새(나물거리)는 사왔을꼬?"

기다리는 손님은 안 오고 음식은 만들어놨고, 식구들이 와서 숙이 말마따나 포식을 하여 미안했던지 아침 일찍 새터 장에 간 숙이는 볼락 두 마리, 조개며 미역, 그리고 나물거리를 사왔던 것이다.

"진규엄마 모두 챙기가지고 작은방에 들어가아. 아이들도 부르고."

밥상을 들고 나가면서 영선이 말했다. 그리고 한참 후 부엌으로 돌아온 영선은,

"대기 시장했던가 부더라. 이내 수저를 드는 거를 보이."

보고하듯 말했다. 숙이는 귀 떨어진 소반에 음식을 올려놓고 있었다.

"아이들 밥 묵겄나? 과자 묵니라고 정신 없을 긴데."

숙이 말이 옳았다. 아이들은 과자봉지를 들고 어디 갔는지 마당에 없었다. 두 여자는 작은방으로 들어가서 밥상머리에 앉았다.

"진규아부지도 기싰이믄 좋았일 긴데."

"점심 싸갔는데 굶을까 봐서? 그보다 음식이 입에 맞일란가 모리겄네."

밥을 먹으면서 숙이 말했다.

"울 오빠, 음식 까탈부릴 만큼 호강시럽게 자란 사람 아니거마는, 다 알아주는 솜씨 진규엄마가 맨든 음식 맛없다 한다믄 그거는 그쪽 입맛이 이상한 거지."

나물은 숙이가 무쳤고 국도 숙이가 끓였다. 음식솜씨에 대한 영선의 칭찬은 그냥 해본 말이 아니었다. 모두 숙이가 만든 음식은 맛이 있다고들 했다.

'할무이가 알뜰히 가르쳐주어서 그렇지.'

숙이는 영산댁 생각을 한순간 했다. 솜씨 칭찬은 더러 받는다. 그런데 오늘따라 영산댁을 숙이는 생각했던 것이다. 영산댁뿐만 아니라, 그곳, 섬진강 강물이 푸르게 흐르는 강변, 영산댁과 함께 살던 그곳이 눈앞에 지나갔다.

"김치는 좀 새큼해진 것 같은데."

손님이 온다고 해서 그저께 숙이는 열무김치를 담가주었던 것이다.

"걱정 말고 밥이나 묵어."

영광은 이들에게 귀빈이었다. 영선에게는 오빠인 동시 무슨 특별한 힘이라도 지닌 것처럼 우러러보는 사람이었고 숙이는 영선을 통해 많은 얘기를 들어왔기 때문에 대단한 사람으로 알고 있었다. 밥을 먹는 동안에도 숭늉을 떠가고 열무김치를 다시 내가고 하느라 영선은 여러 번 들락거리느라 그랬지만 흥분도 하고 있어서 밥맛을 모르는 것 같았고 숙이도 덩달아서 밥을 먹는 둥 마는 둥, 안방에서 밥상이 나온 뒤 한참 있다가 휘와 영광이 밖으로 나왔다.

휘는 마루 옆에 서성거리는 숙이에게,

"수고 많았지요."

인사를 하고 나서 영선에게,

"우리 이선생 처가댁에 갔다 올 긴께."

말했다. 영광은 엉거주춤, 숙이에게 신경이 좀 쓰이는 것 같았다. 그러나 말없이 나가기가 뭣했던지,

"너 음식솜씨가 제법이더구나. 오래간만에 맛있는 열무김치를 먹어봤다."

하고 웃었다.

"내가 한 것 아닌데, 진규엄마가."

그 말에 숙이는 몹시 당황하여 뒷걸음질치다가 넘어질 뻔했다. 휘가 서둘러서 말했다.

"나중에 만나게 되겠지마는, 이분, 이선생 일에도 많이 심을 썼고 돌아가신 장인어른하고도 인연이 깊다 카던데, 그런

311

께 그 사람의 부, 부인 되는,"

하다 만다. 부인이라는 익숙하지 않은 칭호에 걸려버린 것이다. 숙이 역시 난생처음 듣는 존칭—숙이는 대가댁 마님한테나 붙이는 칭호로 알고 있었다—에 더욱 당황하며 얼굴을 붉힌다. 검정 치마 위에 인조견 옥색 저고리, 폴속하게 솟은 저고리 앞섶이 흔들리고 있었다.

"그렇습니까? 처음 뵙겠습니다."

영광은 숙이에게 고개를 숙였고 덩달아서 영선이 말을 이었다.

"오빠 오신다고 장을 봐오고 음식도 장만해주고, 우리도 나중에사 알았지마는 아부지하고 진규할아부지하고는 그럴 수 없는 사이라 하데요. 우리도 이웃에서 친형제겉이 지내고 있소."

"고맙습니다."

영광은 또 한 번 고개를 숙였다. 낯설어하는 표정과 서투른 인사, 당황하는 숙이 못지않게 난감해한다. 교만하다면 교만하다 할 수 있는 영광이 겸손해지려니까 균형을 잃은 것인지, 그러나 그것은 미묘하지만 일종의 콤플렉스로 볼 수도 있었다. 같은 뿌리에서 나와가지고 같지 않게 된 자기 자신, 그들과의 거리감에 대한 자책, 명확하지는 않으나 분명히 그런 것이 있었다. 영선이나 휘에게도. 그것이 지나치게 되면 영광은 다시 자기 자신을 가두어버리게 될 것이며 교만하고 냉정한 사내로 변하게 될 것이다. 사실 영광은 한순간 자신을 닫아버리고 싶은 유혹을 느꼈다.

휘와 영광이 나간 뒤, 부엌 설거지는 내버려둔 채 두 여자는 마루에 걸터앉아 뜻 없이 구름이 흘러가는 하늘을 보다가 장독 가에서 팔랑거리고 있는 나비를 보았다가, 그러고 있는 것이었다. 영선은 예정보다 하루 늦게 온 영광을 기다린 탓으로, 또 이것저것 마음을 쓴 탓으로 힘이 빠지고 노곤해진 것 같았고 숙이는 충격을 받은 것같이 보였다. 그새 잊고 살았던 지난 일, 몽치가 산에서 억새풀같이 자랐다면 숙이는 벼랑에 매달려 살았다고나 할까, 영산댁의 따뜻한 손길이 있었다고는 하지만 근원적으로 벼랑에 매달린 한 떨기 보잘것없는 꽃과 같은 그 시절 그의 삶에 호사스런 순간을 안겨주었던 사람, 그 깨끗하고 화사했던 기억이 되살아났던 것이다. 그것은 충격이었다. 아까 영산댁을 생각했던 것도, 영산댁과 함께 살던 그곳 섬진강 강가 풍경이 눈앞에 지나간 것도 그의 의식이 그 기억의 언저리를 맴돌고 있었기 때문은 아니었을까. 영광의 정중한 인사를 받는 순간 선명하게 떠오른 것은 윤국의 얼굴이었던 것이다. 귀하고 도 멀고 먼 곳에 있었던 최참판댁 둘째 도련님, 그를 이성으로 생각하는 것조차 두려워했던 그 지난날의 일들, 빨래터에 나타나서는 말을 걸곤 바라보던 소년, 아니 소년에서 청년으로 접어들었던 준수한 귀공자는 동네에 나돈 소문 때문에 영호 마음에다 열등감을 심어준 사람이었다. 그의 할아버지가 영호할아버지에게 살해당했기 때문에 영호 마음에 상처로 남아 있는 사람이었다. 물론 숙이는 잘 알고 있었다. 동정이라는 것을. 그러나 윤국은 어느 양가의 규수 대하듯 추호의 계급의식도 없이 숙이를 존중했던 사람이다. 그 젊은 날의, 그것이 동정이든 사춘기의 연정이든 간에 숙이에게 호사스런 추억인 것만은 변함이 없다. 그러다가 떠난 뒤 그는 숙이를 쉽게 잊었는지 모른다. 결혼한 뒤 우물가에서 윤국을 만났을 때 윤국의 눈에는 배신을 느끼는 엷은 동요가 있었다. 숙이는 저도 모르게 한숨을 내쉬었다. 영광과 윤국은 닮은 곳이 없었다. 따지고 보면 그들은 신분도 아주 다르다. 그러나 여하튼 그들은 모두 숙이가 사는 세상과 다른 곳에서 사는 사람이다. 그들이 사는 세상의 공통된 느낌 때문에 숙이는 묻어둔 윤국의 얼굴을 떠올렸는지 모른다.

"진규엄마."

"음."

"생각해보믄 울 오빠도 참 불쌍한 사람이다."

"씰데없이 와 그런 생각을 할꼬?"

"악극단 같은 데 따라댕길 사람도 아니었는데 왜 그리되었는지."

"아무나 갈 수 있는 곳도 아닌데."

"책도 많이 읽었고 대학교에 갈라고 마음만 묵었이믄 갈 수도 있었는데 와 작파를 했일꼬? 아마도 공부하믄 멋하리, 다 소용없다는 생각을 했일까?"

"……."

"차라리 메주덩어리같이 생겼거나 일자무식이었거나 했이
믄 남 사는 대로 살았을지 몰라. 백정 집에 태어날 것이믄 와
그리 잘나게, 선비같이 세상에 나왔을꼬? 참말로 한스럽다.
잘났기 때문에 울 아부지 울 어무니 가심에다 못을 박았지."

"생각하믄 한이 없다. 다 팔자소관 아니겄나."

"나는 그래도 자식 낳고 어진 남편 만내서 사는데 울 오빠
는 언제까지 저렇기 홀몸으로 떠돌 긴지."

"설마 여자가 없어서 장가 못 들까 봐서?"

"그건 그렇지만…… 맺힌 기이 있어서."

강혜숙과의 연애편지 사건으로 학교를 퇴학당한 일을 영선
은 기억하고 있었다. 강혜숙의 모친이 찾아왔다 가고 난 뒤
내 잘난 아들! 하며 울던 어머니의 처절한 울음도 영선은 기
억하고 있었다.

이 무렵, 휘와 영광은 내리막의 골목길을 나란히 내려가고
있었다. 간창골에서 올라올 때와는 반대 방향의 길이었다. 대
숲을 지났다. 보통학교를 향해 뻗은 신작로를 지르고 또 변전
소(變電所) 옆을 지나서 새터로 빠지는 골목길에 접어들었다.

"저기, 저 저기 보이는 기와집은."

휘가 걸음을 멈추며 손가락질을 했다.

"이선생이 사놓은 집인데."

기와집은 초가지붕에 가려져서 반쯤만 보였다. 지붕 옆에
는 감나무 한 그루가 있었다.

"집이 안고(견고)하고, 참 잘 지은 집이오. 옛날에 어떤 부자가 막내아들 줄라꼬 지은 집이라 카던데 솜씨 좋은 대목(大木)이 공딜이서 지었더마. 크지는 않지만, 이선생이 장만하기를 참 잘했다 싶은데."

소목이지만 휘는 목수다. 목수의 안목으로 가늠해본 그 집이 무척 마음에 들고 부러운 눈치였다.

"그 형님은 여기 눌러앉을 생각인지 궁금하군."

걸음을 옮기면서 영광이 말했다. 아까 집으로 올라오는 길에서 하던 말이었다. 그 일에 대하여 영광은 왠지 확실하게 알고 싶었던 것이다. 홍이가 만주로 떠나든, 통영에 눌러앉든 어느 쪽이든 그것은 단순한 일이 아니었기 때문이다. 휘가 어느 정도 실정을 알고 있는지 그것도 궁금했다. 아마 영광이 자신과 비슷하리라는 생각은 하면서도, 왜냐하면 김강쇠가 휘의 부친이요 영광이 자신은 송관수의 아들이기 때문에 그들 두 사내의 활동은 다 같은 아들로서 비슷하게 느끼고 있을 것이기 때문이다. 두 사람은 너무나 판이한 아들들이며 처남매부지간이라 하더라도 처한 입장은 다 같았기 때문이다.

"내 생각으로는 식구들만 이곳에 남기두고 떠나지 않을까 싶은데."

휘도 아까와 같은 말을 했다.

"형님은 매부한테 아무 말 안했는가."

하다가 갑자기 영광은 걸음을 멈추었다.

316

"이거 어디 갑갑해서 견디겠나. 매부!"

휘가 어리둥절하며 쳐다본다.

"우리 나이도 같고 말 놓자. 정말 어중간한 말 하자니 불편해서 안 되겠다."

휘가 껄껄 웃었다. 영광도 웃었다.

"그러지. 아닌 게 아니라 나도 목구멍에 실낱 감긴 거맨크로 말이 들어갔다 나갔다."

두 사람은 지나는 이 없는 텅 빈 골목에 서서 또 웃었다. 강아지 한 마리가 남의 집 대문기둥에 오줌을 갈기다가 제풀에 놀라서 깽깽거리며 달아난다.

"하야간에 이선생은 아무 말씀을 안했지마는,"

다시 걸음을 옮기며 하던 말을 계속한다.

"아주 조선에 나와서 살 생각이믄 진주에다 터를 잡지."

하다 말고 휘는 빙그레 웃었다.

"좋잖은 기억이 있어서, 이선생 말인데."

휘는 또 웃었다. 그는 차고(車庫) 속에서 일본서 돌아온 장이와의 사건 때문에 처가에 대하여 고개를 못 들게 된 홍이 사정을 어디서 들었던지 영호가 귀띔하여 알고 있었다. 휘가 웃은 것은 점잖은 홍이 어째 그랬을까 싶었기 때문이다. 그러나 영광은 좋잖은 기억이 무엇이냐 묻지 않았고 휘도 더 이상은 그 일에 대해 말하지 않았다.

"틀림없이 이선생은 만주로 떠날 기구마."

"내 생각도 그래. 형님은 그리 쉽게 만주서 손 떼고 나올 사람은 아닐 것 같다."

그 말에 휘는 영광을 힐끗 쳐다보았다.

"아이들과 아이 어무니를 데리고 가자니 늘 골골거리는 아이 어무니라, 사실 작년에만 해도 아파서 친정에 정양하러 나왔다가 그놈의 금사건이 벌어졌고 없으니만 못한 일이기는 하지마는, 아이들 어무니가 그리되기 망정이지 이선생이 걸려들었다믄 큰일이었제."

이번에는 영광이가 휘를 힐끗 쳐다보았다.

"참말이제 이놈의 세상이 운제 끝이 날란고, 만나는 사람마다 하는 말인데 영 끝이 안 나고 조선사람들 다 죽게 생깄으니."

"이놈의 세상이 끝나게 매부는 뭔가 해야겠다는 생각해본 일 있나?"

느닷없이 영광이 물었다.

"나야 도통 영문을 모르니께, 해야 한다면 해야지."

"누가 하라 한다면 하겠다, 그런 뜻으로 들리네."

한참 동안 대답을 안하던 휘는,

"나에게 피리가 하나 있는데."

"......?"

"그거를 아주 어렸일 직에 나한테 갖다준 사람이 있었다. 피리는 그분이 세상에 남겨놓고 간 단 하나의 흔적이다 하고 아부지는 말씸하시더마. 경찰서 유치장에서 목을 매고 돌아가 있는데 그분에 대한 기억은, 얼굴이며 모습은 지금도 똑똑히 남아 있고 그분에 대한 숱한 얘기도 마치 내 머릿속에다 불로 지져놓은 듯 뜨겁게 남아 있다. 선생님한테서 글을 배우기 전까지만 해도 나는 피리를 들고 홀로 산속을 헤매다가 불곤 했는데, 그분의 한 많은 혼백이 그 피리 속으로 흘러들어오는 것만 같아서 눈물을 흘리기도 했다. 아부지는 내가 피리를 불 적에는 두렵어하는 것 같은 눈빛으로 바라보시고는 했는데."

영광은 놀라움을 나타내며 휘의 옆모습을 쳐다본다.

"아마도 아부지는 피리가 내 운명 같아서 그러시는 모양인데 나 역시…… 먼지는 모리지마는 그분의 소망을 피리에 이탁하고 내게 주신 기 아니까? 하는 생각이 들 때도 있었다."

"그 사람 광대였나?"

"아니."

"그러면 피리는 왜?"

"광대놀음하는 데서 얻었다던지? 빼앗아왔다 카던지, 그걸 들고 와서 나한테 주셨는데, 불고 놀라고 그러신 거 아니까 싶기는 한데……. 그분은 동학당의 이름난 접주(接主)의 아들이었제. 전주 감영에서 효수당한 부친의 목을 본 뒤 평생을 근본을 숨기고 사셨고 하지마는 지리산 근동에서 그분, 김환을 모리는 사람은 없다. 얼굴을 보지 못해도 그분의 행적은 다 알고 있었제. 아부지의 일평생도 그분 빼고는 생각 못할 기고 아부지도 장인도 다 그분의 그림자였다."

순간 영광의 얼굴이 시뻘게졌다. 부친 송관수가 하는 일을 모르지는 않았으나 김환에 관한 것은 처음 듣는 얘기였다.

'아부지도 장인도 다 그분의 그림자였다.'

영광의 마음속에서 뭔가 풀리고 있었던 것이다. 그것은 부친에 대한 이해였으며 종전과 다른 보다 굴절이 깊은 송관수의 모습이 눈앞에 나타났던 것이다.

그것으로 대화는 끊기고 말았다. 휘는 더 이상 설명하려 하지 않았고 영광은 더 이상 물으려 하지 않았다.

이들이 홍의 처가로 찾아가서 홍을 만났을 때 영광은 몰라보게 수척해진 홍이를 보고 놀란다.

"일부러 올 것도 없었는데."

말로는 그랬으나 그는 아주 반가워했다. 휘는 인사만 하고 돌아갔고 홍이와 영광이 사랑에 마주 앉았다.

"그간 별일 없었나?"

"저야 뭐 무슨 일이 있겠습니까. 진작 못 오고, 죄송합니다."

"오고 가는 일이 어디 그리 쉬운 일인가."

"매부한테 대강 얘기는 들었습니다만 일이 괜찮게 풀린다 하던데요."

"그런 셈이지. 최악의 경우는 면했으니까."

홍이는 담배를 붙여 물고 쓰게 웃었다.

"만주 다녀오셨다면요."

"음, 두 번."

"그쪽 일은, 괜찮았습니까?"

"대강 정리를 했다. 그리고 영구도 만나봤고, 건강하게 잘 있더군."

"네, 형님은 만주로 다시 가실 건가요?"

영광은 묘하게 그 일에 대해 집착하는 것 같았다.

"가야겠지."

하다가,

"실은 초조해. 집사람이 저러고 있으니까, 병원에 두 번이나 입원도 했고, 나와도 당분간 곁에 있어야 할 것 같아서."

"그럼 안 가시고 눌러앉으면 안 됩니까?"

"그럴 수는 없다."

상의가 유자차를 내왔다.

"자네 이 애 알지?"

"네."

"상의야 인사 안 하나?"

"아저씨 안녕하세요."

"음, 학교는 어떻게 했나?"

"아직."

하고 상의는 다시 인사를 하고 나갔다.

"애들 학교 문제는 어떻게 하지요?"

"두 놈은 여기 소학교에 전학했는데 상의는, 진주나 부산으로 가야 하니까, 아무래도 일 년은 휴학해야 할 것 같다."

"아주머니 건강은 아주 나쁜가요?"

"약도 들여주고 아주 나쁠 때 병원으로 나오고 모두 백방으로 손을 쓰니, 공판이 며칠 안 남았다. 여자 몸이고 집행유예가 거의 확실하다."

"불행 중 다행입니다."

"어서 일이 끝나야지. 처가에 이러고 있으니."

홍이는 괴로운 표정을 지었다.

사실 처가에서는 모두 깍듯하게 홍이를 대접해주고 있었다. 장모(김훈장의 딸 점아기)는 본래 평사리에서 홍이를 본 뒤 사윗감으로 점을 찍었으며 임이네의 좋잖은 전력과 용이 상민이라는 것을 모르는 바 아니나 그럼에도 불구하고 혼사를 우겼던 사람이며 장인은 성품이 무던했고 처남 삼화는 홍이를 존경하고 있었다. 그러나 홍이는 혼인 초부터 장인의 외가편 양반들 드센 자존심에 질려버렸고 그 외가에서 뒷배를 보아주어서 산청(山淸)으로부터 이곳에 옮겨온 뒤 가세가 펴기 시작한 처가 사정을 아는지라, 진작부터 개명하고 자산을 모은 그들 외가 일족의 유세(有勢)가 까끄럽지 않을 수 없었다. 게다가 장이를 우연히 만나게 되고 정사가 있었던 그 불미스런 차고사건 때문에 면목을 잃은 홍이는 그간 보연이만 친정을 가고 왔을 뿐 그 자신은 발길을 끊고 살았다. 그 차중에 이번 사건이 터졌던 것이다. 말하자면 이번 사건은 과거 불미스러웠던 일을 상쇄한 셈이었지만 그래도 홍이는 마음이 편치 않았다. 아이 셋을 처가에 맡겨놓은 만큼 자기 혼자 거처를 옮길 수도 없는 일, 만일 그랬다가는 처가와 의절할 판국이니 꾹꾹, 불편을 누르고 있는 형편이었다. 다만 한시라도 빨리 보연이 나와서 거처를 옮기는 일만 고대하고 있는 것이다.

"해도 기우는 모양이고, 우리 어디 가서 술이나 할까?"

홍이 말했다.

"그러지요."

두 사람은 거리에 나왔다. 거리는 매우 한가했다.

"바다하고 별로 인연 없이 살아 그런지 모르지만 나는 바다만 보면 왠지 불안해."

홍이 말했다.

"현재 마음이 불안하니까 그렇겠지요. 저는 바다만 보면 가슴이 뚫려서 바람이 싱싱 지나가는 듯 아주 속이 후련해지던데요?"

"글쎄 마음이 편치 않아서 그런 점도 있겠지. 사람이란 살다 보면 별의별 일을 다 겪게 되는데 작년에는 자네 아버지가 세상 떠나고 올해는 또 생각지 않았던 일이 생기는 걸 봐서, 삼재라도 들었는지 몰라."

"그래도 그 정도니 다행이었지요. 만일 형님이 다른 일로 붙잡혀 왔다면 어쩔 뻔했습니까."

영광의 말에 뭐라 해명할 듯하다가 홍이는 그만둔다.

"형님, 술집도 어디가 어떤지 모르겠고."

말이 끝나기도 전에,

"내가 아는 집이 있다."

"아니 그러지 말고 우리 술 사가지고 매부 집에 가는 게 어떨까요? 매부랑 함께 말입니다."

"그거 좋지."

홍이는 동의했다. 이들은 정종 한 되들이 두 병을 사고 고 깃간에 가서 쇠고기 세 근을 사 들고 간창골 입구 목공소에서 휘를 불러내어 오르막길을 올라간다.

"나 땜에 매부 일 못하는 거 아닌지 모르겠어?"

영광이 말했다.

"하루 쉬었다고 굶어 죽겠나. 저승서 할아배 만나듯이 만내기 어럽운 처남이 왔는데."

홍이 껄껄 소리 내어 웃었다.

"그럼. 그런데 서로 말 텄군그래."

"답답해서 저가 트자 했습니다."

영광이 말했다.

"잘했다. 형식을 너무 찾아도 정이 안 들지."

그 말은 처가를 두고 한 말인 것 같았다. 어쨌거나 홍이는 오래간만에 해방을 맞이한 듯 매우 기분 좋은 표정이었다.

"자네는 처남이니까 만사 제쳐놓고 그런다 하더라도 나 땜에 김서방 일 많이 못했을 거야."

휘를 김서방이라 부르며 말했다. 휘는 싱긋이 웃었다.

"지가 뭐 한 일이 있습니까. 처음에는 장모님이 오시서 아 닌 밤중의 홍두깨라, 어떻게나 서두시던지 머를 우떻게 해야 할지 정신을 차릴 수가 없었습니다."

홍이는 영광을 뒤돌아보았다.

"자네 어머님께서, 나도 처음에는 놀랐지. 유치장에 있는 나한테 면회 오셨을 때, 그분 성질을 내가 어디 모르나? 그야 말로 영원한 새색신데, 오셔서 우시는 바람에 혼났다."

홍의 목소리는 좀 젖어 있는 것 같았다.

"그라고 진규아부지가 욕봤지요."

휘는 모든 공을 영호에게 돌리려는 듯 서둘러 말했다.

"아마 영호도 곧 퇴근하겠지. 네 사람 밤새가며 술 마시자. 이런 기회가 언제 또 있겠나."

결국 휘의 집에서 술판이 벌어졌다.

영선과 숙이 부엌에서 지지고 볶고 해서 술안주를 연방연 방 들여가며 술 시중을 드는데 영호가 나타나서 합세하게 되 었다. 체격들이 좋은 한창 나이의 사내 네 명이 앉은 방 안은 그득했다.

"이렇게 모이고 보니, 우연치고는 참 묘한 우연이구나."

홍이 말에,

"무슨 뜻입니까?"

영호가 물었다.

"모두가 기구한 운명이고, 김서방은 좀 다르지만 서로 그

한곳으로 인하여 얽혀져 있는 사람들 자손이다 그 말이지."

홍이는 상당히 취해 있었다. 그동안 절주(節酒)한 탓도 있겠지만 몸이 많이 상해 있었고 심리적 중압감도 심했던 모양이어서 취기가 쉬이 돌았던 것 같았다. 술잔을 드는 영호는 침울해 보였다. 홍이 무엇을 얘기하려는지 짐작이 갔던 것이다. 그 한곳이 어디라는 것을 깨달았던 것이다.

"여기 앉아 있는 사내들, 모두가 제각기 신상 얘기를 늘어놓게 된다면 아마도 반세기 동안의 평사리 역사일 것이며 바로 최참판댁의 역사를 말한다 할 수 있을 게야. 김서방은 빼고, 우리 세 사람 모두, 그렇지, 우리는 아직도 그 열등감을 극복하지 못했다. 우리들 마음은 항상 자연스럽지가 않았어."

"와 지는 자꾸 빠져야 합니까."

그 말을 할 때 휘의 어투나 몸짓에는 김장사, 강쇠의 자취가 있었다. 영광은 냉소적인 모습으로 앉아 있었고 영호의 미간에는 비애와 분노가 감돌았으며 어느덧 방 안에는 등잔불이 켜져 있었다.

"우리 오늘 밤은 속 시원하게 탁 터놓고 술 마시며 얘기하자. 앞으로는 이렇게 만나는 일은 없을 거야. 없겠지……."

홍이는 다분히 감상적이었다. 유치하기조차 했다. 기구한 운명 운운은 특히 그러했다. 끊임없는 균형과 긴장 상태에서 그는 무너지고 있었다. 단순한 어린아이들같이 네 편 내 편 가르려는 것처럼 누군가에게 기대려는 것처럼 나약함을 노정하고 있었다. 우선 만주에서 벗어났다, 그 느낌 때문에 의식이 해이해졌을 것이며 처가살이 몇 달의 압박감도 적지 않았을 것이며 병든 보연이 영어(囹圄)의 상태라 노심초사, 그런 일들의 혼돈 때문에 이 순간 홍이는 무너지고 있었는지 모른다.

어쨌거나 네 사람이 모인 것은 홍이 말대로 우연치고는 묘한 우연이었다. 내용에 있어서는 어찌 되었든 대륙에서 성공한 사업가 이홍, 악극단의 색소폰 주자요 작곡가인 송영광, 어업조합에 취직한 월급쟁이 김영호, 이 세 사람은 주권을 잃고 문간방에 밀려난 조선사람들 처지에서 본다면, 또 면서기, 주재소 순사 한자리만 해도 대단한 벼슬로 아는 가난한 사람들 눈으로 본다면 출세한 축에 든다. 특히 홍이와 영광은 그 차림새에서부터 도시의 냄새가 나고 문화적 감각과 생활을 누리고 있다 할 수도 있을 것이다. 목공소를 차려서 자유업에 종사하는 휘의 경우도 집칸 마련하고 밥을 먹으니 그 또한 웬만큼 괜찮은 형편이라 할 수 있다. 네 사람은 이같이 직업이 다르고 처지가 다르고 지식의 형성 과정도 다르지만 이들에게 공통된 것이 있었다. 공통된 것이라기보다 운명적으로 깊이 연결되어 있다, 하는 편이 옳다. 그것은 물론 부모대에서 또는 조부대에서 시작된 것이며 시세(時勢)에 따라 부침(浮沈)하고 성쇠를 거듭한 최참판댁 명운과 무관하지 않고 일본의 침략으로 파생되는 사건과도 연관된다. 만일에 최참판댁 청상 윤씨부인이 동학의 장수 김개주에게 유린당하여 김환이라는 어둠의 자식을 낳지 않았더라면 김강쇠는 숯을 굽고 화전을 부치고 광주리나 엮으며 무식한 산놈으로 살았을 것이다. 만일에 영락한 무반의 후예 김평산이 최참판댁 당주 최치수를 살해하지 않았더라면 칠성이 연루되어 처형되지 않았을 것이며 칠성의 아낙 임이네를 용이는 절망적 욕정으로 탐했을 리 없고, 따라서 홍이는 이 세상에 태어나지 않았을 것이다. 영호의 경우도, 아비는 형장의 이슬로, 어미는 살구나무에 목을 매고, 불시에 고아가 된 한복이 길가 잡초같이 자라지 않았더라면, 저잣거리의 거지 처녀를 만나 혼인하지 않았더라면 영호는 이 세상에 태어나지 않았을 것이다. 만일에 극악무도한 친일파 조준구가 최참판댁을 집어삼키지 않았더라면 그 집을 습격할 계기는 없었을 것이며 송관수가 산으로 들어가 의병으로 쫓기는 신세, 백정네 집에 몸을 숨겨야 할 이유가 없었고 백정네 딸의 미모에 끌렸든지 보신을 위해 그랬든지 하여간 영선네와 혼인하지 않았을 것이다. 따라서 영광이 세상에 태어나지도 않았을 것이다. 다른 한편 일본의 침략이 없었던들 김환은 항일의, 자국마다 선혈인 그 길을 가지 않았을 것이다. 강쇠 또한 개도(開導)되어 김환의 그림자로서 그가 떠난 뒤에도 중천에 사무친 그의 한을 짊어지고 따가운 뙤약볕을, 스산한 바람 속을 걸으며 살인도 불사하고, 그렇다! 일본이 내 강산을 범하지 않았던들. 처음에는 의병이었고 형평사운동에서 사회주의 문턱까지……. 그리고 송관수는 만주벌에서 삶을 끝마감했고, 권속을 끌고 서희 일행을 따라갔던 용의 풍상, 항일의 기운이 팽배해 있던 간도땅에서 홍이는 감수성이 가장 첨예했던 소년 시절을 보냈다. 한복은 아비와 그리고 애국지사를 악마같이 엮어간 형 거복의 죄업을 보속하기 위하여 만난을 무릅쓰고, 형의 지위까지 암암리에 이용하면서 조선과 만주를 오가며 전령 노릇을 하고 자금을 운반하고 일하는 사람들을 인도하기도 했다.

제국주의 일본의 동물적 탐욕은 그 얼마나 많은 조선 백성들의 운명을 바꾸어왔는가. 두메산골, 골짝골짝마다 핏줄같이 시내 흐르는 곳에서 삶의 터전을 빼앗기고 유민이 되어 떠도는 이 그 얼마인가. 만주로 가고 중국으로 가고 연해주로 가고 하와이 일본으로, 피값도 안 되는 노동력을 팔기 위해 많은 사람들이 떠나갔건만 도시에는 여전히 거지들이 떼지어 다니고 지게 하나에 목숨을 건 사대육부 멀쩡한 사내들이 정거장마다 부둣가마다 허기진 눈빛으로 짐을 기다리고 있는 풍경, 바로 이들에 소속되었던 사람들이 방 안에 앉은 사내들 부모들이었다. 정면돌파를 했든 측면지원을 했든지 간에 그들의 유대는 동지로서 깊고 강한 것이었다. 그들의 열정은 투명하고 깨끗했다. 고관대작을 지냈던 자, 지주들, 친일파, 그들 자손들이 동경 유학길을 떠날 때 산간벽촌에서 그들은 외롭게 싸웠으며 일본의 치졸한 문화를 묻혀와서 이 강산에 뿌릴 때 왈 신식이라 했던가? 이 무렵 강쇠는 때 묻은 바지저고리 입고 광주리 엮어서 등에 메고 활동사진관 앞을 지나다가 왜놈한테 봉변을 당하고 있었으며, 이 가난한 독립투사인 아비는 술병 하나 달랑 들고서 첩첩산중, 눈 쌓인 지리산 골짜기를 지나면서 목이 터져라! 〈한오백년〉 그것도 두 구절밖에 모르는 가락을 되풀이하여 부르다가, 졸지에 잃은 딸아이 생각을 하다가, 죽은 지 오래된 김환을 소리쳐 부르며 욕설을 퍼붓다가, 눈길에 무릎을 묻고 울다가, 그러던 강쇠는 해도사 산막에 당도하자 술병 놓고 절 한 번 하고 휘에게 학문을 가르쳐줄 것을 우격다짐으로 부탁했던 것이다. 수천 년 경험의 축적인 내 역사를, 수천 년 풍토에 맞게 걸러내고 또 걸러내어 이룩한 내 문화를 부정하고 능멸하며, 내 땅에서 천년을 자란 거목을 쳐내며 서구의 씨앗 하나 얻어다가 심을 때, 어디 내 것을 보존해야 한다는 논박이라도 나올 것 같으면,

"뭐 까짓것 무당 푸닥거리 같은 짓거리, 개의할 것 없어요."
하며 그들의 사상을 계몽주의라 했었지. 송관수는 그들을 믿지 않았다. 진보적 식자라는 그들도 믿지 않았다. 형평사운동으로 알게 된 그 진보주의자들 역시 이론의 수식가(修飾家)가 태반이었으며 학식은 처세요 의복 같은 것, 일본서 한창 유행인 풍조를 옮겨왔다는 것이 대부분의 실정이었다. 결국 그들이 지니고 온 지식의 정체는 내 것을 부수고 흔적을 없게 하려는 것, 소위 개조론이며 조선의 계몽주의였다. 부지불식(不知不識)의 경우도 있었겠으나 동경유학생과 기독교와 일본의 계몽주의 삼박자는 잘 맞은 셈이었다. 일본은 숨어서 어떤 미

소를 머금었을까? 주권과 강토는 이미 그들 수중에 있는 것, 내용이 문제 아니었을까. 창조의 활력인 사고와 관념과 사상, 즉 혼의 산물인 유형 무형의 것들을 부수어내고 공동(空洞)을 만들기만 한다면 일본은 손 안 쓰고 코 푸는 격, 그 텅텅 비어버린 곳에다가 괴상한 현인신이며 만세일계(萬世一系)를 집어넣고 꾹꾹 눌러 다져놓는다면 조선족은 영원히 사라질 것이다. 이 모, 최 모, 그들 추종자들이 계몽주의 기치를 높이 쳐들고 눈가림의 두루마기 점잖게 입고 우국지사로 거룩할 때 북만주 설원에서는 모포 한 장에 의지하고 잠들었을 독립군.

밖에는 밤비가 부슬부슬 내리고 있었다. 흔들리는 등잔불과 부슬부슬 내리는 빗소리는 어쩐지 음산했다. 방문을 열고 나가면 앞산에서 도깨비불이 오고 가고 할 것만 같았다.

숙이는 진규를 데리고 초저녁에 제집으로 돌아갔고 얼마 전에는 영선이 술과 안주를 방문 밖에 잔뜩 준비하고서,

"보소, 선아아부지."

소곤소곤 불렀다. 휘의 머리 그림자가 장지문 가까이 왔다.

"마리에 다 준비해놨인께 술 떨어지믄 딜이가이소."

"알았이니 임자는 들어가 자는 기이 좋겠다."

그도 소곤소곤 말했다.

작은방으로 들어간 영선은 아이들과 함께 깊이 잠이 든 모양이다. 밤은 깊어서 아마 새벽, 닭이 울 시각쯤 된 것 같았다.

휘는 주인답게 단정한 모습으로 절도 있게 술을 마시고 있

었다. 영광은 아무래도 영호가 초면일 뿐만 아니라 마음에 걸리는 것이 있었던지 술잔을 자주 들며 이들 분위기에서 눈을 감으려는 태도였다. 영호는 평사리 최참판댁 얘기가 나왔기 때문인지, 쓰라린 기억 열등감을 달래기 위하여 마구잡이로 술을 마시는 것 같았다. 홍이는 취기만 충천해 있었을 뿐 술을 마시는 도수는 더디었다.

"영호야!"

홍이 불렀다. 목소리나 몸짓이 흐느적거렸다.

"왜요?"

영호의 목소리에는 날이 서 있었다.

"술을 마시는데 왜 그리 기분이 안 좋아 보이는가."

"뭘 어쨌기에요? 하하핫."

영호는 헛웃음을 웃었다.

"칡범 같은 상판을 하구서, 뭐, 뭐가 그리 못마땅한 거야."

"형님 말씀대로 열등감을 극복하지 못해서 그런가 부지요?"

"에키! 노래미 창자 같은 놈, 왜 그리 사내자식이 쫄아들었어? 이 방에 열등감 안 가진 놈이 있어? 없다 없어."

하고 팔을 휘휘 젓는다.

"아니오. 이 중에서도 지가 젤 중죄인인 것 같소."

하자 영광은 술을 핑계하여,

"아까부터 형님 말씀 유치하다 싶었습니다."

하고 한 대 먹인다.

"뭐라? 내가 유치하다고? 그럴 테지. 아아 그럴 게야. 이게 내 본색이다. 자네가 만주서 본 이홍은 말짱 허상이다 그 말이다. 허상, 허리띠 죄고 노상 똑바로 쳐다보고, 계집질하고 헌병대 끌려가서 뚜딜겨 맞고, 집에서는 분탕질하고오, 영광이 자네 소싯적하고 꼭 같은 거였다. 유치해도 좋고 잡놈이라도 좋고 어디 숨 한번 크게 쉬어보자!"

"송형도 형님 말하는 대로 그랬습니까?"

영광은 쓴웃음만 띤다. 영호 말에 대답하지 않았다.

"도저히 그럴 사람같이 뵈지 않는데요?"

"어떻게 뵈는 사람이 그러지요?"

"그야…… 하기는 관수아저씨도 쌈꾼이기는 했지만 도덕적으로는 흠이 없는 사람 같긴 했소."

"영호 자네 말뜻은, 계집질을 말하는 것 같은데 그야 당연하지. 그렇게 생겨가지고 어느 계집이 품에 안기겠나. 흥! 저승에나 가서 실컷 그 짓 하지 흥!"

"그렇다기보다…… 욕설을 한번 끄내면 육두문자가 다 나오는데 여자에 관해서만은 아주 깨끗한 것 같아서요."

"니가 어떻게 알어? 관수형 한창일 때 넌 머리빡의 쇠똥도 안 떨어졌어. 만고풍상 다 겪었는데 남자치고 한두 번 그런 일이 와 없을까."

"형님이 왜 그러는지 이제 알겠소."

"니가 뭘 알긴 알어. 이 병신아."

"김형도 이미 다 알고 있어요. 그 유명한 사건이 그냥 잠자코 있을 것 같습니까?"

"흥! 까짓것! 잠 깨려면 깨라 하지. 내 속에서는 사라지고 없는걸."

"거짓말 마십시오. 송형은 모르지요?"

"뭐 말입니까."

"신기할 것 뭐 있소. 로맨스, 하하핫핫……."

"말이 로맨스지. 실은 포복절도할 일이었지요. 순전한 희극 말입니다."

"입 다물지 못하겠어!"

홍이 소리를 질렀다. 그러나 영호는 먹이를 발견한 강아지처럼 설레는 것 같았고 기분전환을 한 모양이다.

"씨원하게 터놓고 얘기하자 해놓고서 왜 이럽니까? 더군다나 형님 속에서는 사라지고 없는 일이라면요?"

"없다 없어! 고릿적이다, 없어진 지가."

영호는 킬킬 웃는다. 아주 완전히 영호의 기분은 달라져 있었다. 휘는 앉은 채, 눈을 뜬 채 잠이 들었는지 아무 반응이 없었다.

"송형 내 말 좀 들어보시오."

영호는 술을 마셨고 본격적으로 시작할 채비라도 차리는 듯 침을 꿀꺽 삼켰다. 영호가 이렇게 허심탄회하게 나오는 것

은 드문 일이다. 늘 뭔지 걸리고 속으로 편치 않아하는 기색
이 보이기 일쑤였으니까.

"장가 전에 형님한테는 애인이 있었지요."

허두를 떼는데 홍이는 입속말처럼,

"자알 논다."

"그 얘기는 진주서 유명했어요. 물론 형님을 아는 사람들
사이에서 말입니다. 이웃에 사는 처녀였는데 함께 도망가자,
형님 그랬지요?"

"몰라."

"그러나 처녀 집이 너무 가난하여 오라비를 장가들이기 위
해 처녀가 정혼을 한 겁니다. 흔히 있는 일이지요. 남자 집에
서 여자를 탐낼 땐 말입니다. 그러니까 형님의 옛 애인은 혼처
에서 보내온 예물을 이미 오라비 장가들 집에 보낸 뒤라 어쩌
겠어요? 도망가면 어떻게 되겠습니까? 네. 하여간 그때 형님
은 비뚤어지고 난폭하고 성질 나빴습니다. 영팔이할아버지가
한탄하시는 얘길 나도 들었어요. 간도에서는 그렇게 순하고
착했는데 아이가 와 저 모양 돼가는지 모르겠다 하더군요. 어
쨌거나 좋은 집안에 장가들어서 그런지 지금은 용이 됐지만."

"잘 논다 잘 놀아."

그러나 역시 목소리는 크지 않았다.

"모두 점잖아졌다고 칭찬이 자자했는데 그만 일이 터져버
렸지요. 그때 형님은 진주에서 통영을 내왕하는 도라쿠를 몰

앉소. 통영에 와 있었던 것이 동티였지요. 일본서 온 옛 애인의 시가 편이 통영에 와 있었고, 옛정을 못 잊어 한밤중에 형님이 자고 있는 차고로 찾아온 거요. 일 터지게 돼 있었지요. 다음은 상상에 맡기기로 하고 문제는 옛 애인 시가에서 쳐들어왔다 그 말입니다. 독 안에 든 쥐 꼴이지 뭐겠소? 포복절도할 광경이 벌어졌다 그 말입니다."

영호의 얘기는 하나도 재미없었다. 본시 언변이 시원치 않아 표현이 부족한 탓이겠는데 애정 문제, 남녀 관계, 그런 미묘하고도 섬세한 부분에 대하여 감성이 무디다고나 할까 촌스럽다고나 할까, 그것에 원인이 있을 것 같다. 사람됨이 저속하다 할 수는 없지만 고상한 것도 아니며 그렇다고 해서 똑떨어지게 상식적인 인물도 아니었다. 매사가 어정쩡했다. 영호가 광주학생사건이 터졌을 당시 진주농업학교에서 운동에 앞장섰던 것은 순전히 송관수와 정석의 영향 때문이었다. 그로서는 가장 화려하고 꽃다운 시절이라 할 수 있었다. 죽은할머니 함안댁을 닮았는지 턱없이 외곬인 경우가 있고 모질지도 않으면서 서툴다 보니 남에게 상처를 줄 경우가 있었다. 못생긴 한복이와 저잣거리를 헤매는 거지 출신이지만 반반한인물의 어미를 반반씩 닮았는가, 영호는 네 사람 중에서 용모는 좀 빠지는 편이었다. 하여간 애당초 화제 자체가 영호에게걸맞지 않았던 것이다. 사실 그 사건은 비참한 것이었지만 한편 매우 희극적인 것이기도 했다. 입담 좋은 사람 입에 올려졌다면 능히 배꼽 잡고 웃을 만한 일이었다. 남녀가 속옷 바람으로 화물자동차 밑에 숨은 광경이나 쳐들어온 장이 시가 식구들—시부모는 진작 돌아갔고 친척들—중 남정네는 홍이를 끌어내어 매질을 했고 여자들은 장이 머리끄덩이를 잡아끄는가 하면 구경꾼들 앞에서 남녀의 비행을 손을 꼽아 열거하며 일장연설, 죽이느니 살리느니, 구경꾼들은 또 구경꾼대로 고발을 해야 한다, 악대값(보상금)을 내야 한다, 시끌벅적 떠들었다. 그러나 전보를 받고 일본서 달려나온 장이 남편이 소리 소문 없이 여자를 데리고 갔기 때문에 일은 끝났지만 홍이에게는 씻을 수 없는 상처와 수치심을 남겼다.

"결국 그 여자는 못 살았다 하지요? 그것도 여자 쪽에서 내쳤다 하던지."

영호 말에,

"물정 모르는 줄 알았는데 미주알고주알 아는 것도 많다."

홍이 한 말이었다.

"그 후 어찌 되었을까요? 형님은 그 여잘 만나봤어요?"

"니 주제에 뭐가 알고 싶어 꼬치꼬치 묻는 거야? 가서 잠이나 자아."

"사람 괄시 마시오. 오장육부가 성한데 지라고 알고 싶은 게 없겠소? 알면 안 됩니까?"

"그래? 알고 싶다……. 말해주지. 죽은 사람 소원도 풀어주는데 까짓것 산 사람 소원 못 풀어줄 것도 없지. 신경에 한 번 찾아왔어. 형편없는 꼴을 하구서."

홍이는 마신 술에 못 이기는 듯 벽에 기대어 한 다리는 무릎을 세우고 한 다리를 뻗고 있었다. 그 모습은 모든 것을 풀어헤쳐놓은 것 같았다. 영광은 영호 말에 귀 기울이기보다 홍이에게 주의 깊은 시선을 보내고 있었다.

'영 딴판이다.'

작년 만주에서 만났을 때 홍이를 현재의 모습에서는 상상하기 어려웠다. 처음 만났을 때도 그러했고 두 번째 만났을 때, 그리고 길림에서 부친의 부고를 받고 신경으로 되돌아온 후, 장례식에서부터 일체를 홍이 관장했는데 일처리가 명쾌하고 민첩했으며 신경이 구석구석까지 미쳐서 아무런 차질이 없었다. 그는 중후했으며 자신의 감정은 여간하여 드러내놓지 않았고 어느 면으로나 사나이다웠다. 결코 지금과 같은 모습은 아니었다. 영광은 눈앞에 자신을 풀어젖혀놓은 상태로 수습할 수 없을 만큼 망가진 홍이를 도저히 이해할 수 없었다. 몰라보게 수척해졌다거나 얼굴이 황폐하여 감정이 고갈된 것 같다거나, 그런 것보다 뭔가 본질적으로 사람이 변한 것 같았다. 영광의 눈에는 두 손 들고 항복한 사람같이 보였다. 기구한 운명이니, 계집질이니 하는 따위가 벌써 홍이 자신의 언어가 아니었다. 병약한 아내가 영어 상태니까 노심초사하는 것은 인지상정이나 저렇게 무너질 사람이 아니라는 것이 영광의 생각이었고 처가의 중압감 역시 다소간 차이는 있겠으나 더러 겪는 일이며 경찰서에서 받는 심리적 시달림은 홍이 해온 일에 미루어본다면 오히려 경제사범쯤 다행한 일이라 할 수 있기 때문이다.

"으흐흣!"

고개를 떨군 홍의 입에서 나온 흐느낌이었다. 아무리 취중이기로, 기절초풍할 법한 사람은 휘였다. 앉아서 비몽사몽하던 휘는 자리에서 벌떡 일어났다.

"왜 이러십니까?"

"왜 그러긴, 옛 애인 생각을 하여 우는 거 아니겠소."

영호가 짓궂게 말했다.

"당치도 않은 말, 처남 이선생이 왜 이러나."

"글쎄 많이 취한 모양이다."

영광이 입맛을 다시며 대꾸했다.

"나 취하지 않았어."

"이러실 분이 아닌데, 누구 돌아가신 분이라도 생각나시서 그럽니까."

휘는 슬그머니 앉으며 말했다.

"하기는 거기 가서 우는 게 순서인데."

거기란 평사리 부친의 무덤을 가리켜 한 말이다. 말은 천연스러웠다. 그러나 홍은 한동안 흐느꼈다.

영호도 입을 다물었다. 모두 심상찮은 홍이 행동에 침묵할 수밖에 없었다.

"나 만주로 돌아가기 싫어서 그래."

뜻밖의 말이 그의 입에서 나왔다.

"가기 싫으면 안 가는 거지요. 뭐, 집도 장만했으니까 여기
눌러 사십시오."

영광이 말했다.

"아니다. 여기 눌러앉았다니? 견딜 수 없을 거야. 조선에 남아
있다는 것은 더욱더 견딜 수 없을 거야."

그러더니 홍은 일어섰다.

"나 가야 해."

"가시기는 이래가지고 어딜 가십니까."

휘가 따라 일어서며 홍의 팔을 잡았다.

"가야 해."

"그럼 지가 뫼시다 디리겠습니다."

영호가 일어섰다.

"나도 가야겠군."

영광이 부시시 일어섰다. 모두 마당으로 나갔다. 그새 비는
그치고 아주 가까운 곳에서 소쩍새가 울었다.

다 가고 영광이 혼자 방으로 돌아와 어질러진 술상을 밀어
붙이고 팔베개를 하며 누웠다. 소쩍새가 계속 울었다.

'홍이형님의 울음은 무엇일까? 그게 한일까? 자기 생애를
돌아본 슬픔일까?'

무너진 듯한 모습도 그랬고 그의 흐느낌도 그랬다. 그러지

않을 사람이 그랬다는 것에 영광은 충격을 받았다.

'이번에 만주로 떠나게 되면 못 돌아올 것을 예감한 때문일까?'

그런 생각을 하다가 영광은 괴로운 잠에 빠져들었다.

영광이 눈을 떴을 때는 한낮이었다. 방에는 어질러졌던 술상은 다 치워져 있었고 자신은 이부자리 속에 있었다. 맨 먼저 눈앞에 떠오른 것은 흐느껴 울던 홍이 모습이었다. 어디선지 홍이처럼 울던 사내를 본 것 같은 생각이 든다. 어디서 보았는지, 그가 누구였는지 알 수 없었지만, 담배를 붙여 물고 영광은 방문을 열며 마루로 나갔다.

"오빠 일어났소?"

영선이 부엌 쪽에서 달려왔다.

"해가 중천에 떴구나."

영광은 누이를 쳐다보며 겸연쩍게 웃었다.

"무신 술을 그렇기 마십니까? 몸 망가지겠소."

"밤낮 마시는 것 아니다."

"그래도 그렇지요. 아침에 김서방보고 성을 냈십니다."

"매부는 일 나갔나?"

"기다리다가, 나갔소. 오빠 어디 갈라 카믄 목공소에 들르라 하더마요. 어디 구겡 안 가겠소?"

"구경은 무슨, 서울로 가야지."

"뭐라 캤소? 오늘 말입니까?"

영선은 다그쳐 물었다.

"내일쯤 떠날까 싶다."

"서울로?"

"……."

"엄니는 우짜고 떠난다 말이오."

올곧잖은 목소리다.

"아무튼 좀 있다가, 지도 할 얘기가 있인께."

영선은 부리나케 부엌으로 간다. 그새 영광은 세수를 했고 영선은 상을 들고 부엌에서 나왔다.

"밥 먹을 생각 없는데."

"술을 그렇게 마시고 속이 아무렇지도 않소? 멩탯국 끓잇인께 밥 한술 말아서 잡사아보소."

"그럼 마루에 놔."

영선은 상을 내려놨고 그리고 자신은 마루에 비스듬히 걸터앉는다. 밤에 내린 비 때문에 사방은 씻긴 듯 맑았다. 맞은편의 산이 산뜻하게 푸르렀으며 하늘 높이, 낮게 새가 날고 있었다.

"내일 간다는 거는 말도 안 돼요. 엄니도 안 보고 가겠다 그 말입니까?"

"……."

"그냥 가신 거를 엄니가 알아보이소. 얼매나 상심하겠소."

"……."

"아부지 기실 때하고는 다르요. 나도 오빠 만나믄 참 할 말이 많았는데 이렇게 대하고 보이 할 말은 다 달아나고."

"하나 마나 원망이겠지."

영광은 국을 먹으며 말했다.

"지나간 일이사 머, 말하믄 머하겠소. 이자부터는 오빠도 생각 좀 달리해야 안 하겠소? 엄니 편지 받아서 알겠지마는 아부지가 남긴 재산이 수월찮다 카니 집도 사고 장개도 들어야제요."

"장가를 들어?"

영광은 쑥스럽게 웃었다.

"그라믄 평생 장가 안 가고 혼자 살 깁니까? 그라고 엄니를 절에 저렇게 놔둘 기요?"

"······."

"엄니가 절에 기시겄다. 그런다고 해서 자식 된 도리, 모리는 체해도 되는 일입니까?"

"집도 어머니가 오셔야 사든지 하지, 나한테 집이 무슨 소용 있나."

"그렁께 이분에, 오신 김에 산에 다녀서 가시이소."

"어머니 고집을 누가 꺾어."

"꺾든지 안 꺾든지 하여간 엄마 만나고 가야 할 기요."

"알았다. 조막만 한 게 웬 말이 그리 많아. 니 남편한테도 그렇게 좋알대나?"

영광은 하는 수 없다는 듯 웃었다.

"김서방이사 머, 좋알거릴 짓 안 하요. 사람이 점잖고."

"김서방은 점잖은데 오라비는 점잖지 않다 그 말이야?"

"아이구 참, 그런 뜻은 아니고요."

영선은 당황한다.

"괜찮다. 난처해할 것 없어. 사실이 그러니까. 매부는 내 보기에도 군자 같다. 아버지가 눈은 작아도 사위는 잘 고른 성싶다."

"오빠도 참 그런 뜻은 아니었는데."

상을 물리며,

"아이들은 다 어디 갔나? 어제 작은놈 잠시 보고는."

"선아는 핵교에 갔고 선일이 그 아아는 도모지 집에 붙어 있지를 않소. 진규하고 개울에 갔는가 배요."

"살기는 어때?"

"남 줄 것은 없지마는 사는 거사 이만하믄, 남한테 아쉬운 소리 안 하고 사요."

"그럼 됐다."

"엄니도 니 걱정은 없다 하더마요."

"그럼 어디 나가볼까?"

영광은 일어섰다.

"시내 구겡하실라 카믄 목공소에 가서 김서방 불러내소. 음식 잘하는 집도 알고, 제발 술은 그만하는 기이 좋겠소."

"멀리 가는 것도 아닌데 뭐."

영광이 삽짝을 나서려 하는데,

"오빠."

"또 왜?"

"엄니 만나보고 가는 거 약속했소."

"그래."

영선은 만족한 미소를 띠었다.

"이 근가죽을 돌아볼라 카믄, 충렬사에 가보소."

"충렬사?"

영선은 따라나왔다.

"저기 보이지요? 동백나무가 줄지어 있는 곳, 저기 충렬사가 있소. 이순신 장군을 모신 사당이오."

"그래."

"하지마는 아마도 안에는 못 들어갈 깁니다. 동백꽃 피었을 때는 볼만했는데, 아직은 꽃이 좀 남아 있일 성싶은데."

영광은 뒤통수에 대고 하는 영선의 말을 들으며 내리막길을 내려간다. 돌이 여기저기 굴러 있는, 넓지 않은 길을 따라 평지로 내려왔다. 큰 빨래터가 있었다. 여자들이 빨래를 하며 재잘거리고 있었다. 빨랫방망이 소리 여자들의 웃음소리 부서지는 햇빛, 영광은 어제 부둣가에서 그 신선한 삶의 활력을 되새겨보는 것이었다. 삶의 의미, 가능성은 바로 그런 것이 아닐까 생각하다가 영광은 다음 순간 그것은 남의 인생이라는 강한 부정에 빠지는 것이었다. 남이 바라보는 자신의 있는 모습이 결코 진실이 아니라는 선에서부터 출발하여 영광은 빨래터에 다시 시선을 던진다.

'그렇다, 바로 내 시계에 저들 모습이 들어왔고 내 귀에 들려오는 소리들이 시(詩)가 아닌가. 한다면 시는 진실인가!'

영광은 걸음을 옮긴다. 길 양편에 우뚝우뚝 서 있는 동백나무는 울창한 그늘을 드리우고 있었다. 영광은 동백나무 터널 속으로 들어갔다. 곧장 가면 사당이 나타나겠지만 영광은 나무 등걸 밑에 엉덩이를 박고 담배를 꺼내어 붙여 문다. 담배 연기를 날리며 영광은 생각한다. 이 고장의 성지(聖地)인 이곳이 악랄한 일본으로부터 어떻게 지켜지고 있는지 그것에 대한 궁금증이 생겼다. 굳게 닫혀진 사당 문을 멀리 바라보며 영광은 바로 이곳 지형 때문이 아닌가 생각해보는 것이다. 통영 시내로 가자면 서문안 고개를 넘어서 간창골을 빠져나가야 시내에 나간다. 간창골 일대 서문안 고개에도 집은 옹기종기 들어서 있었다. 특히 서문안 고개는 가난한 초가들로 이루어졌고 그곳에서 충렬사로 이르게 되는 내리막의 골짜기는 대개 가난한 서민들의 주거다. 마치 분지 속에 그 가난한 백성들에게 옹위되듯 충렬사는 자리하고 있었다.

'한 위인이 살다 간 의미는 무엇일까? 그것은 정서가 아닐까? 시일까? 타인에게 투영된 그 모습은 보는 사람에 따라 갖가지 정서로 재생되는 것이 아닐까? 그렇다면 그 자체는 보는

사람에게는 풍경이며 시다. 위대하다는 그 자체가.'

영광은 밑도 끝도 없는, 논리적으로는 설명이 되지 않고 언어로도 표현하기 어려운 깊은 사념 속으로 빠져들어가고 있었다.

5장 황량(荒凉)한 옛터

"올 줄은 알고 있었다마는, 오는 날이 장날이더라고, 동네가 시끌시끌하다."

모시 두루마기에 낡은 여름 모자를 쓴 연학이 말했다. 나룻배에서 꾸러미 하나를 들고 내린 홍이 동네 어귀에 들어섰을 때 연학을 만났고 연학은 봉기노인이 간밤에 세상을 떠나 문상 갔다 나오는 길이라 했다. 연학은 보연의 외사촌 김범석과 함께 통영을 한 번 다녀왔기 때문에 홍이 만주서 온 후 처음 만나는 것은 아니었다.

"장수하셨지요, 그만하면. 돌아가실 때도 됐습니다."

홍이 말이었다.

"하기야 머 원 없이 살기는 했제. 옛날에는 욕심 많고 심술궂기로 호(소문)가 난 노인이었으나 지금 인심 돌아가는 꼴을 보믄 그래도 그 시절이 좋았던갑다. 마을에는 기강이 있었고 범우 장다리 겉은 장정들이 있어서 조준구를 직이겠다 했고 의병질도 했고…… 그 시절의 마지막 가는 사램이 봉기노인 아니겠나? 섭운코, 허전하고 그러네."

"진주에 영팔아저씨가 살아 계시지요."

"하기야, 통영에는 그놈, 조준구도 살아 있다 하니."

"거기도 멀잖다는 얘기였소. 이제는 아들한테 행패 부릴 기운도 없고 정신도 이문가문하다 하더군요."

"가만히 생각해보믄 모든 기이, 모래밭에 밀려오는 물결 같은 기라. 갔는가 싶으믄 오고, 오는가 싶으믄 또 가고, 편한 것도 잠시, 지금은 이 동리가 우가 놈 집구석 땜에 편할 날이 없다. 그는 그렇고 자네 어디부터 갈 기고?"

"집에 가야지요."

집이란 지금 성환할매가 살고 있는 그 옛날의 집을 말한다. 정확하게는 용이 살다가 죽은 그 집을 말하는 것이다.

"떠날라꼬 작별하러 왔나."

"그런 성싶소."

한동안 걷기만 할 뿐 말이 없었다. 연학은 걸음을 멈추었다. 모자를 벗고 땀을 닦는다.

"성묘할라 카나?"

"네."

"하기야 아부지 산소가 없었이믄 머하러 니가 여기 오겠노."

"그건 그렇습니다."

"그라믄 나중에 보자."

그들은 갈림길에서 헤어졌다. 연학은 동네가 시끌시끌하다 했으나 홍이에게는 동네가 설렁했다. 상가에 간 사람도 있을 것이고 들판에 일하러 나간 사람도 있을 것이지만 마을은 텅 비어버린 듯 오가는 사람이 눈에 띄질 않았다. 높은 나무 사이 까치집 옆에서 이따금 까치가 지저귈 뿐 이상한 침묵 속에 가라앉아 있었으며 돌이 굴러 있는 마을 길에 따가운 햇볕만 내리쬐고 있었다.

마당에서 서성대고 있던 성환할매가 들어서는 홍이를 보고 깜짝 놀란다.

"성환할머니, 그간 별고 없었지요."

홍이 꾸러미를 마루에 놔두고 인사를 한다.

"니, 니가 그런께."

"네, 지가 홍이 아닙니까."

"그래 니가 홍이다!"

"……."

"맞다! 니가 홍이다. 안 죽고 산께 니를 보는구나!"

성환할매는 홍이 손을 잡았다.

"올라갑시다."

홍이 떠밀듯 성환할매를 마루로 올려보내고 자신도 신발을 벗고 올라간다.

"절 받으십시오."

"무신, 그만두자."

"아닙니다. 자아 앉으시오."

홍이는 절을 하고 자리에 앉는다. 성환할매는 하염없이 울
었다. 물론 아들 석이 때문에 우는 것이다.

"집에는 혼자 계시는 모양이지요?"

"성환이는 진주 가서 중학에 댕기고 남희는,"
하다가 흐느낀다.

"그런께 남희는 부산 가서 여핵교에 댕긴다. 귀남어미는 상
가에 일하러 가고 그래서 혼자 안 있나."

치맛자락을 걷어서 눈물을 닦고 성환할매는 물었다.

"점심은 우떻게 했노."

"읍내서 먹고 왔습니다."

"아닌 게 아니라 한복이가 통영 갔다 와서 니 소식을 전해
주기는 하더라마는 니 안사람은 우찌 됐노?"

"나왔습니다. 진작 온다는 것이, 아이에미가 아팠고, 또 이
사하느라 바빴고."

"와 안 그렇겠노. 거기가 우떤 곳인데, 남정네도 아니고 예
인네(여인네)가 있일 곳이가. 아무튼 나왔다니께 잘됐다. 세상
에, 한복이가 갔다 와서 얼굴이 말이 아니라는 말은 하더라마
는, 그 좋은 인물이 와 이리 됐제?"

"세월이 가니까, 조선의 물이 저한테 맞지 않는 모양이지요."
홍이 웃으며 말했다.

"참 봉기 그 늙은이가 간밤에 죽었다."

"오면서 들었습니다."

"그래? 그라믄 잠시만 앉아 있거라. 머, 입가심이라도 해야지."

"아닙니다. 앉으십시오. 성환할머니한테 드릴 말씀도 있고."

드릴 말씀이 있다는 말에 성환할매는 긴장한다.

"지가 만주로 떠나게 되면 성환할머니를 만나기는 힘들 겁니다."

"만주로 또 갈라 카나?"

"예."

"한복이 말로는 그쪽 일은 정리했다 카던데."

"새로 또 시작해야지요."

"그만 여기 살지. 가기는 와 갈라 카노. 그라믄 집은 와 샀일꼬?"

"식구는 두고 갈 겁니다."

식구를 두고 간다는 말에 성환할매 표정이 심각해진다.

"그래 성환애비도 식구들을 두고 갔제. 그런 연후에는 이날 이적 소식 없고 니도 그럴라 카나? 홍아."

그럴라 카나, 그것은 독립운동을 말하는 것이었다.

"실은 오면서도 망설였습니다. 역시 말씀드리고 가는 것이."

성환할매의 눈동자가 크게 벌어졌다. 그는 석이 죽었다는 말을 홍이 할 것 같았던 것이다. 작년 여름 송관수가 죽은 것처럼.

"석이형님은 무사히 계십니다."

"머, 머라! 그라믄 우리 석이가 안 죽고 살아 있다 그 말가!"

"네."

"니가 만났더나!"

"지도 석이형님을 만난 지는 오래됐고 지난번 사업정리하노라 만주 갔을 때 하얼빈에 계시는 선생님이 말씀하시더군요. 석이형님이 며칠 전에 다녀갔다고."

"그, 그래, 어이구."

성환할매는 또 울었다.

"성환할머니께서 명심해야 할 일은 절대로 이 말을 입 밖에 내서는 안 됩니다. 여러 사람이 다칠 거고 아이들한테도 큰 해가 미칠 것입니다. 봉기노인 돌아가셨다는 얘길 듣고 보니 이 말 안 하고 갈 수가 없었습니다."

"안다, 알고말고. 와 내가 그걸 모릴 기고. 한복이나 장서방이 입 꾹 다물고 있었지마는 성환애비가 만주 갔일 기라는 짐작은 벌써부터 했고, 하지마는 이날 이적지 그 말을 입 밖에 낸 일은 없었네라. 손자들한테 해롭다는 것도 다 알고 있다."

"지가 잘한 짓인지 모르겠습니다."

"걱정 마라. 내가 죽는 한이 있어도."

"어떻게 하든 이를 악물고 사셔야 합니다. 형님을 만날 때까지."

"내 생전에 만나겠나?"

"멀지 않았습니다. 그러나 힘들 겁니다."

"일본이 망하는 것 말이제?"

성환할매는 목소리를 낮추었다. 홍이는 고개를 끄덕인다.

홍이는 마루에 놔둔 꾸러미를 끌러서 따로 산 것을 내놨다.

"읍내시장에서 떡을 좀 샀습니다. 굳기 전에 잡숫고, 지는 산에 가볼랍니다."

하며 나머지를 싸들고 낫을 빌린 홍이는 집을 나섰다. 강가 후미진 곳을 찾아 내려간다. 마직 양복을 벗고 속옷도 벗고 홍이는 물을 끼얹으며 물속으로 들어간다. 푸르고 맑은 섬진강 강물. 홍이는 몸을 씻으며 주갑을 생각했다. 〈새타령〉의 가락을 생각했다. 나룻배가 내려왔다. 홍이 자맥질을 하며 강물 속으로 몸을 숨겼다. 다시 떠올라 목을 내밀었을 때 나룻배는 지나가고 있었다.

"시원하겠소!"

나룻배의 사공 목소리가 맑은 햇빛을 뚫고 울려왔다. 그리고 배는 하류를 향해 내려갔다. 맞은편은 전라도 땅, 강물에 기슭을 적신 가파로운 산에는 소목이 울창했다. 백로가 환상같이 흰 깃을 펴고 날아간다. 산기슭에 잠긴 물빛은 산그늘 때문인지 푸르고도 녹색이다.

'여기가 바로 무릉도원이구나.'

하얼빈에서 신경까지, 언덕 하나 없는 광활한 대륙이 눈앞에 떠올랐다. 숨이 막히게 끝이 없었던 광막한 대지, 그것은 어떤 공포감이었다. 홍이는 영광에게 바다는 불안하다고 말했다. 만주의 그 끝없는 벌판을 연상했기 때문일까, 아니면 들고나고 하는 배들의 그 뱃고동 소리 때문이었을까. 떠나는 것은 두려운 일이다. 떠나지 않고 있는 것은 더욱 견딜 수 없는 일이다. 보연이 나오면서 홍이는 차츰 전과 같이 침착해졌고 어느 정도 안정을 찾았으나 사실 그는 떠나는 데 극복하지 못한 것이 있었다. 그것은 앞으로 싸워야 하는, 전부를 내던져서 싸워야 하는 신념에 대한 회의였다. 그러나 그 회의는 그를 조선에 주저앉힐 만큼 큰 것은 아니었다. 어쩌면 회의라기보다 홍이 자신의 인간적인 약점이었는지 모른다.

"여기가 바로 무릉도원이로구나!"

이번에는 목소리를 내어 말해본다. 그리고 이곳 이 땅에서 씨앗이 하나 떨어져 자기 자신이 생겨난 것을 새삼스럽게 깨닫는다. 아주 어렸을 적에 기억조차 없는 어린 시절 말고는 거의 홍이에게는 추억이 없는 땅이다. 아버지가 살아 있을 때 명절이면 찾아왔고 아버지랑 함께 성묘하던 일 말고는 싸움을 말리다가 우서방이 휘두른 칼에 맞았던 것이 두드러진 기억이었다.

물속에서 나왔다. 옷을 입으면서 산천은 무릉도원이나 사람은 무릉도원에서 살고 있지 않다는 생각이 순간 가슴을 저리게 한다.

산으로 올라온 홍이는 할아버지 묘부터 벌초를 하고 제수를 차린 뒤 절을 했다. 다음은 할머니 무덤의 풀을 깎고 제수를 차린 뒤 절을 했다. 그리고 아버지 묘에 제수를 차린 뒤 홍이는 아주 오랫동안 그곳에 엎드려 있었다.

'아버지, 지는 만주로 갑니다. 왜 가는지 아시지요. 다음부터는 상근이 상조가 할아버지 뵈러 올 겁니다.'

맨 마지막에 벌초를 하고 제수를 차리고 홍이 절을 한 무덤은 강청댁, 보지도 않았던 큰어머니의 무덤이었다.

산을 내려오면서 용정촌에 있는 월선의 무덤을 홍이는 생각했고, 무덤도 없이, 화장한 생모 임이네에게 홍이는 강한 연민의 정을 느낀다.

김훈장댁에 홍이 들어갔을 때,

"이게 누고? 이서방!"

마당에서 보리를 펴 말리고 있던 처외숙모 산청댁이 반가워하며 일어섰다.

"아범아! 아범아! 이서방이 왔다!"

까대기 속에서 농기구 손질을 하고 있었던지 범석이가 나왔다.

"매부 왔어?"

범석이 싱글벙글 웃었다.

"숙모님 절 받으셔야지요."

홍이 말했다.

"아니다. 이 꼴 해가지고 절은, 사랑에 가게. 거기 가서 인사 올리면 된다."

범석이 손을 털며 앞장섰다.

"요즘 건강은 어떠시오."

"아버님 말인가?"

"네."

"들일은 못하시지."

사랑으로 간 범석은,

"아버님 통영서 이서방이 왔습니다."

하자 방문이 덜거덕 열리며 한경이 내다본다. 머리가 하얗게
돼 있었다. 책을 읽고 있었던지 돋보기 속에서 눈을 치뜨고
있었다.

"이서방 올라오게."

했다.

방으로 들어간 홍이 절을 했다.

"이번에는 여러 가지로 심려를 끼쳐서 죄송합니다."

"그것은 우리가 할 말이다. 미안하네."

한경은 아주 힘들게 말했다.

"보연이가 나왔다는 얘기는 들었고, 이사는 했나?"

범석이 물었다.

"했습니다."

하자 한경은 아들에게,

"술상 내오라 하지."

역시 힘들게 말했다. 한경으로서는 최대한의 환영의 표시

였다.

"말 안 해도 내올 것입니다. 어머님이 이서방 오는 것을 보았으니까요."

한경은 고개를 끄덕였다. 만주까지 가서 기어이 김훈장 유해를 이장해온 사나이, 사람이 좀 모자란다 했던 한경의 생애는 양부 김훈장에 대한 효도와 일문을 지키는 데 한 치 소홀함이 없었다. 지금도 그는 선영봉사(先塋奉祀)를 위해 존재하듯 그 일에 대해서는 한 치의 오차도 용서치 않는 엄격함을 견지해온 사나이다. 그는 원래 노총각이었으므로, 마누라 산청댁과는 상당히 나이 차가 있었고 범석이도 늦게 본 자식이라 할 수 있었다.

"만주에 안 갈 건가?"

한경이 말이 없으니까 범석이 물었다.

"가야지요."

"단신으로?"

"네."

"거기 사정은 어떤가? 무슨 기미라도 있나."

"오래가지는 못하겠지요."

"그럴 거다. 오래갈 수는 없지."

"형님은 국내 사정을 어찌 보십니까?"

홍이는 범석의 눈을 주시했다.

"전쟁이 끝나는 데 달린 거지. 힘을 모은다는 것은 꿈도 꿀

수 없는 일이다. 문제는 어느 정도의 조선인 손상으로 끝나는
가 그것만 남았어."

"아버님이 계셨더라면 통탄하실 일이 동네에서도 매일 벌
어지고 있다."

한경은 또 어렵게 한마디 했다. 그러고는 세 사람이 침묵하
는데 범석의 처가 홍이에게 인사를 하며 술상을 들여왔다. 홍
이로서는 도저히 사양할 수 없는 술상이었다. 한경이 얼마나
마음먹고 술상을 내오라, 아들보고 말했는지 알기 때문이다.
홍이는 한경의 술잔에다 공손히 술을 부었다. 범석이 술병을
받아서 홍이 술잔에 술을 부었다. 그리고 또 홍이 범석의 술
잔에 술을 부었다. 마치 그것은 의식(儀式)과도 같은 것이었다.
한경은 술을 마시고 술잔을 상 위에 놓으면서 말했다.

"내 소원은."

"······."

"일본이 망한 것을 아버님 산소에 가서 고하는 그것이 내
소원이다."

한경이 눈에 눈물이 어리었다.

"만리타국에 가셔서 뼈를 묻으신 아버님의 비통함을 범석
이도 잊어서는 안 되는 일이나, 그곳에서 이서방은 보아오지
않았는가."

"네."

"추호, 아버님 뜻에 어긋남이 없게 하여라."

"네."

"이서방은 할 일 하고 있습니다. 아버님."

"그래, 그걸 내가 알지."

한경은 드물게 웃었다.

그러나 웃고 있던 한경이 별안간 당황하기 시작했다. 한쪽 입술이 실룩실룩 실룩거렸다. 그러는 것은 감정이 절실한데 적절한 말이 떠오르지 않을 경우의 버릇이었다.

"아버님."

범석이 안정시키려는 듯 조용히 불렀다.

"음, 그, 그래 내가 왜 그 생각을 안 했는지."

"……."

"이상하구먼. 왜 그 생각을 안 했는지……. 시, 실은 돌아가신 아버님한테는 이서방이 예사 사람이 아니라는 것을 어째 이제야 깨달았을꼬?"

"무슨 말씀이신지."

"나, 나는 너희들도 잘 알다시피 김씨 가문이 절손 지경에 이르러 들여놓은 양자 아니냐. 척을 따진다면 팔촌도 넘을 게야."

"그것은 알고 있습니다."

"허나 이서방은 달라. 아버님 외손녀의 배필 아니더냐?"

"그렇습지요."

"아버님이 이 세상에 남겨놓고 가신 일 점 혈육의 사위 아니냐. 그뿐이겠나? 아버님이 간도에 계실 적에, 돌아가실 때까지 가까이 있었던 사람도 이서방 아닌가. 그런 생각하니 예사 사람이 아니다."

"듣고 보니…… 그렇습니다. 아버님."

"우리가 너무 무심했던 것 같구나."

가만히 듣고만 있던 홍이는,

"제가 간도에서 할아버님을 뫼신 것도 아니고 그렇게 말씀하시니 부끄럽습니다."

"아아 아닐세. 자네는 연소했으니 그럴 처지는 아니었던 게고."

"이서방."

범석이 스스럽게 웃으며 불렀다.

"아버님의 말씀은 핏줄의 정통을 따지신 거네. 자네야말로 할아버님 유지를 받들어야 할 사람이라는 뜻일세."

한경은 여러 번 고개를 끄덕였다. 머리가 하얗게 됐을 뿐만 아니라 창백했으며 삼베 고의적삼이 우장처럼 헐거워 보였다.

"쥐구멍이라도 있으면, 앞으로는 명심하여 할아버님의 뜻을 새기겠습니다."

홍이는 민망하여 어찌할 바를 모른다.

원래 한경은 술을 못하기 때문에 범석과 홍이는 그 정도로, 인사를 올린 뒤 물러났다.

"지금 가는 거는 아니겠지?"

조카사위도 백년 손[客]으로 보는가. 그새 저고리를 갈아입고 며느리와 함께 마루에 앉아 있던 산청댁이 사랑에서 돌아 나오는 홍이를 보고 말했다.

"가볼 데가 있어서."

"그래? 저녁은 집에 와서 잡숫게. 꼭 그래야 하네."

"네."

범석이 따라나왔다. 말없이 논둑길을 걷다가 그들은 강가 둑길까지 나왔다. 나란히 앉아서 강물을 바라본다. 강물은 아 까 홍이 왔을 때보다 물빛이 짙어진 것 같았다. 해가 자리를 옮겨서 그러리라, 홍이 생각한다.

"아까 여기 와서 목욕을 했습니다. 산천은 무릉도원이되 사 람들은 무릉도원에 살고 있지 않다는 생각을 했어요."

범석은 말이 없었다. 홍이는 담배를 꺼내어 붙여 문다. 범 석은 담배를 피우지 않기 때문에 권하지도 않는다.

"은어회 먹고 싶지 않아? 주막에 가서 막걸리 한잔씩 하자."

한참 있다 범석이 말했다.

"여기서 얘기나 하다 가지요. 영호 집에도 가봐야 하고 장 서방도 만나야 하니까."

보연에게 장가들기 전에, 그러니까 간도에서 돌아온 후 홍 의 정서가 극도로 불안했던 시기, 평사리에 있는 부친 용이를 찾아올 때면 만나곤 했던 사람이 범석이었다. 청년 시절부터 인품이 중후했고 비록 보통학교 졸업이 그의 학력의 전부였 지만 한학을 했고 신학문도 독학으로 대학 졸업 이상의 식견이며 특히 농촌문제에 대해서는 상당한 연구가 있었다. 그의 주경야독의 생활 방식은 소년기에서 사십이 넘은 오늘까지 변함없이 꾸준했다. 영호나 홍이, 또 윤국이까지 평사리에 와서 방황했던 청소년기, 범석으로부터 그들은 상당한 영향을 받았다. 홍이는 그를 존경하여 형님 대하듯, 그러나 접근하기로는 범석이 먼저였다. 그 이유는 간도에서의 김훈장 행적을 알기 위해서였다. 그렇게 친숙하게 집을 드나들 때 친정 다니러 왔던 보연의 모친이자 김훈장의 외동딸이었던 점아기 눈에 띄었고 점아기가 간절하게 원하여 혼인이 되었던 것이다.

"자네가 가족을 두고 간다니까 부끄럽네. 아까 아버님 말씀이 계실 때도 그랬었지만."

"그런 말씀 마십시오. 지가 뭐 혁명갑니까? 독립투사인가요? 왜 그렇게들 생각하시지요?"

"아닌가?"

범석은 미소를 띠며 홍의 눈을 쳐다보았다. 홍이는 그 말대답은 하지 않았다.

"조선에 주저앉아 살 만도 한데…… 나야 뭐 늘 이불 밑에서 활개 치는 꼴이지만."

"저 역시 눈먼 망아지 은령 소리 듣고 따라가는 격이지만, 그동안 많은 갈등을 겪었습니다. 기둥이 모조리 뿌러져서 내려앉은 것 같은 기분이었습니다. 모두가 당연히 그랬겠지만, 또 당연한 일이었겠지만 자신들 일에만 너무 집착해 있는 것 같아서 일종의 배신감이라고나 할까요? 그런 걸 느끼기도 했고, 나도 잔말 말고 그렇게 살자는 유혹도 강했습니다. 그러나 저를 못 견디게 한 것은 만주서 뛰는 사람들의 내일이 없는 고난이었습니다. 관수형님의 죽음도 큰 충격이었고요."

"배신감을 느꼈다는 자네 심정 이해하네. 그러나 소수를 제외하고 대다수는 집착할 그 아무것도 없다는 것을 생각해보게. 그게 조선의 현실이다. 모두가 피해자며 조선이라는 땅 자체가 집착할 그 아무것도 없는 감옥인 게야."

"그렇겠지요. 그럴 겁니다. 그런데도 왜 그렇게 냉담하고 아무 일도 없는 것처럼 느꼈을까요."

"이서방, 파도가 눈에 뵈지 않는다고 바다가 조용한 건 아닐세. 상어 떼가 무리를 지어 날뛰고 피래미 한 마리 숨을 곳이 없다면 조용한 그 자체는 더 무서운 것 아니겠나? 그러나 절망하지 말게. 민중들은 아직 순결하다. 친일파는 말할 것도 없지만 지식인들이 일본이라 할 때 대다수 민초들은 왜놈 왜년이라 하네. 역사적인 자부심과 피해의식은 그들 속에 굳게 간직되고 있어. 그들은 일본인을 두려워하면서도 모멸하고 복종하는 체하면서도 결코 섬기지 않아. 그들은 조선의 대지(大地)이며 생명이다. 감옥에서 탈출할 수 있고 그럴 계기가 주어진다면 민초들은 다 뛸 것이야. 의병의 의기는 아직 그들에게 등불로 남아 있어."

"형님은 사회주의입니까?"

"아니다."

범석은 명확하게 말했다.

"나는 농본주의(農本主義)다. 첫째 나는 토지의 국가소유를 반대한다. 일본이 조선의 땅을 소유하는 것을 반대하는 것은 말할 나위가 없고, 땅이란 경작자가 가져야, 아니, 아니지. 땅은 경작하는 사람이 자연에서 빌려야 한다는 생각이다. 사람이 생명을 빌려서 세상에 나온 것처럼, 생명이 나왔기 때문에 자연은 경작자에게 땅을 빌려주어야 한다. 살아 있는 자의 권리지. 땅의 임자는 자연이며 총대 든 이민족은 물론 국가소유도 개인소유도 아니며 자연에서 빌릴 수 있는 자는 오로지 경작자뿐인 것으로 나는 생각한다. 따라서 나는 국가권력, 총대 든 무리의 권력을 인정치 않는다. 정부란 단지 관리를 총괄적으로 하는 관리자의 집단이어야 한다는 생각이다."

"옳은 말씀이지만 이상론이군요."

"『염철론(鹽鐵論)』을 보면, 이 책은 한나라 때 소금과 쇠와 술 등, 그것의 전매(專賣)정책을 둘러싼 여와 야의 공박을 수록한 책인데 대부(大夫, 관리)와 문학(文學, 野의 지식인)의 경제논쟁을 대충 요약한다면, 문학은 상업을 억제하고 불필요한 것의 생산을 반대하며 의식(衣食)의 근간으로서 농업을 장려하는데, 불필요한 것의 생산과 교역으로 부강해지면 그것은 전쟁을 부르게 되고 인민은 도덕적 타락으로 빠지게 된다는 주장이며, 반면 대부는 교역의 필요성과 민생의 향상을 위해 생산고를 독려해야 하며 그것으로 강병책(强兵策)을 도모하여 국가가 부강해져야 한다고 역설하는데, 예를 들어 그릇에 무늬를 넣는 것조차 인력의 소모로 본 극단적으로 스토익한 문학은 이상론자요, 곤륜(崑崙, 중국 전설 속의 신성한 산) 밖에서 비취를 들여와서 세공하여 이윤을 남기는 것을 가(可)하다 생각하는 대부는 현실주의자라, 그러나 없어도 되는 것의 무한생산과 강병책이 인력과 물자의 엄청난 낭비임을 부정할 수 없고 그것으로 인하여 인성이 타락하고 국가와 국가, 민족과 민족, 너와 내가 무한정 경쟁하며, 제국주의 침략도 바로 그것인데, 여하튼 마지막까지 서로가 적으로 존재하며 무찌르게 된다면 과연 그것은 민생을 위함이겠는가? 현실이 미래를 잡아먹어서는 안 될 일이야. 만일 우리가 이상을 버리게 된다면, 도덕과 종교를 포함한 이상, 그것을 저버리게 된다면 인류의 장래는 어찌 될까? 종말이지. 지금 이 시점에서 내가 이런 얘기 한다는 것은 모두가 웃을 일이지만 오늘날 세계 각처에서 일어나고 있는 전쟁을 보아라."

"만일에 전쟁이 끝나고 조선이 독립된다면 형님이 생각하는 일이 가능하다고 보십니까?"

홍의 어투에는 다분히 비꼬는 것이 있었다.

"그렇지는 않아. 밖에서 무기를 생산하고 있는 한. 자본주의나 공산주의나 내용으로 보면 다 같이 생산고 위주의 유물론 아니겠어? 다만 어떻게 관리하고 분배하느냐의 차이지. 나

는 언젠가 그것이 벽에 부닥칠 것이란 생각이다. 만 가지가
다 이자를 먹고 살아야지 원금을 찢어먹는다면 결국 파탄할
밖에 없지. 가령 땅이 원금이라면 그해 나는 농작물은 이자다
그 말일세. 더 비근한 예를 들자면 머릿속에 든 지식은 원금
이요 취직하여 받아먹는 월급은 이자다 그 말이야. 만사 이치
를 그 자로 재면 모든 게 합리적이지."

범석은 왠지 말을 해놓고 껄껄껄 소리 내어 웃었다. 차림새
부터 간데없는 농사꾼, 날이면 날마다 들일에 얼굴이 새까맣
게 타서, 그래 그런지 유난히 흰 이를 드러내며 웃었다. 홍이
가 건성으로 따라 웃는다.

"아까 자네가 독립이 된다면 내가 생각하는 일이 가능한가
하고 물었지?"

"......."

"하하하핫 하하하…… 남이 들었다면 떡방아 소리 듣고 김
칫국 찾는다며 비웃을 거네. 자네도 시골에 앉아 있는 몽상가
로 날 생각하겠지."

"너무 아득해서요."

홍이는 한숨 쉬듯 말하며 또 담배를 꺼내었다. 강바람을 막
으며 담뱃불을 붙인다.

"아무리 아득해도 내 얘기는 몽상이 아닐세. 신이 없다고
믿으며, 그렇게 말하고 보니 실상 나에게도 신은 없구먼. 종
전의 그와 같은 신을 믿지 않아. 다만 자연과 우주의 그 절대

적 질서, 순환하는 생명의 집합체가 내게는 신인 게야. 그러나 우상을, 또는 심상(心象)의 옛 그림자를 믿어온 사람들이 실증적인 과학에 의해 흔들리는, 이게 20세기 특징 아니겠어? 사회주의 진영에서는 숫제 마약이라 낙인찍고 신을 내어쫓았으며 자본주의 진영에서는 물질을 절대시하면서 치레하노라 신을 이용하고, 하여간 거의 사물화(死物化)해버린 자리에 도전자인 과학은 오만하게 들어섰지. 당연히 신의 영역으로 신비하게 보호되었던 곳에 과학이 칼을 대는 것은 수순이라. 자연과 우주는 도전의 대상으로, 인간승리의 대상으로, 안 그런가? 생산고에 의해 지상낙원을 창출하고 물자를 수돗물같이 공급하게 되리라, 그게 바로 몽상이지 뭐겠나. 그들은 지금 뭘 하고 있지? 전쟁을 하고 있지 않은가."

"우리도 지금 전쟁을 하고 있습니다."

반발하듯이 홍이 말했다. 한동안 대화는 끊기었다. 한참 후 홍이 물었다.

"사회주의도 망상이다 그 말이군요."

"인간의 무한한 가능성을 조심스럽게 우주질서와 접합하려는 생각들을 안 해. 오만한 인간주의, 그것은 폭력이야. 미친 짓이지. 과학은 합리적인 것에서 출발했지만 결국 이성 잃은 인간에게 칼을 쥐여준 결과가 된 게지."

"사회주의에 대한 형님의 견해입니까?"

홍이는 묘하게 사회주의에 매달리듯 질문했다.

"그거나 저거나 다아, 종(縱)이냐 횡(橫)이냐의 차이 아니겠어? 결국은 대결과 인간 위주의 에고이즘에는 다를 게 없다. 지구와 우주는 생명의 집합체, 아까 말했듯이, 그것은 상생(相生) 동화(同化)하고 탄생하며 순환하는데 상응은커녕 오로지 도전과 승리가 오늘의 명제 아닌가. 자연의 질서를 능가하는 인간의 질서를 꿈꾸는 것은 망상이기보다 파멸을 자초하게 되는 게야. 내가 땅의 임자는 자연이요, 경작자만이 땅을 빌릴 수 있다 한 것도 그 때문이지. 그래 자네는 사회주의인가?"

이번에는 범석이 물었다.

"모르겠습니다."

"무슨 대답이 그래?"

"내 능력으로는 판단이 안 됩니다. 확신이 없는 거지요. 형님의 말씀 중에는 우리 독립에 대한 생각이 별로, 아주 희박하군요. 저는 눈앞을 보고 형님은 멀리 보아서 그렇겠지만 어쩐지 실망이 됩니다."

"……"

"우선은 우리가 어떡하든 살아남아야 하고 그러기 위해 독립을 해야 한다는 생각 이외, 저로서는 더 이상 복잡한 생각을 할 수 없습니다. 그러나 만주 방면에서 일하는 사람들은 거의가 사회주의자로 보아야 할 겁니다. 그들의 정열은 그야말로 깨끗하고 순결합니다."

"그럴 테지. 그들은 민초니까……"

"그들 중에는 상당한 지식인들이 많지요."

홍이는 범석의 말을 수정하듯 덧붙였다.

"알어. 그래도 그들은 민초다. 자네같이, 나같이."

하다가 화제를 돌렸다.

"나는 가끔 생각하네. 동학이 좀 일찍 일어났든가, 아니면 백 년쯤 후에 일어나든가……."

홍이는 범석을 쳐다본다. 무슨 뜻이냐 묻고 싶은 기분이 아니었다. 홍이는 답답했고 이상했다. 도대체 앞서가자는 것인지 되돌아가자는 것인지 그의 진의가 아리송했다. 범석은 슬픈 눈빛으로 홍의 시선을 받았다.

범석과 헤어진 홍이는 한복의 집을 향해 걸음을 옮겼다. 만주 벌판에서보다 더한, 황량한 바람이 자기 육신을 숭숭 뚫고 지나가는 것 같았다.

'도대체 나는 무슨 생각을 해야 하는 거지? 거꾸로 매달린 것만 같다.'

마음속으로 중얼거리는데 한 가지 뚜렷한 것은 범석이 많이 변했다는 생각이었다. 뭔가에 들린 사람 같기도 했고 신흥 종교의 교주 같기도 했다. 그의 말을 긍정하고 싶은데 긍정이 안 되는 부분이 있었다.

'지금은 한가하지도 유장하지도 않다! 신선 같은 소리 하네.'

그렇게 마음속으로 분통을 터뜨렸으나 뭔가에 걸려서 나자빠질 것만 같았다.

한복의 집에 들어갔을 때 한복의 댁네 영호네와 죽은 우가의 마누라 일동네가 마루 끝에 걸터앉아 있었다. 영호네는 질려 있는 것 같았고 일동네는 붉으락푸르락 양미간에 성질을 잔뜩 드러내고 있었다. 심상치 않은 분위기였다. 오가는 말은 없었지만. 홍이를 본 영호네는 반가움보다 살았다는 표정이 앞섰다.

　"이, 이게 누군고!"

하며 일어서려는데,

　"누군고 했더니 이 양복쟁이가 이서방 아들이구나. 흥! 원수는 외나무다리에서 만낸다는 옛말 하나도 안 그르네? 그러잖아도 어디 사는지 상판대기 한번 보고 싶다 했더마는."

　일동네가 독설부터 시작하면서 마루 끝에서 일어섰다. 그리고 마치 인왕같이 홍이 앞을 가로막고 서는 것이었다.

　"안녕하십니까. 오래간만입니다."

　홍은 애써 감정을 누르고 정중하게 인사한다.

　"저기, 저 저기 영호아부지 뒷방에 있는데."

　영호네는 도움을 받기보다 일이 더 복잡해질 것을 뒤늦게 깨닫고 홍의 퇴로를 열어주듯 말했다.

　"가물치 콧구멍맨크로 통 볼 수 없더마는 뒷방에 숨어 있었던가 배?"

　일동네는 헛웃음을 웃었다. 그러나 눈은 홍이를 무섭게 노려보고 있었다.

"무신 말을 그렇게 합니까? 무신 죄지었다고 우리 영호아배가 숨어 있을 기요. 남정네가 찾아오는 남의 여인네를 일일이 만나봐야 합니까? 그런 법 없소."

영호네는 다소 발끈해지며 말했다.

"머라? 그런 법 없다꼬? 그 쪽에 법을 찾아? 또 뭐라꼬? 남정네가 남의 계집을 일일이 만나봐야 하느냐고? 다 늙은 것들이 눈맞일까 봐서? 가소롭다, 가소로워, 혼담이 오간께로 콧구멍이라도 빼주야 그기이 도리제. 너거들 쪼다리가 날 괄시하게 생겼나? 서천 쇠가 웃일 일이다."

"참말로 상종 못하겄소."

"내 말 사돈이 하네. 내가 너거들을 상종하는 것만도 고맙기 생각해야 하는데 뭐 어쩌구 어째?"

그러나 무슨 까닭인지 그 이상은 영호네를 공박하지 않고 대신 이도 저도 못하고 서 있는 홍이에게 화살을 날린다.

"아까 안녕하냐 했던가? 그라고 오래간만이라 했던가?"

"……."

"그래 오래간만이다. 한분 보고 접어서 그기이 소원이더마는 이제사 보네. 그래 오래간만이다. 그라고 안녕하냐고 했는데 안녕할 리가 있나? 하늘 겉은 가장 잃고 우찌 안녕하겄노. 니는 양복 걸치고 뽄새를 내고 잘난 체 찾아왔다마는 남의 가슴에 못질하고 떠난 거로 잊었더냐. 안녕하냐고?"

"지가 머를 어쨌기에 이러십니까?"

"머를 우쨌기에? 허허어. 세월 좋구나. 우리 식구 원한이 하늘에 사무치는데 우째 니는 그거를 잊었더노. 연놈들이 작당해서 철천지 원수, 오가 놈을 살리내고 그 목이 뿌러져 죽을 놈은 하늘 밑을 걸어댕기는데 우애 우리 식구 몽매간에 그 연놈들을 잊일 기고. 이 원수 우리 식구들이 안 갚을 줄 알았다믄 그거는 큰 잘못인 기라."

길길이 뛰지는 않았고 일동네는 사설만 늘어놓는다. 일동네가 홍이를 퍼붓는 이유는 홍이가 만주로 가기 직전 평사리에 왔을 때 오서방과 우가의 싸움이 붙었고 살인난다는 말을 듣고 홍이 달려갔을 때 낫을 든 우가와 오서방이 오서방네 마당에서 엎치락뒤치락하고 있었다. 그들을 말리려다가 홍이는 부상까지 입었으며 상당 기간 치료를 받았던 것이다. 일동네가 원한을 품은 것은, 엽이네의 경우도 그랬으나 홍의 경우도 법정에서 본 대로 증언을 한 때문이다. 결국 오서방에게 유리한 증언을 했기 때문에 오서방이 사형이나 무기징역을 살지 않았고 과실치사로 몇 년 복역하다 나온 일에 깊은 원한을 품게 된 것이다. 홍이로서는 길 가다 머리통에 기왓장 떨어진 꼴이었다. 부상을 당한 것도 운수불길인데 별안간 일동네가 퍼붓고 나오니, 그야말로 얼이 빠질 지경이었던 것이다.

한복이가 나왔다.

"왔나. 들어가자."

한복은 짐짓 모르는 척 홍의 소매를 잡아끈다.

"나 좀 봅시다! 영호아부지."

일동네의 화살이 이번에는 한복에게 날아왔다.

"나중 얘기하지요. 머 그라고 할 얘기나 있십니까. 본인이 팔자 안 고치겠다는데."

"거짓말 마소! 젊은기이 그럴 리 없소. 하야간에 우리는 물러서지 않을 긴께 그리 아소."

"손님이 와서 그만 들어가볼랍니다."

"손님? 이름이 좋아 불로초다!"

그러나 일동네는 슬그머니 놓아주기는 했다. 한복이와 홍이 사라진 뒤 영호네를 잡고 늘어질 작정을 한 듯 치마를 고쳐 입고 마루에 걸터앉는다. 용건인즉 못 살고 집에 와 있는 인호와 여자가 달아나고 홀아비로 있는 일동과의 혼담이었다.

처음에는 복동이댁네를 시켜서 마치 은전이라도 베풀듯 혼담을 보내왔다. 그러나 한복은 얼굴이 벌게져서 일언지하에 거절했던 것이다.

"머이 우째? 인호를 못 주겠다? 혹 잘못 듣고 하는 말은 아니가?"

일동네는 얼굴이 파래지며 말했다. 그러나 무슨 생각을 했는지 동네를 발칵 뒤집는 소동은 없었고 그 걸쩍지근한 사설로 이러니저러니 하고 다니지도 않았다. 뜸을 들이듯 한동안 잠잠하더니 다시 복동이댁네를 보내왔다. 이번에는 처음과 달리 매우 공손스럽고 저자세의 내용을 전해주었다.

"본인이 팔자를 안 고치겠다 카는데 아무리 부모라 캐도 우리가 우쩌겠노. 부모 잘못 둔 죄로 처음 그리된 것만도 가심이 아픈데."

그때는 영호네가 말을 했다. 그런 뒤에도 일동네는 이 사람 저 사람 번갈아 보내면서 영호네를 설득하려 했다. 그동안 평온하게 지내온 한복이 집에 근심거리가 생긴 것이다. 쉬이 물러설 우가네 식구들이 아니기 때문이다. 동네에서도 이 일에 대해서는 의견이 분분했다.

"아이가아, 만일에 그놈 집구석에 인호가 개가를 한다믄 영호네 집은 쑥밭이 될 기다."

밭을 매다가 호미를 놓고 논도랑으로 가서 얼굴을 씻은 중늙은이가 수건으로 얼굴을 닦으며 말했다.

"와요?"

중늙은이보다 나이가 좀 처지는 아낙이 도랑에 발을 담그고 쉬면서 되물었다.

"일동에미 그 독종이 설마 사람 탐내서 그랬을라?"

"안 그르믄?"

"아니제, 아니라, 속셈은 따로 있는 기다. 여수 겉은 년."

중늙은이는 고개를 설레설레 흔들었다.

"그만하믄, 반푼이 일동이보담이사 인물은 인호 편이 훨씬 낫고 저거들 처지에."

"하야간에 인호는 어매 아배 골병감이다. 아들들은 이리저리 얽어매여 그런대로 사는데 제집자식은 안 그렇네라. 평생 오금박히갖서 기를 못 피고 살아가야 하니께."

"하기는 그렇소. 집안 내력이 같다믄 모를까, 오죽하믄 인호도 그 집에서 죽어라 하는 아배 말을 거역하고 돌아왔겠소. 처음 왔일 직에는 그기이 어디 사람우 형상입디까? 영호네가 우는데 나도 눈물이 나더마요. 그뿐인가요? 이혼을 하는데도 또 얼마나 애를 묵었다고? 그 일은 그렇고 사람을 탐내서 그러는 거 아니라는 말은 무신 뜻이오?"

"축구(바보)겉이 그거를 와 모리노. 살림 아니가 영호네 살림. 동네에서도 그래도 따신 내가 나는 집이다, 그 말이구마."

"그, 그렇네."

"인호가 그놈으 집구석에 들어가기만 해봐라. 그다음에는 우가네 식구들, 영호네 집 뼈다구까지 핥아 묵을라 칼 기다. 인제 내 말 알아듣겄나."

"야! 참말로 그렇구마요."

"학을 뗄 긴데, 저 일을 우쩔꼬. 지금 영호네 심정이 천정에 구렝이 든 것 겉을 기라."

"야 맞십니다. 듣고 보이 그러고도 남을 기요. 나도 들은 얘기가 있어서."

중년 아낙은 갑자기 목소리를 낮추었다.

"이 동네 오기 전이라 카데요."

"……?"

"우리끼리니께 하는 말이지마는 죽은 우서방 심성이 그래 그렇지, 찬바람이 생생 불고 말수도 적고 생긴 거사 그리 못난 축은 아니지 않았소?"

"생긴 거는 그랬제. 깔락깔락한(날씬한) 몸매에다가 눈이 깊숙하게 박히서 제집 끄는 심은 있었제."

"하야간에, 이 동네에 오기 전의 일이라 카는데, 우떤 돈이 좀 있는 과부하고 일동네가 일부러 우서방을 붙이주었다 안 캅니까. 새(질투)가 많아서 우서방이 한 분 흘기만 봐도 그 여자 집에는 한밤중에 주먹만 한 돌이 날아든다 카는데 자진해서 와 그랬겠소?"

"과부 돈 빨아 묵을라꼬 그랬겠제."

"야 맞소. 그때는 농사짓는 것도 아니고 떠돌이 신세였다 그러더마요. 결국 그 과부한테 빌붙어서 식구들이 뜯어묵고 살았다 안 캅니까? 무섭제요."

"그라고도 남았을 기다. 돈 떨어질 때꺼지 거머리맨크로 피 빨아묵음서 살았겄지."

"아무한테도 말하진 마소. 이 말이 나가든 날 잡아직일라 칼 기요."

겁이 더럭 났는지 여자 얼굴이 오종종해졌다. 무심결에 한 말을 몹시 후회하는 표정이다.

"걱정 마라. 누가 그 제집 성미를 몰라서? 들었다고 다 하든 이 동네 편할 날 하루도 없을 기다."

그런가 하면 한편에서는,

"젊은거를 그냥 살라 할 수는 없는 일, 안 그렇나? 말이 나왔일 적에 짝을 지어주는 것이 좋을 기다. 인호도 어매 아배 살았일 때 말이지, 형제간은 다르네라, 한 나이나 젊어서 개가하여 자식이라도 봐야, 그래야만 잊아뿌리지."

"와 아니라. 아무리 잘해주어도 친정 밥이 남편 밥만 할까. 일동이가 반펜이기는 해도 심이 좋아서 농사일이사 혼자 도맡아 하고."

"하기사 그 집 농사, 일동이하고 개동이댁 아니믄 어림없제. 그놈의 우가 제집 조동이만 깠지, 마실이나 댕기믄서 새살(사설)이나 늘어놓고 하는 일이 머 있노. 요새는 더군다나 면소 서기 어무니랍시고 쪼(거드름)나 빼고 다녔지."

쪼나 빼고 다니는 바로 그 장본인 일동네는 아래위로 영호네를 째려보면서 바야흐로 장강수 같은 사설을 시작할 판이요 포문을 연 이상 기어이 명중을 시켜야 한다, 거듭 다짐을 하듯 입을 열었다.

"그동안 나도 참을 만큼 참았고 점잖게 대접할 만큼 했고, 이자는 사람이 탐나기보다 내 오기 때문에 물러설 수 없고, 어디 물어봅시다. 우리 일동이 어디가 우때서 딸을 못 주었다는 것인지, 나 귓구멍 말짱 후벼 파놓고 왔인께 알아듣게시리 말하소. 우리 일동이 어디가 우때서 딸 줄 수 없다, 딱 까놓고 얘기하소."

"우리가 못 주겠다 한 기이 아니고 본인이 팔자 안 고치겠다 하는 데야 아무리 부모라 캐도 곤리(권리)가 없제요. 소라서 콧구멍을 꿰어 몰고 갈 수 없는 일, 자꾸 이래 봐야 소용없는 일이라요."

　영호네는 답변을 미리 준비해놓은 듯 눌변인 그로서는 꽤 탄탄하게 응수한 셈이다.

　"시집을 한 분 갔다 왔다 해서 부모 자식 천륜이 변하는가요? 부모 말 안 듣는 자식이 어디 있소? 공연한 핑계, 누굴 눈 뜬 봉사로 아나? 생각해보소. 개가 안 하겠다 그 말부터가 가소롭기 짝이 없구마. 옛날, 삼대 구 년에는 양반인지 소반인지 머 그랬다는 얘기는 나도 들어서 알고는 있지마는 그래서 양반네 가풍상 일부종사하겠다 그 말이오? 아서라 아서, 삼거리에 나가서 오는 사람 가는 사람 잡고 물어보소. 남편하고 사별한 청상과부도 아니겄고 일부종사를 못하고 나온 기집이 설마한들 수절을 말하는 것도 아니겄고 홍살문 세울 푼수도 아니겄고 세상 사람이 웃소. 웃을 일 아니오? 핑계를 대어도 가이방해야 믿지."

　"……."

　"그래 개가 못하는 까닭이나 들어봅시다."

　"그거를 내가 우찌 알겠소."

　"그라믄 인호 가아 나오라 카소."

　"모두 들에 나가고 없소."

"하 참, 기가 맥히서, 이럴 줄 알았다믄 애씨당초 말을 끄내는 기이 아니었는데, 감지덕지하기는커녕 머 어쩌고 어째요? 살인 죄인의 집구석에서 그것도 어매는 저잣거리에서 밥 빌어묵던 거렁뱅이 처지, 청혼한 것만도 대접해주는 거를 모리고 세상에 이리 방자한 일이 어디 또 있일꼬?"

"맞소. 하낫도 틀린 말이 아입니다. 살인 죄인의 집안 내력도 맞고 저잣거리에서 밥 빌어묵던 거렁뱅이 신세, 다 맞는 말이오. 그런께 그런 천하고 더럽운 집안하고 사돈 맺어 되겠십니까? 장차 자식이 나도 혼삿길이 맥힐 기고, 더군다나 면서기 나아리까지 있는 집안에 수치가 될 거 아니겄소. 말이나 되는 일이겄소? 그거를 아니께 우리 인호도 개가를 안 할라 카는 거 아니겄소. 제발 없었던 일로 하입시다."

영호네도 만만치가 않다. 궁지에 몰린 쥐가 고양이 무는 격으로, 용기가 생기는 모양이다.

"얼씨구! 참 말 잘하네. 그렇게 나오믄 내가 물러설 줄 아는가? 내가 우떤 사램인데? 허허어, 장수가 칼을 뽑았이믄 고목나무라도 한분 찔러봐야지 그냥 칼집에 집어넣을 수는 없지. 거절을 당해도 당할 만한 곳에서 당해야지. 이런 수모를 그냥 넘기지는 않아. 마음만 묵으믄 그까짓 헌계집 뒤빗이 업고 올 수도 있고 멀 못해. 대접을 해주니께 강아지 부뚜막에 똥 싼다 카더마는 헌계집 업고 오는 거사 나랏법으로도 못 막게 돼 있는 것 몰라요?"

"뒤빗이 업고 가든지 가꾸로 매달아 가든지 보쌈을 해가든지 나랏법도 못 막는다믄 두 발 가진 사램이 제 발로 걸어나오는 것도 나랏법으로는 못 막을 기요."

"몸을 망쳤는데 제 발로 걸어나올까?"

"그거사 법에 걸리는 일 아니겠소. 겁탈하믄 콩밥 묵는 거 모리요? 면서기 집안에서 콩밥 묵는 사람이 있다믄 되겠소?"

그 말에는 다소 찔끔했으나 일동네는 이내 전세를 가다듬는다.

"보자 보자 하니 사람을 갖고 노네. 갖고 놀 사람이 따로 있지. 이거 뜨거운 맛을 못 보아 이러나? 얌전타 한 것도 알고 보이 까죽을 뒤집어썼고나. 예사 변호사가 아니네. 말하는 거를 보이 예사 변호사가 아니라. 그러나 나를 건디리서 좋을 일 하나 없어. 오냐오냐할 직에 좋기 나와야, 콩밥을 묵는가 밀밥을 묵는가 그거사 두고 보믄 알 일이고. 흥! 우씨네 집안 식구들을 말짱 벅수로 아는 모양이제? 법이라는 것도 사람 하기 나름, 옛날에는 오가 놈이 사형을 당하든지 평생을 까막소에서 푹 썩든가 했어야 하는 건데, 그때는 우리한테 힘이 모자라 그랬으나 지금은 달라. 사정이 다르거마는. 다르고말고. 나는 아들 하나를 나라에 바쳤고 내 아들 하나는 면을 다스리는 면소 서기라. 그래 당신이 말하듯기 콩밥인지 밀밥인지 묵을 성싶은가?"

그 말을 했을 때 일동네는 의기양양, 마치 말 탄 장수같이 도도하고 당당했다. 얼굴에는 희열이 넘쳐흘렀다.

"야아 압니다. 그거를 모린다믄 평사리 사람 아니제요. 그러나 거기서는 하나는 아는데 둘은 모리네요. 우리 뒤에도 사람 있는 거를 몰랐십니까? 아아들 큰아부지가 누군지 소문은 들었일 긴데요. 하도 험한 일을 겪은 고향이라 오시지는 않지마는 전보 한 장이믄 덕달겉이 오실 기요. 우리 위에도 사람 있소. 사, 사람."

영호네 얼굴이 하얗게 변해갔다. 눈동자가 크게 벌어졌고 눈동자가 움직이지 않는다 싶었을 때 쿵! 하고 영호네는 마루 끝에서 땅바닥으로 굴러떨어졌다. 입에서 거품을 뿜어낸다.

"아아 아니 누가 머라 캤다고 이러제?"

일동네는 약간 당황하는 것 같다. 방 안에서 밖의 기척에 귀기울이고 있던 한복이 달려나왔다. 홍이도 뒤따라 나왔다. 부엌으로 쫓아 들어간 한복이 물 한 바가지를 들고 나왔다. 영호네 얼굴에 뿌리고 남은 물을, 모르고 그러는 척 일동네 쪽으로 바가지째 내던진다.

"아이구!"

일동네가 소리를 질렀다. 그러든지 말든지 한복이는 영호네를 안아 일으켜 뺨을 때린다. 영호네는 겨우 눈을 떴다.

"보소."

"그래 정신 채려."

"보소, 나는 못 그라겠소. 우리 인호 두, 두 분 죽음시킬 수는 없소. 으허허헛 헛…… 어이구 불쌍한 내 자식! 부모 잘못

만내서 으흐흐헛……."

영호네는 한복이 가슴에 얼굴을 묻고 흐느껴 운다.

"아따 야! 기갈 무섭네. 누가 머라 캤다고 기절을 하노. 참
말이제 사람 잡겠다."

일동네가 말했다. 관여하지 않으려고 집 밖에서 내부를 살
피고 있던 이웃의 몇 사람이 어느덧 집 안에 들어와 있었다.
홍이 일동네를 노려보고 있었다. 이웃 사람들도 쳐다만 보고
있을 뿐, 마치 무언극처럼 분위기는 괴이했다.

"사람들아, 내가 어디 손가락 끝 하나, 건드렸나? 왜, 저 지
랄이고?"

사실 일동네는 영호네가 기절한 것쯤, 조금도 겁내고 있지
않았다. 잠시 당황했던 것도 기절한 때문은 아니었고 아이들
큰아버지, 즉 김두수를 들먹였기 때문이다. 그도 소문은 듣고
있었다. 만주인지 북선(北鮮)인지 뭐 경찰 방면의 높은 자리에
있다는 얘기, 해서 그것을 의식하여 일동네는 처음부터, 제
깐에는 정중하게 얘기를 진행시켜온 것이며 또 막연하기는
했으나 큰아버진가 하는 존재야말로 벼슬길에 든 개동이한테
결코 해롭지 않을 것이란 판단이 섰고 이용할 수도 있다는 저
의가 없지 않았다.

누가 전갈을 했는지 밭에서 김을 매던 인호와 둘째 며느리
가 달려왔다.

"엄니!"

인호와 며느리가 동시에 불렀다.

"괜찮다, 걱정 마라."

한복이 말했다.

"아부지, 질기 이러믄 나 그만 머리 깎고 중이 될라요."

인호가 울었다.

"중이 된다꼬?"

일동네가 펄쩍 뛰었다. 다 잡은 고기를 놓친 것 같은 그런 표정이다.

"흥! 아무나가 중이 되나?"

그 누구도 말하려는 사람이 없었다. 묵묵히 지켜보고 있을 뿐이었다. 멋쩍어진 일동네는 한편 괘씸한 생각도 들어서 왜 내 편역을 들지 않는가 하듯 위협적인 눈빛으로 이웃 사람 얼굴 하나 하나를 차례차례 노려보다가 험한 표정을 짓고 있는 홍이 얼굴과 맞닥뜨렸다.

"나를 노리보믄 우짤 기고!"

돌파구를 찾은 듯 일동네는 아우성을 치며 홍이를 향해 삿대질을 한다. 홍이 눈에 칼날이 섰다. 한복이 발딱 일어서며 눈을 깜박이고 상대하지 말라는 강한 신호를 홍이에게 보냈다. 이웃 사람들 역시 홍이에게 신호를 보낸다. 상대하지 말라고.

"마침 잘 만났다 싶더이, 속이 부글부글 괴는데, 와 노리보노!"

일동네는 홍이 앞으로 다가섰다. 이때 와르르 쾅쾅! 마른하늘에서 날벼락 떨어지는 소리가 났다. 일동네가 멈칫했다.

"서기어무이, 그만하소."

누군가가 말했다. 서기어무이라는 말은 다분히 비아냥거리는 것이었는데 일동네가 제일 좋아하는 호칭이긴 했다.

"마른하늘에 벼락 소리가 이리 요란한테 이야기는 새는 날에 하소."

또 누군가가 말했다. 말리는 말보다 벼락치는 소리가 무서워진 일동네는 주춤주춤 물러났다. 우르르 쾅쾅! 또 벼락치는 소리가 났다. 다시 푸른 빛줄기가 지나가면서 벼락치는 소리, 갑자기 하늘은 어둡게 내려앉았다. 이웃들은 하나둘씩 비설거지 한다며 달려나가고 일동네는,

"그라믄 인호아부지, 다음에 이야기하입시다."

하고 돌아섰다.

일동네가 삽짝을 막 벗어났을 때 하늘에서 장대비가 쏟아졌다. 사방에서 어둠이 밀려왔다.

"참말 날벼락이네."

홍이 처마 밑으로 급히 피해 들어서며 중얼거렸다.

"오래간만에 자네가 왔는데 이 무신 꼴인지, 말도 말 같아야, 사람도 사람 같아야 맞대거리를 하지, 참 내."

한복이는 홍이를 쳐다보며 쓰디쓰게 웃었다. 영호네는 계속 흐느껴 울고 있었다.

"야아들아, 너거 어매 방으로 데리고 들어가거라."

"예."

한복이 말에 넋이 나간 듯 서 있던 며느리와 인호가 영호네를 안아 일으켰다.

"걱정 마라. 그렇게는 안 될 기니, 인호야 너도 머리 깎느니 어쩌니 하는 말, 이자부터는 입에 올리지 마라."

영호네는 딸과 며느리의 부축을 받으며 안방으로 들어갔다.

"이서방, 우리도 들어가세."

장대비는 물보라를 일으키며 마당에 내리꽂히고 있었다. 흙담벽 용마름에 줄기를 뻗은 박넝쿨, 가냘프게 피어 있는 하얀 박꽃이 빗줄기에 멍이 들고 있었다. 빗줄기를 뚫고 새 두 마리가 필사적으로 날아간다.

뒷방이 아니고, 작은방에서 한복이와 마주 앉은 홍이는,

"대체 어떻게 된 일입니까?"

"말 말게. 온 동네가 쑥밭이다. 미꾸라지 한 마리가 들어서 또랑을 흙탕으로 만든다 하더마는 속담 하나 그른 기이 없네. 우가네 식구들 그악스러운 거는 옛날 그때 살인사건을 겪어서 자네도 잘 아는 일 아니가."

살인사건이라 말할 때 한복은 눈을 내리깔았다.

"알지요. 오늘도 보자마자 그때 일을 들먹이면서 행패를 부리려 하더군요. 오서방이 사형도 당하지 않고 평생을 감옥에서 썩지 않고 나온 것도 내가 증언을 잘못해서 그렇다 하면서, 참 기가 막혀서 생각 같아서는 주먹으로 볼때기를 내질러주고

싶었지만······."

"그랬다가는 자네 만주 못 가지. 그동안 자네야 멀리 떨어져서 그나마 편키 있는 셈이고 엽이어매가 밤낮 없이 당하는 것 말도 못한다. 증언 잘못 했다 해서, 하는 말이 원수 갚겠다는 거고 엽이네 콩밭에다 소를 몰아넣고 콩밭을 온통 망쳐놓질 않나, 말하기조차 몸서리쳐지는데 고냉이(고양이) 대가리를 짤라서 마당에 던져 넣지를 않나, 만나기만 하면 욕설이요 폭행할려고 덤비고."

한복은 진저리를 쳤다.

"오서방하고 조맨치라도 관련이 있는 사람이면 이를 덕덕 갈고 꼬투리만 잡았다 하면 욕뵈기 일쑤, 그놈의 집구석에서도 우가 계집 그거는 순전히 미친년이다. 아무도 갈불(상대할) 수가 없고 게다가 막내 놈을 지원병으로 보내더니 그거를 빌미 삼아 둘째 놈이 면소 서기로 취직이 됐는데, 그놈 집구석, 육모방망이 줏은 꼴이라. 기고만장 하늘 높은 줄 모르고 날뛰고 온통 동네를 휘어잡고, 이거는 주재소 순사 놈은 저리 나앉아라, 그런 식이다. 작년 가슬에만 해도 최참판댁의 환국이 어머님한테까지 그놈, 개동이 놈이 대어들었다 하니, 뿐이건데? 김훈장댁 그러니까 자네 처숙모 그분을 보고 미친 계집이 욕설을 했다 하니 더 말해 머하겠노. 세상 꼴, 참말이제 안 보고 살았으면 좋겠다."

"······."

"따지고 보면 우가나 오서방이 그리된 것도 자네는 잘 모를 게다마는 그 뿌리는 오래됐다. 우황 든 소를 우가가 속여서 팔라는 거를 보고 오서방은 그러면 쓰는가 하고 말린 것이 사단이라. 소 살 사람이 우황 든 것을 알아차리고 흥정이 안 됐는데, 소 살 사람은 타동네 사람이고 말리기는 했어도 이웃 간에 설마한들 발설이야 했겠나? 그러나 용렬한 우가는 오서방이 방해를 놔서 소를 못 팔았다 단정을 하고 무신 짓을 했는고 하니, 뜬금없이 의병질을 했다 하고 오서방을 관가에 찌른 기라. 다행히 무죄석방이 되어 나오기는 했으나 그때부터 앙숙이 되어 서로 으르렁거렸지."

"오서방은 어찌 되었습니까?"

"나왔다. 나온 지도 벌써 몇 년 됐을 거로?"

"이 동네에 안 삽니까?"

"이 동네에 살아? 어림도 없다. 살인이 또 날 판인데 이 동네에 살아? 어디 가서 식솔들 데리고 머를 하며 사는지……. 가이방해야 동네서 쫓아내든지 몽둥이질을 하든지 하지. 사람 악한 거는 당할 재간이 없다."

"아까 듣자니까 인호를 달라는 뭐 그런 얘기 같은데."

"그래."

한복이는 기운이 쑥 빠진 목소리로 대답했다.

"큰놈 제집이 달아났는데 그걸 찾겠다고 한동안 미쳐 댕기더마는 우리 인호를 달라 하는 기라. 그렇게 되면 우리 집은 보나 마나 깝데기까지 벗기려 들 기고 인호는 말라죽을 기다."

하는데 며느리가 방 밖에 와서,

"아부니, 술상 내올까요."

영호네가 가서 물어보라 한 것 같았다.

"오냐 내오너라."

한복이 말했다. 그러나 홍이 질겁을 하며 말렸다.

"몸이 안 좋아서 술 끊었습니다. 그리고 또 가봐야 할 곳이 있고. 참 봉기노인 돌아가셨는데 문상도 가야 하고, 천일이어머니도 찾아가서 인사를 해야 하니까."

"그래?"

며느리가 문밖에서 떠나는 기척이다.

"내일 하루 더 있다 가면 안되겠나?"

한복은 서운한지, 따로 할 말이 있어 그런지 홍이를 쳐다본다. 그의 마음을 알고 있기 때문에 홍이는 슬그머니 외면을 하며 담배를 꺼내어 문다. 불을 댕기고 성냥개비를 재떨이에 던지며,

"술은 끊겠는데 담배는 영, 이래저래 골초가 됐소."

그 말을 하면서 홍이는 김두수 생각을 했다.

"영호한테 얘기는 들었다마는, 만주 또 갈 기라며."

"네."

"이자는 고생 그만해도 될 긴데."

"글쎄요."

한동안 말이 없던 한복이가 다시 입을 열었다.

"아까는 어마도지해서 영호어미가 그랬는갑다."

"……."

"큰아부지가 어쩌구저쩌구한 그 말 말이다."

물론 홍이도 들었다. 급해서 한 말이라는 것도 안다. 그러나 기분이 묘했던 것은 사실이다.

"자네를 괴롭혔다는 얘기는 들었다."

홍이는 놀라며 한복이 얼굴을 쳐다본다.

"뉘한테 들었습니까?"

"영호가 자네 처남한테서 들은 모양이라. 자네 처남이야 아무것도 모르고 말을 했겠제."

"그런 말은 왜 했을까? 처남은 그걸 어떻게 알았을까요?"

"천일이가 당한 일이고 보니 자네 처남한테 얘기했는갑데."

"……."

"미안하다."

"그런 말씀 마십시오. 그런 사정이야 옛날부터 있어온 일이고, 형님이 미안해할 것 없어요. 추호도."

"요즘에도 행패가 전과 같은가?"

"사람이 어디 달라지겠습니까? 쉽게 달라질 수는 없지요. 그러나 일본놈들하고는 끊어진 눈치였습니다."

"그러면 멀 하는고?"

애증이 함께, 한복은 아주 괴로운 표정을 지었다.

"돈을 벌어놨을 테니, 사는 걱정은 할 필요가 없고 옛날 같은 기상이야 아니지요."

"전생에 척이 져도 크게 졌다. 남들하고만 그런 게 아니다. 부모 형제도 척이 져서 세상에 나와 맺어진 기라."

한복이 눈에 눈물이 돌았다.

"생각하지 마십시오. 잊으시오."

"어째서 내 짐이 이렇게도 무거운가. 세상을 바로 보고 살라고, 해도 해도 짐이 덜어지질 않네. 관수형님이 세상 버리고부터는 내 심장에 구멍이 뚫린 것 같다. 그 형님이 나를 사람으로 대접해주시고 일도 시켰고 아비의 죄 형의 죄를 내 마음에서 씻어주더니."

한복의 눈에서 눈물이 넘쳐흘렀다.

"참 딱하시오. 형님이 저지른 일도 아닌데 언제까지 이럴 겁니까. 형이 이러면 저도 내 생모 때문에 밤낮 꿍얼꿍얼해야겠네요."

홍이는 일부러 화를 낸다.

"어째 자네가 나를 비하노."

"비하고 자시고가 어디 있소? 형님은 위험한 일 다 맡아서 하시지 않았습니까. 남의 일은 잊으시오. 부모 형제도 가는 길이 다르면 남 아닙니까?"

"관수형님이 그리되고 보니 의지할 데가 없어진 것 같애서 그런다."

"그것은 저도 마찬가지요."

"왜 여태 죽지 않고 살아서 적악을 하고 댕기는지……. 남은 안 그러겠지만 더러운 게 피붙이의 정이라, 어떤 때는 불쌍한 생각이 든다. 사람으로서 어찌 그리 살아야 하는가 싶어서."

대화는 또 끊겼다. 빗소리가 잦아지고 있었다. 어디선가 삐이삐이 새가 울었다. 슬프게 울었다.

'슬프게 우는 새가 있고 즐겁게 우짖는 새가 있다. 왜 그런가. 다 같은 그들 나름의 목소리인데 어찌해서 우리 귀에는 슬프게도 들리고 즐겁게도 들리는 걸까?'

홍이는 담배 연기를 뿜어내며 한눈이라도 팔듯 그런 생각을 한다.

"그래 인호는 어떻게 할 겁니까?"

"음, 인호?"

"계속해서 저리 소동을 피면 당해내겠어요?"

"안 되면 머리라도 깎게 하지 머."

홍이는 헛웃음을 웃는다.

"웃을 일 아니다. 끝까지 하다 하다 안 되면 그래야지."

"이쪽에서도 협박을 하시오. 그럴 때 써먹지 언제 써먹겠습니까? 급하면 전보라도 치구요."

해놓고 두 사람은 가만히 잦아지는 빗소리를 듣는다.

"문상 갈라나?"

"네."

"그럼 나랑 함께 가자. 나도 아직 못 가보았다."

두 사람은 우산을 쓰고 집을 나섰다. 장대비가 내리꽂히더니 그새 물이 불어나서 도랑에는 흙탕물이 굽이치며 콸콸 내리쏟아지고 있었다. 들판은 선명하고 쾌적한 푸른빛으로 전개되어 연신 부슬비에 젖고 있었다.

"산다는 거는…… 참 숨이 막히제?"

한복이는 그런 말 할 만했다. 그가 살아남았다는 그 자체가 기적이었으니까. 돌밭의 질기고 못생긴 무 꽁댕이 같았던 그, 밟히고 또 밟히는 길가의 잡초같이 자란 한복이, 그에게도 수십 성상의 세월이 실려 이제는 제법, 몸집은 작으나마 의젓하고 사려 깊은 현자 같은 눈빛을 볼 수 있었다.

"숨이 가쁘지요."

한참 만에 홍이 대꾸했다.

"내 어린 시절에는 구박도 많이 받았다마는 봉기노인도 떠나고 보이 참 세월이 덧없구나. 그만하면 갈 건데 아당바당 왜 그리 살았는고 싶다."

"지금도 맘에 맺혀 있습니까?"

"아, 아니다. 그런 것 없다. 세월이 가버렸는데 머할라꼬 그런 기이 남아 있겠노."

"세월이 가도 못 잊는 일이 있지요."

"못 잊는 일이야 많제."

한복은 조심스럽게 물웅덩이를 건너뛰었다.

"하지마는 나는 내 한이 많아서 남 원망할 새도 없었다. 원망을 받아야 할 내가 누구를 원망하겠노."

"이제 그런 생각 하지 마시오. 형님이 무슨 죄지었다고."

"와 나한테 죄가 없겠노. 전생에서 지은 죄가 있었겠제."

"쓸데없는 소리."

한복은 한숨을 내쉬며,

"나를 키운 거는 바람이고 빗물이고 마을 사람이다."

"……."

"내 어릴 적에 거두어주시던 영만이어무니(두만네)도 생각이 나고, 오늘겉이 창대비가 쏟아지는 빗길을 가는데 이엉 한 자락을 짤라 매듭을 지어주면서 쓰고 가라 하던 낯선 아지매, 그런 사람도 가끔 생각이 난다."

"잊어버리시오."

세월이 가도 못 잊는 일이 있다 했으면서도 홍이는 한복이 더러 잊으라 한다.

홍이 통영에서 답답해하고 고통스러워했을 때 휘는 풀쑥 우리 선생님 한번 만나보겠느냐고 말한 적이 있었다. 답답하고 무료하기도 했으나 순간 홍이는 이상한 호기심을 느꼈다. 그것은 어느 정도 자학적인 것이었다. 결코 입 밖에 내어 말하지 않았던 장이 얘기를 술김에 말했던 그때 심정과 비슷한 것이었다. 자기 자신의 실체를 추궁하고 싶었는지 모른다. 홍이는 휘를 따라 조병수 집을 방문했다. 저녁밥을 먹은 뒤, 그러니까 초저녁이었다.

"저기 저 방에 그 늙은이가 있거마는."

휘가 가리킨 방에서는 아무 소리도 없었고 불빛만 새어 나
오고 있었다. 그랬는데 불빛이 새어 나오는 그 방 속에 수백
년을 묵은 거대한 지네 한 마리가 도사리고 있는 것 같은 환
각이 홍이 머릿속을 지나갔다. 전신이 떨렸다. 말할 수 없는
공포감 때문에 홍이는 발길을 돌려 그 집에서 도망쳐나오고
싶은 충동을 느꼈다. 실안개 같은 독즙을 뿜어내며 도사리고
앉은 거대한 지네, 그것은 조준구에 대한 지식이 축적되어 있
던 의식 속에서 홍이 자신도 모르게 형성되었던 하나의 관념
이었다. 지네는 악을 상징한 것이며 수많은 사람에게 고통을
주고 해악을 끼쳤던 존재의 상징이었던 것이다.

'한복형의 부친과 조병수 씨의 부친, 그들의 악행에서 퉁겨
져 나와 한없이 구르고 상처받았던 사람들이 한복형과 조병
수 씨다. 도대체 운명이란 어떤 것이며 핏줄이란 무엇일까?'

홍이는 자기 자신도 그들 죄업으로 하여 상처받았으나 자
신에게는 큰 산과 같은 부친이 있었다는 것을 강렬하게 의식
한다. 이용이, 농부 이용이, 삶이 존귀하다는 것을 몸으로 가
르쳐준 사람, 평사리는 그 아버지의 삶의 터전이다.

'아버지!'

아까 묘소에서보다 훨씬 강한 그리움이 홍의 마음을 적시
는 것이었다.

"혹, 통영에서 몽치라는 아이를 만난 적이 있나?"

한복의 목소리였다.

"네?"

"몽치라꼬, 우리 큰자부의 동생인데 혹 거기서 만났는가 싶어서."

"아아 네, 두 번인가 만났습니다. 한 번은 영호집에서, 한 번은 김서방집에서 만났습니다."

"그래, 그래 어떻던가?"

"뜻밖이었소. 누님은 그렇게 고운데 이거는 돌몽치처럼 울 둑불둑 참 못생겼습니다."

한복은 웃었다.

"왜요? 왜 묻습니까?"

홍이는 우산을 쳐들며 한복을 본다.

묻는 말에는 대답을 하지 않고,

"그 아이가, 통영 오면 지 누부 집보다 김서방 집에 많이 가 있을 기다. 산에서 형제같이 함께 컸어이 정도 들었을 기다마는, 어쩐지 영호하고는 합이 안 맞는지 사이가 별로 안 좋다. 하기야 영호가 좀 속이 좁지."

한복이 말했다.

"처남 쪽도 여간 아니던데요? 고집이 대단하고."

"매부가 지를 무시했다, 처음 만났을 직에 영호가 섭섭하게 하긴 했다. 산속의 불머슴아이가 풀쑥 나타났고, 지 처하고도 티각태각했을 때니까."

"……."

"사돈총각이지마는 그 아이를 보고 있으면 내 어릴 적 일이 생각나고 남의 자식 같은 생각이 안 든다. 그 아아도 바람이 키우고 빗물이 키우고…… 산신령이 키워주었다는 말도 하더라마는, 서둘러서 어디 마땅한 데 끈이라도 붙여주었으면 땅마지기나 주어서 이곳 이웃에서 외롭잖게 살면 좀 좋아? 그래야 지 누부도 마음이 놓일 거고, 우리 영호는 처를 잘 만났다. 진중하고 사리가 밝고, 그런데 그놈 아아, 아직은 장가 안 가겠다 하고 고집이 항우장사다. 코를 끼어 데려올 수도 없고."

"영호도 잘해볼려고 많이 애를 쓰는 눈치던데, 이건 도모지 틀이 없는 것 같더구만요."

"틀이 없다니?"

"아마 하늘과 땅이 그 청년 틀인 모양이지요. 하하하핫 하하."

홍이는 다소 유쾌해져서 웃었다. 한복이도 슬그머니 따라 웃었다. 그에게는 몽치에 대하여 각별한 정이 있는 것 같았다.

"하기는 자네 말이 맞네. 세상에 겁난 거이 없으니, 천방지축이라, 허나 산에서 아이를 줏어 기른 사람의 학문이 깊어서 가르치기는 제대로 가르친 모양이라. 무식한 척하지마는 실상은 제법 식자가 있고오 속에는 영감이 들앉았다. 어디 굴러도 지 몫 하고 살기는 살 게다. 어떻게 보면 남 가는 장가가서 처자에게 얽매여 살 그런 인물이 아닌 것 같기도 하고."

이들이 우산을 접으며 상가에 들어섰을 때 마당에는 멍석을 말아버리고 차일도 걷어버리고 오가는 사람들 발길에 마당이 질척거렸다. 사람들은 비를 피하여 처마 밑에 옹기종기 모여 있었고 더러는 마루와 아래채 방에서 술상을 받은 조문객들이 있었으나 상가는 을씨년스럽기 짝이 없었다. 부슬비를 맞고 왔다 갔다 하며 일하는 아낙들은 빗물과 땀에 젖은 모시 적삼이 등짝에 달라붙어 분홍빛 맨살이 드러난 것 같았고 머리는 또 이슬방울같이 뿌옇게 물방울이 머리칼에 실려 있었다. 들어서는 홍이를 보자 사람들은 모두 반색을 했다. 첫째는 그가 이용의 아들이기 때문이며 둘째는 오서방 우서방이 낫을 들고 싸울 때 용감하게 뛰어들어 말리다가 홍이 부상을 입은 사건을 기억하고 있었기 때문이며 셋째는 만주에 가서 크게 성공했다는 소문 때문이다.

홍이와 한복은 상청으로 들어가서 죽은 봉기노인을 위하여 예를 갖추고 난 뒤 상주에게도 인사를 하고 마루로 나왔다.

"여기 술상 하나 가지오너라!"

나이 듬직한 아낙이 부엌을 향해 소리쳤다. 그리고 저마다 홍이를 향해 한마디씩 했다.

"타관에 가서 얼매나 고생을 했노. 좀 더 살아도 될 긴데 너거 아부지가 너무 일찍 갔다."

"봉기노인 초상에 참니(참여)할라꼬 이제 왔나?"

"자네도 늙는고나. 니를 보이 니 아부지 생각이 난다."

그러는 사이사이,

"아이고 아이고오 아이고오."

상주의 곡하는 소리가 끼어들었다. 홍이는 촌에서는 결코 적다 할 수 없는 금액의 부조를 했다. 그것이 또 고맙다 하여 말들을 했다.

"그 아부지에 그 아들이라. 부모 안 닮은 자식이 없인께."

그 말은 한복에게는 듣기 거북했다.

"와 아니라. 용이아재가 살았던 그 시절이 좋았던 거라. 지내 놓고 보이 그 시절이 좋았다."

"지금도 생각이 난다. 내 어릴 적이었제. 장고 메고 장고채 들고 나서던 용이아재 모습이 눈앞에 삼삼하다. 참 풍신이 좋았네라."

"풍신만? 얼굴은 어떻고? 농사꾼 되기 아깝운 인물이었다."

"동네 여자들 한숨 소리는 어쩌고? 그 좋은 인물도 땅 밑에서 썩으니 소용이 없네."

사람들은 다투어 용이를 칭송하는 것이었다. 어쩌면 용이를 칭송한다기보다 그들 자신의 청춘, 좋았던 시절을 회상하는지 모른다.

"어찌 되었거나, 용이형님이 그래도 니를 하나 떨어뜨리놓고 갔으니 그나마 얼매나 다행이고."

언외(言外)에는 임이네 존재가 있었다. 그 말 하는 사람만이 아니었다. 모두 입 밖에 내지 않았을 뿐 말하는 모든 사람 마음에는 홍의 생모 임이네가 있었다.

술상이 왔다. 연장자 격인 바우가 곰방대를 털고 허리춤에 찌르며 한복이, 홍이와 마주 앉았다. 돼지를 팔아서 제삿장 보아오라며 아비가 장에 보냈는데 몰고 간 돼지를 팔아 놀음판에서 털어버리고 빈손으로 돌아와서 죽일 놈 살릴 놈 말도 많았던 일이 엊그제만 같은데, 어느덧 바우도 오십을 넘기고 그것도 중반에 들어선 초로, 농사일에 찌든 모습이다. 한복이 잠자코 바우 술잔에 술을 부었고 홍이 술잔에도 술을 붓는다. 홍이는 주전자를 받아 한복의 술잔에 술을 붓는다.

"들자."

세 사람은 뿌연 막걸리를 마시고 안주를 집는다.

"심통을 부리쌓더마는, 뇌성벽력에다가 장대비가 쏟아지니 저승길 떠나믄서 엇 뜨거라 생각했일 기다."

바우는 한복에게 눈짓을 하며 말했다. 한복은 피식 웃었다. 한복이 어려웠을 때 곧잘 편역을 들어주었던 바우였다.

"그래, 우가네하고는 사돈 맺일라 카나?"

"그런 말 마소."

한복이 볼멘소리로 말했다.

"와? 인호가 면사무소 서기 나으리 형수가 된달 것 겉으믄 자네도 덩달아서 세도를 부리게 될 긴데, 안 그런가?"

"진담으로는 못 듣겄소."

하는데 홍이 한복을 거들듯,

"세도를 부릴려면 회령서 순사부장까지 지낸 형님이 계신데 뭐가 아쉬워서 사돈 덕에 세도 부릴 겁니까."

의도적으로 한 말이었다. 바우는 회심의 미소를 띠었다.

"모두 들었제?"

하고 주변을 돌아본다.

"순사부장이라 카믄 경찰서 서장 바로 밑인데 면사무소 서기하고 어느 기이 높노? 천양지간이다. 까딱 잘못했다가는 수갑 차지."

바우는 큰 목청으로 말했다. 모두 아무 말이 없었다. 한복은 홍이를 쳐다보았다. 목구멍에 가시라도 걸린 것 같은 표정이었다.

"하야간에 세상이 망조가 들라꼬 그라는가, 이놈의 콧구멍만 한 동네도 니 편 내 편, 두 패로 갈라져서 지금 힘겨루기를 하고 있는 판국이라. 만사가 그리되니 시비 끊일 날이 없고오, 인호의 경우만 해도 씰데없이 남의 일 가지고, 인호를 보내야 하느니 안 보내야 하느니, 차라리 그럴 것 없이 타작마당에 나가서 줄댕기기라도 해서 판가름하는 기이 우떨꼬 싶다. 허 참."

하고는 껄껄껄, 바우는 헛웃음을 웃었다.

"그러씨! 그리라도 해야겠네. 그 일 땀씨 동네가 또 한동안 시끌시끌하겠구마는."

누군가가 말했고, 조문객이 뜸해지자 할 일도 별로 없어, 처

마 밑에 옹기종기 나와서 비를 바라보고 있던 아낙들 속에서,

"옛날 법대로 하자믄 디빗이 업고 가믄 그만 아닌가 배? 수절 지킬 가문도 아니겄고, 그라믄 젊은기이 우째 혼자 살 기고."

좀 삐뚜름해진 목소리로 말하는 아낙이 있었다.

"이 대명천지, 옛 법이 무신 소용고. 요새 법은 어디 그렇건데?"

다른 아낙이 못마땅하다는 듯 말했다.

"아무리 요새 법이라 캐도 나라에 아들을 바쳤는데 설마 그 형제한테 쇠고랑이야 채우겄소?"

바우는,

"봐라. 동네가 저 지경이다."

"아이고 아이고 아이고."

상청에서 상주의 곡하는 소리가 들려왔다. 홍이와 한복은 잠자코 있었다.

"촌닭이 아이 눈 쫀다* 카더마는, 제법 유식하네."

뒤늦게 비꼬는 바우 말에 아낙이 발끈한다.

"여기 촌놈 촌년 아닌 사람이 어디 있어서."

그러나 바우는 못 들은 척한다.

"세상은 돌고 도는 기라. 어제 그랬다고 오늘 그러라는 법 없고, 오늘 그랬다고 해서 내일 그러라는 법 없고, 세상은 돌고 돈다. 양귀비믄 머하고 항우장사믄 머하노, 좁은 가마솥에

서 깨춤 치는 기지."

알쏭달쏭한 말을 하며 빗길을 나가는 사내 등을 향해 다른
사내가,

"니 말이 맞다. 피죽이라도 묵고 가는 똥 싸문서 세월 가는
거나 기다리는 것이 마 젤 좋을 것 겉다."

말했다.

"와 하필이믄 피죽고?"

"세상 돼가는 꼬라지 못 보요? 공출인가 먼가, 곡식을 거두
어 갈 기라 카는데 농사꾼 밥 묵게 생겼소?"

"공출 안 해도 죽 묵는 농사꾼 썼다. 그것도 어제 오늘 일이
아니거마는, 초상집에 와서 술사발이나 마시고 물밥이나 얻
어 묵는다꼬 농사꾼 밥 묵고 산다, 하고 생각을 한다믄 그거
는 신선 사는 동네서 온 놈이다."

바우의 말이었다.

"하기는 보통 일은 아니오. 전에사 돈이 없어 그렇지 물건
이 없는 법은 없었는데 요새는 초상이 나도 세도가 좀 있어야
짚베 삼베라도 구할 판이니, 이 집에서는 우쨌는지 모르지만."

"이 집이야 먹고살 만하고 효성이 있는 아들에다가 딸도 잘
산께 벌써 다 매련해났제."

"나이 든 노인네가 기시는 집안이야 미리부터 매련해놔야
제. 인륜지대사 아니가."

"흥, 그것도 저저이, 아무나가 하나? 아무리 인륜지대사라

캐도 배 속에서 꼬룩꼬룩 소리가 나는 데야 별수 없제. 흔히들 부모, 지게송장 해 갔다고 걸핏하믄 험담들 해쌓더라마는 가난이 죄지 사람으 잘못이가. 지게송장 해 가는 자식 마음이 오죽할까."

"호열자가 돌던 그해야, 빈자고 부자고 어 있더노. 송장 치울 사람도 없었고 니 내 할 것 없이 모두 지게송장이었다. 좀 사람이 죽어나갔나?"

"참 그렇지! 홍아, 너 바로 네가 호열자 통에 이 집 저 집 송장이요 발발이 송장을 실어 내가던 그때 니가 태어났제? 임이가 울 옴마 죽는다고 울부짖으믄서 뛰어가던 모습이 아직 눈에 선하다. 니가 올해 몇이고?"

바우가 물었다.

"갓 마흔입니다. 임인년(壬寅年)이니까요."

"그런께 아무리 객리를 돌아댕기도 태생은 여기다, 그자?"

"네."

"강청댁이 죽고 곧바로 홍이가 태어났다 그러데."

누군가가 또 말했다. 그러나 역시 생모 임이네 얘기를 꺼내는 사람은 없었다. 지난날에 대한 잡담은 끝없이 이어졌다. 최참판댁 얘기에서부터, 그리고 아무도 봉기노인의 죽음을 슬퍼하는 사람이 없었다. 호상인데 슬퍼할 이유가 없다는 분위기였다.

궂은 날이어서 어둠은 빨리 왔다. 기둥에 초롱이 내걸리는 것을 보고 한복과 홍이는 상가를 나왔다.

홍이 최참판댁 사랑에서 장연학을 만나 얘기를 하고 있을 때 다시 비는 장대비로 변했고 무겁게 비는 쏟아져 내렸다.

"대단하다. 큰비가 오래가면 큰일인데?"

연학이 근심스럽게 밖을 내다보며 말했다. 강가에 사는 사람들에게는 늘 홍수가 걱정인 것이다.

"초상집이 걱정이오."

"그도 그렇지."

"이렇게 비가 쏟아지면 길이 끊이지 않을까요?"

"내일 갈려고 그러나?"

"여기 있을 일도 없구요."

"날은 잡았나?"

"......?"

"만주 떠난다며?"

"날은 잡지 않았지만 되도록 빨리 갈 생각입니다."

"음…… 영광이가 왔을 때 무슨 말 없던가?"

"별말 없었습니다."

"만주서 부쳐주었다는 돈에 대해서 묻지 않던가?"

"네."

"하긴 아직 돈은 산에 있으니, 돈에 대해서는 도통 생각을 안 하는 모양이다. 철이 덜 들었는가 아니면 세상일을 자파했는가."

"그렇게 뵈지는 않았습니다. 만주서 만났을 때보다 어딘지 활기가 있어 뵈던데요? 그라고 또 산에 계시는 어머니를 만나고 가겠다 했습니다."

"그래? 마음을 잡아야 할 긴데."

"뭐가 어때서요."

"사내자식이 딴따라나 따라댕기서 되겠나."

"형님도 구식이구먼요. 옛날같이 뭐 사당패 같은 그런 건 아닙니다."

"그래도 돌아간 지 아부지 생각을 해야지. 그리고 우리 역시 관수형님 생각을 해서라도 그 아이를 옳게 끌어야 안 하겠나."

"영광이는 단순한 성질이 아닙니다. 속에 든 것도 많고 알아서 판단하겠지요."

"그거는 나도 알겄다마는, 시골 와서 살 인물도 아니고 그러니 서울서 집칸 마련해서 모친을 데리고 가야지. 나이가 지금 몇인데 장개도 안 가고. 본인이 원한다믄 취직자리야 서울서 구해줄 거고."

"그보다 형님은 가족들 어쩌구 여기 계십니까."

"나야 항상 그래왔으니께, 가끔 진주에 간다. 앞으로는 좀 이런 자리가 필요하지 않을까 싶어서, 자네도 가족을 두고 떠나지 않는가."

두 사람은 어딘지 모르게 날씨와 같이 우중충한 심회를 안고 저녁상을 받았다. 집에 와서 저녁을 먹으라고 산청댁이 당부했지만 이 얘기가 끝나지 않았고 그보다 비가 억수로 퍼부으니 갈 수도 없었다.

"여러 가지로 자네한테는 고마운 생각을 하고 있다. 특히 관수형님의 뒷감당을 잘해주어서……. 나도 이제는 옛날 같지가 않아. 또 시국이 이렇고, 모두 잘 견디이 나가야 할 긴데 걱정이다. 모든 고리는 다 끊어졌고, 또 끊어버렸고 환국이아버님이 들어가는 것도 시간문제 아니겠나?"

"그런 기색이 있습니까?"

"잠잠하다. 기분이 나쁠 지경으로 잠잠하다. 그러니 우리는 잠잠하게 기다릴밖에."

밤새도록 비는 내렸다. 빗줄기가 잦아지듯 하다가는 다시 세차게 기세를 올리곤 했다.

최참판댁 사랑에서 연학과 함께 많은 얘기를 나누며 밤을 보낸 홍이는 아침 일찍 범석의 집으로 돌아왔다.

"아닌 게 아니라 그 창대 겉은 비를 맞고 못 올 줄은 알았네. 그래도 혹시나 하고 기다리기는 했지. 어쩌지? 아침에 올줄 모르고……. 찬이 이래 되겠나?"

조반상을 사랑에 들이는 며느리를 따라온 산청댁은 몹시 아쉬워하는 표정이었다. 한경은 독상이었고 범석과 홍이는 겸상이었다. 된장찌개에 열무김치 마늘장아찌 그게 반찬의 전부였다.

"비가 계속 올 모양인데 오늘 꼭 가야 하나?"

범석이 밥을 먹으면서 물었다.

"하루 더 묵어야겠습니다."

"잘 생각했다."

그 말은 한경이가 했다. 실은 비에 갇혀서 못 떠난다기보다 홍이에게 어떤 심경의 변화, 혹은 계획의 변경이 있었던 것 같았다.

"석이형님 아들이 진주서 중학교를 다닌다 하던데요?"

홍이 범석에게 물었다.

"다니지."

"부모가 없으니, 의기소침해 있지는 않습니까?"

"그렇지는 않다. 아이 성미가 매우 진중한 것 같더군."

"……."

"우리 집 재문이하고 또 김의관댁 막내가 한 학교에 다니고 있어."

범석은 옛날 호칭대로 한복의 집을 가리켜 김의관댁이라 했다. 그리고 재문(哉文)은 그의 외아들이었다.

"할머니가 연만하여 걱정이지만 성환이는 제 앞 가릴 만큼 컸고, 여식아이는 생모가 와서 데리고 갔는데 할머니가 어떻게나 애통해하시던지."

그 얘기는 홍이도 들어서 알고 있었다. 영호가 들려준 말이었다.

"가슴에 응어리가 져 있어서 그러실 겁니다."

"제 새끼 잡아먹는 호랑이는 없다. 상급학교에도 보내고 있다 하니, 잊어야지."

"성환이는 형님께서도 신경 좀 써주십시오."

그 말 속에는 정석이라는 존재를 의식하라는 뜻이 포함되어 있었다.

"그야, 재문이하고 친구 간이라 방학 때 오면 집에도 드나든다. 걱정 말게. 최참판댁에서도 그 아이에 대해서는 각별하게 생각하고 있는 모양이니."

"그건 저도 알고 있지요. 관수형님이 그렇게 돌아가신 후에, 뭔가 우리들이 잘못한 것 같아서…… 늘 어쩐지 한스러웠습니다."

하자,

"관수 그 사람? 음 그래 그 사람도 아버님을 따라 산으로 들어갔지. 그해가 정미년(丁未年), 박성환(朴星煥)이 자결했던 해였다."

한경은 지나간 일을, 김훈장이 산으로 들어가기 전, 을사년(乙巳年)의 그해 일을 생각한다. 나라가 망했다 하며 돌아온 김훈장이 조준구를 찾아간 채 돌아오지 않아 한경은 초롱을 들고 찾아나섰을 때 어둠 속에서,

"한경이냐?"

김훈장 목소리였다.

"예."

어둠을 헤치고 가까이 간 한경이,

"여기 왜 이러고 계십니까?"

"음."

"날씨가 찬데 병환 나시겠습니다."

"그래 가자."

버마재미같이 껑충한 김훈장 옆을 비스듬히 따라가며 한경은 그의 발부리에 초롱불을 비춰주었다.

"한경아."

"예."

"너는 애비가 하자면 하자는 대로 하겠느냐?"

"예."

"우리가 죽어야 한다면 그때는 어쩌겠느냐."

"아버님 뜻대로 하겠습니다."

헤매듯이 가는 김훈장 도포 자락이 바람에 나부꼈다. 산에서는 뻐꾸기가 울었다. 거사를 위해 근동 유생들을 찾아나선 김훈장을 따라다녔던 일도 생각이 났다. 마을 사람들을 모아놓고 나라 지경을 설명하고 일어서 싸워야 한다고 외치다가 기어이 울음을 터뜨린 김훈장의 모습이 생각났다.

한경은 상을 밀어내며 손바닥으로 이마를 쓸어본다. 정신이 오락가락할 때가 더러 있는데 그때 일만은 언제나 기억에 생생했다.

"모두 제 땅 놔두고 남의 땅에 가서 뼈를 묻으니 이보다 더 가슴 아픈 일이 어디 있겠나."

말을 한 한경은 우두커니 자신의 무릎을 내려다본다.

'아버님, 송관수 그 사람의 뼈는 가져와서 섬진강에 흩날렸습니다. 할아버님도 모셔왔구요.'

한결같은 생각 속에 망설임 없이 갇혀서 살아온 부친에 대하여 어떤 안쓰러움 때문에 범석은 한경을 바라보며 마음속으로 혼자 뇌었던 것이다.

비가 멎었는가 개구리들 울음이 요란하게 들려왔다.

"국운이 기울고 보니 사람의 힘으로 어쩌리. 허나 돌아올 게야. 우리 강산도 돌아올 게고 수많은 그 혼백들도 돌아올 게야."

범석과 홍이는 말없이 수저를 놓았다.

사랑에서 나온 홍이는 기다리고 있는 산청댁을 위하여 안채 마루 끝에 걸터앉았다. 그리고 산청댁이 궁금해하는 통영의 형편을 대강 설명해준다.

"보연이 그 아이가 어찌 그리 간 큰 짓을 했는고. 일이 해결되었으니 불행 중 다행이다마는."

"크게 잘못된 일인 줄 모르고 그랬던 것 같습니다."

"자네가 넉넉하게 그리 생각해주니 고맙네. 만주의 사업도 걷어버렸다 하니 우리로서는 정말 볼 낯이 없구나."

"그것은, 어차피 그만둘 생각이었으니까요."

그리고 나서 홍이 막 집을 나서서 몇 발짝 걸었는데 천일네와 마주쳤던 것이다.

"한동네서 우찌 그리 사람 찾기가 어렵노."

천일네는 허리를 펴며 원망스럽게 말했다.

"지금 천일어머니를 찾아가는 길입니다."

"그래?"

"그간 안녕하셨습니까?"

홍이는 허리를 굽혀 인사를 했다.

"왔다는 말을 듣고 김훈장댁, 한복이 집, 헤매다녔으나 니를 볼 수 없었고 저녁에는 성환이집에 가서 밤늦게까지 기다렸지만은 허사였고 아침에는 또 최참판댁으로 갔제."

천일네는 숨가쁘게 말했다.

"가만 계시면 제가 찾아갈 텐데, 노인네가, 저도 비에 갇혀서 그만."

두 사람은 나란히 마을 길을 걸어 내려온다.

"웬 비가 그리 쏟아지던지, 아침은 잡샀나?"

"네."

"그래 우리 아아들은 모두 잘 있겠제?"

"네, 염려 마십시오."

"내가 통영으로 한분 가볼라 캤더마는 혼자서는 엄두가 나야제? 장서방 가는 거를 알았이믄 따라붙이는 건데…… 우리 성자애비도 먼가 늘 바빠서."

나중의 말은 변명 비슷했다.

두 사람이 집에 들어섰을 때 둘째 며느리 성자네가 마당에서 서성대고 있다가 들어서는 홍이를 보자 다소 어색해하며 인사를 했다.

"아가, 에미야. 이서방 점심은 우리 집에서 하게 준비를 해라."

비위를 맞추듯 며느리에게 말했다.

"그러지요."

하기는 했으나 어딘지 불만이 있어 보였다.

"아닙니다. 간단히 얘기하고 곧 가야 하니까 그럴 필요 없습니다."

홍이 강하게 말했다.

"그렇지마는."

성자네는 어정쩡하게 서 있었고,

"그런 법 없다. 여까지 와서 맨입으로 갈 기가."

"아닙니다. 사정이 그렇게 돼 있어서."

"그라믄 방에나 들어가자."

"여기서 얘기하지요, 뭐."

성자네는 슬그머니 부엌 쪽으로 사라졌다.

"성자애비는 읍내에 돈 받을 기이 좀 있어서, 비 끄치는 것 보고 막 나갔다."

역시 변명 비슷하게 말했다. 뭔지 모르지만 아들 내외와 무슨 곡절이 있는 것 같았다. 천일네는 감정을 삭이느라 얼굴을 숙였다가 들었다.

"이렇게 섭섭하게 너를 대접해서 되겠나?"

"제 사정이 그런데 어떻습니까? 괜찮습니다."

"우리 천일이는 우뚷게 할라 카더노?"

"제가 이번에 가게 되면 거산(擧散)해서 내려올 겁니다."

"정말가!"

"네. 당연히 나와야지요."

"솔가해서 말이지?"

"네. 이제는 아무 걱정 마십시오. 천일이는 그동안 알뜰하
게 했으니 조선에 나와도 먹고살 만큼 돼 있고 개인사업을 하
든, 기술이 좋으니까 취직도 쉬울 거고."

"정말가? 진주에다가 기와집을 사났다는 것도 틀림없는 일
이제?"

"네. 틀림없습니다. 천일이가 나오게 되면 천일어머니도 이
제는 큰아들하고 함께 살게 될 겁니다. 다 그런저런 생각이
있어서 집도 마련한 것이니까."

"그러씨……."

했으나 천일네는 넘치는 눈물을 어쩌지 못하고 치맛자락을
걷어서 눈물을 닦는다.

"아이들은 모두 잘 크고 있나?"

"그럼요. 이번에는 저의 일 땜에 천일이 수고가 많았습니
다. 의리가 있고 정직하고 또 경험도 많이 쌓았으니 무엇을

해도 어머니한테 걱정 끼치지는 않을 겁니다."

"그게 다 니 덕 아니가. 니가 없었이믄 이 촌에서 지가 농사밖에 더 했겠나? 기술도 기술이고 이서방 니가 천일이를 사람 맨들었다. 니사 아바니가 어진께 배운 것도 많고 참말로 고맙다."

천일네를 안심시켜놓고 홍이 성환의 집 앞에까지 갔을 때 성환할매는 홍이를 기다리고 있었는지 삽짝 밖에 쭈그리고 앉아 있었다. 다가가는 홍이를 보자 성환할매는 활짝 웃었다. 옷도 깨끗한 것으로 갈아입고 있었다.

"천일어미 만냈나?"

"방금 거기서 오는 길입니다."

홍이도 쾌활하게 말했다.

"어제는 밤늦기까지 우리 집에서 니를 기다렸대이. 어서 들어가자."

집 안으로 들어간 이들은 마루에 나란히 걸터앉는다. 귀남네는 오늘도 초상집에 일해주러 갔다는 것이었다.

"오늘이 출상인데 비가 그쳤으니 얼매나 좋노. 장대비가 내릴 직에는 큰 걱정이더마. 아침은 묵었나?"

"먹었습니다."

"김훈장댁에서 묵었나?"

"네."

"그 댁은 옛적부터 험하게 음식을 잡숫는데 니 왔다고 머 낯신 것이라도 해주더나?"

"어제저녁에는 저 때문에 음식을 차렸던 모양인데 비에 갇혀서 못 갔고 아침에는 제가 갈 줄 모르고, 그분들 그렇게 검약하게 사시는 것은 본받을 만한 정신이지요."

"함모, 그렇고말고. 예사 근본 없는 것들이 돈 좀 있다고 잘해 묵더라마는, 김훈장 기실 때부터 내림이제."

"저어, 천일어머니하고 아들 내외간 사이에 혹 무슨 일이 있는 거 아닙니까?"

홍이 화제를 바꾸었다.

"그거를 니가 우찌 아노."

"좀, 이상해서요."

"머, 부모 자식 간에 무신 일이 있기야 있을까마는, 아들 며느리가 서운해서 그러는 갑더마. 어매한테 서운한 기 아니고 만주 있는 성한테 유갬이 있는 모양이라."

성환할매는 되도록 좋게 말하려 하는 것 같았으나 아까 집안 분위기를 봐서는 꽤 심각한 문제가 있는 것 같았다.

"천일이한테? 왜요?"

"그러씨……. 잘은 모르지마는, 진주에다 성이 집을 샀다는 소문을 듣고, 저거들 좁은 소견에는 어매를 모시고 있는데 동생은 조맨치도 돌보지 않는다, 머 그런 심사 아니겠나."

"하지만 어머니 모실 만큼 땅이며 재산은 둘째가 다 가지지 않았습니까?"

"사람의 마음이 어디 저저이 다 그런가? 형제라 캐도 잘살

든 바라게 되고 시기하게 되고."

"천일이는 빈손 들고 나와서 이제 겨우 살 만하게 됐는데, 그것도 독한 마음 먹고 그랬으니 집칸이라도 장만했지요."

홍이는 왠지 울분 같은 것이 치밀었다.

"원래 성자어미하고 천일어매 뜻이 좀 맞지 않았다. 이세는 말할 것도 없고 살림 두량[斗量] 하며, 천일어매가 니도 알다시 피 예사 사람이가. 뭐 하나 버릴 기이 없는 사람이고 보니 요 새 젊은아이들이사 어디 그렇더나? 자연 의견충돌도 있고 사 람 사는 기이 모두 그렇지 머."

그 정도로 성환할매는 더 이상 말하지 않았고 홍이 역시 더 묻지 않았다.

"오늘 가는 거 아니제?"

"내일 가기로 했습니다. 어젯밤에는 연학이형님과 얘기하 느라 밤을 샜더마는 어이구, 막 잠이 쏟아지네."

홍이는 두 손으로 얼굴을 뿍뿍 문지르며 하품을 깨문다.

"그라믄 한심 자거라. 내 이불 깔아줄 기니께."

성환할매는 서둘며 방으로 들어간다. 어제저녁 홍이 돌아 올 것으로 생각하고 방은 말끔히 치워났고 이불보에 싸서 간 수해놨던 새 이불도 꺼내놨으며 베개도 새로운 베갯잇으로 갈아 끼워두었기 때문에 금방 홍이 잠자리는 마련되었다.

"그러면 한잠 자겠습니다."

홍이는 인사하고 방으로 들어가며 방문을 닫았다.

성환할매는 뭔가 홍이로부터 얘기를 더 듣고 싶었다. 새로운 얘기가 없다면 어제 했던 말을 되풀이하여 들려주어도 그 말들이 한없이 달콤할 것 같았다. 그러나 그러지 않아도 성환할매는 행복했다. 아들 석이가 이 세상 어딘가에 살아 있다는 사실이 그저 고맙고 기적만 같이 생각되었던 것이다.

"엄니, 상의아부지한테서 무신 좋은 소식이라도 들었소?"

어제 상가에서 돌아온 귀남네가 성환할매 눈치를 살피며 물었다.

"소식은 무신 소식, 이서방이 우찌 알꼬."

"얼굴이 환해 뵈서 혹, 하고 물어본 거요."

"그야 반가운 손님이 왔인께 그렇제. 이 걸레나 어서 빨아 도고."

홍이 묵을 방을 구석구석까지 닦아낸 성환할매는 짐짓 화난 척 걸레를 딸에게 내밀었다.

"기운도 펄펄 나는 것 겉소."

"야아가 생각이 있나 없나. 이서방이 우떤 사람고? 이 집이 누구 집이제? 남으 은공으로 살아온 우리가 보답하는 거는 마음밖에 더 있겠나? 씨잘데없는 소리, 신둥건둥, 그만해라."

딸이 한 말과는 상관이 없는, 엉뚱한 말을 해놓고 성환할매는 화를 내었다.

"얄궂어라. 별말 한 것도 아닌데 와 그리 징을 냅니까?"

"내가 멋이 좋아서 기운이 펄펄 날 기고. 늙은 사람보고, 그것도 욕이라는 거를 몰라서 하는 말가. 서방 없는 젊은기이 고개 비틀고 있는데 늙은기이 기운이 펄펄 난다믄 그 말이 욕 아니고 머꼬?"

"하 참, 내가 운제 고개를 비틀고 있었소? 심장 긁노라고 하는 말이오?"

"말 마라."

아침에도 성환할매는 딸에게 오늘은 초상집에 안 가느냐고 은근히 가라는 투로 말했다. 딸이 옆에서 자기 감정을 훔쳐볼까 겁이 났던 것이다.

성환할매는 소매를 걷고 치마도 걷어서 짧게 동여매고 부엌으로 들어간다.

"조왕님네 고맙십니다."

큰솥이 걸려 있는 부엌 벽면을 향해 성환할매는 손을 비비며 절을 하고 나서 바가지를 들고 나온다. 쌀을 떠내어 장독가로 간다. 쌀바가지를 내려놓고 성환할매는 또다시 손을 비비며 절을 한다.

"터줏대감님네, 고맙십니다. 우짜든지 간에 우리 성환아범 명이 쇠짝줄겉이 질기서 자식들하고 상봉하게 하시고 옛말하믄서 식구들이 모이 살게 해주이소. 만사는 다 신령님네 요량하시기 탓이니께 이 늙은것 정성을 헤아리사 부디, 부디, 비나이다."

그러고는 쭈그리고 앉아 쌀을 씻는다.

이때 야무네가 들어왔다.

"성환할매."

"누, 누고."

성환할매는 쌀을 씻으면서도 마음속으로 수없이 소원을 빌고 있었던 것이다.

"야무어매, 어서 오소."

"머합니까?"

"점심 할라꼬."

"따신 점심 할라 카는 거를 보이, 홍이가 묵을 긴가 배요. 귀남네는 어디 가고?"

"초상집에 간다 캐서 가라 했제."

"어제도 갔일 긴데?"

"어제 갔지마는 일이 끝난 것도 아니고."

"하기는 노인네 있는 집이사 품앗이니께. 한 사람 두 사람 떠나부리고 참말이제 등골에서 바람 소리가 난다. 홍이는 지금 어디 있습니까?"

"자는구마. 간밤에 잠을 설첬다 캄서, 들고 있는 그기이 멋인고?"

"이제 가고 나믄 홍이를 언제 또 보겄소. 그냥 있기가 서분해서, 술이오. 작년에 머루를 좀 따다가 담근 술이 쪼맨 남아 있어서 가지왔구마."

"야무 땜에 담갔구마. 아닌 게 아니라 술이 좀 있었으믄 싶었는데 마침 잘됐소."

이미 부엌일은 놓아버린 두 늙은이가 굼뜬 몸짓으로 부엌을 드나들며 점심 준비를 하는데 이번에는 또 천일네가 숨을 몰아쉬며 들어왔다.

"아이구 숨차라. 급히 오느라고 서둘렀더마는, 어이구 숨차라."

"니는 와 오노?"

파를 다듬던 야무네가 핀잔주듯 말했다.

"내가 와야제요. 그래야 일이 안 되겠소."

"얼씨구."

"닭 한 마리 장만해왔는데 두 늙은이, 한물간 솜씨가 미덥어야제요."

"지는 안 늙었나?"

성환할매는 다시 마루에 가서 쌀을 내와 씻는다.

"머할라꼬 쌀을 또 씻소?"

"묵을 입이 늘었으니."

"보리 좀 더 깔믄 될 긴데 딸한테 지천 들으믄 우짤라꼬 그러요."

야무네 말에,

"와 아니라요."

천일네가 맞장구를 친다.

"그런 말 마라. 내일 때꺼리가 떨어지는 한이 있어도 오늘 내 마음은 안 그렇다. 홍이를 위해서 잔친들 못하겠나."

세 늙은이는 머리를 맞대고,

"머를 했이믄 좋겠노."

잡아서 말끔하게 손질해온 닭 한 마리를 놓고 의논을 한다.

"찜으로 하입시다."

천일네 말에,

"그, 그러자. 그기이 좋겠다."

천일네도 소매를 걷고 부엌으로 들어서며 작은 솥에 물을 붓고 가셔낸 뒤 닭을 안치고 불을 지핀다.

"성님."

"와."

야무네가 나물을 무치다가 대답했다.

"사깜(소꿉) 사는 것 겉소."

"그러게 말이다. 언제 살림을 살아봤는가 싶다."

천일네는 마늘을 까고 성환할매는 성환이가 오면 해주려고 간수해두었던 건어와 꼬치에 끼워 말린 홍합을 장독 항아리 속에서 꺼내왔다. 그리고 뒤꼍으로 돌아가서 생강도 한쪽 파가지고 왔다.

"홍합은 된장에 넣을라꼬 그러요?"

천일네가 말했다.

"그래. 야무어매, 참기름 깨소금 애끼지 말고, 그거 안 들어가믄 무신 맛이 있어야제."

"알았소."

세 늙은이는 신명을 내가며, 정성을 다하여 음식을 만든다. 모처럼 그들에게 생활이 살아나 꽃이 되는 것 같았다. 한 곁에 밀려나서 마치 방 안에 놓인 장롱과도 같이, 언제부터 그리되었는지, 눈치볼 며느리 딸도 없고 마치 자유천지에서 벗과 노니는 것처럼, 우물가에서 지저귀던 옛날이 돌아온 것같이 이들은 설레는 마음으로 부엌 안에서 맴돈다. 성환할매와 천일네는 기쁨을 비밀로 간직하고 있었으며 야무네도 요즘 야무가 거동을 하게 되어 마음이 느긋해져 있었다.

"장에 갈 새가 있었이믄 바지락도 사오고 생미역이나 파래를 넣어 설칫국이나 했이믄 좋았일 긴데."

성환할매는 몹시 아쉬워한다.

"지금 생미역이 있겠소? 철 아닌 소리 하네."

야무네가 타박을 준다.

"그런가? 장에 가본 지가 아득해서 그런갑다."

"갈 날이 가까워진께 그렇소. 해서 옛날에 늙은 어매가 한겨울에 아들보고 죽순 구해오라, 하는 말도 나왔일 기요."

"듣자니께 노망들었다 그 말이네?"

천일네는 웃으며,

"통영서 그런 거사 원 없이 묵었을 기요, 사위는 백년 손인데 처가에서 베면히 했겠소?"

"그거는 그렇다. 그라믄 밥솥에는 좀 있다가 불 지피고 밥

422

이 끓으믄 개기 굽고, 나는 어디 좀 갔다 올란다."

"어디 갈라 카요?"

"술이 있고 하니 홍이 혼자 묵는 것도 여럽을* 기고 나 가서 영호애비 오라 칼란다."

"생각 잘했구마. 갔다 오소."

성환할매는 나가고 천일네는,

"성님."

하고 야무네를 불렀다.

"영호네 집에서 어제 난리굿이 난 것 아요?"

"멋 땜에? 우가 놈 제집이 또 지랄을 했는가 배."

"영호네가 기절을 하고 한소동이 벌어졌더랍니다. 뿐만 아니고 막 이서방이 들어서는데 다짜고짜 퍼붓고 달라들었다 안 카요."

"홍이가 무신 죄졌다고."

"그러니 그기이 어디 사람이오?"

"그년 잡아갈 구신은 없나? 동네가 시끄럽어서 어디 살겠나."

"그것도 벼락이 치니께 겨우 겁이 나서 물러갔다오."

"그만 벼락이나 맞지. 참. 옛날 같았이믄 버얼써 요절을 냈지 가만두었겠나?"

"하나 마나의 얘기 아니겠소. 지랄하는 거사 태성이거니 생각하믄 되는데 영호네가 큰 업을 짊어졌제요."

"서기질한다고 해서만 기고만장하는 기이 아니다."

"순전히 그 때문이지 머겠소."

"모리는 소리, 동네서 그것들 비위를 맞추는 연놈들이 있인께 그러는 기다. 그까짓 면소 서기가 머 대단한 기라고, 따지고 보믄 역적질인데, 인심이 우찌 이렇게도 야박해졌는지 모리겄다. 사람으 도리보다, 젊은것들이 약아빠져서 시류를 따르기 때문에 안 그렇나. 그래도 김훈장이 기실 적에는 무경우한 짓 했다가는 동네에 붙임질도 못했인께."

"그거는 성님이 몰라 하는 말이오. 나는 김훈장을 잘 모리지마는, 그 시절에도 조가가 최참판댁 살림 들어묵지 않았던 가배? 결국에는 나라가 없어지니께 동네가 이 지경 되는 거 아니겠소. 왜놈들 심을 믿고, 등에 업고, 조가도 왜놈 심을 믿고 그랬다 카데요."

"하기사……."

이윽고 성환할매는 한복이를 데리고 나타났다. 방에서는 홍이 일어나는 기척이었고 한복은,

"더 잘 거를 그랬나?"

하며 방으로 들어갔다.

부엌에서는 밥솥에 불을 지피고 닭찜을 접시에 꺼내놓고 세 노인은 부지런히 반찬을 그릇에 담으며 서둘렀다. 우선 먼저 술상이 방 안으로 들어갔다. 한참 후 다시 밥상이 들어갔다. 상을 들여놓고 온 천일네는 코를 벌름거렸다. 술안주로 먼저 들어간 닭찜 맛이 좋다고 한복이와 홍이 입을 모아 말을

했기 때문이다.

"성님 우리는 채리가고 할 것 없이 그만 정기(부엌)에서 묵읍시다."

"그래 그러자."

세 늙은이는 젊었을 때처럼 양재기에다 밥을 푸고, 차려내고 남은 반찬을 챙겨서 숟가락을 들었다.

"와 이리 밥이 맛있노."

야무네가 말했다.

"들일하다가 묵는 밥맨치로 입에 살살 녹소."

천일네가 말했다. 성환할매는,

"반찬이 좋은께 그렇지."

"반찬도 좋지마는 굼젝이고 나니 몹시 시장했소."

천일네 말에,

"그 말도 맞다."

야무네가 동의를 했다.

이튿날 홍이는 떠났다. 성환할매가 통영으로 가는 거냐고 물었을 때 홍이는 산에 간다고 했다. 송관수의 마누라, 영광의 어머니를 만나보고 통영으로 간다고 했다.

〈18권으로 이어집니다〉

어휘 풀이

가도마쓰[門松]: 새해에 문 앞에 세우는 장식 소나무.

나기나타[薙刀]: 일본식 전통 장대 무기 중 하나. 장대 끝에 달린 칼날이 초승달 모양으로 휘어진 것이 특징.

뒷갈미: 뒷갈망. 일의 뒤끝을 맡아서 처리함.

몬쓰키[もんつき]: 가문(家紋)을 넣은 일본 예복.

숙수(熟手): 잔치와 같은 큰일이 있을 때에 음식을 만드는 사람. 또는 음식을 만드는 일을 직업으로 하는 사람.

아카가미[赤紙]: 빨간 딱지. 군대 소집 영장. 압류할 때 붙이는 종이.

여럽다: 열없다. 좀 겸연쩍고 부끄럽다.

오감하다: 지나칠 정도라고 느낄 만큼 고맙다.

오비히모[帶紐]: 오비[帶] 위에 매는 끈.

인버네스(inverness): 소매 대신에 망토가 달린 남자용 외투.

좀을 볶다: 콩을 볶다. 사람을 달달 볶아서 괴롭히는 모양을 비유적으로 이르는 말.

죽데기: 통나무의 표면에서 잘라낸 널조각.

촌닭이 아이 눈 쫀다: 촌닭이 관청 닭 눈 빼 먹는다. 겉으로는 어수룩해 보이는 사람이 실제로는 약삭빠르고 수완이 있는 경우를 비유적으로 이르는 속담.

축담: 지대(址臺). 건축물을 세우기 위하여 터를 잡고 돌로 쌓은 부분.

하고이타[羽子板]: 하고[羽子](모감주나무 열매에 새털을 끼운 제기)를 쳐 올리고 받고 하는 나무채.

혼바시코미[本場仕込み]: 본토 교육.

회바가지를 쓰다: 짙은 화장을 하다.

토지 17
5부 2권

초판 1쇄 인쇄 2023년 5월 5일
초판 1쇄 발행 2023년 6월 7일

지은이 박경리
펴낸이 김선식

경영총괄이사 김은영
콘텐츠사업2본부장 박현미
편집 임경섭, 한나래, 임고운, 임소정 **디자인** 정명희 **책임마케터** 박태준
콘텐츠사업6팀장 임경섭 **콘텐츠사업6팀** 한나래, 임고운, 임소정, 정명희
편집관리팀 조세현, 백설희 **저작권팀** 한승빈, 이슬
마케팅본부장 권장규 **마케팅4팀** 박태준, 문서희
미디어홍보본부장 정명찬 **브랜드관리팀** 안지혜, 오수미, 문윤정, 이예주
크리에이티브팀 임유나, 박지수, 변승주, 김화정 **뉴미디어팀** 김민정, 이지은, 홍수경, 서가을
지식교양팀 이수인, 염아라, 김혜원, 석찬미, 백지은 **영상디자인파트** 송현석, 박장미, 김은지, 이소영
재무관리팀 하미선, 윤이경, 김재경, 안혜선, 이보람 **인사총무팀** 강미숙, 김혜진, 지석배, 박예찬, 황종원
제작관리팀 이소현, 최완규, 이지우, 김소영, 김진경, 양지환
물류관리팀 김형기, 김선진, 한유현, 전태환, 전태연, 양문현, 최창우
외부스태프 교정 김태형

펴낸곳 다산북스 **출판등록** 2005년 12월 23일 제313-2005-00277호
주소 경기도 파주시 회동길 490
전화 02-704-1724 **팩스** 02-703-2219
이메일 dasanbooks@dasanbooks.com
홈페이지 www.dasan.group **블로그** blog.naver.com/dasan_books
용지 아이피피 **인쇄** 상지사피앤비 **코팅 및 후가공** 평창피엔지 **제본** 국일문화사

ISBN 979-11-306-9963-9 (04810)
ISBN 979-11-306-9945-5 (세트)